西方人文论丛

Collection of Western Humanities

Trauma, Memory, and History

创伤、记忆和历史

美国南方创伤小说研究
A Study of Trauma Novels in the

American South

王欣◎著

四川大学出版社
SICHUAN UNIVERSITY PRESS

图书在版编目（CIP）数据

创伤、记忆和历史：美国南方创伤小说研究 / 王欣
著 . — 2 版 . — 成都：四川大学出版社，2024.1
（西方人文论丛）
ISBN 978-7-5690-6659-3

Ⅰ . ①创… Ⅱ . ①王… Ⅲ . ①小说研究—美国 Ⅳ .
① I712.074

中国国家版本馆 CIP 数据核字（2024）第 051556 号

书　　名：创伤、记忆和历史：美国南方创伤小说研究
　　　　　Chuangshang、Jiyi he Lishi：Meiguo Nanfang Chuangshang Xiaoshuo Yanjiu
著　　者：王　欣
丛 书 名：西方人文论丛

出 版 人：侯宏虹
总 策 划：张宏辉
丛书策划：侯宏虹　张宏辉　余　芳
选题策划：张　晶　周　洁
责任编辑：周　洁
责任校对：余　芳
装帧设计：墨创文化
责任印制：王　炜

出版发行：四川大学出版社有限责任公司
　　　　　地址：成都市一环路南一段 24 号（610065）
　　　　　电话：（028）85408311（发行部）、85400276（总编室）
　　　　　电子邮箱：scupress@vip.163.com
　　　　　网址：https://press.scu.edu.cn
印前制作：四川胜翔数码印务设计有限公司
印刷装订：成都金阳印务有限责任公司

成品尺寸：148 mm×210 mm
印　　张：12.75
插　　页：2
字　　数：320 千字

版　　次：2013 年 4 月　第 1 版
　　　　　2024 年 4 月　第 2 版
印　　次：2024 年 4 月　第 1 次印刷
定　　价：68.00 元

本社图书如有印装质量问题，请联系发行部调换

扫码获取数字资源

四川大学出版社
微信公众号

序

　　四川大学外国语学院王欣老师的学术专著《创伤、记忆和历史：美国南方创伤小说研究》即将付梓，此时把她送来的书稿再次认真地翻读了一遍，使我有机会对这位青年学者近年在学术科研上的成长有一个很好的审视机会。王欣老师在学术科研上非常认真执着，在创伤理论和美国南方创伤小说的研究方面，就我所知她是国内涉足最早的青年学者之一。为了这项研究，她详细研读了相关理论知识，并在前期工作中编著了新历史批评的学术著作，撰写并发表了一些高质量的学术论文。从本书中可以清晰地看到王欣老师近年来在理论探讨，文学、文化研究上的长足进步，看到她在创伤理论、美国南方文学和作家研究上所做的大量的资料收集和分析、文本细读和思考、理论研究和探讨，看到她为此项研究所付出的大量时间和精力。

　　美国南方由于其地理位置、人文环境和社会、政治、经济、历史以及宗教传统等因素，在美国是一个非常特殊的区域。在这个区域产生的美国南方文学也成为美国文学中一个独特而又厚重的组成部分。国内对美国南方文学、文化的研究一直以来是学术界的一个热点，也出过不少好的研究成果。但总结起来，已有的研究多数集中在主要代表作家的经典作品上，还很少有作者把南

序　　　　　　　　　　　　　　　　　　　　　　　　　　001

方作为一个整体，把南方社会、文化发展史作为一个线索，把南方文艺复兴运动的代表思想家和作家的观测作为一个聚焦的切入点，点、线、面综合性地对美国南方文学，特别是对美国南方创伤小说，做一个系统的分析和研究。这正是王欣老师这部学术专著的创意所在。

这本学术专著跨越了南方文艺复兴的主要阶段，作者选取了1929 年至 1946 年具有代表性的南方创伤小说——《喧哗与骚动》、《天使，望故乡：被埋葬的生活的故事》、《押沙龙，押沙龙！》、《父亲们》和《国王的人马》作为文本细读对象。在这期间，这些作品既在表现内容上有连续性，在叙事手段上也相互呼应，展现了南方作家集体创作思想的发展轨迹；这些作品也因此具有阶段性的特征。从文学对于社会创伤的修复作用来看，作者将这个阶段划分为创伤的重复、阐释期和重建期，并从整体出发，构筑了南方文化孕育下作家的集体画像。这些作家以创伤记忆为切入点，在个人记忆和集体记忆的层面上，他们形成了南方对历史的反思和阐释；而从小说创作和形式上，这些作家又着力刻画了人物的心理层面上延宕、重复、解离、潜伏期等创伤人物特征。这也就形成了对美国南方小说的富有创意的解读。

近二十年来，国外的记忆研究和创伤研究逐渐成为学者们关注的焦点。王欣老师在研究和学术专著的撰写中，首先对创伤的心理机制、创伤再现和创伤文化记忆等理论进行了认真的梳理，分析总结了弗洛伊德、凯鲁斯、罗伯、费尔曼、塔尔等的记忆理论，并从这个独特的切入点出发，总结了受到历史创伤打击的幸存者身上所存在的心理障碍和再现困难；由此出发，分析了南方家族之中创伤记忆的代际传递，创伤记忆对于第三代的影响，以及写作对创伤的修复作用。创伤是指对一件摧毁了个体自我认识和社会衡量标准的事件，以及由此产生的个人的情感反映。个人正是通过叙事来再现这段经历，以此来排解并治愈创伤。作者指出，在这种独特的创伤文化语境中，老南方的文化意象便成为一种南方人修复过去的创伤，忘记伤痛，恢复社会秩序的记忆策略。南方记忆通过反复重写，特别是通过在文学作品中的反复重写，创造出老南方、南方传奇、南方伊甸园神话等文化意象，将一种文化的想象加诸仍然萦绕着历史创伤的现实上，期冀通过老南方意象中一些普适性的价值观念（如荣誉、勇气、骑士精神、忍耐、仁慈、博爱等）所具有的无时性和历史超越性，来对比南方内战以及之后时间迁移带来的种种变化。

对于南方作家来说，这是一个充满喧哗与骚动的时代。南方充斥着各种各样的记忆话语，究竟怎样记住，记住谁，记住谁的记忆，怎么样修复创伤，成为一代人毕生写作和探索的主题。在这些写作中，历史成为一个重要的命题。辛普森（Lewis P. Simpson）在《历史的黄铜面具：美国文学意识研究》中指出："［美国白人作家］更愿意把他们在一个机械的金钱的文化中感受到的异化和南方的命运相联系。"南方作家对待历史的态度是矛盾的：一方面，来自历史的重负让他们觉得现在的生活只是过去的重复；另一方面，这种重负带来的道德负疚感和双重视角赋予了南方作家丰厚的写作题材和文化遗产。对于南方作家来说，历史记忆成为南方文学的写作和阐释的框架，但不同于现实主义历史小说，在其中历史是一个普适的概念，影响人物的命运。

美国南方独特的历史记忆孕育了20世纪繁荣一时的美国南方文艺复兴运动。南方作家作为南方历史进程中的参与者，既是南方集体记忆刻意而主动的消费者，也是南方历史创伤记忆的代言人。纵观美国南方历史和南方文学的特点，认真研读美国南方文学史和经典著作，作者正是从上述作家的作品内容和形式出发，将这段时期的小说定义为南方创伤小说，拓展了一个南方文学研究的全新空间。

　　当然，这本书不可能展现所有的南方文艺复兴时期的小说创作，而只能进行整体的研究和文本的细读。而正是在这种经典的重读中，我们可以一次又一次地发现和创造。有所发现，在于从这种经典的重读中得到新的思想和体会；而有所创造，在于不再重复前人的成果，而有自己的认识和见解。这些原则无疑也体现在这部专著对南方经典的重读和重构中。这本著作中所讨论的小说文本，我在美国攻读博士学位的时候也曾研读过，而这次结合王欣老师这部专著的阅读视角和阐释，带给我另一种完全不同的阅读体验。在这部专著中，作者以细腻的分析，展示了历史性创伤和个人结构创伤对美国南方社会和传统秩序的破坏、创伤事件对自我造成的伤害，以及个人和集体之间联系的破裂；并以创伤为主题和写作手段，总结了南方作家们的叙事方法、南方地域上历史时间的断裂、自我的解离、代与代之间创伤的传递和对话，也展示了创伤人物不可言喻的创伤经验和自我的重新塑造过程。这种阅读无疑是有思想、有新意的。

　　作者这项深入的研究工作让我们看到，在福克纳等南方作家的作品中，创伤记忆既是个人的，也是家庭的、社会的；创伤作为主题和结构，分别在各个作家的叙事中展示，如多重音部的乐章，弹奏出了南方创伤文化记忆的悲鸣。基于对美国历史、文学和记忆的深入研究，王欣老师的这部专著既着重于文本表现内容的细读，从微观上做到评析的细化；也力图从历史的角度出发，宏观地把握作家们的集体书写过程，把创伤理论与文本分析很好地结合起来，为读者展示了美国南方创伤小说的精彩和全貌。这也正是这部学术专著特有的价值和意义。

　　多年来，作为四川大学外国语学院的教师，我见证了王欣老师等青年教师的成长。他们踏实的工作和认真的研究态度，让我看到了一种我们所倡导的科研精神的传递和希望。在本书出版之际，谨以此序为贺。

石 坚

四川大学明德楼

2013 年 3 月 20 日

前　言

　　美国南方独特的历史记忆孕育了 20 世纪繁荣一时的美国南方文艺复兴运动。南方作家作为南方历史进程的参与者，既是南方集体记忆刻意而主动的消费者，也是南方历史创伤记忆的代言人。本书以南方文学经典作家威廉·福克纳（William Faulkner）、托马斯·沃尔夫（Thomas Wolfe）、罗伯特·佩恩·沃伦（Robert Penn Warren）、艾伦·泰特（Allen Tate）为研究对象，探讨其作品对南方创伤记忆的再现和重建，研究创伤人物的心理、创伤记忆的代际传递、创伤见证行为和叙事困境等。创伤作为小说的主题和情节，在个人记忆和集体记忆的层面上，构筑了南方作家对历史的反思和阐释；而创伤作为小说的形式要素，在人物的心理和叙事层面上，塑造了创伤人物心理的延宕、重复、解离、潜伏期等特征。因此，从内容和形式出发，笔者将这段时期的小说定义为南方创伤小说。南方创伤小说展示了历史性创伤和个人结构创伤对社会和传统秩序的破坏、创伤事件对自我造成的伤害，以及个人和集体之间联系的破裂。南方作家们运用闪回、心理时间、意识流等叙事方法，再现了内战和重建带给南方人的创伤记忆、南方地域上历史时间的断裂、自我的解离、代与代之间创伤的传递和对话、创伤人物不可言喻的创伤经验和自我的重新塑造过程。

　　寻找自我必须回溯历史。从 1929 年到 1946 年，内战和重建所造成的"历史性创伤"以代际传递的方式，逐层介入南方集体记忆，形成个人、家庭、文化的记忆框架。福克纳等南方作家集体通过个人创伤、家庭创伤和文化创伤的重复和历史回顾，实现了南方历史的重建，并勾勒出一系列有代表性的创伤人物。他们个人的创伤常常和更为广阔的社会因素、文化记忆和意识形态相连。叙事虽然涉及个人遭遇或家庭悲剧，但其潜文本却暗示该创伤人物代表南方"每个人"的形象。南方创伤小说深化了在历史语境下南方作家对个人与社会、过去和现实的思考，是南方文艺复兴小说创作成熟的标志。

　　本书选取 1929 年至 1946 年具有代表性的南方创伤小说《喧哗与骚动》、《天使，望故乡：被埋葬的生活的故事》、《押沙龙，押沙龙!》、《父亲们》和《国王的人马》为文本细读对象。在这段期间，这些作品既在表现内容上有连续性，在叙事手段上也相互呼应，展现了南方作家集体创作思想的发展轨迹。作品也因此具有阶段性的特征，从文学对社会创伤的修复作用来看，这些作品分别代表了创伤的重复期、阐释期和重建期的过程。本书既着重于对文本表现内容的细读，从微观上做到评析的细化，也力图从历史的角度出发，宏观把握作家们的集体书写过程。

　　围绕着对南方创伤小说的介绍和研究，本书主要分为三个部分七个章节，分别介绍创伤理论视角、南方创伤语境和创伤小说的形成，以及对于创伤小说的分析。

　　绪论提供了南方文学和福克纳等作家的国内外研究综述，界定了本书的研究对象、研究内容、思路和研究意义。创伤理论作为记忆研究的分支，在近二十年的学界研究中侧重点有所不同，为了方便讨论，笔者在第一章内对创伤理论进行了梳理，主要讨

　　　　　　　创伤、记忆和历史：美国南方创伤小说研究

论了延宕、重复、潜伏期等创伤心理机制和历史性，集体记忆、文化记忆和创伤记忆的异同；创伤见证、代际传递和创伤文化，力图为南方创伤小说的研究提供一个新的理论视角。

第二部分主要分析了南方独特的历史和社会语境对创作的影响。南方创伤小说产生于南方社会新旧交替的时代，从社会传承的角度看，既是对过去的反思，又是对"老南方"话语的解构。作为一种南方社会成员共享的情感的结构框架，"老南方"的形象曾经起到了安抚社会心理创伤的治疗作用。新南方教条借助老南方话语力量，虽然一度在经济上取得效益，但随着大萧条的到来，新南方教条的经济政策遭遇失败，南方文化和核心价值进一步衰落，南方社会面临着记忆的危机。南方知识分子从逃逸者转变到重农主义者，从社会话语的角度，见证了南方历史记忆在新的社会语境下受到的冲击，为南方记忆的再现提供了新的模式。在老南方、新南方教条和重农主义等社会各种话语中，南方作家选择创伤历史记忆作为小说题材，既颠覆了老南方的伊甸园神话，也反驳了新南方教条的经济至上论，成为南方社会的另一种声音。南方创伤小说为创伤记忆的社会历史传承提供了实例，其中对历史创伤的记忆的理解，对创伤重复、潜伏期和延宕的解读，对创伤人物叙事困境的阐释等，都成为南方文学历史中不可或缺的一部分。

南方创伤小说概念的提出，为界定南方文艺复兴时期的小说创作提供了研究思路。接下来的第三章至第七章，笔者分别对具有代表意义的创伤小说进行了文本细读和分析。讨论按照小说发表的时间先后顺序，这符合创伤小说出现、发展并成熟的时间过程。第三章主要讨论 1929 年沃尔夫发表的《天使，望故乡：被埋葬的生活的故事》（以下简称《天使，望故乡》）。沃尔夫的这部作品堪称记忆的宏伟巨著，不仅描写了尤金·甘德的成长历程，也真实地再现了阿尔泰蒙小镇的历史变化；刻画了在家庭创伤和社会创伤的交织下，南方孩子的身体和心理创伤记忆。虽然这部小说没有其他几部作品那么深重的历史意识，但却成为时间长河里南方创伤的一个隐喻：尤金·甘德等受伤的孩子的形象，成为其在南方自我成长历程中挥不去的"失落"和"寻找"的象征意象。和《天使，望故乡》相似，同年发表的《喧哗与骚动》也是一曲家族荣誉失落的挽歌。第四章主要研究《喧哗与骚动》之中历史性创伤和结构性创伤对康普生家族孩子的影响。班吉遭遇的"改名"、阉割等创伤虽然是个人事件，但其深层结构来源于南方传统和家族荣誉对血统纯净的维护；这种传统同样也规约和束缚其他的孩子，并集中表现在对凯蒂贞操的维护上。凯蒂的身体成为传统的记忆之场，康普生兄弟拒绝其变化：与其说康普生兄弟试图保护她脆弱的贞操，不如说他们期冀静止时间带来的改变。当种种努力一再失败后，昆丁选择自杀来终止个人的历史。康普生家族中创伤的一再重复，说明了过去对于现在的困扰，创伤并没有结束，或者说，南方的现在仍然处于创伤之中。

　　沃尔夫和福克纳的两部小说，揭开了南方文艺复兴的序幕，也开启了南方创伤的反思和阐释阶段。1936 年福克纳发表的《押沙龙，押沙龙！》再现了创伤记忆在南方家庭中的代际传递，塑造了南方史诗般的创伤叙事。从内战和重建的见证者罗沙小姐，到第二代康普生先生，再到第三代昆丁，创伤记忆通过口口相传的叙述方式，对昆丁等提出了"你永远不要忘记"的南方记忆指令，小说也再现了昆丁等对南方创伤之源的阐释和理解。1938 年泰特发表的《父亲们》，更是从见证者的角度出发，追溯了南方历史创伤和结构创伤的形成。兰西的生父巴肯少校属于老南方贵族，而他的精神之父珀西则是孤独的现代人形象。兰西在两位父亲之间的徘徊和选择，透露出南方作家面对历史的两难境地。第五章主要研究《押沙龙，押沙龙！》之中创伤记忆的代际传递和创伤的历史重复。第六章从创伤心理的延宕出发，讨论《父亲们》中兰西叙述的困境。这两部小说标志着南方创伤小说进入了阐释期，南方作家试图解释创伤的产生和重复的原因，以便修正过去的错误。

南方创伤小说在20世纪40年代进入了成熟期。其中，1946年罗伯特·佩恩·沃伦发表的《国王的人马》堪称其中的代表之作。大萧条时代南方记忆的变奏继续加深了现实和过去之间的差异。杰克·伯登对历史的追溯使过去的创伤返回，给周围的人带来了毁灭性的打击。他也由此陷入了"大睡眠""大抽搐"等创伤性的解离和麻木状态中。伯登从上一辈凯斯·马斯敦的故事中找到了创伤的历史来源和赎罪的方式，并决心走进历史，担负起历史的责任。第七章的研究重点是《国王的人马》中的创伤潜伏期和创伤的历史意义。这部小说标志着南方创伤小说对历史的重新解读，证明现实已经和过去拉开了距离。南方作家终于可以从一个安全的角度完成创伤的叙事。

在对以上几部南方经典小说讨论的基础上，本书结语部分归纳总结了创伤小说中创伤的人物塑造、创伤小说的叙事特征，以及创伤小说对于历史重建、修复创伤的社会作用。总的说来，南方创伤小说再现了南方创伤记忆传承的三个阶段——重复期、阐释期和重建期。创伤重复对幸存者造成极大的困扰，使其个人生活和家庭都遭遇过去悲剧的复制；创伤幸存者的第二代继承了创伤记忆，意识到他们的自我受到集体创伤记忆的塑造，因此试图阐释创伤的原因，但创伤心理的延宕和潜伏期却使得阐释充满了歧义和模糊，造成了叙述的困境；创伤重建期是指创伤记忆经历了代际传递，在回忆和忘却的记忆危机中，南方第三代人如何解读过去和现在的关系，以及艰难地重新塑造自我。南方创伤小说的创作为南方创伤记忆的社会历史传承提供了实例，完成了南方历史的文学再现。笔者希望通过对南方创伤小说的分析、比较和综合，在南方历史的律动中追溯南方作家的文化诉求，甄别在统一、权威的历史记忆与个人的、片断的、零散的、重复的创伤记忆之间冲突与融合的关系，以建构较为整体化的学术研究。

目　录

绪　论

第一节　研究对象、问题和理论视角

对许多历史学家和文学家而言，美国南方的含义可以从三个方面定义：地域、文化、历史①。在很多场合，南方历史意味着南方的传统，或者说，一种集体记忆。1929 年开始的南方文艺复兴运动中，南方作家艰难地在北方指责的话语和老南方的传奇中寻找南方的过去，不仅从现在的角度书写历史，而且从历史的角度审视现在，创造了独特的文化景观。艾伦·泰特（Allen Tate）指出，正是"因为南方作家这种独特的历史意识，才可能爆发令人惊奇的创造力"②。历史意识的形成是社会语境作用的结果。在 20 世纪 20 年代，南方社会正在经历传统的衰退和消亡：农场、庄园、山林以及相对应的农业文明、庄园传奇和处女地神话都逐渐消失，工业资本主义不可避免地入侵了南方的土地。处于这样一个新旧交替的时代，遗忘成为一种社会危机，而

---

① Thomas L. McHaney: *The Southern Renaissance* (Detroit: The Gale Group, 2001), 5.
② Allen Tate: "The New Provincialism", *Virginia Quarterly Review*, XXI (1945), 272.

保存过去、解释过去则成为重要的社会任务。亚伦（Daniel Aaron）认为，南方作家能从内部了解这个地区，尤其是内战之后南方的灾难，"邦联的失败似乎预示着人类的悲剧——一个愤怒的、自我欺骗的、虚荣的、勇敢的民族（不是没有恐惧和忧虑的）和不断壮大的，组织装备上压倒他们的北方队伍作战"。但什么样的南方作家具备这个资格呢？亚伦认为："一个年老的参加过一些战争的；［或］一个内部的人，但他不会为南方等级、种族和文化的先入之见而左右其观点，他能够评价这个地区的狭隘性；他既幽默，又讽刺，能估量南方人口头宣言和行为之间喜剧性的不平衡，但并不愤世嫉俗。"①也就是说，南方作家若要解释南方的过去，首先需要了解这个地区的历史，拥有南方人特有的集体记忆，更重要的是，他们必须具有客观和独立思考的能力。

作为美国南方文坛的领军人物，威廉·福克纳（William Faulkner, 1897—1962）、托马斯·沃尔夫（Thomas Wolfe, 1900—1938）、罗伯特·佩恩·沃伦（Robert Penn Warren, 1905—1989）、艾伦·泰特（Allen Tate, 1899—1979）正是这样的作家。1929年，福克纳发表的《喧哗与骚动》（*The Sound and the Fury*）和沃尔夫同年发表的《天使，望故乡：被埋葬的生活的故事》（*Look Back, Angel: A Story of the Buried Life*）标志着南方文艺复兴的开始。这些作家的小说表现出一种鲜明的历史意识，通过对个体主体的宣扬，历史被分解成诸多个体的记忆，寻找自我必须回溯历史。福克纳的小说"［通过］对过去的记忆，通过从家族与

---

① Daniel Aaron: *The Unwritten War: American Writers in the Civil War* (New York: Alfred A. Knopf, 1973), 227 – 228.

创伤、记忆和历史：美国南方创伤小说研究

历史继承下来的语言去探索自我"①。沃尔夫的小说代表了南方作家中敏感的年轻一代，在他的小说里，"经验的流动不是去寻找出意义的结构，而是单个浪漫敏感的生命细节化的历史"②。泰特的《父亲们》（*The Fathers*）从一位老年人回忆的角度再现了一个由贵族礼仪和骑士风度维持秩序的社会，然而，昔日的文明却为战争的残暴和人性的堕落所摧毁。而南方作家的另一位代表人物沃伦，则致力于书写和解释"南方某个虚构的人口繁荣的世界"③。沃伦认为，过去的经验能为现在提供道德的启示，并保证历史差异能够在记忆的传递中得到理解。总的说来，这些南方作家的创作都深深浸淫在南方特有的文化中，各种社会力量的互动，各种话语之间的交锋，使他们的作品表现出丰富的层次，回荡着多种声音。在文本表面怀旧的、诗意的、神话的光晕下，蕴含着深深的历史意识，一种拒绝遗忘过去的决心。

作为南方文艺复兴中的重要人物，福克纳等作家再现了南方集体记忆的形成、传递和重建的过程。更为重要的是，作为南方内战创伤幸存者的第三代，这些作家都萦绕着特有的南方创伤记忆。从 1929 年到 1946 年，内战和重建所造成的"历史性创伤"以代际传递的方式，逐层介入南方集体记忆，形成个人、家庭、文化的记忆框架。福克纳等南方作家集体通过个人创伤、家庭创伤和文化创伤的重复和历史回顾，实现了南方历史的重建，并勾勒出一系列有代表性的创伤人物。他们个人的创伤常常和更为广阔的社会因素、文化记忆和意识形态相连。叙事虽然涉及个人遭

---

① 埃默里·埃利奥特：《哥伦比亚美国文学史》，朱通伯等译，成都：四川辞书出版社，1994 年，第 742 页。

② John M. Bradbury: *Renaissance in the South: A Critical History of the Literature, 1920 – 1960* (Chapel Hill: The University of North Carolina Press, 1963) , 92.

③ 同上，61.

遇或家庭悲剧，但其潜文本却暗示该创伤人物代表南方"每个人"的形象。福克纳等以南方创伤作为创作主题，深化了在历史语境下南方作家对个人与社会、创伤和现实的思考，是南方文艺复兴小说创作成熟期的标志。

万斯（Rupert Vance）在《南方的人文地理》（*The Human Geography of the South*）中指出，"历史，而不是地理，缔造了坚实的南方"。从历史意识上来看，这几位南方作家作品中突出的是"这个南方"，带有泰特等人所指出的"向后看"（backward glance）的主题，以及卡什（W. J. Cash）所谓的"内省式变革"（introspective revolution）的特征[1]。对于这些南方作家而言，既然"我们每个人都是自己一生许许多多分秒累积起来的总和"[2]，南方历史就代表着个人历史的累加，是一切过去的总和。它包含内战的创伤记忆、神话与现实的不和谐，沉淀了关于南北冲突、南方传统、家庭、语言、风俗、宗教、奴隶制、种族隔离等过去的创伤和记忆。历史的重建需要从个人记忆出发，正如泰特所指出的那样："如果我们等待历史来做判断，那就根本无判断可言；因为，如果我们本身不是历史，那么，历史还能是谁呢？历史也就等于零了。"[3] 对历史创伤的反思因此成为对个体存在的思索。

基于福克纳等作家主要作品中所反映出的南方集体记忆、创伤记忆和传递、历史的回忆和重建等方面，本书试图思索并回答下列问题：在南方独特的历史社会语境中，集体记忆如何形成并发展？如何影响并塑造了个人创伤记忆？内战和重建等历史事件

---

[1] Richard H. King: *A Southern Renaissance* (New York: Oxford University Press, 1980), 43.

[2] 汤玛斯·伍尔夫：《天使，望故乡》，乔志高译，北京：生活·读书·新知三联书店，1987 年，第 1 页。本书中使用译名"托马斯·沃尔夫"。

[3] 迈克尔·伍德：《文学批评》，朱通伯译，载埃默里·埃利奥特主编的《哥伦比亚美国文学史》，前引书，第 847 页。

创伤、记忆和历史：美国南方创伤小说研究

作为南方历史创伤，如何塑造了南方人的自我，影响并改变了他们对过去的阐释？创伤记忆如何通过代与代之间的传递得到修改、保存和再现？个人创伤记忆和集体记忆之间，关于过去的形象是怎样被接受或被人们拒绝接受的？为什么有些过去的形象能成功地保存下来，而有些却遭遇了"记忆的失败"？为什么人们青睐某个过去的形象而不是另一个？某些故事或集体记忆的原型如何在个人生活世界中得到意义？故事或者叙事机制怎么样保证个人将他人的已知的故事移植为自己的故事？采用什么样的叙事策略可以使集体的历史变为个人的历史？换句话说，集体历史怎样同个人的生活发生联系？简而言之，本书希望从创伤的角度出发，探索南方小说中再现的个人创伤记忆、集体创伤记忆和历史创伤记忆。

创伤分为历史性创伤和结构性创伤。20世纪80年代，随着记忆研究的深入，创伤记忆作为一种特殊的记忆形式，引起了广泛关注。从社会学和心理学的角度来看，第一次世界大战老兵当中普遍出现的"炮弹综合症"，第二次世界大战中的大屠杀等引起的"创伤后应激障碍"（Post-traumatic stress disorder）等都属于历史性创伤。拉卡普罗（Dominick LaCapra）指出，这种历史性创伤是指特殊的，常常是人为的历史性事件，包括大屠杀、奴隶制、种族隔离、少年时期受到的性侵犯或强奸；而结构性创伤通常指超越历史的失落，如和母亲分离，进入语言象征系统，不能完全融入一个集体等。他认为历史性创伤可以，或者部分地得到解决，但结构性创伤却不能改变或治愈①。拉卡普罗的创伤含义突出了创伤的社会层面。在集体的创伤经验中，创伤事件并不一

---

① Dominick LaCapra: *Writing History, Writing Trauma* (Baltimore: Johns Hopkins University Press, 2001), 76 – 85.

定均衡地作用于每一个体，如战争、大屠杀等事件对个体造成的创伤从心理承受上来讲是深浅不一的。创伤作为一种独特的记忆，在于它的经验结构或接受。日常生活记忆伴随着意识，成为一种过去的生活经历；但创伤却在发生之时，无法为意识所接受并解释，因此创伤表现为混乱和解离(dissociation)。"压抑、解离和拒绝既是社会现象也是个体意识"[①]，"解离是对压倒性和难以逃避的威胁或创伤的应激性反应"[②]。表现在叙事中，解离是一种断裂(rupture)。大屠杀创伤更强调侵入性的回忆，患者遭遇了巨大的灾难，幸存者常常拥有麻木(numb)、漠然(detachment)或压抑创伤的经验，并且，这些经验常常以重复的梦、幻觉等逼真再现，使幸存者仿佛再次经历创伤。

结构性的创伤通常来自缺失(lack)。我们对婴幼儿时期记忆的缺失事实上也是一个创伤的暗喻。精神分析研究中，比较典型的代表病例是少年侵害。对于少年时期遭遇性侵、虐待等创伤，或者遭遇的遗弃等，患者常常表现为生理和感情的痛楚、麻木、自我伤害、性格改变等症状[③]。在这一种创伤中，还存在虚假记忆错误症（False Memory Syndrome）和多重人格（multiple personality）等症状。在遗忘和压抑中，患者可能发展出和事实并不吻合的叙述或者多重人格，显示出其情感、认知方面发生的

---

① Judith L. Herman: *Trauma and Recovery* (Cambridge, M. A. Harvard University Press, 1992), 182 - 183. 参见 David Spiegel, "Hypnosis, Dissociation, and Trauma: Hidden and Overt Observers", *Repression and Dissociation: Implications for Personality Theory, Psychopathology, and Health*, ed., J. L. Singer (Chicago: University of Chicago Press, 1990)。

② Laurence J. Kirmayer: "Landscape of Memory: Trauma, Narrative, and Dissociation", *Tense Past: Cultural Essays in Trauma and Memory*, eds., Paul Antze et al. (New York and London: Routledge, 1996), 179.

③ Lenore Terr: *Unchained Memories: True Stories of Traumatic Memories, Lost and Found* (New York: Basic Books, 1994), 272.

分裂，形成不同类型的记忆或对事件的系统性的误读。

　　南方作家再现的创伤体验不仅仅局限于历史性创伤，也描绘了个人创伤和创伤心理的种种表现，但个人的创伤经验总是和集体创伤记忆相连，在个人不幸遭遇的背后，影射着集体联系的逝去和破坏。在社会学的意义上，创伤可以分为个人创伤和集体创伤。创伤无疑是一种个人化的体验，当我们用"集体"（collective）来加以限制的时候，我们更多地用这个修饰语来指代符号秩序，更确切地说，区分个人创伤和集体创伤着眼于创伤的认知层面和社会、媒介层面。个人创伤是指"对心理的一次打击，这种打击如此突然，并伴随着如此野蛮的力量，它撕裂了一个人的抵御机制，以至于个人不可能有效地回应"①。在历史性或是结构性的创伤面前，个人都遭遇到死亡、灾难和震惊。他们感到麻木、害怕、脆弱、孤独，感到生活被划分为不同的区域。而集体创伤损坏的是主导集体的一种精神、一种联系。艾瑞克森（Kai Erikson）指出：

　　　　集体创伤是指对社会生活的基础肌理的一次打击。它损坏了联系人们的纽带，损伤了之前人们的集体感。集体创伤缓慢地作用，甚至是不知不觉地嵌入那些遭受它的人们的意识中。所以它没有通常个人创伤感受的那种突然性，但仍然属于震惊的一种形式。［人们］慢慢意识到集体不再作为一个有效的支持来源而存在，而［与之相连的］自我的重要的一部分已经消失了……"我"继续存在，虽然受到损伤，或许永远改变了；

① Kai Erikson: "Notes on Trauma and Community", *Trauma: Explorations in Memory*, ed., Cathy Caruth（Baltimore and London: The Johns Hopkins University Press, 1995），187.

"你"仍然存在，或许遥远并很难联系；但"我们"不再作为一个组织躯干上相连的组件或联系的细胞那样存在。

集体创伤可能涉及具有相同创伤经验的群体，如南北内战的幸存者；也可能涉及代与代之间创伤经验的传递，如先辈将遭遇到的创伤通过叙事的方式传递给下一代，并影响了下一代身份的形成和自我的认知。南方人共享的内战、重建等集体创伤为个人创伤体验提供了阐释的框架，而集体创伤重述并重建一个共享的过去，形成南方文化中特殊的记忆过程。塔尔（Kali Tal）指出，对于创伤，文化有三种策略去再现，即神话化（mythologization）、医学化（medicaliztion）和消失（disappearance）。神话化将特殊的创伤事件降格为一系列标准的叙事，通过两次、三次讲述"创伤故事"，将一件可怕的、无法控制的事件变为一件可以掌握、可以预测的叙事；而"医学化"是将注意力聚焦到创伤受害者身上，认为他们的遭遇来自一种"疾病"，在医学话语的范围之内，这种疾病可以在现存的，或略有变动的医学或心理学体制中被治愈；"消失"是指拒绝承认某种特殊创伤的存在，这通常伴随着对受害者的不信任[1]。塔尔对创伤社会再现的研究和记忆的政治有密切联系。南方集体创伤为这个地区提供了"老南方"等文化意象，通过将过去神话化来抹去现实和理想之间的差异。这种记忆的策略服务于新南方教条和进步主义。新南方对于老南方记忆的挪用是一种记忆的政治策略，即从当前的利益出发，有选择性地保存和回顾过去的信息，通过遗忘来维护并安定一个过去。

---

[1] Kali Tal: *Worlds of Hurt: Reading the Literatures of Trauma* (Cambridge: Cambridge University Press, 1996), 6.

创伤、记忆和历史：美国南方创伤小说研究

创伤因此也被纳入了新南方文化有组织有意识的再现。然而，这种遗忘所带来的后果是不断重复——重复过去的错误，重复曾有过的伤害。用戈尔曼（Danial Goleman）的话来说就是，"一方面，我们忘记了以前做过这个事，另一方面，我们不大清楚我们为什么又在做这事。自我欺骗是彻底的"①。塔尔等的工作拓展了创伤的文化含义，为我们研究南方作家提供了新的思路和研究视角。

创伤记忆的理论目前多用于精神分析和文化研究，尚未出现和文本研究结合的系统理论。因此在以创伤理论梳理南方文学集体叙事特征时，尚需借助叙事学、新历史主义等相关理论，并推进创伤和文学批评之间关系的探索。为了更详细地说明本书选取的理论视角，笔者将单设一章讨论创伤的心理机制、创伤见证和记忆传递，以便更好地考察南方创伤小说中集体创伤的代与代传递、创伤见证的叙事模式、叙事特征和历史再现。

第二节　国内外研究现状综述

1989 年，为了纪念法国大革命 200 周年，以及冷战结束，《表征》（*Representations*）出版了"记忆"专刊，这标志着西方学界对历史和记忆的反思正式拉开了帷幕。在最近的十几年中，个人记忆、历史记忆、社会记忆、文化记忆、公共记忆、创伤和遗忘、仪式和再现等术语频繁出现在学术期刊上。这些讨论固然基于对一个日益消费化的全球和新的千禧年世界走向的困惑，也是后现代时期对利奥塔德所谓的"宏大历史"观念的挑战，更是

---

① Kali Tal: *Worlds of Hurt: Reading the Literatures of Trauma* (Cambridge: Cambridge University Press, 1996), 7.

从记忆的角度出发对历史的反思。这种学术视角促使我们对美国南方文学中再现的创伤记忆等进行重新思索，为阐释福克纳等作品中创伤人物心理、理解过去和现在的关系等提供了不同的思路。

一、国外美国南方文学研究综述

美国南方文学的发展源远流长。南方文学缘起、发展和繁荣都有其深刻的历史、政治、文化和社会背景。从记忆的角度出发，国外研究的主要内容包括内战前小说研究、重建时期小说对历史创伤的再现和神话化、南方文艺复兴时期小说对历史和记忆的反思。对于战前南方作家的研究，戴维斯（Richard Beale Davis）所著的《南方作家》（*The Living Writers of the South*）提供了一些鲜为人知的作家的资料。帕克斯（Edd Winfield Parks）的《南方诗人》（*Southern Poets*）则多少对胡伯尔《美国文学中的南方》起到了补漏的作用。帕垂克（Walton R. Patrick）编写的《南方文学文化：硕博论文索引》（*A Bibliography of Masters' and Doctors' Theses*），则是对战前南方文学文化以及作家的较为全面的研究。从历史意识的角度看，国外对南方文学研究的一次文献包括伊顿（Clement Eaton）的《南方文明的发展，1790—1860》（*The Growth of Southern Civilization, 1790—1860*, 1961）、塞姆金斯（Francis B. Simkins）的《南方历史》（*A History of the South*, 1953）、伍德沃德的《新南方的起源，1877—1913》（*Origins of the New South, 1877—1913*, 1951）、提达（George B. Tindall）的《新南方的出现，1913—1945》（*The Emergence of the New South, 1913—1945*, 1967）等。另外，一些著名期刊包括逃逸派所创办的《逃逸者》（*Fugitive*）期刊，虽然只有几期，却成为南方文艺复兴的倡发刊物。布鲁克斯（Cleanth Brooks）关于地域文学的论述《美国文学中的地域主义》就首见于《南方历史学刊》（*Journal of Southern History*，Fall，1960）。另外，《南方民俗季刊》（*Southern Folklore Quarterly*）、《南方评论》（*Southern Review*）、《西旺尼评论》（*Sewanee Review*），《南方文学信使》（*Southern Literary Messenger*）等都是一次文献宝贵的来源。集中到南方形象和身份的研究上，伍德沃德《寻找南方身份》（*The Search for Southern Identity*）和卡什的《南方的精神》（*The Mind of the South*)从南方的传统文化出发，认为南方身份是南方的过去和现代社会的压力下一种创造性张力的产物。这些文献为我们界定福克纳等作家所再现的南方集体记忆、创伤记忆的传递等主题提供了历史和阐释的框架。

对于美国南方文学的研究，国外的研究成果相当丰富。一些著名的论断和研究主题包括"向后看"（Allen Tate）、"南方神话"（Lynn Gartrell Levins，George Marion O'Donnell）、"南方历史"（C. Vann Woodward, Lionel Trilling）、"时间"（Jean Paul-Satre）等。这些研究涉及创伤心理的延宕性，表现为"过去在现在之中"（Cleanth Brooks）。如果以1989年《表征》出版"记忆"专刊，美国南方文学开始出现"记忆"研究热潮为界的话，可以大略从研究时段上将美国南方文学的研究划分为三个阶段，笔者将重点解读每一个阶段发表的代表作和其中出现的创伤记忆研究。

（一）1960年—1980年

20世纪60年代，美国南方文艺复兴已经结束。南方作家为美国文学史书写了光辉灿烂的一页。根据布雷德伯里（John M. Bradbury）的统计，南方文艺复兴时期，除了福克纳于1949年获诺贝尔文学奖之外，还有11位南方作家获普利策小说奖，共占1929年以来此项奖人数的三分之一；另有4位获普利策戏剧奖，5位获诗歌奖。1940年至1941年，纽约戏剧评论圈的17项奖中，其中 7 项被南方剧作家捧走。1950 年来 3 项伯列根奖（Bollingen Prizes）颁发给了南方诗人。1927 年来共有 35 位南方作家因在小说、诗歌、戏剧上的成就获得古根海姆奖（Guggenheim Fellowships）。1950 年以来美国国家图书奖（The National Book Awards）三次颁发给南方小说家，另外三次颁给了南方诗人。在这段时期，除了福克纳等作家开始被广泛研究并奠定经典地位之外，南方作家群体的研究也繁荣一时。从研究的主题词看，主要有以下三个方面。

（1）南方内战历史的研究。霍尔曼（C. Hugh Holman）指出："南方对于历史的关注使内战引起的社会变化成为小说家们不可避免的题材，其中一些最好的南方小说家对于这些事件的研究颇有收获。在这些研究中，他们分为两组，每一组都发展出一种特别的形式来处理这个题材。其中一组主要对内战引起的社会变化感兴趣……另一组则试图询问过去的本质，即我们怎么知道它［这个变化］，我们怎么处理由它引起的负疚感的问题。"①霍尔曼还在《南方写作之根》（The Roots of Southern Writing）中，分别对南方作家以及历史的关系进行了研究。艾伦（Daniel Aaron）在《没有书写的战争：美国作家和内战》（The Unwritten War: American Writers and the Civil War）中，对南方作家对内战的再现进行了细致的分类和研究。

（2）另一个研究的主题词是"记忆"。辛普森（Lewis P. Simpson）在《被逐出的花园：南方文学中的田园生活和历史》（The Dispossessed Garden: Pastoral and History in Southern Literature）中，对于南方在内战前、内战后历史和记忆对于南方作家的影响

---

① C. Hugh Holman: *The Immoderate Past: The Southern Writer and History* (Athens: The University of Georgia Press, 1977), 41.

进行了讨论。而格雷（Richard Gray）在《记忆的文学：美国南方的现代作家们》（*The Literature of Memory: Modern Writers of the American South*）中，分析了南方地区两种理想化的历史意象，并指出在社会转型期，记忆成为一种活跃的社会话语，影响着南方作家的写作。这些研究成为南方文学记忆研究的基础，对于南方记忆和创作，对于作品中所再现的人物心理，都给予了足够的重视。但这些研究中，有关历史和记忆之间的区别，并没有清晰的界定。

（3）这一阶段比较突出的研究主题词还包括"集体"和对"南方"的社会和文化的定义。欧·布朗（Michael O'Brien）的《美国南方的概念，1920—1941》（*The Idea of the American South, 1920-1941*）通过对南方传统和精神遗产的分析，从社会学的角度勾勒出南方的形象，着重在重农派与现代主义的交锋上。鲍德温（Kenneth H. Baldwin）等编写的《个人和集体：美国小说中主题的变异》（*Individual and Community: Variations on a Theme in American Fiction*）讨论了南方文学中的个人与集体关系。霍夫曼（Frederick J. Hoffman）的《南方小说的艺术》（*The Art of Southern Fiction*）对南方作家集体的现代主义进行了讨论，鲁宾（Louis D. Rubin, Jr.）的《南方作家：对文学集体的研究》（*The Writer in the South: Studies in a Literary Community*），对于老南方时期，内战之后，20世纪的南方作家集体进行了研究。这些研究为之后南方集体记忆、南方作家的集体创作和文本记忆研究，提供了宝贵的经验。

（二）1981年—1989年

批评视角进一步多元化，评论家们从文化、身份、种族、心理、性属等研究理论出发，讨论南方文艺复兴历史并达到了高潮。1981 年，在密西西比大学召开的"福克纳与约可纳帕塔法"① 年会上，布鲁克斯做了关于"福克纳和逃逸派—重农主义"的发言，考察了文艺复兴时期中的作家们之间的联系和分歧。金（Richard King）则做了"记忆和传统"的演讲，宣示了南方文学研究中对"记忆"和"历史"的重视。这段期间的研究重点集中在对南方文艺复兴的整体研究上。其中，辛格（Daniel Joseph Singal）、金、利维森（Lewis P. Lewinson）等人的著作成为南方文艺复兴研究的经典之作。研究主题主要有以下几个关键词：美国南方的思想史、南方文艺复兴的主题研究、美国南方文学史的研究。

（1）美国南方的思想史。1982 年，辛格出版的《内部的战争：1919—1945 年南方从维多利亚到现代主义思潮》（*The War Within: From Victorian to Modernist Thought in the South, 1919 - 1945*）将南方的骑士传奇和维多利亚文化相联系，从南方的思想和历史出发，分析南方知识分子在社会转型期的声音。1983 年，霍布森（Fred Hobson）发表的《讲述南方：南方的怒诉》（*Tell About the South: The Southern Rage to Explain*）；1986 年，格雷（Richard Gray）出版的《书写南方：一个美国地区的观念》（*Writing the South: Ideas of an American Region*）和 1988 年欧·布朗（Michael O'Brien）出版的《反思南方：知识史论文集》（*Rethinking the South: Essays in Intellectual History*）等，都对南方

---

① 肖明翰一般翻译为"约克纳帕塌法"，虞建华、陶洁、李文俊、陈永国等则翻译成"约克纳帕塔法"，本书沿用后一种译法。参见肖明翰：《威廉·福克纳：骚动的灵魂》，成都：四川人民出版社，1999 年；虞建华：《美国文学的第二次繁荣：二三十年代的美国文化思潮和文学表达》，上海：上海外语教育出版社，2004 年；陶洁：《灯下西窗：美国文学和美国文化》，北京：北京大学出版社，2004 年；李文俊：《福克纳的神话》，上海：上海译文出版社，2008 年；弗莱德里克·R. 卡尔：《福克纳传》，陈永国等译，北京：商务印书馆，2007 年。

创伤、记忆和历史：美国南方创伤小说研究

传统思想对南方自我的塑造非常重视。

（2）南方文艺复兴的主题研究。理查德·金的《南方文艺复兴》（*A Southern Renaissance*）则从尼采的历史意识和弗洛伊德的精神分析出发，研究南方"家庭浪漫史"中的历史重复和南方历史意识的建构，对于南方文艺复兴研究有指导意义。金的研究中，涉及南方历史创伤的心理修复和代际传递问题。另外，1981年杨（Thomas Daniel Young）发表的《过去在现在之中：南方现代小说的主题研究》（*The Past in the Present: A Thematic Study of Modern Southern Fiction*）深化了南方文学中时间主题的研究，并从记忆和历史的角度，研究南方传统的本质和对创作的影响。

（3）美国南方文学史的研究。1985年鲁宾编辑的《南方文学历史》（*The History of Southern Literature*）和他在1989年发表的《沼泽的边缘：老南方文学和社会的研究》（*The Edge of the Swamp: A Study in the Literature and Society of the Old South*）等，对南方文学史做了细致的梳理。

（三）1989年至今

南方文学研究出现"记忆"为主题词的研究热潮。记忆理论的蓬勃发展有助于拓展南方小说的研究空间。1989年之后，南方文学研究中对历史、记忆和创伤的研究蓬勃发展。其内容主要可以分为三个部分。

（1）南方的集体记忆、文化记忆和文学历史再现研究。其代表作品包括1993年洪尼格森（Lothar Honnighausen）发表的《重写南方：历史和虚构》（*Rewriting the South: History and Fiction*），1996年哈弗莱和劳（Jefferson Humphries & John Lowe）发表的《南方文学的将来》（*The Future of Southern Letters*），1997年戈德菲尔德（David Goldfield）发表的《地区、种族和城市：解读都市化南方》（*Region, Race, and Cities: Interpreting the Urban*

South), 2004 年布莱尔（William Blair）发表的《死者的城市：南方内战记忆的思考，1865—1914》(Cities of the Dead: Contesting the Memory of the Civil War in the South, 1865 - 1914)，2007 年萨克斯曼（David Sachsman)发表的《记忆和神话：小说和电影中的内战，从〈汤姆叔叔的小屋〉到〈冷山〉》(Memory and Myth: The Civil War in Fiction and Film from Uncle Tom's Cabin to Cold Maintain)，《福克纳杂志》(The Faulkner Journal) 2004 年秋季至 2005 年春季的《福克纳、记忆、历史》特刊等，都对南方文学的历史、记忆和文学再现进行了探讨和研究。正如 2008 年米切尔（Douglas L. Mitchell）在《困扰而疏离的记忆：南方小说家的历史书写》(A Disturbing and Alien Memory: Southern Novelists Writing History) 中提到的，"这里列举的［南方］作家都参与了对南方的书写，对其历史意象和当前现实的建构"[1]，评论家们的目的则是通过检验作家们个人的、艺术的和文化的目的来检验记忆怎样参与历史建构和这种建构的实质。

（2）记忆和身份的关系研究。创伤记忆在精神和社会的层面塑造个人的身份。个人创伤造成了幸存者和现实世界的疏离，集体创伤记忆加强了个人和社会文化语境的联系。在创伤记忆和身份塑造的关系上，1999 年科布(James C. Cobb) 发表的《重新定义南方文化：现代南方的思想和身份》(Redefining Southern Culture: Mind & Identity in the Modern South) 探讨了南方主体的建构和身份的形成；2000 年布伦戴奇(W. Fitzhugh Brundage) 主编的论文集《记忆生长的地方：历史、记忆、南方身份》(Where These Memories Grow: History, Memory, and Southern Identity) 从南

---

① Douglas L. Mitchell: A Disturbing and Alien Memory: Southern Novelists Writing History (Baton Rouge: Louisiana State University Press, 2008), 6.

方的集体记忆、历史记忆和文化记忆出发，探讨南方身份和传统记忆之间的关系，尤其对内战创伤造成的身份问题进行了研究；其他一些评论家，如 2001 年麦克黑尼（Thomas L. McHaney）的《南方文艺复兴》（*The Southern Renaissance*），莱德（Barbara Ladd）的《拒绝历史：福克纳、休斯顿、威尔蒂的性属、现代性和作者身份》（*Resisting History: Gender, Modernity, and Authorship in William Faulkner, Zora Neale Hurston, and Eudora Welty*），2009 年米尔查普（Joseph Millichap）的《向后一瞥：南方文艺复兴、自传史诗和经典遗产》（*A Backward Glance: The Southern Renascence, the Autobiographical Epic, and the Classical Legacy*）等著作，都采取历史记忆的视角，在纪念碑式的历史记忆和南方集体记忆的张力之间，研究南方作家集体写作塑造的身份问题。

（3）创伤记忆和创伤小说的叙事研究。在近年来的记忆研究中，创伤作为心理学、社会学、历史和文学的交融点，受到越来越多的关注。国外对创伤记忆的研究主要集中在三个领域。一是在创伤心理研究方面，如凯鲁斯（Cathy Caruth）1995 年主编的《创伤：记忆探索》（*Trauma: Explorations in Memory*），1996 年发表的《无主的经历：创伤、叙事和历史》（*Unclaimed Experience: Trauma, Narrative and History*）成为创伤心理和社会研究的奠基之作。李斯（Ruth Leys）2000 年发表的《创伤：系谱研究》（*Trauma: A Genealogy*）则从知识系谱学的角度，探讨创伤的重复原则、延迟性和潜伏期；二是在社会学和历史研究方面，1991 年兰格(L. Langer) 发表的《大屠杀见证：记忆的毁灭》（*Holocaust Testimonies: The Ruin of Memory*），拉卡普拉于 2001 年发表的《书写历史，书写创伤》（*Writing History, Writing Trauma*）等讨论了"二战"中大屠杀创伤和人的完整性、身份等的关系；三是在创伤记忆和文学叙事的研究上，如费尔曼（Shoshana Felman）1992 年编辑的《证词：文学、心理研究和历史中见证者的危机》（*Testimony: Crises of Witnessing in Literature, Psychoanalysis, and History*），1996 年塔尔（Kali Tal）发表的《受伤的世界：阅读创伤文学》（*Worlds of Hurt: Reading the Literatures of Trauma*），2004 年利科（Paul Ricoeur）发表的《记忆、历史、忘记》（*Memory, History, and Forgetting*）等讨论了创伤见证人叙事的文学性，以及见证和历史的关系。

不过，创伤记忆和文学叙事的关系目前还没有得到深入的讨论。运用创伤记忆理论讨论南方文学的一些文章散见于期刊中，如2004年沃尔夫曼（Clifford E. Wulfman）《创伤记忆的诗学》（"The Poetics of Traumatic Memory"），佛特尔（Greg Forter）发表的《弗洛伊德、福克纳、凯鲁斯：创伤和文学形式的政治》（"Freud, Faulkner, Caruth: Trauma and the Politics of Literary Form"）等。评论家们从创伤的延宕性和重复出发，研究福克纳等作家作品中创伤人物的心理活动和自我塑造，同时，也开始对创伤在代与代之间传递的一些探索。

综上所述，国外南方文学研究的焦点出现从"坚硬"的历史转向"柔软"的记忆的势头，凸显了南方文化记忆、历史意识、记忆和身份塑造等问题。但在这股"记忆"研究的浪潮中，虽然目前该领域理论较活跃，但从研究对象来看，国内外创伤记忆的研究还集中在单个作家，这虽从微观上做到了评析的细化，但在视野上却受制于单个作家或单部小说的有限内容，对作家集体的研究还有待深入；针对创伤记忆、南方集体创伤、创伤记忆见证和代与代传递的讨论还没有和文本分析结合，对于南方作家创伤记忆的研究还有待更多的文本细读。

二、福克纳等作家的国外研究综述

从美国南方文学研究史来看，对福克纳及作品的研究最为集中。福克纳在美国评论界中的接纳历时颇长。虽然早期对福克纳有一些肯定的声音，如艾伦·泰特的评论，欧唐纳（George Marion O'Donnell）的文章《福克纳的神话》（"Faulkner's Mythology"），都对福克纳的主题进行了表扬①。大多数美国批评家缺乏对福克纳足够的关注，或者对福氏作品中暴力、乱伦、阴暗的宿命观加以严厉的批评。而 20 世纪 30 年代的英国批评家也曾纷纷撰文指责后来被认为是福克纳贡献之一的技巧。F. R. 利维斯（F. R. Lewis）1933 年评论《八月之光》时认为，福克纳虽然不像他在早期的小说里那样迷恋技巧，但仍然过分有意识地追求"时髦"；利维斯认为，这种追求也许是目的不明确的一种反映。格雷厄姆·格林（Graham Greene）1937 年评论《押沙龙，押沙龙!》的时候，也对福克纳的风格表示不赞赏，虽然他承认福氏的作品中的确存在某种难以确切地说清楚的"东西"。然而，与此同时，福克纳的作品却在法国受到评论家们，包括萨特的热烈欢迎。萨特的《福克纳小说中的时间：〈喧哗与骚动〉》从存在主义哲学的角度，指出南方的不幸是过去的迷失。萨特对福克纳"时间哲学"的解读现在已成为福克纳研究中的经典结论。

福克纳小说经典地位的确立得益于马尔科姆·考利（Malcolm Cowley）1945 年编写《袖珍本福克纳文集》（*The Portable Faulkner*）时对其作品的宣传。考利在编写袖珍本时，所

---

① G. M O'Donnell: "Faulkner's Mythology", *William Faulkner: Three Decades of Criticism*, eds., F. J. Hoffman et al. (East Lansing: Michigan State University Press, 1963).

有福克纳的著作都已绝版。考利在序言中指出，福克纳与其说是个小说家，不如说是"诗歌散文体的史诗诗人或行吟诗人，是个神话的创造者，他把这些神话变成一部关于南方的传说"[①]。考利的《袖珍本福克纳文集》发行后，沃伦接着写了一篇评《袖珍本福克纳文集》的重要文章，指出福克纳的作品不能单单按照南方的经历来理解，而应该"看作我们这个现代世界所共同的问题。这传奇不仅仅是南方的传奇，而且也是我们大家的苦难和问题的传奇"[②]。值得注意的是，作为南方文学家和批评家的考利和沃伦，他们对福克纳的研究并没有集中于文本内部，而是着眼于福克纳作品的"南方性"。值得注意的是，同样来自南方的美国新批评的主要代表人，如泰特、沃伦、布鲁克斯等对福克纳的介绍和推广，对福克纳作品中南方历史和南方地域的主题宣传做出了巨大贡献。考利和沃伦的评论推动了对福克纳的研究，成为福克纳批评史上的重要里程碑。随着 1949 年福克纳获得诺贝尔文学奖，福克纳研究逐渐成为一门显学。欧文·豪（Irving Howe）的《威廉·福克纳：一部批评性的研究》（*William Faulkner: A Critical Study*, 1952）可以看作最早的较为公允较为全面的研究著作。布鲁克斯（Cleanth Brooks）的《威廉·福克纳：约克纳帕塔法家园》（*William Faulkner: The Yoknapatawpha Country*）、维克里（Olga Vickery）的《福克纳的小说》（*The Novels of William Faulkner*）、沃尔普（Edmond L. Volpe）的《福克纳的读者指南》（*A Reader's Guide to William Faulkner*）、米尔盖特（Michael Millgate）的《福克纳的成就》（*The Achievement of William Faulkner*）等进一步奠定了福克纳的经典地位。

---

① 李文俊编选：《福克纳评论集》，北京：中国社会科学出版社，1980 年，第 40 页。
② 同上，第 42 页。

进入 70 年代后，福克纳研究更加全面深入。布雷肯斯顿（Andre Bleikasten）的《最伟大的失败：福克纳的〈喧哗与骚动〉》（*The Greatest Failure: William Faulkner's* The Sound and the Fury）没有迎合新批评在混乱中统一的观点，而是从"当代批评的常识出发，建构和阐释一部文学作品意义，而不仅仅是接受"①。艾文（John T. Irwin）的《双重性和乱伦：重复和报复》（*Doubling and Incest: Repetition and Revenge*）则从弗洛伊德和尼采的理论出发，分析了康普生兄弟阉割恐惧、乱伦、欲望、俄狄浦斯情结和怪异等体现。这两部作品堪称经典之作。70 年代也是神话和原型化福克纳作品的时期。批评家们将福克纳的作品和神话原型、史诗等联系和比较，如奥唐纳德（Joerge M. O'Donnald）的《福克纳的神话》（*Faulkner's Myth*）、莱文斯（Lynn Gartrell Levins）的《福克纳的英雄构造：约克纳帕塌法小说》（*Faulkner's Heroic Design: The Yoknapatawpha Novels*）、布赖娄斯基（Walter Brylowski）的《福克纳奥林匹亚的笑声：小说中的神话》（*Faulkner's Olympian Laugh: Myth in the Novels*）、威廉姆斯（David Williams）的《福克纳的妇女：神话和缪斯》（*Faulkner's Women: The Myth and the Muse*）等。这些作品从神话原型分析方面将作家的创造和社会起源相连，认为福克纳的南方影射了南方神话、老南方传奇，或者更进一步，奥林匹克诸神以及圣经神话等。

70 年代的另一重要事件是福克纳年会的举办。从 1974 年开始，密西西比大学每年举行一届福克纳年会，内容涉及当年的研究重点。迄今为止，福克纳年会已经涵盖了所有福克纳研究的关

① Timothy P. Caron: "'He Doth Bestride the Narrow World Like a Colossus': Faulkner's Critical Reception", *A Companion to William Faulkner*, ed., Richard C. Moreland (Malden: Blackwell Publishing Ltd., 2007), 486.

键词。这种学术活动本身是一种文化体制对福克纳研究经典化的推动，同样也是一种文本、文化和社会记忆传输的过程。

80年代和90年代，随着各种文学理论的兴盛，福克纳研究出现了各种不同的分析，凯南（Timothy P. Caron）在《福克纳的评论接受》（"Faulkner's Critical Reception"）中认为，随着80年代开始的"理论爆炸"（Theory Boom），福克纳研究不再是单数的，而是复数的，即"福克纳们"（Faulkners）的研究。下面挑选一些影响力颇大的研究为例。

巴赫金理论视角的福克纳研究（A Bakhtinian Faulkner）。该研究从巴赫金的理论出发，研究语言矛盾和语义对生活经历的捕捉。如1989年罗斯（Stephen M. Ross）发表的《小说的无可消退的声音：福克纳的话语和写作》（*Fiction's Inexhaustible Voice: Speech and Writing in Faulkner*）、洛克耶（Judith Lockyer）于1991年发表的《文字秩序：福克纳小说叙事中的语言》（*Ordered by Words: Language in Narration in the Novels of William Faulkner*）。

拉康理论视角的福克纳研究（A Lacanian Faulkner）。在该研究中，拉康的语言和主体的关系，以及"镜像期""象征期"等对人物心理自我的塑造理论成为福克纳研究中新的理论视角。福勒（Doreen Fowler）1997年发表的《福克纳：压抑者的归来》（*Faulkner: The Return of the Repressed*）让我们理解了"人们是通过语言在文化中塑造自己的"①。

马克思主义理论的福克纳研究（A Marxist Faulkner）。该研究运用西方马克思主义理论，讨论社会资料拥有和社会关系的问题。如戈登（Richard Godden）1997年的著作《劳动的小说：威

---

① D. Fowler: *Faulkner: The Return of the Repressed* (Charlottesville: University Press of Virginia, 1997), 167.

廉·福克纳和南方漫长的革命》（*Fictions of Labor: William Faulkner and the South's Long Revolution*）。

意识形态理论的福克纳研究（An Ideological Faulkner）。如1999 年雷利（Kevin Railey）发表的《天生贵族：历史、意识形态和威廉·福克纳的生产》（*Natural Aristocracy: History, Ideology, and the Production of William Faulkner*）。该书集中讨论了南方社会的经济制度和家长制被进步主义的挪用，指出"新南方教条运用嵌入神话的观念，作为一种意识形态武器来塑造南方理念"，而进步主义的"政治策略建立在地区、阶级和种族之间的联合联盟上"①。福克纳的小说在这种历史社会语境下，再现了当时的社会关系。

当然，随着各种理论的"爆炸"，福克纳研究还存在种族、性属、文化、女性等等繁殖出来的"福克纳们"，这些理论极大地丰富了福克纳研究的视角，并提供了多元解读的途径。另外，和南方文学研究总体趋势以及记忆理论相应和，福克纳研究中对历史、传统和记忆的研究在 90 年代也进入一个高潮。威廉姆森（Joel Williamson）的《威廉·福克纳和南方历史》（*William Faulkner and Southern History*）将真实的南方历史事件，包括作家本人家庭，以及所谓"影子家庭"（黑人仆役）的真实历史和小说中的情节相联系。多伊尔在（Don Doyle）《福克纳的县：约克纳帕塌法的历史之根》（*Faulkner's County: The Historical Roots of Yoknapatawpha*）中则指出："我越是阅读比较他'杜撰'的和'真实'的县，我越是钦佩他不仅是作为一个作家，同时也是一

---

① Kevin Railey: *Natural Aristocracy: History, Ideology, and the Production of William Faulkner* (Tuscaloosa and London: The University of Alabama Press, 1999), 10 - 20.

位历史学家的贡献——一位过去的阐释者的贡献。"①历史和记忆
为福克纳研究开拓了更加广阔的研究空间，提出了新的研究问
题。正如唐纳森在《序言：福克纳，记忆和历史》中所提到的，
"这些论文告诉我们，就像昆丁·康普生那样，讲述历史，探寻
福克纳作品中的过去，这些工作还做得远远不够，尤其是采用后
现代的'被记忆缠绕'（haunted by memory）的观点"②。可见，
对于这位经典作家而言，记忆的工作将是今后研究的重点和
难点。

　　另一方面，对托马斯·沃尔夫的代表作《天使，望故乡》
的评论却在问世之初就毁誉参半。此书于 1929 年发表后，辛克
莱·刘易斯（Sinclair Levis）就发信祝贺说："此书……有其伟
大之处。对我来说，此书与《永别了，武器》一样，比过去的
很多书都更为广博。"③ 1947 年福克纳在密西西比大学的演讲中，
两次将沃尔夫列为美国最重要的作家。舍伍德·安德森
（Sherwood Anderson）看过之后也曾表示，"自愧弗如……明白了
自己为什么写不出长篇小说"④。但同时伯纳德·德·沃托
（Bernard D. Voto）却在《天才是不够的》中指责道："他不懂
得小说家需要哪些材料，不懂得取舍，不懂得小说各部分之间的
关系。"⑤ 另一些批评家则尖刻地认为沃尔夫的小说"外行、粗

---

① Don H. Doyle: *Faulkner's County: The Historical Roots of Yoknapatawpha* (Chapel Hill: University of North Carolina Press, 2001), xii.

② Susan Donaldson: "Introduction: Faulkner, Memory, History", *The Faulkner Journal*, 2004, 20 (1/2), 15.

③ Thomas Wolfe: *The Letters of Thomas Wolfe*, ed., Elizabeth Nowell (New York: Charles Scribners Sons, 1956), 270 - 271.

④ 刘象愚：《托马斯·沃尔夫和他的小说》，见董衡巽《美国现代小说家论》，北京：中国社会科学出版社，1987 年，第 172 页注 2。

⑤ Bernard D. Voto: "Genius Is Not Enough", *The World of Thomas Wolfe*, ed., C. Hugh Holman (New York: Charles Scribners Sons, 1962), 86.

陋……令人作呕到无法原谅的地步"①。更糟糕的是，这部杰作在沃尔夫的故乡阿什维尔遭到一致声讨和抵制，连他的同学也指责他在书中"向北卡州和南方吐了口水"。由于这位天才作家的早逝，沃尔夫及其作品的声名有所下降，但毋庸置疑，他在南方文艺复兴中的成就将在文学史上占有重要地位。

对于本书中要讨论的另外两名作家艾伦·泰特和罗伯特·佩恩·沃伦，他们在小说创作上的成就远远没有得到他们在其他方面所受到的重视。泰特的小说《父亲们》发表于 1938 年，沃伦认为此书充满"真实的东西"。范多任（Mark Van Doren）认为这是"非常细致的工作，是亨利·詹姆斯会称颂的［小说］"②。《父亲们》发表之初，受到许多评论家的高度关注。布鲁克斯（Cleanth Brooks）作为泰特的朋友，曾多次明确表达对这部小说的赞扬。在 1975 年 6 月 9 日给泰特的信件中，布鲁克斯如实地预见了这部小说可能的影响："又及，我不能结束这封信，除非［告诉你］我越来越自信地预见到，《父亲们》将成为二十世纪最为伟大的小说之一。"③ 布鲁克斯还指出，这部小说"是对现代世界中诺斯替趋势的谴责"④。新批评所主张的统一、张力和矛盾统一的视角对《父亲们》的解读产生了影响。比如卡朋特（Lynette Carpenter）从经验和意义的角度出发认为，"小说的中

---

① Rewey Belle Inglis: *Adventures in American Literature* (New York: Harcourt, Brace and Company, 1949), 155.

② Thomas A. Underwood: *Allen Tate: Orphan of the South* (Princeton University Press, 2003), 283 – 284.

③ Alphonse Vinh: *Cleanth Brooks and Allen Tate: Collected Letters, 1933–1976* (Columbia: University of Missouri, 1998), 260.

④ Cleanth Brooks: "Allen Tate and the Nature of Modernism", *Southern Review*, XII, (1976), 688.

心模式是关于经验的本质和意义的模糊性"①。沙利文（Walter Sullivan）从传统和现在之间对立的角度出发指出，"这是对一个有秩序的传统的老南方中宗教精神缺乏的谴责"②。迈兹纳（Arthur Mizener）对这部小说评论中的矛盾对立的总结堪称经典，他认为："如同它的结构，《父亲们》中的主要张力来自公众和私人生活之间［的矛盾］。一方是文明的人为的秩序，总是为纪律所约束，在其自身的不完善面前毫无办法；另一方来自私人生活的混乱，总是真实的，受环境约束，但在面对其自身的冲动前却一筹莫展。"③迈兹纳的评价为大多数读者所接受，并成为《父亲们》再版时的序言，代表了新批评一代评论家对这部小说的认识。

新批评对《父亲们》的分析虽然非常细致，但局限于小说中二元对立的矛盾冲突的模式在一定程度上限制了批评家的思路。在很长一段时间内，《父亲们》都没有得到足够的重视和充分的分析。理查德·金在其经典著作《南方文艺复兴：美国南方的文化觉醒，1930—1955》中，专章评述了这部小说，并特意指出：

> 很奇怪，《父亲们》没有受到太多的批评家的注意，或者说至少没有得到应有的重视。阿瑟·迈兹纳论文中（1960年版本中的介绍）的张力论和理查德·格雷在《记忆的文学》中的讨论，都认为泰特同情巴肯

---

① Lynette Carpenter: "The Battle Within: The Beleaguered Consciousness in Allen Tate's *The Fathers*", *Southern Literary Journal*, VIII, 1976, 22.

② Walter Sullivan, "*The Fathers* and the Failures of Tradition", *Southern Review*, XII, 1976, 760.

③ Arthur Mizener. *Introduction, Allen Tate:* The Fathers (Athens: The Ohio University Press, 1990), ix.

少校的公共世界。但小说（以及泰特对于战前南方的看法）却是非常模糊，同时将巴肯和珀西作为两种不同生活方式的代表。在《艾伦·泰特和他的作品》中，詹尼特·史密斯（Janet Smith）的文章《老王国的结束》，只是提到了旧时弗吉尼亚生活的脆弱性；如同瓦特尔·沙利文在《南方作家和内战》中的结论一样。只有路易斯·鲁宾在《谨慎的逃逸者》关于泰特的讨论中，才费神提到了为什么标题"父亲们"是复数，而不是单数。①

　　理查德·金准确指出了《父亲们》的批评上存在的重视巴肯少校忽视珀西的倾向，并且，金从南方历史和重复的角度分析了泰特的这部作品，对于《父亲们》的评论具有重要的指导意义。

　　相比泰特而言，他的亲密朋友沃伦却更加幸运。《国王的人马》（*All the King's Men*）是罗伯特·佩恩·沃伦的代表作之一，1946年发表后好评如潮。刘易斯认为"［沃伦］也许是南方最有才华的作家"②。早期的评介通常将这本书看成政治小说或哲学小说。也许最早注意到这部小说中的历史意识的是福克纳，他曾写信给自己的出版商，认为《国王的人马》中"马斯敦的故事优美而让人感动，但我看其余的部分大可扔掉"③。这部小说于1947年获普利策小说奖，并曾两次被改编成了电影。一些评论

①　King: *A Southern Renaissance*, 310.

②　Joseph Blotner: *Robert Penn Warren: A Biography* (New York: Random House, 1997) , 227.

③　Frederick L. Gwynn: *Faulkner in the University: Class Conferences at the University of Virginia 1957-1958* (Charlottesville: The University Press of Virginia, 1959) , 241.

家把它视为沃伦小说写作的一个里程碑，甚至是 20 世纪美国小说的里程碑①。特里林（Diana Trilling）认为这是一部"非常了不起的小说作品"，有"宽阔的视角"。她总结道："沃伦先生对一个政治家的研究意图是在历史进程中调查内在的道德的相对性。"② 梅伯利（George Mayberry）在《新共和》（*New Republic*）中将这本小说和《白鲸》（*Moby-Dick*）、《哈克贝利·芬历险记》（*The Adventures of Huckleberry Finn*）、《了不起的盖茨比》（*The Great Gatsby*）、《太阳照常升起》（*The Sun Also Rises*）相提并论③。伍德（J. P. Wood）在《星期六文学评论》（*Saturday Review of Literature*）中宣称："我们没有多少优秀的政治小说——但这本是。更重要的，这是一本优秀的小说，任何时候这样的小说都是罕见的。"④ 希克斯（Granville Hicks）则认为，沃伦小说中对历史和人类生存意义的探讨，使他"跻身于美国最优秀的作家前列"⑤。早期对这部小说的评论多倾向于这是一部政治小说。然而，拉格（Henry Rago）却认识到小说里面杰克·伯登的作用，认识到这部小说不仅是威利的故事，也是"关于南方，关于美国，关于所有现代社会中处于'可怕的分裂'中的人们"，而这种情况在伯登身上得到最突出的体现⑥。

福克纳、泰特和沃伦作为南方文艺复兴中的代表作家，对于

---

① Harold Woodell: All the King's Men: *The Search for a Usable Past*（New York: Twayne Publishers, 1993），14.

② Diana Trilling: "Fiction in Review", *Nation* 163（24 August 1946），220.

③ George Mayberry: "On the Nature of Things", *New Republic* 115（2 September 1946），265.

④ J. P. Wood: "Mr. Warren's 'Modern Realism'", *Saturday Review of Literature* 29（17 August 1946），11.

⑤ Granville Hicks: "Some American Novelists", *American Mercury* 63（October 1946），499.

⑥ Henry Rago: "Books of the Week", *Commonweal*（4 October 1946），599.

南方创伤文化记忆的再现具有重要意义。他们的作品都表现出对过去的追溯和反思，刻画了一系列具有典型意义的创伤人物。从国外研究中可见，对于创伤主题和人物的分析还存在研究空间。因此，本书将南方作家集体作为考察对象，所选择的时段相对集中，具有一定的代表性，将更全面地把握南方文艺复兴时期所再现的南方创伤记忆。但对特定时间特定作家群的研究，既是研究的重点，也是难点。

三、国内美国南方小说研究综述

国内美国南方文学的研究主要开始于20世纪80年代，对南方创伤小说的研究散见其中。从研究内容上看：一是文学史层面上对南方文学主题的研究（刘海平，王守仁，杨仁敬，虞建华等），二是作家专题研究，出现了大量福克纳研究论文、硕博士学位论文（1999年迄今约220篇硕士学位论文，11篇博士学位论文）及专著（李文俊、肖明翰、陶洁、朱振武等），以及莫里森、沃克、沃伦、奥康纳、麦卡勒斯、韦尔蒂等作家研究。这些研究均涉及南方内战创伤、历史创伤的简介，但尚未出现创伤小说的专题研究；从研究方法上看，新批评、解构主义、历史批评、新历史主义、神话原型、族裔、心理分析、文化批评等研究视角被广泛采用，显现出多元发展的蓬勃势头。然而，创伤精神分析甚少，就国内创伤文学研究来看，目前也仅见9篇硕士学位论文（研究对象为托里·莫里森和印第安族裔作家），以及卫岭的专著《奥尼尔的创伤记忆与悲剧创作》（2009）。

我国对福克纳的介绍起自1936年赵家璧在《现代》杂志上对密尔顿·华尔德曼的评论《近代美国小说之趋势》的译介。其中《福尔克奈的美国小说》一节便是在中国发表的关于福克纳其人作品的最早介绍。1958年到1962年，中国社科院的李文俊组织译介了福克纳的短篇小说《胜利》（"Victory"）和《拖死狗》（"Death Drag"），并对其中的反战主题进行了评论。1979年到1991年，福克纳研究进入相对成熟的时期。"文化大革命"后，福克纳的三篇短篇小说《献给爱米丽的一朵玫瑰花》、《烧马棚》、《干旱的九月》发表在1979年《外国文艺》上。1980年李文俊选编的《福克纳评论集》成为福克纳研究的重要里程碑，是福克纳研究者必备的参考书。1984年李文俊翻译的《喧哗与骚动》由上海译文出版社出版，1985年中国文联出版社翻译出版了《福克纳短篇小说选》。之后李文俊连续翻译了《我弥留之际》《去吧，摩西》《押沙龙，押沙龙!》，陶洁翻译了《圣殿》《坟墓的闯入者》，蓝仁哲翻译了《八月之光》，杨颖、王菁翻译了《掠夺者》，张月翻译了《村子》。福克纳作品的译介大大促进了福克纳研究的发展。

1992年开始，福克纳研究进入繁荣时期。1992、1997、2004年举办了三届福克纳研究年会。在这段时间，陶洁翻译了《福克纳的魅力》。1999年，肖明翰在四川师范大学组织了"南方文艺复兴"课题研究，并连续发表了三部重要的著作——《大家族的没落：福克纳与巴金家庭小说比较》《威廉·福克纳研究》《威廉·福克纳：骚动的灵魂》。肖明翰的三部著作全面介绍了南方社会文化、宗教、文学传统，从人道主义精神解读了福克纳的主要著作，成为国内福克纳研究的代表作品，并对后来的研究起到了规范化的作用。另外，刘浩波的《南方失落的世界：福克纳小说研究》评论了福克纳小说的叙述技巧、神话原型。近年来，年轻的研究者更是从各种理论角度对福克纳的小说进行研究，如朱振武的著作《从心理美学的平面上——威廉·福克纳的小说创作论》、刘建华从文化批评的角度撰写的《文本与他者：福克纳解读》、武月明对福克纳小说中女性角色的解读等。从中国期刊全文数据库（UNKI）的检索来看，截至 2011 年，以"福克纳"为关键词在摘要中检索到的文章有 937 篇；1990 年至 2011 年近 20 年内，核心期刊上发表的福克纳研究的论文约 249 篇，博士论文 8 篇，硕士论文 113 篇。这些研究主要都集中于福克纳的主要著作——《喧哗与骚动》《八月之光》《我弥留之际》《押沙龙，押沙龙！》等。

对罗伯特·佩恩·沃伦的介绍主要集中在诗歌评论上。1986 年《读书》第 8 期发表了文楚安的《美国第一个桂冠诗人》。该文对沃伦的诗歌成就进行了介绍，丁聪为此文配图，勾勒了沃伦的漫画肖像。1988 年涂寿鹏在《外语研究》第 2 期发表了《美国桂冠诗人罗伯特·佩恩·沃伦及其近作选译》。从 1996 年到 2011 年，我国国内对沃伦的研究包括 2004 年华中师范大学柳向阳的硕士学位论文《论罗伯特·潘·沃伦动物诗歌的生命意识》、2008 年兰州大学陈耀庭的硕士学位论文《论罗伯特·潘·沃伦诗歌中"爱与知"的碰撞与和谐》、2008 年山东大学吴瑾瑾的博士学位论文《生之必然渗透：罗伯特·沃伦的自我认知哲学观与文学创作研究》、2005 年柳向阳在《外国文学研究》第 5 期发的《论奥古斯丁时间观与罗伯特·潘·沃伦的诗歌创作》①。在对沃伦作品的翻译方面，1974 年陈绍鹏翻译了沃伦的小说《国王的人马》，1986 年陶洁重译了《国王的人马》并对这部小说的人物、主题进行了详尽的评论，收录在《灯下西窗——美国文学和美国文化》中。但多年以来，这部小说没有引起国内

---

① 国内有的学者的译名是"罗伯特·潘·沃伦"，参见陈耀庭：《论罗伯特·潘·沃伦诗歌中"爱与知"的碰撞与和谐》，兰州大学硕士学位论文，2008 年。柳向阳：《论奥古斯丁时间观与罗伯特·潘·沃伦的诗歌创作》。或省略了中间名，如吴瑾瑾：《生之必然渗透：罗伯特·沃伦的自我认知哲学观与文学创作研究》，山东大学博士学位论文，2008 年。本书统一采用陶洁的译名"罗伯特·佩恩·沃伦"。

批评界足够的重视。李文俊在《公诸同好——推荐我读过的几本书》一文中，谈到沃伦小说《国王的人马》中译本在中国竟遭埋没："我还想提一提《国王的人马》这本书。美国小说大家读得很多了，海明威、福克纳的作品，文学爱好者都已耳熟能详，不必多费唇舌。我独独不解华伦（现一般译作沃伦）这部有名的小说何以未在我国引起注意。"①

我国对托马斯·沃尔夫比较详细的介绍出自 1987 年刘象愚在董衡巽等编著的《美国现代小说家论》中发表的《托马斯·沃尔夫和他的小说》。同年，乔志高翻译了托马斯·沃尔夫小说《天使，望故乡》，1999 年范东升、许俊东重译了这部小说。1999 年董文胜在《外国文学评论》第 1 期上发表了《自白、信条、技艺——从〈一部小说的故事〉看托马斯·沃尔夫》。程锡麟在《美国文学研究》上发表的《一面面自我影像的镜子——谈托马斯·沃尔夫的小说创作》等，上述文章为这部小说在国内的研究起到了推广的作用。另外，许俊农、王晓东等对沃尔夫的小说主题、叙述技巧研究也分别有文章发表。但国内的硕博士学位论文对沃尔夫却鲜少涉及。2008 年沃尔夫逝世 80 周年之际，国内相继有四家出版社分别翻译出版了这部小说。加上乔志高和台湾地区宋碧云的译本，《天使，望故乡》目前国内共有 6 个译本。但乔志高的版本被公认为译文最为准确、文笔最为传神的一部。

另外，对南方文艺复兴中另一位重要作家艾伦·泰特，国内对其作为新批评派领袖之一的理论批评有之，但对他的小说没有论文涉及。这不能不说是南方文学研究的一大遗憾。

---

① http://louxz.tianyablog.com/blogger/post_ show.asp, 2005 年 9 月 2 日。

第三节　研究内容、思路和研究意义

本书选取 1929 年至 1946 年美国南方文艺复兴中的创伤小说作为研究对象。在这段时间，内战和重建所造成的历史性创伤以代与代传递的方式，逐层介入南方集体记忆，形成个人、家庭、文化记忆框架。福克纳等南方作家集体通过个人创伤、家庭创伤和文化创伤的重复和历史回顾，实现了南方历史的重建，并勾勒出一系列有代表性的创伤人物。他们个人的创伤常常和更为广阔的社会因素、文化记忆和意识形态相连。叙事虽然涉及个人遭遇或家庭悲剧，但其潜文本却暗示该创伤人物代表南方每个人的形象。南方创伤小说深化了在历史语境下南方作家对个人与社会、创伤和现实的思考，是南方文艺复兴小说创作成熟期的标志。本书以创伤记忆为中心，运用心理分析、记忆研究、代与代创伤理论（intergenerational theory of trauma）等相关批评理论和方法，解读南方创伤小说中创伤心理的延宕、潜伏期和自我塑造；创伤重复、见证和代与代传递；探讨创伤小说的公共记忆空间、文本记忆对历史的重建，寻找南方集体创伤记忆再现的共同点。主要研究思路如下。

本书的论述分为七章，主要讨论南方创伤小说的形成和叙事特征，以及对于南方历史的再现。

第一章界定创伤理论的定义，主要讨论重复、延宕和潜伏期等创伤的心理机制，集体记忆、文化记忆和创伤记忆的异同，以及创伤见证和创伤传递。这一章不仅为后面的论述提供了理论术语的解释，也限定了本书的研究范围。

第二章从宏观上论述南方文艺复兴时期南方创伤小说的形成。南方经历了内战和重建等历史创伤后，逐渐发展出"老南方"的文化意象和相应的纪念碑式的历史意识，以逃避现实的残酷和创伤的痛苦。新南方教条和进步主义挪用了老南方文化记忆，致力于经济上的发展，这种记忆的政治使南方有选择性地回忆，遮盖了个人的创伤记忆，导致了南方的记忆危机。重农主义运动对于过去的回顾解构了纪念碑式的历史记忆，为南方创伤小说的产生提供了社会话语语境。南方创伤小说创造了形形色色的创伤人物，从主题上拓宽了南方文学的历史和心理深度，并在集体记忆的层面上，起到了修复创伤的社会作用。

第三章主要讨论托马斯·沃尔夫的成名作《天使，望故乡：被埋葬的生活的故事》。作为一部关于记忆的宏伟巨著，沃尔夫事无巨细地再现了南方小镇生活，重点刻画了尤金·甘德的成长过程和他的家庭。父母的不和及其在孩子教育成长过程中的缺失导致了甘德家孩子们的创伤心理，并以身体行为重演创伤记忆。而透过甘德一家的创伤记忆，我们可以看到南方社会的变化；资本主义生活方式的入侵极大地破坏了传统的家庭联系，使个人成为物化的孤独的对象。作为南方文艺复兴的开山之作，《天使，望故乡：被埋葬的生活的故事》以隐喻的方式揭示了南方社会创伤语境下，每一个人在历史时间中失落的命运。

第四章和第五章从创伤记忆的心理和创伤记忆的代与代传递出发，分别讨论威廉·福克纳的《喧哗与骚动》和《押沙龙，押沙龙!》。《喧哗与骚动》继续了沃尔夫笔下"受伤的孩子"的描写，并加深了这个主题的历史感。福克纳描绘了康普生兄弟怎么样将凯蒂的身体塑造成老南方纪念碑式历史的记忆之场、班吉痛苦的失落和寻找以及昆丁在时间中的踯躅和彷徨。沃尔夫笔下具有质感的时间，在福克纳的笔下成为人类的宿命。《押沙龙，押沙龙!》则从创伤记忆代与代传递的角度，塑造了南方史诗般的创伤叙事。从内战和重建的见证者罗沙小姐，到第二代康普生先生，再到第三代昆丁，创伤记忆通过口口相传的叙述方式，为昆丁等提供了历史的碎片，以便再现历史的重建。这两部小说提供了创伤重复的心理描述，反映出南方作家急于阐释创伤、探寻过去的努力。

第六章从创伤心理的延宕出发，讨论艾伦·泰特的《父亲们》中兰西叙述的困境。作为"快乐山"毁灭的见证者，兰西的回顾充满了模糊和矛盾。兰西的生父巴肯少校属于老南方贵族，而他的精神之父珀西则是孤独的现代人形象。兰西在两位父亲之间的徘徊和选择，透露出南方作家面对历史的两难境地。《父亲们》标志着南方创伤小说进入了阐释期，对过去的重复试图给出一个解释，以便修正过去的错误。

第七章从创伤的潜伏期出发，讨论罗伯特·佩恩·沃伦的《国王的人马》。大萧条时代的南方，记忆的变奏提醒作为历史学者的伯登，现实和过去之间的差异和距离。伯登对于历史的探讨，揭开了创伤的伤疤，给周围的人带来了毁灭性的打击，他也由此陷入了"大睡眠""大抽搐"等创伤的解离麻木状态中。伯登从祖先凯斯·马斯敦的故事中，找到了创伤的历史来源和赎罪的方式，并决心走进历史，担负起历史的责任。《国王的人马》标志着南方创伤小说进入了历史重建期，现实已经和过去拉开了距离，南方作家终于可以从一个安全的角度，完成创伤的叙事。

结语部分主要在几部南方经典小说的讨论基础上，总结创伤小说中创伤的人物塑造、创伤小说的叙事特征，以及创伤小说对历史重建、修复创伤的社会作用。笔者希望通过对这几部文本的分析、比较和综合研究，在南方历史的律动中追溯南方作家的文化诉求，甄别在统一、权威的宏观叙事与个人的、片断的、零散的、重复的创伤叙事之间冲突与融合的关系，以建构较为整体化的学术研究。

本书旨在对现有南方文学研究进一步细化，具有以下研究意义：

首先，笔者试图从整体研究的角度出发，探讨南方文艺复兴背景下，作家群体创作思想的发展轨迹及其所再现的南方集体创伤记忆，这对于宏观把握南方文学的研究具有重要的意义。

其次，就研究方法而言，国外研究经历了记忆转向，文化记忆和文本对历史的再现日益成为南方文学研究关注的焦点。创伤理论是对记忆研究的进一步细化，有利于更深刻地挖掘作家、文本、读者与社会接受之间的关系，对于创伤理论和文学批评的结合具有理论指导意义。

最后，从研究时段来看，1929 年至 1946 年正是南方文艺复兴最为繁荣的时代，也是历史创伤经历了三代传递，保存相对集中和完整的时代。研究这段时期的作品，对于创伤的代与代传递、创伤和身份塑造、创伤和文学写作的研究具有重要的实践意义。

第 一 章

创伤心理机制、创伤记忆和见证

创伤（trauma）的希腊文意思是"伤口"（wound），原意是指事故或外在侵犯而使身体受到的伤害或生理伤口①，表示"受伤"，而"受伤"又来自另一个希腊词"刺穿"②。19世纪后期，随着现代化和工业社会的来临，创伤逐渐具有心理损伤的含义。火车和工厂事故，尤其是第一次世界大战开始的机械化战争和第二次世界大战的大屠杀（holocaust）等造成的"创伤后应激障碍"（PTSD）、"震弹症"（shell-shock）等现象，使"创伤"作为心理学和社会学术语的含义越来越丰富。纽马克（Kevin Newbark）指出，创伤的现代性定义源自本杰明（Walter Benjamin），因为后者认为，"现代性是意识中的一次分裂"，这个定义接近于心理学上创伤的概念。在弗洛伊德的模式中，创伤

---

① "trauma", *World Encyclopedia*. Philip's, 2008. http://www.oxfordreference.com, 11 May, 2010.

② Jean Laplanche, J. B. Pontalis: *Language of Psycho-Analysis*, trans., Donald Nicholson-Smith（London: Hogarth Press, 1973），469.

概念和本杰明的现代性概念一样，表现了意识被孤立的、外来的力量所困扰、混乱和分裂的情况①。

凯鲁斯（Cathy Caruth）在她的经典著作《无主的经验：创伤、叙事和历史》中，对创伤的定义是："在突然的，或灾难性的事件面前，一种压倒性的经验，对这些事件的反应通常是延迟的，以幻觉和其他侵入的现象而重复出现的无法控制的表现。"②。随着记忆研究的深入，创伤作为特殊记忆引起了广泛关注。目前，创伤记忆研究作为跨学科的焦点，已经成为包括历史、社会学、艺术、文学和媒介研究、哲学、宗教、心理学、神经科学等学科关注的对象。弗洛伊德（Sigmund Freud）、詹尼特（Pierre Janet）等人对创伤的心理机制进行了开拓性的研究；而霍尔曼（Judith L. Herman）、廓尔克（Bessel O. Van der Kolk）、塔尔（Kali Tal）等人对大屠杀幸存者所做的调查为创伤记忆提供了实证，并从社会、语言的角度拓展了创伤和见证等的关系；凯鲁斯、李斯等人从后结构精神分析的角度出发，定义了创伤的"潜伏期""重复""延宕"等重要术语，对文学、文化中创伤的再现具有指导作用。

第一节　重复、延宕和潜伏期：创伤的心理机制

弗洛伊德在《超越快乐原则》（*Beyond the Pleasure Principle*）和《摩西和一神教》（*Moses and Monotheism*）两本重要的著作中，

---

① Anne Whitehead: "Introduction of ' Trauma' ", *Theories of Memory: A Reader*, eds., Michael Rossington, et al. (Baltimore: The Johns Hopkins University Press, 2007), 187.

② Cathy Caruth: *Unclaimed Experience: Trauma, Narrative, and History* (Baltimore and London: The Johns Hopkins University Press, 1996), 11.

对创伤心理做了开拓性的研究。弗洛伊德在《超越快乐原则》中指出，记忆是外部世界作用于无意识和潜意识上影响的结果；意识的重要性在于提供了抵御外来刺激的第一道屏护。但创伤产生于意识保护屏障的一个裂缝或分裂。"在创伤中，外在的事件没有经历任何中介进入了里面。"①按照弗洛伊德的定义，"创伤"是激发其心理兴奋的一个事件，这种兴奋过于强烈，无法用正常的方式来处理或排除。因此，创伤的"即时性"（immediacy）阻止了对创伤的理解。这意味着创伤是一种双重事件，具有双重场景。当它发生时，它不能被记起，而一旦过去了，它的存在就只能在回忆中。这不是同一次事件，也不是同一次存在（presence），处于当前的创伤患者必须根据过去的事件重新构建当下的事件。

弗洛伊德的解释说明创伤的理解具有延宕性（belatedness）和重复性（repetition）。在临床中，弗洛伊德困惑地发现，某些神经症病人在受到创伤打击之后，会在梦境中重新经历创伤。创伤之梦的回归不能被理解为任何愿景的实现或无意识的释放，而是一种纯粹无法说明的、一种事件的本义（literal）的回归，并不是出自这个人的愿望。弗洛伊德说："发生在创伤神经症里的梦具有重复的特征，将病人再次带入他的遭遇的境况中，这种情景使他在又一次的恐惧中醒来。"② 一般性的神经症患者痛苦的表现可以理解为试图躲避不愉快的冲突，但创伤患者经历的过去的闪回却是因为头脑丧失了躲避这类事件的能力，无法以任何方式给予这些事件心理意义。弗洛伊德在《超越快乐原则》中曾

---

① Caruth: *Unclaimed Experience: Trauma, Narrative, and History*, 59.
② Sigmund Freud: "Beyond the Pleasure Principle", *The Standard Edition of the Complete Psychological Works of Sigmund Freud* , Vol. 18(London: Hogarth), 13. from Caruth, *Unclaimed Experience: Trauma, Narrative, and History*, 59.

举出塔索（Tasso）在《解放了的耶路撒冷》（*Gerusalemme Liberata*）里的一个例子来说明创伤的重复性。在英雄唐克雷德（Tancred）的故事里面，重复的创伤似乎可以超越个人愿望或掌控。在这个故事中，唐克雷德和克罗琳达（Clorinda）相爱。但在一次决斗中，他误杀了女扮男装的心上人。举行完她的葬礼后，唐克雷德穿越了一片魔法树林，他边走边用剑砍伐开路。突然，一棵大树在他的剑下流出了鲜血，一个凄婉的声音质问他为什么再次伤害了她——原来克罗琳达的灵魂寄居于这棵大树中，康克雷德无意中再次伤害了他的爱人。弗洛伊德将这种过去的本义的回归作为普遍意义上的重复行为的模式，他认为，正是这种创伤性的重复，而不是神经官能症有意义的意识分裂，定义了个人的生活。

凯鲁斯在《无法言说的经历：创伤，叙事和历史》中认为，如果将弗洛伊德这个故事中的几个因素并置，即唐克雷德的无知、伤害的重复、见证人哭泣的声音，这些因素放在一起就可以代表弗洛伊德对创伤经历的解释。凯鲁斯认为，创伤破坏了大脑中关于时间、自我和世界的经验。如同唐克雷德第一次刺死了他的爱人一样，创伤对于个人经验来说，最初是一件难以承受、难以理解，因而也无法进入意识的事件，直到再次出现。因此创伤并不位于个体过去的一件事件中，而是位于创伤开始时无法理解，之后返回来不断追逐创伤幸存者的过程之中。创伤的核心，存在双重讲述（double telling）。唐克雷德作为幸存者，并没有逃脱死亡的追逐，事实上，他目睹了克罗琳达的两次死亡。创伤既是与死亡的遭遇，也是不断幸免于难的经历。创伤叙事因而摇摆于事件本身和幸存故事之间。

凯鲁斯同意弗洛伊德关于创伤即时性的理解，并指出创伤之梦和闪回带我们回到创伤之谜的中心，也就是说，创伤事件的即时性阻止了我们对它的理解；创伤的存在只能在回忆中，因此"记忆涉及从来不曾在场的过去的复活"①。凯鲁斯从后结构主义的角度进一步指出，当前从不曾在场，不是因为它没有发生，而是它的发生超越了个人认知和理解能力。而如果它没有充分在场，那它就不能变为过去，它甚至不能在回忆中保留在场。因此，凯鲁斯建议，创伤经历"只有在另一个地方，和另一个时间的联系中，才能完全地显示"。基于创伤经历的这种特点，凯鲁斯发展了弗洛伊德关于创伤延迟性的观点，提出创伤的另一个特质，即创伤的潜伏期（latency）。潜伏期是指经历了事故或某种暴力事件之后，虽然创伤患者当时感到震惊，但创伤的后果随着时间推移才开始展示。在面临创伤事件时，个体不可能完全掌握创伤的性质，由于对创伤的不可理解，经验无法吸收，因而这种创伤会以延迟的形式再次出现。这就决定了创伤事件之后连续的压抑和回归，整个过程构成了创伤的潜伏期。创伤事件的重复意味着个体生活和这个创伤有更大的联系，超越了简单的观视和理解。凯鲁斯指出：

　　[创伤] 作为一系列行动，从事件的发生到压抑，再到回归，最震撼的不是……事故发生之后忘记的阶段，而是事故受害者在事故中完全没有意识到发生了什么：这个人走开了，按弗洛伊德的话来说，"表面上没有受到伤害"。而创伤的潜伏期不是在于忘记现实，并永远不可能完全理解它；而是在于经验自身的内在潜伏期中。创伤的历史力量不仅是忘记之后这种经验一再的重复，而且在其内在的遗忘之中，或通过忘记，这个事

① Rossington, et al.: *Theories of Memory: A Reader*, 188.

件［每一次重复］都像第一次经历。也正是这个内在的事件的潜伏期矛盾性地解释了历史经历特别的时间结构，即延宕（belatedness）。①

潜伏期和延宕是不可分开的两个概念。延宕本身就是创伤的一个标志，重复并不能治愈创伤，但创伤经历的转移和听众倾听的责任可以建立被暴力和忘记所破坏的人与人之间的联系。另外，创伤的经验和延迟的事实似乎并不存在于对现实的忘记中，而存在于经验自身固有的延迟性中。凯鲁斯认为，创伤在第一次发生时无法充分理解，它在经过一段时间的潜伏期后，可能在叙事中体现。"创伤事件的影响主要存在于它的延宕中，它拒绝被简单地锁定。"因此，创伤叙事具有极强的指代性。而从这种创伤延迟的反应中发展而来的历史，常常是创伤重复的交集。凯鲁斯建议："历史，就像创伤，从不只是属于一个人的……准确地说，历史是指我们生活在彼此的创伤之中。"② 创伤代表着一种"基本的错位"，它不只是一个病理的概念，而且也是心理和现实联系的一个谜。延宕使创伤具有一种历史力量，它并不仅仅是在忘记创伤之后创伤的重复再现，而且也是指在通过忘记或在忘记之中，再次遭遇如同第一次的创伤打击。创伤的历史性潜伏在经验的不可理解之中。

创伤挑战了我们对记忆的经验，甚至事件本身的概念。创伤似乎是一种对身体的威胁，但事实上是在头脑里时间经历的一个中断。头脑中震惊和死亡威胁的关系不是直接经验，而是这个经验的错失。事实是，"没有即时的经历，因此也没有充分的了解。

---

① Cathy Caruth: "Trauma and Experience: Introduction", *Trauma: Explorations in Memory*, ed., Caruth, 7.

② Cathy Caruth: *Unclaimed Experience: Trauma, Narrative, and History*, 24.

直接经历的缺乏，矛盾地成为噩梦重复的基础"①。因此可以看出，梦境中创伤经历的回归不是直接经验的信号，而是试图克服非直接的事实，试图掌握在第一次遭遇中没有充分掌握的东西。由于创伤发生时幸存者没有能真正了解死亡的威胁，他被迫不断地一次次地重新面对它。因此，对于意识而言，幸存的行为和创伤经验一样是重复地面对自身生活的必要性和不可能性。因为头脑不可能直接面对死亡的可能性，幸存对于人类而言，就成为生活的一种不可能情况的无休止的证词（testimony）。

从这个角度出发，创伤的幸存者并不是暴力事件残存的幸运儿，而是要面对无休止的创伤的重复，最后甚至引向毁灭。弗洛伊德所举出的重复的例子说明，意识一旦面临过死亡的可能性，它就可能一次又一次地重复那件毁灭性的事件。创伤重复自身，"准确地，不间断地，通过幸存者不自知的行为，［甚至］违背了他个人的意愿"②，创伤毁灭性的重复可以左右一个人的生活。现代神经症研究也指出，创伤经历在闪回中的重复本身是再次创伤，即便没有威胁生命，也至少影响了大脑的化学结构，并最终导致分裂。这似乎可以解释幸存者的高自杀率。现代心理分析对创伤之梦或重复的闪回进行研究，发现这些梦和现实之间都具有本义（literality）或非象征性的本质（nonsymbolic nature）。正是这样，这些和现实本义接近的梦使创伤经历与其被理解为一种无意识的症状，还不如说，是一种历史性的症状。"创伤患者携带着一种不可能的历史，或者说他们自身成为他们不能完全拥有的历史的一种征兆。"③

对于凯鲁斯的研究，拉姆单维克（Petar Ramadanovic）指

---

① Cathy Caruth: *Unclaimed Experience: Trauma, Narrative, and History*, 69.
② 同上，2。
③ Cathy Caruth: *Trauma: Explorations in Memory*, 5.

出，凯鲁斯有两种历史观念。一种是"直线型的指称"（Straightforwardly referential），基于经验和指代的模式；另一种是创伤的历史。第一种给予历史一个统一的完整的身份，而第二种则是指一段没有可预测的终点的不断进行的过程，但却重复着不可抵赖、不可抹除，甚至不可知的真理①。也就是说，创伤的历史并非线性的发展的历史，也不是现在和将来的借鉴和保证，而是只能在其回归中才存在的历史。借用拉康的话，历史可能是由一种理解决定的，"不是其存在已经消除了的物理的过去，也不是在记忆工作中变得完美的史诗般的过去，也不是人们发现将来之保证的历史性的过去，而是在重复中以一种颠倒的形式展现自身的过去"②。因此，对创伤的理解，也存在一个重复。历史不是对过去理解的替代，而是在其回归时刻的见证。创伤通过见证、讲述、叙事创造了历史，因而也可以跨越文本和经验、历史和写作、梦想和现实之间的鸿沟。

第二节　集体记忆、文化记忆和创伤记忆

在希腊神话中，记忆女神摩涅摩绪涅是一位右手持笔，左手持书的年轻女郎。作为缪斯女神之母，记忆女神是经验的总结，是知识之源。西塞罗（Marcus Tullius Cicero）指出："记忆……是书写的孪生姐妹……所以记忆的结构，就像蜡模，占据并印下文字一样的意象。"人们通常认为记忆具备两种模式，一种是蜡模式，可以留下事物的印记；另一种是存储式，指从认知的角度

---

① Petar Ramadanovic: *Forgetting Futures: On Memory, Trauma, and Identity* (New York: Lexington Books, 2001), 85.

② 同上，85。

出发，通过联想（association）产生的记忆①。现代记忆科学认为："记忆可以指我们回忆过去的能力，因为代表着一般被归属于大脑的一种功能。但是，它当然也意指本身被回忆的某种东西——一个人、一种情感、一段经历——的一个更抽象的概念。"② 也就是说，记忆既是回忆的对象，也是回忆过去的动态过程。另外，记忆还具有时间和空间的维度，表现在个人回忆过往的自己时存在两个自我，即处于现在状态的"我"回顾或遥观过去的那个自我，而后者囿于特定的时间、地点和事件之中。于是，"在个人身份观和各种反观心态之间，存在重要联系；……个人通过这类记忆，就有了特别的途径来获知有关他们自己过去历史的事实以及他们自己的身份"③。记忆对过去的建构性一方面使过去的经验得以保存，而另一方面却体现了记忆的社会功能，即通过分享记忆，使个人融入群体，产生一种归依感和认同感。

哈布瓦赫在《论集体记忆》中探讨了记忆如何被社会建构的问题。他认为，个人正是通过他们的社会群体身份，如亲属、宗教和阶级归属，才得以获取、定位和回溯他们的记忆。个人记忆开启了集体记忆之门，但并非个人记忆可以脱离社会语境而存在。近年来心理学和精神分析学研究再次强调了个人记忆中遗忘的社会本质，这证实了哈布瓦赫在 1925 年的论断："关于绝对脱

---

① Mary Carruthers: *The Book of Memory: A Study of Memory in Medieval Culture* (New York: Cambridge University Press, 1990), 18 - 23.
② 法拉（Patricia Fara）、帕特森（Karalyn Patterson）:《剑桥年度主题讲座：记忆》，户晓辉译，北京：华夏出版社，2006 年，第 1 页。
③ 保罗·康纳顿:《社会如何记忆》，纳日碧力戈译，上海：上海人民出版社，2000年，第 20 页。

离社会记忆的个人记忆的想法，是几乎没有意义的抽象"①。因此，哈布瓦赫拒绝分开讨论个人和集体如何保存和重现记忆。当然，集体记忆并不是只能通过个人记忆才能界定。个人记忆与集体记忆之间并不是一个和多个，或者说，心理和社会的关系。换句话说，集体记忆并不是个人记忆的集合（collected memory）。个人记忆通过一系列心理机制来保持习惯性行为，依赖这种连续性来确定稳定的人格和特有的身份，而集体记忆是通过社会有组织的活动，包括历史纪念、仪式典礼、身体实践、博物馆、各种影像工具、纪念碑、文本等来解释，树立传统并加以传承。因此，集体记忆并非只是一个隐喻式的表达，它来自特定时间、特定语境中特定群体对过去意义的认识，这个群体的成员能够通过交流，共享对过去意义的这种认识。

经验的互动性表明，经验不仅是个体的，也是社会的。人都是个体的，也需要被作为个体来理解，但却不能仅仅作为个体来阐释。因为人总是处于关系之中，总是处于社会情境之中。由于"个体把处于自己经历范围之外的事物也纳入自己的感知之中"，"记忆不仅充满了个体对自己经历过的事情的回忆，而且也包括他人对他们自己经历过的事情的回忆"②。也就是说，记忆的形成和阐释都受到社会框架的潜在结构的影响。因此，记忆又可以

---

① 保罗·康纳顿：《社会如何记忆》，纳日碧力戈译，上海：上海人民出版社，2000年，第37页。斯家特甚至提出，"没有个体记忆这种事"。参见 Daniel Schacter ed., *Memory Distortion: How Minds, Brains, and Societies Reconstruct the Past* (Cambridge, Mass.: Harvard University Press, 1995), 346。

② 爱德华·希尔斯：《论传统》，载哈拉尔德·韦尔策编《社会记忆：历史、回忆、传承》，季斌、王立君等译，北京：北京大学出版社，2007年，第12页。

冠之以集体记忆、家庭记忆、社会记忆、文化记忆等①。哈布瓦赫提出的集体记忆的概念对于记忆研究至少做出了三个方面的贡献。一是"记忆的社会框架"的概念。他指出，社会、文化语境或框架，常常引发或内在地塑造个人记忆的概念，这一点为文化格式塔和心理学的语境研究方面指出了方向。二是他对家庭记忆和私人实践的记忆研究。这对口述历史研究有重要影响。三是他对宗教团体记忆的研究。他为文化记忆的拓扑地理研究开辟了空间，之后诺拉（Nora）提出的记忆之场（Lieux de me）的概念就源于哈布瓦赫的贡献。并且，哈布瓦赫对集体记忆的研究可追溯到几千年前，这也为"文化记忆"的概念打下了基础②。

通常人们认为记忆就像快照（snapshots），通过它在头脑中的注册（registration），主体依次安放经验，而这些记忆保持不变。当我们回顾往事时，就像翻开一本旧相册，可以逐一找到过去。即使有些记忆很难恢复或找不到了，也肯定是找错了位置，或是由于我们堆积了太多的照片，有些过于陈旧的被清理掉了。当然，就像照片一样，记忆也会褪色，这可能限制了其形象性和细节性③。但这种天真的观点为调查所否定④。我们头脑中所注册的记忆是高度拣选的，完全为阐释所变形，并以符号来编码。

---

① Astrid Erll 认为，"集体"、"文化"等记忆的概念是一种比喻的用法，是将一种发生在个体大脑中的认知过程通过比喻转化成文化的、社会的层面。我们必须区分文化和记忆相连的两个层面，即个人的和集体的，更确切地说，认知的层面和社会的、媒介的层面。Erll, et al. eds., *Cultural Memory Studies: An International and Interdisciplinary Handbook*, 4。

② Erll, et al. : *Cultural Memory Studies: An International and Interdisciplinary Handbook*, 8.

③ Kirmayer: "Landscape of Memory: Trauma, Narrative, Dissociation", *Tense Past: Cultural Essays in Trauma and Memory*, eds., Paul Antze, et al., 176.

④ 对于记忆调查可以参考 Ulric Neisser, *Memory Observed: Remembering in Natural Contexts* (San Francisco: W. H. Freeman, 1982)。

所能直接回忆的过去是受限制的。重建过去需要以想象来阐释、组合并丰富其内容。因此，记忆具有叙事性。叙事不仅是社会记忆的文本化形式，它也是保存和传递集体记忆的重要工具。在故事层面和各种语境中，某些故事的重新生产也是制造集体记忆的一个必要因素。通过重复，这些故事成为原型（prototype）或成为范式（paradigm）。记忆的重复生产决定了一个集体以及其中成员身份的稳定性，也是保存文化重要的记忆方式。艾斯曼（Jan Assmann）在《集体记忆和文化身份》（*Collective Memory and Cultural Identity*）中指出，文化记忆是"对重复使用的文本、图像和仪式的经典的保存。其教诲使每一个社会和时代得以稳固，形成其自身的形象；它是集体共享的更为青睐的一种过去（但并非只有一个）的知识，这个集体通过这种知识来建立它的统一性和特性"①。艾斯曼指出文化记忆是一种交织了个人经历、大众文化和历史叙事的派生方式，认为文化记忆通过一些文化物质，如文本、典礼、某个固定的文化形象等来唤回集体历史中那些重要的事件，从而建立民族、国家和个人身份的连续性。

　　集体记忆和文化记忆说明了人们保留记忆的方式，其中，叙事结构提供了记忆的时间顺序，过去被移植成为一个故事，冠之以时间，有开始、发展和结束。但是，创伤记忆中的叙事性遭到了破坏。詹尼特认为，通常的记忆是生活的一个侧面，可以和其他经验整合。而创伤记忆耗时较长，并且，对于个体来说，是一种孤独的行为，没有社会成分。詹尼特对创伤见证的研究具有开拓性的意义。他研究的一个病例说明了这种见证和愈合之间的关系。在该病例中，一位名叫艾瑞里（Irene）的女子几个月以来

---

① Jan Assmann: "Collective Memory and Cultural Identity", *New German Critique* 65 (1995), 130-133.

照顾病危的母亲，同时辛勤工作以供养家庭。她的父亲整日酗酒，不照顾家庭。她的母亲病逝的那一晚，艾瑞里一直守候在她身边，为母亲翻身、倒水、擦拭身体。但第二天，悲伤的亲人们赶来悼念死者的时候，艾瑞里拒绝承认母亲已经死亡，并不断重复照顾母亲的行为。很显然，她没有母亲死亡的记忆。也就是说，一方面，她对母亲之死患有遗忘症（amnesic），她不能讲述这个故事；另一方面，她不断重演临死前她对母亲的照顾行为，又好像她的记忆"过多了"。重新经历那悲剧性的一晚，是对她那晚行为准确和自动的重复。和日常行为重复不一样的是，她重复的是在创伤记忆中只上演过一次的行为，这是一系列不同寻常行为的重演（reproduction）。詹尼特认为，创伤记忆可以在特殊条件下唤起，它自动地在原初的创伤情境中发生，如艾瑞里靠近病床，就想起母亲死亡的情景。

　　弗洛伊德在《抑制、症状和焦虑》（*Inhibitions, Symptoms, and Anxiety*）中重新讨论了詹尼特创伤的概念，提出重复创伤的动力来自压抑自身的作用。"我们发现患者思想结构中关于兴奋经历和想象内容的认知性的接触被忘记，被阻止在记忆中重新生产，因此我们得出结论，歇斯底里症中压抑的主要症状是和意识的分割。"①弗洛伊德还注意到因为记忆被压抑，患者被迫重复被压抑的材料，并且将这些重复当做当前的经验，而不记得这些是属于过去的。心理分析对语言重新生产记忆，并同经验总体相整合的能力非常重视，这种能力体现为叙事记忆。弗洛伊德认为，如果一个人不能记忆，他有可能通过行为表现出来。"他重新生

---

① Sigmund Freud: "Inhibitions, Symptoms and Anxiety"（1926），*The Standard Edition of the Complete Psychological Works of Sigmund Freud*, Vol. 20, trans. and ed., James Strachey（London: Hogarth, 1953－1974），163.

产它，不是作为一个记忆，而是一个行为；他重复它，不自知地重复，而最后，我们明白了这就是他记忆的方式。"①可见，弗洛伊德在詹尼特的研究基础上，发展了创伤记忆的研究。

创伤的心理反应，从压抑（repression）的角度来看，是一种垂直层面的抑制。压抑的理论认为，当记忆负载着痛苦感情的时候，它们常常长期被回避。被压抑的记忆被压到脑海深处，压制到无意识中，主体不再有接触它的机会②。抑制（suppression）和压抑（repression）的区分在于，"前者涉及意识的效果，不去想什么事；而后者是'无意识'的，在心理学理论中意味着自动化（automatic），也就是'非意识'（non-conscious）和动机的（motivated），和欲望的冲突相关"。正视创伤记忆的恐惧使它们压抑。压抑和解离不同，后者意味着意识的缩窄或分裂。解离（dissociation）则反映出一种头脑模式的水平式层放。当主体不再记得创伤时，它的记忆就以另一种意识流存放。可能初次于潜意识，或主导意识中，比如詹尼特所指出的创伤重演的案例就证实了这一点③。

所以，廓尔克（Bessel A. Van Der Kolk）和哈特（Onno Van Der Hart）认为，创伤痊愈的标志之一，是患者能讲述他们的故事，回顾所发生的一切，使其在自己的人生故事中占有一席之

---

① Sigmund Freud: "Inhibitions, Symptoms and Anxiety"(1926), *The Standard Edition of the Complete Psychological Works of Sigmund Freud*, Vol. 20, trans. and ed., James Strachey (London: Hogarth, 1953 - 1974), 150.

② Bessel A. Van Der Kolk and Onno Van Der Hart: "The Intrusive Past: The Flexibility of Memory and the Engraving of Trauma", *Trauma: Explorations in Memory*, ed., Caruth, 168.

③ Kirmayer: "Landscape of Memory: Trauma, Narrative, Dissociation", 179. 关于创伤记忆中行为重演的类似讨论还可以参考 Allan Young, "Bodily Memory and Traumatic Memory", *Tense Past: Cultural Essays in Trauma and Memory*, eds., Paul Antze, et al., 89 - 103.

地。在詹尼特所述案例中，艾瑞里最后终于能够讲述她的故事了。一开始，创伤记忆的讲述长达三至四个小时，后来，她的叙事记忆只有半分钟，这表明她已经适应了当前的环境，承认了现实，能够针对医生的问题给出正确答案了。然而，还有一些创伤患者经历了太长的时间，很难将创伤记忆整合成叙事记忆。这种创伤经历使他们生活在两个世界中。"一是创伤领域，另一个是现在的，通常生活的领域。两个世界很难沟通。"① 兰格尔（L. L. Langer）在研究大屠杀的口头证词的时候指出："[幸存者] 永远也不可能加入他现在所在的世界中。[他的世界] 一直是双重性的，不是分裂成另一个世界的复影，而是平行存在。他 [的叙述] 不是历时地，而是共时地，从一个世界到另一个世界。"② 兰格尔的研究证明，创伤患者的记忆分裂成为两部分，一部分是对日常生活的叙事记忆，具有时间性；而另一部分是对创伤事件的记忆，具有无时性。创伤的体验和人们通常具有的知识或经验完全不同，它不能被移植成为一个故事，放置在时间里，具有开始、中间和结束。创伤造成个体在身份、经验、记忆结合上的鸿沟。因此，这种创伤经验既不可能在头脑中注册，也不可能得到，创伤记忆是无时间限制的。

凯鲁斯等人借用了弗洛伊德的 "Nachtraglichkeit（deferred action）" 的概念，认为创伤记忆是 "象征系统的中断，它连接的不是压抑、无意识。象征，而是和时间的延迟、重复和真实的

---

① Bessel A. Van Der Kolk and Onno Van Der Hart: "The Intrusive Past: The Flexibility of Memory and the Engraving of Trauma", *Trauma: Explorations in Memory*, ed., Caruth, 168.

② L. L. Langer: *Holocaust Testimonies: The Ruins of Memory* (New Haven: Yale University Press, 1991), 95.

回归相关"①。由于创伤患者的感知功能遭到了破坏，所以他不能在正常的意识中回忆和组织伤痛的经历。"这段创伤因而被固定或凝固在时间里，拒绝作为过去被再现，而是永远地在一种痛苦、分裂、创伤的现在中被重新经历。"②可见，创伤记忆具有无时性（timelessness），它一直没有过去，一直存在于现在。

另外，由于创伤经历割裂了我们和以往生活的联系，创伤记忆的本质是不相关联的。"［创伤记忆］最先作为感觉碎片储存，没有语言能力，所有的病人都声称他们只是随着时间流逝才形成他们创伤的叙述……所以，患者的创伤经历开始时不是以叙事形式组织的，似乎也不服务于交流的功能。"③创伤经历的这种本质，使创伤患者的语言不融于通常的象征系统。福赛尔（Paul Fussell）在《大战和现代记忆》（*The Great War and Modern Memory*)中，研究了如"血、恐惧、焦虑、疯狂、残酷、凶杀、痛苦……"等一系列英语词语，对普通人和创伤患者的不同含义。创伤经历使个体在运用语言符号来表达他们的经历时，语言发生了变形，并具有了新的所指含义。塔尔认为，上述这些词"在创伤语境中，幸存者给予了新的意义，表面上意义未变，但意义的分离是隐蔽的，直到有人注意到幸存者的反应"④。因此，在叙事记忆和创伤记忆之间，语言所指代的含义应该有所区别。心理学家和精神分析学家认为，创伤记忆的讲述主要是为了治愈

---

① Ruth Leys: *Trauma: A Genealogy* (Chicago and London: The University of Chicago Press, 2000), 270.

② Leys: *Trauma: A Genealogy*, 2.

③ Bessel A. Van der Kolk, Alexander C. McFarlane, and Lars Weisath: *Traumatic Stress: The Effects of Overwhelming Experience on Mind, Body, and Society* (New York: Guilford Press, 1996), 288 - 289.

④ Kali Tal: *Worlds of Hurt: Reading the Literatures of Trauma* (New York: Cambridge University Press, 1996), 15.

052　　　　　　　　　创伤、记忆和历史：美国南方创伤小说研究

创伤后遗症，或者说，是将一种无法言说的经历融入已知的认知系统中，并寻找其中的意义，明晰自己的感受。而创伤叙事，是对这个世纪战争中的大屠杀、贫穷、殖民化、个人心理上对苛酷政策的个人反应。在讲述创伤的过程中，见证成为创伤传播、分享的重要工具。

第三节 创伤见证和传递

创伤证言（testimony）不仅是对个人创伤的证词，也"涉及一种公共意义或重要性姿态，超越了个人移情或遭遇，生产出集体感"[①]。罗伯（Dori Laub）、塔尔、费尔曼（Shoshana Felman）等对于证言在创伤和现实之间的关系，做出了许多有益的探讨。费尔曼在《证词：文学、心理学和历史中的见证危机》（*Testimony: Crises of Witnessing in Literature, Psychoanalysis, and History*）中指出："作为和事件的联系，证词似乎是由一些散碎的记忆所组成，这些记忆充满没能落实到理解或回忆的事情，没能构筑成知识或消化为充分认识的行为和超过了我们指称框架的事件。"[②]费尔曼进一步指出，证词所没能提供给我们的，是完整的陈述，对所发生事件的整体性的解释。在证词中，语言并非一种结论，作为判断的证明或自明的知识，证词是一种话语实践，是一种言语行为。任何对创伤文学的解释，都基于解释人类讲述的需要。认知科学家韦伯（Ann Weber）等人在《关于破裂关系叙述的本质和动机》（*The Nature and Motivations of Accounts for*

---

① E. Ann Kaplan: *Trauma Culture: The Politics of Terror and Loss in Media and Literature* (New Brunswick, New Jersey and London: Rutgers University Press, 2005), 23.

② Shoshana Felman and Dori Laub: *Testimony: Crises of Witnessing in Literature, Psychoanalysis, and History* (New York: Routledge, 1992), 5.

Failed Relationships）中，分析了讲述的六种原因：

1. 保存和保护自尊。叙述提供了伪装成过去的"回顾的理由"。通过"重新塑造"他们的表现，讲述者可以以"更容易被接受的，更容易被社会肯定的方式"表现自己。

2. 情感宣泄。讲述故事允许人们和不良的关系、困扰他们的事件隔开。讲述拉远距离、客体化事件，因此将过去的痛苦和悲伤抛在身后。

3. 掌握过去。通过启发自己对事件的看法，讲述者可以重新创造这个事件，因此可以使先前无法掌握的东西不再神秘。"我们至少可以在回顾中理解并弄明白当时觉得没有意义或无法理解的事情。在回顾中一件非常痛苦的经历可以看成一件提供有益价值或重要道德教训的事情。"

4. 寻找结束。"在心理安慰中，结束的重要性不能小视。"虽然生活很少提供干脆利落的结束，讲述者却愿用故事提供真实生活不能提供的结局。事实上，讲述者可能发现他们创造的结尾比他们故事基于的事件结尾更令人满意。

5. 不断进行的贡献行为。并不是当一个事件结束的时候，我们才决定讲述故事。讲述是一种不断进行的过程，我们总是卷入我们自己生活的讲述中。修改、校正、增加，没有结束。

6. 故事在自己之中结束。从记忆和欲望之中建构的故事，有其自身的存在。他们作为故事，对于讲述者很重要，也可以有其他形式：解释、推理、通俗小说等。①

　　认知科学分析了讲述对讲述者自身的作用。但同样，创伤的聆听者也是创伤事件重要的参与者和拥有者之一。通过这次倾听，他自身也部分地经历了创伤。"当说话人通过分享一段个人记忆来说明一个观点时，要比陈述一个普通的看法或感觉更为有效。这种交流的特别模式意味着感性和亲密。它鼓励听者投入。"② 分享记忆是有效的，不仅因为听众可以与自己的经历相连，而且大多数人都相信这种生动的记忆是强烈感情的表达。见证既是创伤者自身的经历，也是创伤记忆传播、交流的过程。

　　见证（witness）不仅涉及创伤经历，也涉及创伤讲述的倾听、分享和传递。罗伯（M. D. Dori Laub）在《真相和证词：过程和挣扎》（"Truth and Testimony: The Process and the Struggle"）中指出，见证具有三个层次：第一层，经验之内自身的见证；第二层，对他人证词的见证；第三层，对见证过程本身的见证③。罗伯认为，第一层来自自传式意识，这一层次的见证多涉及当事自我和经验自我之间的差距，见证允许经验和知识的获得；第二层次的见证可以是讲述者和听者之间的关系，听者同时也是秘密

---

① Tal: *Worlds of Hurt: Reading the Literature of Trauma*, 132.

② Peter Middleton and Tim Woods: *Literature of Memory: History, Time and Space in Postwar Writing* (Manchester and New York: Manchester University Press, 2000), 59.

③ Dori Laub: "Truth and Testimony, the Proces and the Struggle", *Trauma: Explorations in Memory*, ed., Caruth, 61.

的分享者，跟随讲述者重新经历创伤事件①；在第三层次的见证中，"我"观察叙述者和我自身作为听者，怎样靠近或在经验前退后，并相信两者都在试图寻找一个真相（truth）。罗伯的实证研究和分析对于见证过程中创伤经验的传递有重要的启示。凯鲁斯也认为，创伤可以由经历的人传递给其他人，这种传送的模式是面对面的交流：由一位当事者，他实行或经历了创伤，并传递给一位见证人，后者听取并感染了这种创伤。"创伤的历史，在其内在的延迟性中，只能通过倾听发生。"② 不仅如此，凯鲁斯还将这种交流的模式扩大到代与代之间。在她的《无可言说的经验》中，她将弗洛伊德所著的《摩西和一神教》与犹太人的创伤相连："拣选于是不仅是过去的事实，而且被投射进不属于个人的未来的经验。犹太一神教中创伤延迟的经验，意味着历史不仅是危机的传递，也是幸存的传递。它只能为一个大于任何个人或单个代与代的历史所拥有。"③也就是说，创伤记忆通过见证可

---

① 利夫顿（Robert Jay Lifton）认为，当某人见证了人们的死亡时，也就是成为一个幸存者的过程中，这个见证人对于整个幸存经历是非常重要的。之所以重要是因为他很快意识到作为幸存者的责任。这种心理涉及从负疚到责任的变化（transformation）。心理分析家和治疗者听取病人讲述，容易形成双重见证（double witness），尤其是在倾听了多年之后，医生开始吸收病人的故事，在自己的脑海里形成他们所说的画面。这种经历同时也是形成或重构自我的过程。Cathy Caruth, "An Interview with Robert Jay Lifton", *Trauma: Explorations in Memory*, ed., Caruth, 138–143.

② Cathy Caruth: *Trauma: Explorations in Memory*, 10–11.

③ Cathy Caruth: *Unclaimed Experience*, 71.

以直接或间接地传递给下一代①。结果是，从未直接经历过创伤的个体或集体继承了死去已久的先人的创伤回忆。

罗伯在《证词：文学、心理分析和历史中见证的危机》中，用临床案例证明了创伤见证和创伤的代与代传递。幸存者经历了悲剧性的人生事件（events），不只作为灾难，而且包括幸存和重建的失败。其中，对一名经历了"二战"创伤的男人的跟踪调查颇具代表性。这名男子在"二战"中失去了妻子和儿子，尽管战后重建家庭，并有了一个儿子。但家庭破裂的恐惧一直萦绕着这名男子。因此当第二任妻子死亡后，他放弃了重组的家庭，将儿子送给他人领养，自己失踪了。而这个男人前妻的女儿，她的一生无可避免地成为第二次创伤的见证。尽管她的父亲试图去压抑并忘记，但事实证明创伤并没有过去。这个女儿的一生都是父亲创伤后教训的体现——她不敢去爱，不敢挑战命运，不敢冒险组织一个她自己的家庭（因为这样的家庭和爱人注定会失去并再次失去）。与此同时，她成年后一直致力于重新找到她失散的弟弟，试图重建并重新创造她父亲放弃的家庭。罗伯认为，在这个案例中，父亲和女儿都避免知道（knowing），避免悲伤（grieving），避免损失，因而他们才能在实际生活中解除追逐他们的记忆，通过创伤的回返，通过创伤非故意的重复或传递，创伤记忆从一代传递到下一代。因此，"第二次创伤通过它怪异的重复发生，自身成为一段重复的历史见证，大屠杀后第二次的

① 李斯认为，凯鲁斯的创伤传递模式更接近于传染病式的模式。其中"感染潜伏阶段"和滞后阶段在开初的感染和之后显现症状加重出现。或者过去的幽灵可以随时出现，对活在现在的生者说话，传染性地感染后人。李斯认为，廓尔克（Van der Kolk）和凯鲁斯的理论是为了保留创伤再现会失败的道理——于是允许它传给他人，不仅能想象性地识别它，而且实实在在分享难受的心情。李斯不同意这个看法。他认为，这种理论将历史践踏成了记忆。李斯更倾向于用模仿的理论来阐释创伤。参见 Leys, *Trauma: A Genealogy*, 253–300。

创伤不仅见证了一段历史，［这段历史］没有完成；更特别的，也见证了事件的历史性发展，［这个发展］也没有结束。"①对于这些创伤幸存者来说，创伤并没有成为过去的记忆，而是一桩没有结束的事件，伴随着他们的生活发展，并延续到现在。

要解决创伤对现在的困扰，就要通过帮助患者重建一段叙事以及重建一段历史来进行治疗。而这种重建过程本质上是重新客体化、具体化创伤事件。当主体能从纠缠其中的创伤事件中表达并传递这个故事时，创伤记忆就能重新整合到经验之中。因此，对于创伤来说，"拥有见证是一个过程，一个包括听者的过程。见证过程发生之时，需要联系，一个亲密的他者的存在——处于听者的位置。见证不是独白，不可能在孤寂中发生。见证者是和某人交谈：对一个他们等待很久的人谈话"②。创伤记忆尽管是非常私人化的、难以辨识的经验，但创伤见证却是一种传播记忆的方式，讲述者叙事的模式具有社会和集体的框架。讲述和倾听是家庭、集体中传播创伤记忆的方式，而这些社会因素为创伤记忆塑造了社会框架和文化语境，并引发或内在地塑造了个人记忆和身份。在创伤的历史化过程中，创伤成为一代人或某个集体的人共同拥有的记忆的对象，并成为文学写作、电影等再现、生产和塑造过去的基础。对于过去事件的记忆，重要的不仅是记住什么，而且是怎么样去记忆。

---

① Dori Laub: "Bearing Witness or the Vicissituds of Listening", *Testimony: Crises of Witnessing in Literature, Psychoanalysis, and History*, Felman and Laub, 62–67.

② Felman and Laub: *Testimony: Crises of Witnessing in Literature, Psychoanalysis, and History*, 70.

创伤、记忆和历史：美国南方创伤小说研究

小　结

　　创伤是一个现代性的话题。伴随着机械化生产，身体创伤的出现，战争、屠杀等造成的心理创伤让人们开始思索创伤和意识、创伤和身份生存相关的问题。创伤的定义强调的不是创伤的打击，更多的是意识保护屏障的撕裂，象征系统的破坏。创伤以噩梦、闪回等方式重复地、逼真地出现，使创伤患者再次经历痛苦、失去甚至死亡。创伤的延迟性、潜伏期、无时性和重复等特质，决定了创伤是一种孤独的情感体验，患者生活在分裂的两个世界中，并对自己的幸存产生负疚感和责任感。

　　创伤同时也是社会性的。一方面，当社会、集体遭遇巨大的历史性创伤时，个人创伤的证词和见证成为联系伤痛集体的纽带。通过口头讲述、倾听、文字等方式，创伤记忆参与对过去的集体重建，是文化记忆的特殊形式。创伤记忆孕育了创伤文学，作家们运用集体创伤的成规，刻画描绘了各个遭遇创伤的人物，并通过这些形象，指代着特定时代、特定人群"每个人"的历史。另一方面，他们也可能解构个人创伤的独特性、不可复制性，而将这种个人创伤转化成无时间限制的，甚至普遍的、永恒的、神话式的人类创伤事件。关心创伤和其再现不仅是对人类生存状况的了解，也是重新揭开过去的伤口，审视那曾经的伤痛，并完成（work through）心理重建的过程。

　　就研究方法而言，创伤理论是对记忆研究的进一步细化，其中创伤心理的研究有助于分析创伤小说中的创伤人物，有利于更深刻地挖掘作家、文本、读者与社会接受之间的关系。从本书选题来看，国外研究经历了记忆转向，创伤记忆和文本对历史的再现日益成为南方文学研究关注的焦点。接下来的部分，本书将分析南方创伤小说产生的语境，并选取 1929 年至 1946 年美国南方文艺复兴中的创伤小说作为研究对象。从研究时段来看，1929年至 1946 年正是南方文艺复兴最为繁荣的时代，也是历史创伤经历了三代传递，保存相对集中和完整的时代。研究这段时期的作品，对于创伤的代与代传递、创伤和身份塑造、创伤和文学写作的研究具有重要的实践意义。

第 二 章

美国南方创伤记忆和创伤小说

　　每一个社会都通过传统、历史、纪念仪式等树立了关于过去的形象。正如万斯（Rupert Vance）所指出的，"历史，而不是地理，塑造了坚实的南方"①。南方的定义通常是指南北内战时11个前南方邦联州，包括弗吉尼亚州（Virginia）、佛罗里达州（Florida）、北卡罗来纳州（North Carolina）、南卡罗来纳州（South Carolina）、佐治亚州（Georgia）、阿拉巴马州（Alabama）、田纳西州（Tennessee）、路易斯安拉州（Louisiana）、阿肯色州（Arkansas）、密西西比州（Mississippi）、得克萨斯州（Texas）、肯塔基州（Kentucky）和俄克拉荷马州（Oklahoma）。南方曾经在美国的历史上占据重要的地位，乔治·华盛顿（George Washington）、托马斯·杰斐逊（Thomas Jefferson）等南方人构筑了美国主流价值体系和话语；在南北内

---

① Rupert Vance: *Human Geography* (Chapel Hill: University of North Carolina Press, 1932), 22.

战爆发之前，美国十五位总统之中就有八位总统出生于南方①。然而，南北内战之后，南方引以为傲的文化遭到了毁灭性的打击，历史出现了断裂。南方因而出现了独特的创伤文化和各种纪念缅怀过去的活动：南方的各种仪式，包括南方联盟纪念日、退伍士兵游行；城市建筑上出现内战前高廊柱、宽门厅等风格，以及南方邦联士兵塑像、纪念碑、烈士陵园，博物馆里的内战遗物②、电影、戏剧、诗歌、口头文学、音乐等，都为南方提供了过去的见证，塑造了特有的创伤文化记忆。记忆并非一种机械的、被动的对过去经验的保存，它总是主动积极地塑造特定人群对世界的认识，重申社会文化价值，创造具有典型意义的文化意象。这些文化意象再现了社会关系，每一次记忆，都是对这种社会关系的再一次记住（re-member）。同时，这些文化意象必须在集体共享的象征体系内才能得到阐释，文化记忆不仅加强了集体成员之间的联系，使其亲密地共享一段过去，从而巩固社会秩序，而且为解释这种意象提供了特定的语境。

第一节　内战创伤和老南方文化记忆

就叙事而言，"语境"分为两大类：一是"叙事语境"，二

---

① 这八位总统包括第一位总统乔治·华盛顿（George Washington），第三位总统托马斯·杰斐逊（Thomas Jefferson），第四位总统詹姆斯·麦迪逊（James Madison），第五位总统詹姆斯·门罗（James Monre），第七位总统安德鲁·杰克逊（Andrew Jackson），第九位总统威廉·亨利·哈里森（William Henry Harrison），第十位总统约翰·泰勒（John Tyler），第十一位总统詹姆斯·诺克斯·波尔克（James Knox Polk）。其中有六位总统出生于弗吉尼亚州。

② 例如，阿肯色州立历史博物馆存有南方邦联军投降时的一段苹果枯枝，并用内战中著名战役的战场上取来的陶土为参与战争的将士塑像。如同解说员所说，这些遗物是联系"一段逝去的故事的会说话的证人"。

是"社会历史语境"。前者涉及超社会身份的"叙事规约"或"文类规约"，后者主要涉及与种族、性别、阶级等社会身份相关的意识形态关系①。追寻南方集体记忆的文化意象，必须追寻南方的社会历史语境。美国南方的历史被内战、第一次世界大战分为了三个阶段。内战前，南方与北方的差别不仅存在于经济制度，而且在生活方式、思想、习惯等方面也迥然不同。美国内战不仅是政治上两种观念的较量或是经济制度的抗衡，而且是两种意识形态观念之争，即北方的资本主义所宣扬的个人主义、清教伦理和资本主义精神，所崇尚的自我约束、生活俭朴、努力工作的生活方式，和南方的贵族主义、自由主义、闲散的生活方式、强烈的家庭联系等之间的斗争。战前的南方种植园代表着一种农业理想，一种庄园文化，在里面"黑人奴隶们傻笑着，喝着冬青酒"。然而，内战过后，这块土地却成为美国唯一一块负载着特殊"历史负担"的地域。戴维德·明特（David Minter）指出，南方的历史感涉及三种"非美国化的经历"：首先是一种失败感，以及伴随着失败而来的投降和占领带来的屈辱感，另外，在美国这一方宣扬不可剥夺的人权，宣扬自由和平等的土地上，南方却维护奴隶制和种族隔离制，这些措施引起了南方人道德上深重的失败感和负疚感②。南北对立的二元话语中，南方成为北方研究的客体。而南方被迫聚焦于现在和过去，在历史中寻找解决问题的答案。这种对现实和记忆的双重聚焦，成为南方文学的一大特点。

因此，当新一代年轻的南方人在 20 世纪初回顾他们的成长

① 申丹、韩加明、王丽亚：《英美小说叙事理论研究》，北京：北京大学出版社，2005 年，第 308 页。

② David Minter: *Faulkner's Questioning Narratives: Fiction of His Major Phase* (Urbana: University of Illinois Press, 2001), 6.

之路时，才发现他们面临的不仅是一个现代化的新世纪，还有一份先辈留下的遗产：对传统的尊崇和对过去的记忆，以及由于战败而产生的疏离感。在内战结束近五十年后，第一次世界大战爆发，这是"战后南方再一次了解这个世界"，但却发现"它［南方］还有另一场战争的记忆……它没有抹除过去，反而加强了对过去的意识。所以我们［南方人］有双重聚焦，有两种方式观看"①。泰特所提出的"双重聚焦"的对象是两场战争所带来的两种记忆，而两种观看的方式一是指以现在为出发点对过去的回望，带有历史距离；而另一种观看则颇具南方创伤的特色，即遭遇了南北内战创伤的幸存者及后代们，发现现在的生活仍然笼罩在创伤的阴影中。"过去仍在现在之中"，这种独特的创伤历史视角，来源于南方历史创伤：

> 在南方的历史上，内战是最为重要的事件。不论自由人还是奴隶，黑人还是白人，男人还是女人，富人还是穷人，战争都改变了人们生活的全景。从战争开始的那一片刻，它发泄出来的改变，就很少有人能想象得到。实际上让每个人吃惊的是，战争突然结束了奴隶制，并剥夺了南方四分之一适合军龄的男性生命。它给那些受过伤的幸存的老兵，或者那些寡妇们、孤儿们带来了一生的痛苦。战争还给农业经济带来了毁灭性的打击，给南方白人的政治权力带来了一个充满屈辱的结束。②

---

① Allen Tate: *Memoirs and Opinions: 1926 – 1974* (Chicago: The Swallow Press, 1974), 32 – 33.

② Edward L. Ayers and Bradley C Mittendorf: *The Oxford Book of The American South: Testimony, Memory, and Fiction* (New York and Oxford: Oxford University Press, 1997), 111.

在北方，内战被称为"叛乱之战"（The War of the Rebellion），而南方却认为这是一场"南方独立之战"（The War for Southern Independence）。南北内战是南方历史中决定性的重要事件，它促成了战争和记忆的焊接，使得战争变成了"每个人的事"，使得南方的时间变成了以内战为编年元年的时间，也使南方文艺复兴中"向后看"的特征不仅成为一个广为人接受的隐喻，也成为文化记忆中的一大主题。内战对南方而言，不仅仅是一场失败的战争，而且是一道生活的分水岭。1893 年，马克·吐温（Mark Twain）在《密西西比河上的生活》（*Life on the Mississippi*）中谈到了一个有趣的现象。在当时的北方，内战已经被人淡忘了，而在南方却不同。在南方这片土地上，"你遇到的每一个南方人都曾经卷入战争"，"每一个你遇到的女人都曾目睹过这场战争"，它是"谈话中最主要的话题"。马克·吐温声称，对南方人而言，这场战争事实上是南方的"公元纪年，他们以它为开始来计算日子"。所以，你听到的某件事情是"在这场战争时发生的；或在这场战争前，或在这场战争刚刚结束后；或大约战争前或战争后两年或五年或十年"①。内战给美国人尤其是南方人所留下的精神创伤远远大于美国参与的任何一场战争。种植园经济的衰落、家庭的破裂、亲人的伤亡，以及重建时期北方军队对南方地区的军事管制、南方显贵在政治上的失势等现实，都让南方人将内战看作失败的事业（lost cause）。

在记忆理论中，创伤是指对一件摧毁了个体自我认识和社会衡量标准的事件、个人的情感反映。个人正是通过叙事来再现这段经历，并以此来排解并治愈创伤。但这种弗洛伊德式的创伤概

———————————

① Mark Twain: *Life on the Mississippi, in Mississippi Writings*, ed., Guy Cardwell（Baton Rouge: Louisiana State University Press, 1992），491–492.

念却并不能说明叙事再现的准确性。塔尔在《创伤世界》中指出："没有对事件的重新创造，准确地再现创伤是不可能得到的。"① 同样，巴雷物（Michelle Balaev）认为："对创伤的记忆总是对过去大致的描述。既然创伤经历阻止知识，因而也阻止再现。"②再现的困难造成了个人对创伤记忆的规避，从心理机制上，表现为对创伤记忆的压抑。在这种独特的创伤文化语境中，老南方的文化意象成为一种抑制过去创伤、忘记伤痛、恢复社会秩序的记忆策略。南方记忆通过反复重写、创造出老南方、南方传奇、南方伊甸园神话等文化意象，将一种文化的想象加诸仍然萦绕着历史创伤的现实上，期冀通过老南方意象中一些普适性的价值观念（如荣誉、勇气、骑士精神、忍耐、仁慈、博爱等）所具有的无时性和历史超越性，来对比南方内战以及之后时间带来的变化。托马斯·沃尔夫曾在《远方的群山》中写道：

> 十分奇怪，这场战争已不再是一了百了的事，也不再是撂在一边为人忘怀而成为被埋葬了的往事，却成了一件重新充满新的活力的已死事实，人们把它看得比生命本身更珍贵。它所引起的神话及时地获得了一种几乎是超自然的制裁力量。它成了一种民间宗教。在它那抚慰人的、超俗的符咒下，南方开始转过脸去，不理睬它周围日常生活的冷酷而丑恶的现实，并且逃进了已经消逝了的繁荣的美梦之中。这繁荣是想象的，是从来不曾存在过的。③

---

① Tal: *Worlds of Hurt: Reading the Literatures of Trauma*, 15.
② Michelle Balaev: "Trends in Literary Trauma Theory", *Mosaic* 41/2 (2008), 150.
③ 托马斯·沃尔夫：《远方的群山》，转引自李文俊主编：《福克纳评论集》，北京：中国社会科学出版社，1980年，第179页。

　　　　创伤、记忆和历史：美国南方创伤小说研究

沃尔夫的这段文字非常形象地描绘了创伤后南方的历史记忆。尽管记忆内容因个人生活经历各有差异，但南方"转过脸去"的目的是压抑创伤，转而利用想象虚构了一个过去的共同神话以掩饰现实。这种历史记忆通过不断地重复，成为南方社会的重要话语，形成了南方人对过去的认同感和同一个地域记忆的归属感。南方创伤历史记忆的核心是老南方的失落，对于老南方的不断重写，创造出南方记忆中光彩夺目的过去。老南方历史意识的经济基础是种植园奴隶制度，意识形态的结构属于家长制的父权社会阶级制度。盖尼斯（Francis Pendleton Gaines）在《南方庄园》中指出，老南方的庄园神话至少可以追溯到 1832 年肯尼迪（John Pendleton Kennedy）所创作的浪漫小说《燕子马棚》（*Swallow Barn*）[①]。老南方的文化意象在南方民间故事、小说、歌曲、戏剧、绘画中都有表现。这些记忆在南方人的脑海中能够唤起过去的一幕幕和谐欢快的场景。廷德尔（George B. Tindall）这样描绘道：

　　　　和善的老主人摇着他的冰冻薄荷朱力酒；欢乐的黑人在白人的田地里唱着丰收的歌儿，或者，悲伤地呼唤着过去的老时光；修长的身着灰色军装的青年们在月光下或木兰花下追求娇媚的美女。这幕场景并不是简单的一幅漫画或讽刺画，因为在它精致的庄园主的形象中承载着沉重的贵族美德：谦恭、风度、好客、荣誉、君子之德，以及一些不那么有魅力的贵族缺点———一种对资产负债表满不在乎的贵族派头，火爆脾气，渎神不敬，

---

①　Francis Pendleton Gaines: *The Southern Plantation: A Study in the Development and Accuracy of a Tradition* (New York: Columbia University Press, 1925) , 23.

过度放纵，以及某种固执的性格。老式的黑奴，不是喜剧角色就是"忠诚"一词的最贴切的表现。而南方的美女们，"漂亮，高贵，社交魅力的完美典范，她们的美貌让人着魔，然而她们的灵魂却是坚定而不可动摇"。盖尼斯写道，"她可能是我们的幻想曲中最迷人的形象"。庄园罗曼史保留了我们关于过去的主要的社会牧歌，是一种田园诗般的存在方式，不那么物质性，不那么匆忙，不是那么平庸的平等主义，不那么徒劳，而是更富有诗情画意，更欢快，更富有不用顾虑希望或恐惧或不高兴劳作的完美的喜悦。①

廷德尔和盖尼斯描绘了南方人想象中过去的形象，从重建时期到 1929 年之间，这幅伊甸园景象总是在南方社会话语中若隐若现。它建造了一个孤立的过去，塑造了贵族、淑女、忠心的黑奴等南方原型。通过记忆的虚构，南方人有理由认为，在这个过去中，人类的理想和道德的完美已经实现了，而现在却是堕落的、失败的；它不是过去的延续或进步，而是和这种理想失去了联系。内战代表着时间和历史的巨变，南方历史记忆用老南方的文化意象抹除了南方社会的阶级差异，创造了一种纪念碑式的历史意识，不仅为南方人提供了一种感情上的归依，而且参与了南方记忆的政治，为战后和重建时期纷乱的社会提供了一种精神寄托，成为寻求政治稳定的安抚剂。

---

① George Tindall: "Mythology: A New Frontier in Southern History", *The Idea of the South: Pursuit of a Central Theme*, ed., Frank E. Vandiver (Chicago: University of Chicago Press, 1964), 4–5. 参见 Gaines, *The Southern Plantation: A Study in the Development and Accuracy of a Tradition*, 16。

创伤、记忆和历史：美国南方创伤小说研究

第二节　记忆的政治：新南方教条和进步主义

"老南方"的形象模糊了南方社会中社会不平等的现象，成为一种南方社会成员共享的情感的结构框架。这种历史记忆起初用于社会安抚和心理创伤的治疗，后来逐渐转变成为一种南方社会的共识，变成了一种南方的社会观念（concept），并被"新南方教条"（The New South Creed）挪用，成为新南方重振南方经济和政治的文化旗帜。新南方教条运用嵌入在老南方神话中的观念，将其作为一种意识形态武器来重新塑造南方理念，这种策略满足了南方重新恢复战前的权力和影响的需要。老南方的传奇被浓缩成家长制的集体概念，在家长式的农庄里，仁慈的主人照顾庄园里的白人、黑人以及他们的妻小，对他们负有责任，并期待他们严格的服从和忠诚。这种家长制制度在新南方教条中演绎为佃农制（sharecropper system）。大农场主租赁土地给黑人，提供给他们工具和食物，交换庄稼收成，解放了的黑人奴隶拥有一定的自由和权力来决定自己的劳动和生活。然而，虽然黑人具有了经济之外的某种自由，但农场主却认为自己仍然有监管他们的责任。"劳动力的每一种形式都伴随着土地主的家长制，不仅是因为内战前时期一种浪漫主义的残留，家长制在新南方也是一种重要的特点。"家长制保证了社会精英的特权，最大限度地满足了土地主、商人、旧贵族的利益和自负，并有利于建立社会阶层制。只不过对于老南方来说，家长制意味着阶级基础的等级划分，而新南方教条下新富起来的土地主们却绝不同意阶级基础的家长制。"一方面，他们并不赞同旧家长制具有权限的同时，必须履行照顾弱者的义务，以及贵族式的行为符码。另一方面，他们信奉的家长制是种族基础的。"①

新南方教条借用了老南方的神话，鼓吹南方过去的黄金时代，保护和歌颂这笔浪漫化的战前遗产。这是一种强有力的意识形态的混合，混杂了过去的记忆、现在的进步和将来的繁荣。它成功地联结起南方断裂的过去和现在，如欧布润（Michael O'Brien）所言，"新南方帮助南方的这个概念传承"②。事实上，新南方教条是利用老南方文化记忆所产生的亲密感、集体感，并利用人们熟悉的记忆中的生产模式来进行的一场经济改革。因此，新南方"只是老南方带着它的能量被导入了新的航道……新南方只是'新环境下的老南方'"。在文化记忆传承得到保障的假设下，新南方教条告诉南方人，他们所宣传的唯一的改变就是经济的发展。为了强调新南方对南方记忆的传输和保护，新南方教条的提出者格雷迪（Henry Grady）在宣扬新南方教条的同时，不断地赞扬老南方"精致的文化"，与他呼应的作家佩奇（Thomas Nelson Page）则声称老南方是"曾经存在过的最纯洁最甜蜜的生活……它能使男人变得高尚、绅士、勇敢，而女人变得温柔纯洁"③。新南方教条所推行的经济政策，在短时期内取得了一定成效。1880 年，南方的棉花产量就达到了内战前的最高水平。因此，1880 年《拉雷新闻和观察者》（*Raleigh News and Observer*）的编辑这样认为："南方应该……挣钱，修建荒废的地区，然后就能迫使北方的人认识到我们的价值和尊严，否则他们

---

① Railey: *Natural Aristocracy: History Ideology, and the Production of William Faulkner*, 14.

② James C. Cobb: *Redefining Southern Culture: Mind and Identity in the Modern South* (Athens & London: The University of Georgia Press, 1999), 151.

③ Paul M. Gaston: *The New South Creed: A Study in Southern Mythmaking* (New York: Baton Rouge, 1971), 152.

对一切都会视而不见，除非通过物质中介。"①而 1886 年，格雷迪志得意满地在题为《新南方》的演讲中说道："'曾经有一个奴隶制和分裂的南方——那个南方已经死了。现在有一个统一的自由的南方——这个南方，感谢上帝，是活生生的，呼吸的，每一小时都在进步的。'这些话已经成为现实并越来越真实。"②然而，新南方教条并不具有老南方记忆中的脉脉温情，人与人之间的关系更类似于北方的资本主义，是一种现金关系（cash-nexus）。

新南方教条虽然复制了老南方的记忆模式，但这种以"新"为标志的话语却暗示着历史的断裂，过去和现在的分离。"新"的意义本来就是相对于"老"而言，如果"老"具有落后、保守、死亡等所指，"新"就相对具有更加完善，更加先进，从而更加光明的意义。然而，新南方教条并没有给南方带来预想之中的繁荣。尽管"一战"中南方的木材、船只建造、炸药、纺织、煤、石油、钢铁工业等都得到迅速发展，棉花价格在 1917 年到 1919 年达到最高，但 1919 年之后，棉花价格回落，南方经济问题凸现。直到 1930 年，国情咨文报告中声称，南方仍然是"美国头号经济问题"③。南方社会结构和老南方时代相比，已经发生变化，老南方的神话无法保证现有社会的稳定。另外，宏大叙事遮蔽了个人意识，自我的发展和自我的意识处于边缘化的境地，这些和随之而来的现代化时代发生了剧烈的冲突。新南方教条已无法适应社会巨大的变革，它的历史话语必将遭到另一种更加个人化的话语的挑战。

---

① W. J. Cash: *The Mind of the South* (New York: Vintage Books, 1941), xlviii.

② Henry Grady: "The New South, 1886", *The American Spirit*, ed., Thomas A. Bailey (Lexington: D. C. Heath and Company, 1978), 353.

③ King: *The Southern Renaissance*, 22.

事实上，不仅是南方，整个美国乃至世界都在产生巨大的变化。在美国，随着经济的发展，工业化、城市化、大批移民的涌入极大地影响了美国的面貌。财富飞速增长并迅速集中在少数财团的手中。1901 年摩根公司买进卡内基钢铁公司，组成美国钢铁公司，资产达到 15 个亿。1893、1902、1907 年，美国总统曾三次求助于摩根解决国家危机。社会物质生产处于进步之中，1893 年的芝加哥世界博览会集中展示了人类的创造能力。启蒙时期的学者亚当·斯密等人相信，只要增加物质财富，社会就会进步。但随着社会财富的增长，"进步"却难以定论。"少数人的财富和多数人的贫困反差如此之大，这到底算不算进步呢？这样的进步是福还是祸呢？工业进步真的必然带来政治和社会的进步吗？……'进步'这个概念成了那个时代的思考焦点。"[①]在这种情况下，处于垄断资本和劳工运动的压挤之中，美国中产阶级从实用主义的哲学基础出发，希望能通过对社会的改革推动进步。他们推行的进步主义对华尔街的金融家们控制的经济表示怀疑，认为这对中产阶级不利，但他们对农民的经济困境的关心却仅仅停留在表面。这种进步主义不同于社会达尔文主义，他们重视个人权利远胜于集体责任制，认为社会立法对个人的权利和集会是敌意的。进步主义的历史观掺杂着相当复杂的怀旧情绪。西奥多·罗斯福看出了这一点，并指出进步运动分成两派："一半人乃是真正的农村托利党人，试图完成那不可能完成的任务，将竞技状态退回到 60 年前去。另一半人想沿着正确的道路往前走，承认企业联合的不可避免和必要。"[②] 然而，罗斯福也指出，这后一派却经常受到前一派的影响。这种回到过去，向往工业化时

---

① 钱满素：《美国自由主义的历史变迁》，北京：生活·读书·新知三联书店，2006年，第68页。
② 同上，第82页。

代之前的个人自由的思想，是南方"向后看"主题的时代语境。

在南方，进步主义又被称为"除去草籽的平民主义"（Populism with the hayseed removed）。南方的进步主义同样是新兴中产阶级的产物，它的特殊性在于，进步主义的成员试图靠职业和社会地位来确定自己的身份，而不是依靠个人和家庭的名声[1]。他们也攻击大地主，但他们知道敌人不仅是土地贵族们（The Plantocrats）和新南方教条的救赎者们（The Redeemers），还有种种不合理现象，如铁路持有者试图逃税，收买立法者，买卖高价，制造商人被课以高税，华尔街投机商为棉花期货赌博等。因此，伍特伍德指出："南方平民主义者的政治策略是建立在地区、阶级和种族边缘治安的联合联盟上……这种策略的每一阶段都是对新南方体系的一个挑战。后者试图分裂平民主义，试图去统一的所有要素。"[2]

从南方的社会语境看，南方的历史叙事焦点在于建构和解释过去，这个过程凝聚了这个地区不同阶级、不同经济地位的各色人等的记忆，创造出一种为社会广泛接受的行为准则、价值、传统等文化符码，虚构出一种为南方人共享的经验、身份和历史的幻觉。新南方教条和进步主义挪用了这种叙事话语，使南方个人的历史、身份、经验和地区的、民族的、集体历史的大的语境相连，个人叙事被去掉了差异，或被故意遗忘，以取得这种宏大叙事的统一和完整。两者所创造的南方过去是出于宣扬进步、发展的目的而虚构的社会记忆，因此体现出一种社会意识形态上的共谋。福克纳在《喧哗与骚动》中塑造的杰生的形象再现了这种同谋。杰生的自我是通过家长制权力的修辞塑造的，但却是新南

---

[1] Railey: *Natural Aristocracy: History, Ideology, and the Production of William Faulkner*, 62.

[2] 同上，20。

方教条式的再现。杰生的塑造遵循了老南方的仪式和形式，但却并不尊崇过去的文化符码，即荣誉、英雄等骑士精神。一方面，在家庭中，杰生以一家之主的身份要求他吃饭时全家必须到齐，并得到他母亲的支持，以维护老南方式的家族习惯和仪式。然而，杰生虽然承认自己是一家之主，却不愿像老南方的家长制中一样履行作为家庭主人照顾弱小的责任和维护家族的义务。他虽然声称他是家庭中使面缸充足的人，却暗地私藏姐姐的汇款，欺诈外甥女，并时刻威胁要将哥哥班吉送到精神病院去，并最后付诸行动。另一方面，杰生一直梦想进入银行，有一个好位置，而随着这个梦想的破灭，他炒卖棉花，诅咒华尔街的吸血鬼。他关心的不是他家族的荣誉和名声，而是他作为生意人的职业和他自己的社会地位。杰生的进步主义需要的不是过去的传统在今天的延续，而是在这个新世界中找到当前的而不是继承的位置。

因此，1929 年开始的南方文艺复兴就处于这样的一种语境之中。面对无法回避的过去，谁的记忆可以成为主导话语？面对南北意识形态的对立和经济形势的差异，面对新南方留下的经济问题，以及进步主义所设想的未来，南方知识分子将如何记忆，如何忘记？这些问题事实上再现了南方进入 20 世纪后记忆的危机。记住什么？怎样选择记忆？如何传承记忆？如何避免忘记？叙事权力的运作表现为再现的权力，它能够通过权威的文字书写来控制个人和社会的回应和共鸣。这个能产生共鸣的问题是，谁的记忆会胜利？谁的关于集体记忆的文字构筑会占优势，而在占据上风的同时，又会发出指令让个体们理解他们自己的生活？他们的话语形成了怎样的社会力量以成为南方历史新的构建人？在南方记忆危机中，以兰瑟姆（John Crowe Ransom）为首的南方知识分子，为南方记忆再现创造了一个重要的模式。

第三节　记忆的危机：从"逃逸者"到重农主义运动

霍尔（Stuart Hall）曾指出，任何地方的过去都没有内在的意义，"只有那些通过语言，通过叙事，通过话语加诸于上的意义"[①]。如果南方记忆在南方生活中产生了影响，我们应该关注南方人共享的是哪一个集体的记忆，他们选择去记住或忘记的是哪一段历史，他们怎样去散播他们回忆起来的过去，以及这些记忆是如何在话语中得到建构的？新南方和进步主义是以经济发展为标志的白人精英集体的话语，相应地在文化生活领域中，佩奇、艾伦（James Lane Allen）、库克（John Esten Cook）、金（Grace King）等人所描写的庄园神话和南方骑士呼应着新南方话语，粉饰出温情脉脉的伊甸园式的南方神话。然而，新南方教条一方面试图发展经济，一方面却试图静止南方的变化，边缘化南方历史意识。种种关于老南方的陈词滥调让南方青年对新南方概念感到窒息，以致珀西（Walker Percy）曾讽刺道："我的一个新南方的定义就是一个不再有人念叨新南方的南方。"[②] 如果说新南方教条为老南方记忆提供了社会框架，那么，随着家长制社会阶层关系的改变，种植园主和租佃制经济（sharecropping）的消失，老南方的记忆受到了社会的冲击。正如霍伯斯伯姆（Eric Hobsbawm）在《传统的塑造》中指出的那样，无论何时何地，"每一次迅猛的社会转变都会削弱甚至毁灭老传统曾设计的社会

---

①　Stuart Hall: "The Narrative Construction of Reality: An Interview with Stuart Hall," *Southern Review* 17 (1984), 1.

②　James C. Cobb: *Redefining Southern Culture: Mind and Identity in the Modern South* (Athens and London: The University of Georgia Press, 1999), 150.

格局"①。老南方记忆的失败，正是产生在南方社会新旧交替的时代，从社会传承的角度看，南方社会面临着记忆的危机。南方知识分子从逃逸者到重农主义者的转变，从社会话语的角度，见证了南方历史记忆在新的社会语境下受到的冲击，为南方记忆再现提供了新的模式。

一、南方记忆危机：从"逃逸者"到重农主义运动

在南方进入 20 世纪后，南方既有"老南方"记忆的话语模式，也具有新兴的资本主义和投机分子所推崇的"新南方"的模式。新旧两种记忆模式互相冲突，"老南方"的话语已不能提供南方文化上的优势感，而"新南方"的模式也无法真正拯救南方的经济。"逃逸者"话语的出现正是这两种话语模式矛盾的结果。1915 年开始，由田纳西州纳什维尔镇范德比尔特大学的教师和学生所组成的一个松散的文化团体展开了一系列对诗歌和文学的讨论。范德比尔特大学教师、诗人约翰·克罗·兰瑟姆（John Crowe Ransom）成为这一活动的实际领导者。他的周围聚集了一批有才华的年轻人，如诗人罗伯特·佩恩·沃伦（Robert Penn Warren）、艾伦·泰特（Allen Tate）、唐纳德·戴维森（Donald Davidson）等。这种讨论会性质的集会在第一次世界大战期间曾一度中断，1919 年重又恢复。1922 年至 1925 年，他们出版了有影响的小型文艺杂志《逃逸者》（The Fugitive）。在其创刊号上，这群年轻人声称，要从"感伤的、浪漫主义的老南方上层婆罗门"那里逃离。"逃逸者派"一词即由此而来。这群南方知识分子通过对现代文学的认同来否认自己所属的集体传统的

---

① James C. Cobb: *Redefining Southern Culture: Mind and Identity in the Modern South* (Athens and London: The University of Georgia Press, 1999)，154.

创伤、记忆和历史：美国南方创伤小说研究

身份，否认僵死的过去所塑造的南方形象①。

　　逃逸者对新的记忆模式的追求表现为对文化的重视和对艺术的自治。在1923年《逃逸者》的第六期中，他们声称支持"独立的创作"，希望打破"再现的暴政"，建议"重新制作，重新塑型一种主观的秩序"②。他们拒绝传统附加的集体身份，而试图以"逃逸"的隐喻和方式来恢复被新南方教条所压抑的个人记忆。如同1924年泰特在《逃逸者》中宣称："个人的智识是我们这个时代的气氛。没有普世的真理、天堂、地狱、责任、奥林普斯、永恒等这些神圣的'主题'。""逃逸者"所代表的不仅是一群初出茅庐的文学青年，而且预示了今后南方文艺复兴中某种集体关系形成的必要因素：与家乡的联系，对现实的指责，模糊的身份感，以及最重要的，对南方爱恨交织的共同体验。他们对自己宣称的"逃逸"并非清楚。"逃逸者"可以指"从公义或危险面前逃走的人，常常是流浪者，或许还是一个被遗弃的人"③。但除了兰瑟姆在刊首词中所做的比喻外，他们并没有给出任何具体的解释，表现出来的只是一种姿态：在他们的诗歌中，总是小心地绕开当时盛行的怀念老南方或展望新南方的主题。甚至1923年，当《诗歌》（*Poetry*）编辑蒙罗（Harriet Monroe）对这群年轻人建议，既然南方有着"如此丰富的种族冲

---

①　James C. Cobb: *Redefining Southern Culture: Mind and Identity in the Modern South* (Athens and London: The University of Georgia Press, 1999), 163. 具有讽刺意味的是，由于这种对现代文化的追求，他们甚至被誉为新南方启蒙运动和进步运动的代表。《逃逸者》的出版得到了纳什维尔零售商协会的赞助。当地报纸甚至称赞道："《逃逸者》是宣传这座城市和这个州的工具，它能接触到其他方式无法触及的大众。"

②　Allen Tate: "Whose Ox", *The Fugitive*, 1, 4 (1922), 99.

③　Paul K. Conkin: *The Southern Agrarians* (Knoxville: The University of Tennessee Press, 1988), 16.

突和偏见，如此英雄璀璨的过去"，南方诗人应该增多一些地方题材时，"逃逸者"们却对这个建议感到不快。泰特这样对蒙罗解释道："我们非常不愿意在文学中加诸哪怕一丁点儿南方传统的压力；我们这些南方人了解这种态度的下场——旧的会重返而感伤总是一触即发。"① 逃逸者这种刻意的规避代表着一种新的记忆的政治，他们通过这种遗忘的姿态来反抗新南方记忆话语的权力。

记忆机制提醒我们，已经遗忘的创伤可能因为第二件事具有相同的诱因或某种相似性，而引发对第一件事情的回忆。尽管"逃逸者"宣称要从老南方令人感伤的浪漫主义中逃离，他们却不能脱离社会语境而真正的遗忘。20 世纪 20 年代各种话语的喧哗唤醒了"逃逸者"内心深处的创伤历史记忆。20 世纪 20 年代，新南方的神话和现实之间的张力已经临近爆发点。伴随着种族暴力在南方重新兴起，其中三 K 党的复活、弗兰克（Leo Frank）的私刑事件，南方被动地处于全国质询的焦点。1924 年，谭恩巴姆（Frank Tannenbaum）发表《南方更黑暗的时期》（*The Darker Phase of the South*）揭露南方文化的愚昧和落后。同年，前阿拉巴马州平民党党员斯卡格斯（William H. Skaggs）在《南方寡头政治》（*The Southern Oligarchy*）中攻击"南方各州白人和有色人种"之间的困境；维拉德（Oswald Garrison Villard）不断在《国家》（*Nation*）杂志中声讨私刑的野蛮；而杜波依斯（W. E. B. DuBois）则在《NAACP 的危机》（*NAACP's Crisis*）中攻击南方种族习俗。最具代表性的话语攻击来自门肯，他对新南方嘲弄道："所有它吹嘘的进步，无论在艺术上、知识上，还是在文

---

① Daniel Joseph Singal: *The War Within: From Victorian to Modernist Thought in the South, 1919 – 1945* (Chapel Hill: The University of North Carolina Press, 1982), 199.

化上都和撒哈拉沙漠一样贫瘠。"①这段时期，田纳西州的"猴子法案"更成为美国南北对战的焦点②。"猴子法案"在现代南方历史上具有重要的意义。霍博森（Fred Hobson）认为，"猴子法案"是"最强烈地戏剧化了南方地方主义和现代、世俗世界之间斗争的事件。这个事件迫使南方人公正地面对南方的事情以及他们自己在其中的位置"③。

"逃逸者"正是在这期间开始了向重农主义的转变。"猴子

---

① H. L. Mencken: "The Sahara of the Bozart", *H. L. Mencken, Prejudices: A Selection*, ed., James T. Farrell (New York: Vintage, 1958), 73.

② 1925年，田纳西州议会通过《布特勒法》（The Butler Law），该项法案禁止在公立学校教授"任何否定圣经创世说而代之以人类由低等动物进化而成"的进化论。《布特勒法》通过后社会一片哗然，尤其受到"美国公民自由联盟"（ACLU）的指责。这个组织成立于1920年，一向以保护公民的思想言论自由为宗旨。"美国公民自由联盟"认为，美国公民的基本自由尤其是学术自由应该得到充分保障，《布特勒法》代表了一种危险的倾向：政府竟然可以根据某种偏见便动用国家的暴力机关来干涉人们研究和传授一种学说的权利，这显然是违宪的。"美国公民自由联盟"决定为那些因教授进化论而被起诉的教师提供法律上的援助，通过诉讼手段推翻《布特勒法》。"美国公民自由联盟"在《查塔奴加每日时报》等报纸上刊登了一份挑战《布特勒法》的声明，招募一名田纳西州的公费教师作为志愿者，自愿担任因在课堂上讲授进化论而被起诉的当事人。"我们的律师认为，能够在保证其不丢掉饭碗的前提下，安排一次善意的法庭试验。"阿巴拉契山区戴屯小镇上的年轻教师约翰·斯寇普（John Scops）决定应征，并得到了所在学校校董们的支持。斯寇普向警局自首，声称自己在学校教授进化论，已构成违法，警察只好将其逮捕。诉讼顺利启动。"猴子法案"引起世人广泛的关注。开审之日，各州的学者名流、新闻记者云集戴屯小镇。人类历史上首次采用电子通信（收音机）现场直播审判过程。前国务卿布莱恩亲自担任检方律师。芝加哥著名律师克伦斯·戴洛（Clarence Darrow）则在"美国公民自由联盟"的支持下为斯寇普辩护。从7月13日到7月21日，审判历时8天。最终，陪审团却只花了9分钟就得出了确认被告斯寇普违法的结论，斯寇普被判罚100美元。该案上诉到田纳西州最高法院，1927年1月，州最高法院以不符合程序为理由推翻了对斯寇普的判决，并指示，为了维持田纳西州的宁静与尊严，任何检察官不得以《布特勒法》再起诉任何人。"猴子法案"宣告结束。

③ Fred Hobson: *Serpent in Eden: H. L. Mencken and the South* (Chapel Hill: The University of North Carolina Press, 1974), 148.

法案"发生后，戴维森后来说，这场公审就像"半夜警钟"一样敲醒了他们的文学梦。他补充道："我们开始回忆并被迫考虑，作为逃逸者集体，我们没有去关心的这个假设［南方］。"泰特回忆道，1926 年左右，他从纽约给兰瑟姆写信告诉他，"我们必须就南方的历史和南方的文化做点什么"，而这封信还在路上的时候，几乎同样内容的兰瑟姆的信也已发出①。重农主义者的自述无疑影响了许多评论家。简考瓦赫（Mark Jancovich）认同泰特等的说法，认为"猴子法案"的争论"迫使兰瑟姆、泰特、沃伦开始思索、发展、定义他们的态度。这场法案引起了南方与现代社会的讨论……这种新任务在泰特等的信件中很明显，而这些交流使他们首次清醒地认识到他们是南方人"②。1926 年，兰瑟姆与《弗吉尼亚每季评论》（*Virginia Quarterly Review*）编辑的通信中，提到自己刚出版的《第三次运动》 （*The Third Movement*）中的主要观点，认为科学和艺术发生了冲突，科学已经占据了我们生活中太过主导的位置，而他非常主动地站在艺术一边。欧布朗（Michael O'Brien）在这个基础上认为："'猴子法案'正反映了兰瑟姆提到的这种冲突，不期然地联系起南方科学和宗教之争，使［兰瑟姆等］在美学关注里加入了对这个地区的焦虑。"③可见，重农主义者和后来的评论家们对于美国 20 世纪 20 年代语境中话语的争斗都非常重视，认为社会外力造成了话语的转变。

---

① Allen Tate: "The Fugitive, 1922 – 1925: A Personal Recollection Twenty Years After", *Princeton University Library Chronicle*, III（April, 1942）, 84.

② Mark Jancovich: *The Cultural Politics of the New Criticism*（New York: Cambridge University Press, 1993）, 25.

③ Michael O'Brien: *The Idea of the American South, 1920 – 1941*（Baltimore: The Johns Hopkins University Press, 1979）, 121.

对于重农主义者自己的解释，1977 年格雷在《文学的记忆》中认同了这种历史主义的因果关系模式，然而在 1986 年《书写南方：一个美国地区的观念》中，却提出了新的观点。格雷提醒我们，不要忘记戴维森和泰特是两位"优秀的讲故事的人"，"他们试图将散乱的历史事件整理成小说式的连贯和对称"①。事实上，早在"猴子法案"发生之前一年，兰瑟姆就开始将南方作为主题，而泰特也开始思索南方的传统和现代社会中情感的分裂。但格雷在时隔近十年的两部著作中，对南方的重农主义运动进行讨论时，都强调了"责任"（commitment）这个词。1977 年他的开首语是"可能没有另一个南方作家集体比重农主义者更清醒地意识到他们对自己这个地区的责任"②。而 1986 年他在讨论重农主义者之间的矛盾和冲突时，仍然指出尽管有诸多不和，"他们［重农主义者］仍自信地交流他们新的共享的对地区的忠诚"。这些书信提供了对他们"新的责任的焦点"③。格雷的用词也许值得我们深思。"逃逸者"的转变与其说是半夜梦醒，不如说是南方记忆危机下知识分子对历史责任的认识。

　　事实上，重农主义者的转变并不是在"猴子法案"之后戏剧性的突转。作为南方人，他们的历史责任感驱使他们去探寻南方的过去，寻找现实的弊端。早在"猴子法案"之前，"逃逸者"已经开始对南方社会和历史的思考。当时，南方人物传记写作风靡一时，出版商成群结队地追逐南方作家。迫于经济压力，"逃逸者"们大多数都参与了南方人物传记写作。1927 年，泰特

①　Richard Gray: *Writing the South: Ideas of an American Region* (London and New York: Cambridge University Press, 1986), 126.

②　Richard Gray: *The Literature of Memory: Modern Writers of the American South* (Baltimore and London: The Johns Hopkins University Press, 1977), 1.

③　Gray: *Writing the South: Ideas of an American Region*, 131.

与出版商签订了一份合同，撰写杰克森（Stone Wall Jackson）的传记，"这本书加深了他新近的对南方的忠诚"。1925年，戴维森还热衷于去哥伦比亚大学工作。但当1926年，他为写作《伟大的人》（*The Tall Man*）查阅了大量南方历史和文学之后，他的态度发生了变化。1927年3月，他在给泰特的信中提道："作为一个南方人，真的，一个有独立思考能力的绅士，我憎恨这些派系和明星团［新南方教条领导人物］，我计划狠狠地对付他们。"之后，他又抱怨北方，"这儿有太多让我发疯的东西"①。莱特尔（Andrew Lytle）也开始从事南方历史人物传记写作。1931年，他发表了《贝德福德·弗罗斯特和他可悲的组织》弗罗斯特（*Bedford Forrest and His Critter Company*）。在其中，他将弗罗斯特视作战前南方人的原型，即"耕种人和开拓者、欧洲和美国在棉花影响下混合的产物"②。沃伦也参与了南方人物传记写作。在这个过程中，"逃逸者"作为南方历史的叙事者开始逐渐认同南方身份。更重要的是，通过他们自己对过去历史的收集和恢复，"逃逸者"认识到保存和传递南方记忆是他们这一代人的历史责任。

二、重农主义运动的记忆模式

面对创伤记忆的反应促成了"逃逸者"向重农主义者的转变。南方的历史曾经是他们竭力想回避的题材，而作为南方人却不得不承受来自各方的话语指责，意识到南方创伤并没有消失，现实仍然是过去创伤的重复。"猴子法案"这个南方现实生活中

---

① Davidson to Tate, February 23, 1927, in Singal, *The War Within: From Victorian to Modernist Thought in the South, 1919−1945*, 225.

② Andrew Lytle: *Bedford Forrest and His Critter Company* (New York: McDowell and Obolensky, 1960), 15.

遭遇的又一次社会创伤，让他们意识到南方事实上并不是像新南方教条鼓吹的那样仍然保留着老南方的光彩；而先前以"逃逸"的姿态所压抑的南方创伤在这种刺激下返回，唤起了南方重农主义者的历史记忆，同时也使他们意识到自己的南方身份。在这个新的文化语境下，老南方纪念碑式的历史意识被解构成个人记忆的集合，衍生出过去和现在的对话，生产出更多具有差异性的个人创伤记忆。

"猴子法案"之后，兰瑟姆和泰特分别联系了沃伦、奥斯利（Frank Lawrence Owsley）、弗莱彻（John Gould Fletcher）、拉尼尔（Lyle H. Lanier）、尼克松（Herman Clarence Nixon）、莱特尔，韦德（John Donald Wade）、克兰（Henry Blue Kline）、洛克（Virginia Rock）以及成名较早的戏剧家斯塔克·杨（Stark Young），以"十二个南方人"的名义，发表了《我要表明我的立场》。这本论文集被视为重农主义宣言，对20世纪二三十年代的南方社会话语产生了深刻的影响。论文集的题目和签名方式当然是刻意的。"十二个南方人"表明了作者的南方身份和集体的概念。对南方地域的强调，很容易让人联想到其对立面北方，以及历史上南北之间意识形态、经济制度和生活方式之间的对立。为了彰显南方身份，韦德建议用南方歌曲《迪克西》中的歌词，

"我要表明我的立场"，作为这部集子的标题①。不出所料，这个标题成为人们争论的中心，甚至很少有人注意到副标题"南方和农业主义传统"。《迪克西》作为南北战争时南方的国歌，曾经在南方记忆中代表着那场失败的战争，凝聚着祖先英雄主义色彩的传奇。重农主义者选择这句歌词作为论文集的题目，在形式上采取了南方创伤历史记忆的框架，将自己的行为等同于南北之战中南方的将士对故土的捍卫。

重农主义者拒绝北方对南方的同化，坚持南方和北方的差异性代表着南方的身份，因此在他们的话语中，我们看到对南北对立的强调。兰瑟姆在开首语中这样总结道："这部书中所有的文章都承载着题目之下共同的意思：我们都支持南方的生活方式，反对所谓的美国式或流行的方式；我们都同意能形容这种分歧的最好的字眼是，农业化对工业化。"②重农主义运动借用南方历史记忆模式，在与北方雄辩的同时，重新审视南方的过去，以期找到抗衡北方价值的文化的意义。他们对过去的回顾代表着新一代南方人在传承过去记忆的同时一种新的南方集体记忆形成过程。

---

① 1859 年春，丹尼尔·迪凯特·埃米特（1815—1904）创作了《迪克西》的词和曲。埃米特是一位出生于俄亥俄的表演者，《迪克西》是他为纽约布赖恩特化装黑人乐队演出而作的，把它作为一个"徒步表演"节目，即由几个面貌清秀的独唱演员在前台边唱边跳，伴奏留在后台的音乐节目。这支歌原来的题目是《愿我在迪克西的土地上》。《迪克西》很快就被列入许多化装黑人表演团的剧目，从而闻名全国。随着南方战争情绪高涨，在梅森—迪克西线两边，《迪克西》一方面是林肯总统就职的演奏曲目之一，另一方面成为南部邦联军队的战歌。1861年 2 月 18 日，南方宣布独立，《迪克西》成为南方邦联总统杰斐逊·戴维斯就职典礼的演奏曲。歌中唱道："但愿我出生在棉花地，过去的时光难以忘记；看啊！看啊！眺望迪克西的土地！在南方的土地，我出生在一个雾蒙蒙的清晨里，看啊！看啊！眺望迪克西的土地！但愿我身在迪克西！万岁！万岁！在南方的土地上我要采取我的立场，生在迪克西，死在迪克西！"

② John Crowe Ranson: "A Statement of Principles", *The Twelve Southerners, I'll Take My Stand* (New York: Harper & Row, 1962), xix.

"签名者们试图建立一个'有机的南方',具有独立的思想、意识形态、宗教和经济体制的一个南方"①。他们希望南方固守伊甸园的理念,拒绝对物质的迷恋。在这本论文集中,每一位作者分别从不同的侧面入手,描绘分析南方的传统、生活方式以及南方的文化。具体到 12 位作家的文章中,南方的概念体现为四个主题,即家庭、地域、闲暇和宗教。南方的家庭概念同社区以及社会相连,土地则代表着固定的生活方式。以土地为重心的农业文化与工业文化相比更加从容,并不总是急急忙忙地去攫取。重农主义者研究宗教是为了探讨南方失败的原因。他们指出,战前南方没有产生一种足以区别北方价值的宗教,因而南方不能有效地挑战北方工业资本主义。而这一切都来自于南北方文化的差异。为了避免北方价值观的渗透,重农主义者充分利用了南方记忆再现系统,将南方人的穿着、谈吐、风度、狩猎、社交、政治、演讲、民间艺术以及语言都融为记忆的符号,他们这种有意识的集体记忆的行为同时也是南方社会共享的话语实践;他们重新编排过去的目的,是为了赋予记忆以不同的意义,或者说,在这种新的历史叙事的编制中寻找将来行动的理由。

重农主义话语中对南方文化的赞美反映出记忆在现实中的危机。北方所代表的工业资本主义已经侵入南方社会,南方面临这种经济体制的威胁,并可能沦为北方经济甚至文化的殖民地。文化可以指一个集体的特别的生活方式,因而当新南方在经济发展上击败北方时,重农主义者坚持南方的生活方式和文化优越于北方。兰瑟姆认为,北方虚假而机械,南方生活却是和平而田园化的。"北方生活是好战的,人们不可避免地卷入毁灭性的或自我

① 弗莱德里克·R.卡尔:《福克纳传》,陈永国、赵英男、王岩译,北京:商务印书馆,2007 年,第 231 页。

毁灭性的行为。南方生活与万物保持和谐，它健全、平衡、健康，为人们提供了人类情感和联系的可能。而北方生活则相反，不平衡、不健康，错乱和狂热是它的标志，除了经济联系，它拒绝所有其他的联系。"①重农主义者通过生活方式所承载的文化比较，既是南北之间观念的对比，也是过去和现在两种文化的比较。重农运动20年后，曾经的重农主义支持者奥斯里（Frank L. Owsley）这样评价道："东方落后世界里人们仇恨所谓的'扬基帝国主义'，这种感受类似于1930年《我要表明我的立场》一书的作者们的感受。"② 奥斯里的回忆表明了重农主义者的两难境地。在北方话语占据主导地位的再现系统中，南方话语不得不借用历史记忆的模式以抵制北方话语以经济发展为标准的价值观念，宣扬在文化上南方生活方式优越于北方；而另一方面，南方话语在重建过去的文化价值时，北方工业资本主义实际上已经越过了迪克西线，他们不得不面临南方日益北方化的现实和传统在现实中的残留，因而处于内心的冲突和观念的对立之中。

重农主义者在维护南方文化的同时，也处身于南方传统和他们自身所受到的现代化教育矛盾之中。在对过去的重新编码中，他们意识到"过去仍在现实之中"，过去既是现在渴求的黄金时代，又是历史失落之源。因此，他们的话语也暗含对南方历史和现实的比较，充满自我以及相互之间的矛盾，以这种内心的争辩来寻求共同之处。格雷认为，《我要表明我的立场》中，重农主义者内部有两种对立，一是农场和种植园的拥护者之间，另外是观念和现实之间，也就是那些将"老南方"视为想象概念或比

---

① Gray: *Writing the South: Ideas of an American Region*, 154.

② John Shelton Reed: "For Dixieland: The Sectionalism of I'll Take My Stand", *A Band of Prophets: The Vanderbilt Agrarians after Fifty Years*, eds., William C. Harvard, et al. (Baton Rouge: Louisiana University Press, 1982), 45.

喻的人以及那些坚持它的现实性的人之间的对立。而在《谨慎的逃逸者》（*The Wary Fugitives*）之中，拉宾（Louis D. Rubin）建议，这种"假设和理念中的这些区别"，不仅是"个人的区别"，而且指示着一种"根本的分歧"①，而金则认为，"《我要表明我的立场》反映从经济—社会区别（农业 VS. 工业，重农主义者 VS. 工业资本家）向地区区别转变（南北对立），以及伴随着相应的文化上传统和现代、宗教和科学的区别，政治上州权力和中央政府权力的区别，以及历史政治的区别"②。这些"对立"、"区别"和"转变"都从历史和社会的角度，说明了老南方的传统意象处于记忆的危机之中，而当前知识分子所形成的南方文化记忆仍然处于创伤之中，既有社会的层面，也有个人心理的层面。这种创伤文化记忆的再现充满了反思的痛苦。

以重农主义者自身的话语来说，他们的"立场"来自于南北之战南方记忆的创伤，但创伤造成的巨大的时间鸿沟让每个人对过去的理解都不同，或者说，回忆的过程并不能起到交流的目的。即使是在这个集体之中，他们之间仍像"横过巨大的空洞上［朝对方］呼喊"，彼此听不到回声；而创伤记忆心理上的延宕也阻碍了自我的认识。用戴维森的话来说，重农主义者自身"悲剧性的矛盾导致了痛苦的自我意识、分裂的人格和可疑的后退"。这种矛盾引起的另一个后果是对自己行为的失望，泰特在同戴维森的通信中提道："我们重农主义的麻烦是我们并不全心全意地

---

① Louis D. Rubin: *The Wary Fugitives: Four Poets and the South* (Baton Rouge: Louisiana State University Press, 1978), 209.

② King: *A Southern Renaissance: The Cultural Awakening of the American South, 1930 - 1955*, 54.

相信它，我对此感到痛苦。我回到南方，却感到失望。"① 所有重农主义者都忠实于心目中某一片特殊的土地。然而，尽管他们反对新南方教条约束了南方自身发展的活力，他们自己也不得不静止南方，以追溯过去。他们的南方概念相对比较狭窄，是"盎格鲁、撒克逊的，同情南部联盟的，坚持农业化的"②。然而，他们心目中各自的南方和他们个人背景、成长经历有关：每一个重农主义者都有他自己个人的记忆，以及特有的家庭记忆，需要彼此融合和开发。兰瑟姆代表的是南方乡村绅士，尽管常常陷入债务，却仍有时间花在运动和游戏上，有着稳定的家庭生活。戴维森理想的农民则是努力奋斗的边疆开拓者形象，致力于征服田纳西的荒原。兰瑟姆和戴维森理想的南方人都有清晰的过去以及清晰的身份感和家族忠诚感，而泰特等则缺乏这种稳定的感觉。泰特的母亲出生于南方贵族家庭，他的妻子戈登（Caroline Gordon）是来自弗吉尼亚的贵族，但他们的家庭都遭遇了历史的衰败。沃伦作为他们之中最年轻最有才华的一员，幼年时不幸一只眼睛失明，1924 年又遭到严重的精神打击，试图自杀。莱特尔的故乡田纳西州则为他提供了旧时农业主义完美的形象："内战摧毁了那种生活，但记忆和习惯、规矩等却慢慢的消亡。作为一个小男孩我目睹过它［过去］影影绰绰的存在。"而斯塔克·杨提供的是更为迷人的画面，有白色的廊柱、木兰花、旧式的绅士，"贵族意味着拥有大量的闲暇"，因此杨所捍卫的是这种贵族血脉的"上流阶层的南方人"③。重农主义者这种内部话语的

---

① Davidson and Tate, Dec. 10, 1932. Donald Davidson, "Southern Literature: A Partisan View", *Culture in the South*, ed., William T. Couch (Chapel Hill: North Carolina University Press, 1934), 208.

② Gray: *Writing the South: Ideas of an American Region*, 85.

③ The Twelve Southerners, *I'll Take My Stand*, 217.

冲突再现了南方纪念碑式历史记忆消融的过程。单一的、独语的历史话语被逐渐解构，并以互相之间的矛盾对立重新组织记忆。这种个人的记忆无疑在他们的写作中留下了印记，再现出各自不同的南方的定义。

重农主义者的出现并非偶然的话语事件。1920 年由 250 个文学青年在查理斯顿（Charleston）组成的"南卡罗来纳州诗歌协会"（The Poetry Society of South Carolina）的成立宣言中声称："在南方，文化不仅仅是战前的传统，而且是一种自发的、充满活力的力量，等待的仅仅是机会和被认识，以爆发出艺术表现力。"① 在当时，类似的文学团体在南方社会比比皆是。重农主义运动摒弃了新南方教条和进步主义利用经济发展为目的对老南方历史记忆的挪用，但他们在对过去的投射中仍然保留了老南方的意象，不过更加强调其中文化的意义和作用。瑞德（John Shelton Reed）曾从话语分析的角度解释道："当一个民族分子来自世界经济非主要位置的民族时，就像 20 世纪 20 年代为'发达'经济生产原材料、提供非技术人才的南方，往往这些民族分子会采取和重农主义者们相同的立场，即反对西方的科学和技术，这是他们不曾拥有的，并坚持在西方词语中的'落后'实际上保留了一种精神和文化的优越性。"②这种话语的抵御是为了预防发达地区在经济上控制，进而在文化上占领。重农主义者的话语代表南方各阶层创伤文化叙事的形成。

---

① Singal: *The War Within: From Victorian to Modernist Thought in the South, 1919 - 1945*, 84.

② John Shelton Reed: "For Dixieland: The Sectionalism of *I'll Take My Stand*", *A Band of Prophets: The Vanderbilt Agrarians after Fifty Years*, eds., Harvard, et al., 45.

第四节　南方创伤小说

历史事件作为某一社会群体记忆中的创伤常常和某一特定的地域相连。重农主义运动作为 20 世纪南方重要的社会话语，并不是历史偶然事件，而是和南方特定的历史创伤相联系。南方知识分子通过雄辩和内省，将生活中南北、资本主义和农业主义两种文化的差异变成历史的距离，再现了创伤之后南方生活巨大的变化。虽然创伤损害个人的心理，集体创伤却往往带来更深层的对社会生活关系的破坏，减弱了人们的集体联系感，以及整个集体中形成并维系的精神。重农主义运动所代表的南方集体对过去文化的追溯，在这个意义上，体现了南方人对于恢复这种集体联系，以及由此带来的心理安全感、秩序感的精神诉求。重农主义运动虽然在经济和政治上所提出的策略失败了，但这个运动发展出一种文化意义上的讲述活动①。在形式上，每一个作家都急迫地倾诉，塑造自己记忆中的南方；而在语义上，尽管各个作家的讲述在创伤记忆的个人层面是不同的个人创伤故事，但在讲述的层面上却具有社会意义，再现出南方特有的历史创伤和现实生活中个人、家庭和整体社会的困境。

对于南方作家来说，这是一个充满喧哗与骚动的时代。南方充斥着各种各样的记忆话语，究竟怎样记住，记住谁的记忆，怎么样修复创伤，成为一代人毕生写作和探索的主题。在这些写作

---

① 杨金才指出："重农派的主张，从政治学与历史学的角度看，是一个失败，但对美国文学产生了影响。重农派的理想成了美国创作中的现代神话。"杨金才认为，南方文艺复兴中的作家接受了传说中的南方和现实中的南方的两种南方观念。杨金才：《新编美国文学史》，上海：上海外语教育出版社，2002 年，第 57 - 58 页。

　　　　　　　　创伤、记忆和历史：美国南方创伤小说研究

中，历史成为一个重要的命题。辛普森（Lewis P. Simpson）在《历史的黄铜面具：美国文学意识研究》中指出："［美国白人作家］更愿意把他们在一个机械的金钱的文化中感受到的异化和南方的命运相联系。"①南方作家对待历史的态度是矛盾的：一方面，来自历史的重负让他们觉得现在的生活只是过去的重复，另一方面这种重负带来的道德负疚感和双重视角赋予了南方作家丰厚的写作题材和文化遗产。对于南方作家来说，历史记忆成为南方文学的写作和阐释的框架，但不同于现实主义历史小说，在其中历史是一个普适的概念，影响人物的命运。弗雷希曼（Arrom Fleishman）在《英国历史小说》（*The English Historical Novel*）中提出，现实主义历史小说的特点是它至少发生在过去两代人身上，包括真实的历史实践和人物，并试图通过某个特别的参与者的视角，表达"生活在另一个时代的感受"。弗雷希曼认为：

> 历史小说家超越时代写作：他扎根在历史中，既在他自己的时代里，又能看到另一个时代。在回看历史中他不仅看到了他自己的来路，而且发现了他的历史性、他的历史存在。历史小说之所以是历史的，原因是历史活跃的在场——不仅在小说中的人物上，而且在作者和读者上，起到了塑造的作用。在阅读过程中，我们这类小说中的主人公们不仅面临他们自己时代的力量，也面临着任何时代中历史对生命的影响。个人命运的普遍概念不是神的象征，而是历史。②

---

① Lewis P. Simpson: *The Brazen Face of History* (Louisiana State University Press, 1980) 110 – 111.

② Arrom Fleishman: *The English Historical Novel: Walter Scott to Virginia Woolf* (Baltimore: Johns Hopkins University Press, 1977), 15.

弗雷希曼对历史小说的定义强调了历史的作用，肯定了人作为历史本体的存在①。这种观点认为，文学叙事通过对真实历史事件的记录、对历史经验的模仿，能够再现过去的时代。但南方作家所反映的是南方历史的碎片性，过去并不具备稳定的含义，因此也不存在文学对历史经验的模仿。与其说南方作家再现了统一的过去，不如说他们再现的是一种关于过去创伤的集体记忆。南方创伤小说的创作为南方创伤记忆的社会历史传承提供了实例，完成了南方历史的文学再现。

在南方作家的写作中，对历史创伤的记忆、创伤人物的再现、创伤的代与代传递，以及对创伤的理解和解读，是南方历史再现中不可或缺的一部分。对于南方作家来说，所拥有的共同记忆是和这个地区的历史相关的。个人的经历扎根于和所在地域相连的更大的文化语境中，当个人回忆或者重建过去的时候，这个语境将提供解释的框架。南方不仅是一个地理名词，也是一个具有象征意义的地方。朗这样理解一个地域："地理环境常常意味着这个地区的文化价值，象征着这个地区的代表性观念。"②南方作家小说中历史的创伤总是和这个地区相联系，战前南方的道德观念、社会关系和自我塑造标准都嵌入了这个地域的文化语境中。内战失败后，个人和集体同这个语境的剥离造成南方自我认识上深深的时间鸿沟。南方不仅仅是个人经验和集体记忆坐落的地点，也是一个组织个人记忆、感情和探索过往意义的场域，记忆和现实在这个场域中交织，生产出独特的南方记忆。因此，在

---

① 这是一种历史主义的影响。狄尔泰认为，生命不是一个静止的实体，而是时间性的。历史性和时间性是生命的基本范畴。张汝伦：《现代西方哲学十五讲》，北京：北京大学出版社，2003 年，第 85 页。

② William Lang: "From Where We Are Standing: The Sense of Place and Environmental History", *Northwest Lands, Northwest Peoples: Readings in Environmental History*, eds., Dale Goble and Paul Hirt (Seattle: University of Washington Press, 1999), 85.

南方作家的创作中，南方不仅仅是一个历史事件发生的场所，也是创伤人物生活的背景，更是创伤人物解释祖先的故事、塑造自我的语境。南方创伤集体记忆提供了南方作家一个集体阐释的框架。

在这样的记忆氛围中，南方作家对于历史的探索集中在历史的本质和个人心理发展过程中。创伤在种族、集体、代与代之间的传递使创伤记忆可以重复生产，融入一个民族或集体的文化记忆中。这是一种广义的社会学意义上创伤交流的过程：由作者或一群相同经历的人物，按照集体创伤的成规，回顾过去，并创造出和其他话语交流沟通的叙事，文学文本成为创伤的见证。见证过程被视作个人经验在集体范围内传播的途径，同样，个人经历受到地区文化力量的影响。南方作家在创作中再现了创伤记忆的传递，在代与代之间，家庭之内，南方人有许多"口口相传"的故事；而这个过程的意义在于，通过讲述和倾听，个人获得了关于这个世界和自我的知识——知识不仅仅是见证中所给出的事实，由见证者回忆或重新生产，或由倾听者复制，知识在这个过程中一直存在，需要我们自己的认识。正如沃伦在《龙的兄弟》（"The Brothers of Dragon"）中所吟诵的：我们一无所有／我们什么也不是／所有失去的／都将在知识中被救赎[1]。南方作家所追求的历史知识是对南方历史创伤发生缘由的探索，对这个创伤的社会意义的思考，以及接受并完成创伤心理重建的过程。在这个过程中，创伤的意义是多重的，也产生了具有各自鲜活特色的创伤人物。

从小说的创作语境、人物塑造，经验的反映上来看，我们可

---

① Robert Penn Warren: *A Collection of Critical Essays*, ed., Richard Gray（New Jersey: Prentice-Hall, Inc., 1980），20.

以将南方作家在此期间的小说创作定义为创伤小说。创伤小说反映了创伤记忆和创伤人物的心理变化。伊恩·P. 瓦特（Ian Watt）在《小说的兴起》中指出：

> 洛克把人的个性界定为长时间获得的一种意识的一致性，个体的人与他通过对以往的思想行为的记忆获得的持续的一致性相联系。这种对存在于全部记忆中的个人的一致性的根源的探索行为又为休谟所继续："如果没有记忆，我们就永远不会有因果关系的概念，因而原因和结果的链条也将不复存在，而构成我们的自我和个性的正是这个链条。"这个观点就是小说的特征……只有时空环境都是特殊的，理念也才能是特殊的。同样，只有小说中的人物被置于某种特殊的时空背景之中，他们才能是个性化的。①

瓦特的定义强调了小说中经验的连续性。和这个定义相比，创伤小说在遵循了小说时空观的同时，更突出了创伤记忆以及创伤经验引起的自我改变。在文学叙事中，创伤通常反映了在面对创伤事件时以及之后个人的情感反应。创伤事件往往改变了个人先前关于自我的认识，以及一个人衡量社会的标准。巴雷物这样定义道，"创伤小说"（trauma novel）是指"表现个人或集体层面上巨大的失落或极度恐惧的虚构作品。创伤小说的一个定义性的特征是自我的变形，通常是由外界的、恐怖的经历所引起，它明晰了和记忆达成妥协的过程，并形成了关于自我和世界的新的

---

① 伊恩·P. 瓦特：《小说的兴起》，高原、董红钧译，北京：生活·读书·新知三联书店，1992年，第15页。

观念"①。引发个人极度反应的创伤事件并不仅仅是外部的，包括集体或自然的灾祸，这个事件也可能指个人自身的遭遇。如福克纳的小说《喧哗与骚动》里班吉所受到的阉割，凯蒂所遭受的家人的拒绝；沃尔夫的《天使，望故乡》之中，甘德家孩子遭受的身体暴力和伤痛的身体记忆等。

在南方这个遭遇了战火、暴力、种族隔离、死亡等创伤事件的地域上，创伤小说不可避免地和集体叙事相联系，个人创伤经历往往喻指集体经历的历史性事件。巴雷物指出：

> 小说中的创伤主角意识到个人创伤常常联系着更大的社会因素和文化价值或意识形态。创伤小说提供了个人遭遇的画面，却表现出这个主角是"每个人"的形象。实际上，这个主角的作用常常映射一段历史时期，其中的一些人或特定的文化、种族、性别集体性地经历了巨大的创伤。这样，小说人物放大了一个历史事件，在里面成千上万的人遭遇了同样的经历。如奴隶制、战争、暴力、强奸、自然灾害或核弹毁灭。②

可见，创伤主角在创伤小说中起着一个重要的作用，在他所展示的创伤经历背后，往往隐藏着更多人的集体记忆，因而具有普遍意义。创伤人物的塑造是创伤小说叙事的要素之一。福克纳等作家的小说中出现了具有鲜明创伤特征的人物。他们对过去、对现在都充满了距离感，在内心的挣扎和外界的挑战中充满张力和反讽。传统的价值、道德、习俗、信仰、生活方式等通过话语

---

① Balaev: "Trends in Literary Theory", 149.
② Balaev: "Trends in Literary Theory", 155–156.

的规训，让个体的思想、灵魂以及一切有关他的知识都成为创伤记忆的产物。然而，个体自身对老南方记忆模式权力的反抗却产生了更多的被放逐的对象。南方社会的性禁忌、南方淑女的贞节、家族的名誉，在文本中被凯蒂、安妮的性堕落，昆丁、亨利等的乱伦意识，凯斯和朋友之妻的通奸，萨德本的种族杂婚所颠覆；社会秩序和骑士风尚却表现为暴力、私刑、贩卖私酒、酗酒等；而青年人本该是正直、清白的成长教育却伴随着杰克等的"大睡眠"，尤金失落的寻找，昆丁、巴尼尔等丧失了英雄气概的决斗；法律公正一再遭到践踏，法庭审判成为谎言和伪证的孪生地。传统控制人们的行为，记忆干预人们的生活，而个体的真实却常常被理解为痴癫。如福柯所言，在自我的塑造上，"疯癫使巨大的悲剧性威胁仅成为记忆"①。这些创伤人物既具有个人特色，也具有普遍性，反映出南方创伤集体记忆下个人自我成长的痛苦历程。南方人自我的塑造成为昔日历史创伤记忆重复的产物。

小　结

20 世纪初叶，南方社会处于新旧交替的转换期，"老南方"虽然已经消失，但关于老南方的文化和记忆却依然存在。虞建华在《美国文学的第二次繁荣：二三十年代的美国文化思潮和文学表达》中指出："旧南方随着战争'死去'了，但同时又比以往任何时候更顽固地'存活'着。'死去'的是社会的、经济的南

---

① 米歇尔·福柯：《疯癫与文明》，刘北成、杨远婴译，北京：生活·读书·新知三联书店，1999 年，第 32 页。

方，'存活'的是文化的、心理的南方。"① 面对新旧之间、经济和文化之间的冲突，南方创造出老南方意象以及相应的历史记忆，塑造了南方纪念碑式的历史意识，以粉饰过去，反衬现实的失落。老南方的历史意识事实上压抑了南方内在的创伤记忆。新南方教条和进步主义挪用了老南方的历史话语模式，试图从经济上提高南方的社会地位，恢复老南方过去的光彩，并推动社会的进步。然而，新南方经济政策的失败却使南方进入 20 世纪后，面临更深的经济和社会问题，陷入了来自各方的指责和自身的记忆危机之中。南方知识分子在这个时候所发起的重农主义运动，在文化意义上是一项社会记忆的工作。他们继承了南方审视过去的视角，将记忆作为一项社会工作，摆在了每一个南方人的面前。重农主义者解构了老南方纪念碑式的历史意识，使南方的记忆面临再一次解释、传递、变形和塑造。"永远不要忘记"作为南方记忆的责任和义务，对每一个南方作家提出了历史的要求。

南方作家不再将过去视为有机的整体，而是从创伤的历史潜伏期出发，研究过去的创伤和现在之间的关系，并意识到只有理解了过去创伤的意义，才能治愈现在的创伤。创伤小说回应了重农主义话语等南方社会的记忆需求，代表着南方历史和个人创伤记忆的回归，再现了南方个人自我塑造的历程。总的说来，南方创伤小说具有社会和个人的双重维度：在社会维度上，创伤小说塑造了南方记忆之场和个人记忆阐释的集体框架；在个人维度上，创伤小说通过创伤心理的延宕、重复和潜伏期塑造了创伤人物心理。个人的创伤记忆通过见证的方式在家庭、代与代之间传递，形成同一个地域同一个集体的共同的文化记忆。在福克纳等

---

① 虞建华：《美国文学的第二次繁荣：二三十年代的美国文化思潮和文学表达》，上海：上海外语教育出版社，2004 年，第 463 页。

南方作家的作品中，创伤记忆既是个人的，也是家庭的、社会的；创伤作为主题和结构，分别在各个作家的叙事中奏响，如多重音部的乐章，弹奏出南方创伤文化记忆的悲鸣。南方创伤小说再现了创伤文化记忆的形成、表征和传递。

第 三 章

受伤的孩子：托马斯·沃尔夫
《天使，望故乡：被埋葬的生活的故事》

> ……一块石头，一片树叶，一扇找不到的门；话说
> 一块石头、一片树叶、一扇门。再说所有的被遗忘的
> 面孔。
>
> ——托马斯·沃尔夫《天使，望故乡》

托马斯·沃尔夫（Thomas Wolfe, 1900—1938）出生于北卡罗来纳州阿什维尔镇。1929 年，凭借自传体小说《天使，望故乡：被埋葬的生活的故事》（*Look Homeward, Angel: A Story of the Buried Life*）蜚声文坛，1935 年又出版了第二本小说《时间与河流》（*Of Time and the River*），加上由两部遗稿整理出版的《蛛网与岩石》（*The Web and the Rock*, 1939）和《你再也不能回家了》（*You Can't Go Home Again*, 1940），构成了自传体小说四部曲。其中，《天使，望故乡：被埋葬的生活的故事》（以下简称《天使，

望故乡》）和福克纳的《喧哗与骚动》一起，标志着南方文艺复兴繁荣时期的开始，在南方文学史上具有重要的地位。1947 年，福克纳在密西西比大学演讲时，出人意料地将这位英年早逝的年轻作家评为他们这一代人最优秀的作家。1951 年，福克纳再次在对当代作家的评论中，将沃尔夫列为当代作家的第一名，而把他自己评为第二名，帕索斯（Dos Passos）第三名，海明威（Ernest Hemingway）第四名。福克纳这样解释道："我选沃尔夫做第一名，是因为我们都失败了，但沃尔夫失败得最为漂亮，因为他用了最大努力来说最多……我敬佩沃尔夫是因为他尽了自己最大的力量想把一切都讲述出来；为此他决定扔掉所有的风格、连贯，所有的条条框框，去试图将所有人类内心的经验放在针头上。"①福克纳的看法虽然有点主观，但却不失真诚。作为一个同时代同地域的作家，福克纳或许更能理解他的同辈人急于倾诉的创作的热忱。

《天使，望故乡：被埋葬的生活的故事》是一本编年体的小说，描绘了尤金·甘德 20 年来的生活。整本小说以时间的流逝所主导。尤金的父亲奥立弗·甘德是一个石匠，一心想要雕塑出他心目中的天使像，但始终没有真正表达出他的梦想。老甘德流浪各地，最终在阿尔泰蒙小镇安定下来，和意莱莎结婚，并育有7 个子女，尤金是最小的一个男孩。尤金的成长期，正是小镇和家族发生巨大变化的时候。他的父亲整日咆哮，母亲节俭吝啬，热衷于赚钱和房地产。尤金 6 岁的时候，被迫离开父亲虽吵闹但温暖的家，和意莱莎一起搬到她新开的寄宿公寓"南国宾馆"。甘德家族成员逐渐丧失了彼此的关心和联系，总是处在骚乱的状态。意莱莎忙着她的寄宿公寓，海伦忙着照顾老父亲，无暇顾及

---

① Richard Walser: *The Enigma of Thomas Wolfe*（Cambridge, M. A.: Harvard University Press, 1953）, vii.

自己的家庭。家里的双胞胎儿子相继去世。父亲日渐衰老，整个家庭分崩离析。尤金结束了大学生活后，决心离开阿尔泰蒙，去北方哈佛大学寻找自己的将来。整部小说是一部关于时间和变化的巨著，如普鲁斯特的《追忆似水年华》一般，在如水般流逝的岁月中，唯一确定的是尤金的记忆。

1929 年 10 月 18 日《天使，望故乡》出版后，汉森（Harry Hansen）在《纽约世界》（*New York World*）上承认小说中的"力量和前途"，但也嘲笑其青涩的稚气①。但两个星期后，瓦莱士（Margaret Wallace）在《纽约时报》（*New York Times*）上表示出对这部作品的热情，认为"沃尔夫先生才华横溢——他能在普普通通的事情和平平凡凡的人物里面发掘出人类生存的整个意义和诗歌"。拉提摩（Margery Latimer）在《前锋论坛报》（*Herald Tribune*）中评价道："沃尔夫使你体验到一个家庭在 20 年之间的生活。"这个介绍引起了广大读者的注意②。到了 11 月 6 号，出版社已经售出 2 600 本，尽管这本书一直没有成为销售冠军，但销量却保持持续稳定的上涨。沃尔夫已经成功地开始了他的文学之路，但不是没有代价。阿什维尔市民为这本书激动而愤怒，尽管当地报纸《阿什维尔市民》（*Asheville Citizen*）给予了肯定，该报特别指出："沃尔夫让他的人物站出来——即使那些作用很小的人物。……他有挑选性格中特别地方的能力，其他人

---

① B. R. McElderry, Jr.: *Thomas Wolfe* (New York: Twayne Publishers, Inc., 1964), 47.

② Margaret Wallace: N. Y. *Times Book Review*, Oct. 27, 1929. 转引自乔志高《伍尔夫和他的"成长小说"：〈天使，望故乡〉译后》，汤玛斯·伍尔夫：《天使，望故乡》，乔志高译，北京：生活·读书·新知三联书店，1987 年，第 883 页。乔志高将人名"沃尔夫"译为"汤玛斯·伍尔夫"，但根据《哥伦比亚美国文学史》、《剑桥美国文学史》等译文，本书采用"托马斯·沃尔夫"的译名。

很容易忘记这些，但这些会带出某个真实人物的具体重要的定义。"①但小说中出现的人物却在阿什维尔引起人物原型激烈的反应。其中包括沃尔夫的教师罗伯特夫人（Mrs. Roberts）——小说中尤金最喜欢的老师玛格丽·列纳德夫人的原型。罗伯特夫人认为沃尔夫将自己的丈夫描述得又傻又懒，并为此深受伤害。而沃尔夫在北卡罗来纳州大学的朋友丹尼尔斯（Jonathan Daniels）也觉得沃尔夫的小说歪曲了事实，背叛了他在那里的朋友。直到好些年过去之后，随着沃尔夫声名日隆，小镇上的人们才开始为这位作家感到骄傲，把他视作该地的光荣。

《天使，望故乡》被列为南方文学的经典著作，和《喧哗与骚动》一起，开启了南方文艺复兴时代。但一直以来，人们很难用南方地域文学的标签来界定这部小说，事实上，沃尔夫也缺乏福克纳等作家的历史深度。人们总是用"天才"来形容这位英年早逝的作家，并认为他的风格非常接近惠特曼；但也有评论家，如拉宾（Louis D. Rubin, Jr.）、霍尔曼（C. Hugh Holman）等从沃尔夫和南方之间的联系来研究这位作家的南方情结。布拉德伯雷（John M. Bradbury）在《南方的复兴：文学批评历史，1920—1960》（*Renaissance in the South: A Critical History of the Literature, 1920 - 1960*）中指出：

> 南方文艺复兴中第一代小说多姿多彩，组织也不相同……这些作品主要是对战争带来［社会和传统的］解体和碎裂的重要回馈。从新的现在的观点去审视传统的态度，并将道德和社会事务带到一个新的视野中。最

---

① *Asheville Citizen*, March 23, 1932, Floyd C. Watkins, *Thomas Wolfe's Characters: Portraits from Life* (Norman: University of Oklahoma Press, 1958), 10.

　　　　　　　创伤、记忆和历史：美国南方创伤小说研究

有代表性的当推沃尔夫和福克纳。沃尔夫的精神是反叛的，充满对经验的探索和渴求，但却无力控制住经验。福克纳则是批评的、道德的，追求对过去历史的理解……后来的作家们几乎没有突破，他们做了很多，然而，都是去丰富、延伸和加强这种趋势。①

布拉德伯雷的评价非常中肯。沃尔夫虽然在文学史上的影响力不如福克纳等作家，但他的作品刻画了南方小镇上形形色色的人物，以及各行各业，几乎是一部小镇当代的历史②。小说中对失去的过往的追求和现实相对比的反差，虽然不具备福克纳等历史的厚重，但却隐喻式地揭示了南方人物的创伤心理，具有普遍意义。

第一节　缺失的父母和家庭创伤

《天使，望故乡》以一首散文诗开始："一块石头，一片树叶，一扇找不到的门……"和许多浪漫主义童话一样，这是个问询的故事，一个永远不能圆满的问询。就像《了不起的盖茨比》中盖茨比永远追寻那盏绿色的灯一样，尤金·甘德的问询体现在树叶、石头和门的象征上。沃尔夫在书中直接道出了人类孤独的问题：人们在这个世界中失落、孤独，不能和他的邻居或他的至

---

① John M. Bradbury: *Renaissance in the South: A Critical History of the Literature 1920 - 1960* (Chapel Hill: The University of North Carolina Press, 1963), 106.
② 在沃尔夫的故乡阿什维尔一个关于房产纠纷的法庭审理中，《天使，望故乡》曾被允许作为一份历史记录在法庭上来充当证词。(Louis D. Rubin, J. ed., *Thomas Wolfe: A Collection of Critical Essays*, Englewood Cliffs: Prentice-Hall, Inc., 1973, 122)

爱交流。尤金的问询表达出回到先前生活的渴望。沃尔夫常常借用华兹华尔斯（William Wordsworth）出生前乐园的概念："他把他的目标锁定在过去，要么是他出生之前他曾住过的某个天堂，要么是他幼年时期真实的过去。"[1] 尤金和沃尔夫都认识到，最终的孤独是人类不可避免的命运，而人生中无休止的变化，不可改变的时间、死亡和人类向往快乐领土的渴望相矛盾。"无言地我们记起，我们曾寻找忘记的语言，一条失落的进入天堂的道路———一块石头，一片树叶，一扇找不到的门。"[2] 门是一个复杂的象征：它是通往过去生活的通道，也是遁入幻觉包括文学想象和艺术的通道；它通向只存在于记忆中的个人过去的生活；通向生活最终的秘密之路。

对于一个孩子来说，门首先是通向家庭的象征，家庭是孩子成长期间接触的第一个集体。沃尔夫对这扇"找不到"的门的问询表现出对家庭温暖和联系的缺乏。《天使，望故乡》中有两种叙事进程。尤金出生于一个拥挤的家庭中，在阿尔泰蒙小镇长大，并准备离开；他的父亲从外面的世界来到阿尔泰蒙，组成了一个家庭，但却挣扎着想逃离，不过最终被困在里面，终老一生。"门"作为集体和个人生活、里面和外面、监禁和自由、过去和现在的分界，以家庭、阿尔泰蒙、南方为单位，划分了小说中进来和出去的两种运动。老甘德是一个矛盾的典型，这个孤独的美国人出生于宾夕法尼亚州，从来不肯安分于自己的命运，从少年时期就开始在外流浪，偶然漂泊到阿尔泰蒙，定居下来，娶

---

① Thomas C. Moser, "Thomas Wolfe: *Look Homeward, Angel*", *Thomas Wolfe: A Collection of Critical Essays*, ed., Rubin, 120.
② 汤玛斯·伍尔夫：《天使，望故乡》，乔志高译，北京：生活·读书·新知三联书店，1987年。译文略有修改。本书所选译文皆出自乔志高翻译版本，只在文中标明页码，不另加注。

了个他不那么爱的女人，抚育孩子，变老，等待死亡。甘德在家庭中一方面表现出一个传统的南方家长形象，他是土地丰饶的象征、活力的源泉；另一方面，他不断酗酒和每日一次的咒骂则是对这个形象的不断颠覆。甘德先生的追求寄托在那尊石头天使雕像上，那是他从意大利卡拉拉买来的："她左手轻巧地捻着一枝石雕的百合花，右手高举做祝福的姿势，全身踮着站在一只脚上，柔和的石头脸上永远刻着一丝笑容。"①（361）石头天使雕像象征着静谧、和谐、失落的完整和美，在甘德先生的人生中，唯有这座雕像代表着永恒的时间，代表着不受现实侵袭的理想世界。然而，甘德先生最后卖掉了这尊雕像竟是为了一个妓女的坟墓做装饰。这部小说的副标题"被埋葬的生活的故事"可以用于比喻老甘德一生的生活，他的梦想永远没有实现，而是被埋葬在岁月的废墟中。他一生的流浪和家庭生活的不幸是小说中创伤记忆的源头。

老甘德一生的不如意让他把怒火转移到自己的家人身上，变成一家人定期的折磨。埃里克森（Kai Erikson）指出，创伤既可以来自"一系列人生经历，也可以来自一次不相关联的事件——既来自拖长的暴露在危险面前［的经历］，也来自一次突然的恐惧闪现；既可以来自不断的谩骂，也来自一次性的攻击；既来自一段时期的衰落和隐退，也来自一个打击的时刻"②。不断的谩骂和延长的痛苦对一个家庭具有恶性影响。甘德先生对妻子和儿女的不间断的打击给这个家庭带来了持久的创伤。在孩子们的记

---

① 小说发表后 20 年来，出版社和当地报纸一直在寻找沃尔夫所描写的天使像，但直到 1949 年在北卡罗来纳州的一处墓地才发现了符合小说中所有描写细节的雕像。这个天使像卖给了密西西比大学校长，以装点这位绅士的妻子的坟墓。沃尔夫可能不知道卖给谁了，但他关于这座天使雕像的记忆却和真实的雕像完全一致。（Watkins, *Thomas Wolfe's Characters: Portraits from Life*, 18）

② Kai Erikson: "Notes on Trauma and Community", *American Imago*, 48. 4 (1991), 457.

忆中，每天早晨是伴随着甘德先生仪式般的咒骂开始的，"每天早晨准时诟骂过老婆之后，他就开始去把孩子们从睡梦中叫醒"（67），而每天晚上是以这场咒骂的仪式结束：

> 晚上一家大小又团聚一堂，他回家又生了一大炉的火，然后照例开口骂人；这是一天骂得最凶的一次，长篇大论的，需要半小时的功［工］夫打腹稿，再要三刻钟去发表，包括前后重复和加插的地方。（68）

这些骂人的仪式每天早晚举行，以重复的方式加在意莱莎和孩子们头上。甘德先生以这种方式来摆脱家庭的束缚，以咒骂和暴力来拒绝自己的虚弱。生活对于甘德先生来说，一直是壮志未酬的遗憾和死亡的重复再现。他少年时期四处流浪，迷恋上石头天使雕塑，从此选择了墓碑雕塑为职业，一生之中为死亡和回忆树碑立传。他希望能雕刻一个天使，但他的技能让他总是不能达到想象中的形象。他的第一任妻子结婚不久就吐血身亡，对于他来说，"一切又是一场空——老婆、生意、好不容易建立起来的不喝酒的名声，石雕天使的美梦"（10）。于是，带着他心爱的石头天使雕像，他来到阿尔泰蒙。和意莱莎结婚后，他却发现他流动的人生受到了阻碍。甘德先生周期性的酗酒、对家人的咒骂，伤害了妻子和孩子们对他的敬爱。传统的南方家庭中，父亲是一个令人敬畏的角色，孩子们对父亲的畏惧多于爱。孩子的荣誉和羞耻训练类似于对高一级权威的军队式的顺从。"当父亲提高声调叫我的时候，我就要尊敬地回答，'先生？'"阿拉巴马州的一个浸礼会牧师的儿子回忆道："如果我的回答是'什么？'紧接着的就是责骂。"李将军的儿子则说："我总是知道违抗我的父亲是不可能的。"① 对父母的敬畏是一个南方家庭普遍的超越阶级的理念。但甘德先生却从不要求孩子们尊崇家庭的原则，相应地，每当他大吵大嚷的时候，孩子们常常聚集在一起嘲笑父亲的失态和母亲的窘迫，这种场面使甘德家在小镇上成为周围邻居眼中怪异的家庭。

　　家庭作为社会组成的单位，既有属于家庭自身的共同生活的记忆，也有属于更大的社会集体的记忆。家庭记忆和社会记忆重合的部分体现了家庭所在的阶层和社会中的位置，体现了这个家庭在社会价值体系中的自我定位。然而，和传统南方家庭相比，甘德先生的家庭"可以说是中等阶级，可是像邓肯家、塔金顿家，其他的邻居，以及他们全城所有的熟人，没有一个跟他们真正地接近……因为他们的生活不守成规，因为他们这家人有一种新奇、怪诞、令人惶惑不解的特征"（86）。尽管甘德先生和其他南方家庭一样重视家庭的秩序，但这个家庭却没有其他南方家庭所共有的过去的记忆，因而无法融入当地社会。社会记忆服务于社会秩序，康纳顿认为，这暗示着"任何社会秩序下的参与者必须具有一个共同的记忆"②。由于具有这种共同记忆的基础，南方社会为家庭的自我理解提供了阐释的参照，并指引着行为的方向。但甘德先生所追寻的家庭价值却徒有其表，并不具备社会基础。

　　和老南方的家长制相比，甘德先生的家长制权力体现在每日固定的吃饭、骂人的仪式上，而并没有传统家长制所追求的尊严和道德。这种家庭生活是南方进步主义的产物。"南方进步主义是新兴中产阶级的产物，其成员试图靠职业和社会尊重度来确定

① Bertram Wyatt-Brown: *Southern Honor: Ethics and Behavior in the Old South* (New York and Oxford: Oxford University Press, 1982)，157.

② 保罗·康纳顿：《社会如何记忆》，前引书，第3页。

自己的身份，而不是依靠个人和家庭的名声。"① 甘德先生的身份来自他在阿尔泰蒙镇上的生活，作为一名手艺人，他"从来不换工人的衣服，他工作时老是穿着他那套整洁的黑西装"（136），对于尤金来说，父亲的"手工绝不会磨灭，这样雕刻在石碑上的字将永垂千古"（137）。甘德先生的社会认同正是建立在他的职业上面，而他关心的也是作为生意的职业和在镇上人的眼里他的社会地位。因此，甘德先生所创造的家庭，作为一个社会中的集体，是孤立的，不为南方传统社会所接受；而这个家庭中的人们全都孤立地生活在他们自己的世界里。

从严格意义上讲，甘德先生本人并不是南方人，而终其一生，他的身份也没有被南方社会认同。"对于镇上的人他始终是一个异乡客"，包括他的妻子，没人直呼他的名字，"他们总是称他为甘'先生'"（26）。尽管他热爱自己的家乡和亲人，他却总是像渴望旅途的流浪者一样远远地逛荡——这是驱逐着所有美国人的，沃尔夫写道，让我们都成为无家的陌生人的渴望。"如果打一个比方，甘德的生活就像河流，密西西比河流……唯一阻碍流动的是意莱莎的寄宿公寓。"②甘德的妻子意莱莎出生于南方的山地，她身上也的确具有南方妇女坚韧、忠贞的品质。但意莱莎对于物质的贪婪，对于地产的热爱，却不符合老南方社会妇女的标准，而更多受到新南方教条的影响。

> 她像发疯一样，从早到晚没完没了地谈论生意经。
> 她每天总要花一半的时间跟地产经纪人打交道；他们像

---

① Railey: *Natural Aristocracy: History, Ideology, and the Production of William Faulkner*, 62.

② Richard Walser: *Thomas Wolfe: An Introduction and Interpretation* (New York and Chicago: Holt, Rinehart and Winston, Inc., 1961), 58.

苍蝇见血似的跟着她团团转；她一天会有好几次跟他们开车出去四处看房地产。她的地产投资愈大愈多，她在个人用钱方面就愈是扣斤算两，拼命节省。她要是看见家里有一盏电灯没关，就会大吵大闹，说这样子要把她搞穷的。她整天茶饭无心，除非有食物送到她嘴边才吃；她在屋子里转来转去，手里老拿着一杯其淡如水的咖啡和一块干面包。（829）

事实上，甘德一家的收入在南方可以算是中上层阶级水平。"在一九一二年年头，甘德和意莱莎两人拥有差不多十万元的家当，多半稳稳当当地投在各处意莱莎亲手选购的上好地产，每月单单收房租就不只二百元，外加他们俩在石铺上和'南国宾馆'上所挣的钱，每年两人的收入加起来总有八千至一万元之多。"（264）到了尤金大学毕业那年，意莱莎多年来经营的房地产已经为她带来了巨大收益：甘德修建的房子被她卖了七千元，山上的荒地卖了六千元，甘德的店铺居然也被她卖了二万五千元；她手中的一块存地别人出价十万元购买，还被她拒绝了，更不用说她开设的"南国宾馆"的地皮价格和生意。再来看看其他人物：福克纳的《我弥留之际》（*As I Lay Dying*）中，同一年代的穷白人本德仑家族，为了挣得三块钱的木材搬运费，两个儿子朱厄尔和达尔离开濒临死亡的母亲，以至于母亲死亡时也没能看到自己的骨肉；《喧哗与骚动》中南方世家康普生家族，为了给大儿子昆丁支付哈佛大学的学费，被迫卖掉小儿子班吉最心爱的一块家庭牧场；杰生被侄女昆丁偷走了近三千块钱，"都是些扣扣索索硬省下来的令人心酸的分币和毛票"，事实上，加上他欺诈姐姐凯蒂的钱，一共是接近七千元，而这个损失让杰生"在那天晚上以及以后五年中每当他想起这件事的那一刻，他都相信他真的会事先毫无迹象地突然暴毙"①。和这些同时代的家庭相比，可想而知，意莱莎积累了多大一笔财富。她对于地产的狂热是南方现实的写照。"商人们索求土地和店铺的趋势不断上升，影响到商人阶层的经济结构……这意味着现在在种植园等级制度的最高层存在着这个阶级的一些人。"② 这一小撮人成为新南方的鼓动者。南方各州也在鼓励木材商人购买土地，希望这些土地清空后可以种植棉花，提高各州的经济收入。这些发展都需要资金和资本。金钱作为一种投资进入南方，生意取代了农业，成为联结各阶级的工具。意莱莎的行为说明了在新南方教条的影响下人们对于投机和金钱的贪婪。她的富裕是以家庭中爱的丧失，以对传统家庭价值的舍弃而得到的。

甘德先生和意莱莎的两种生活态度似乎是极端对立。"一个天生渴望追寻幻想，可是在日常生活里却酷爱秩序，尊崇礼节，就是在每天骂人的习惯中都是有一定的典范；一个规规矩矩只讲实际，可是生活习惯杂乱无章，别的什么都不管，一心一意只想攫取财货。"（66-67）意莱莎虽然出生于南方家庭，父亲还曾参加内战，为保卫传统而战，但传统对她的影响甚微。她不断地算计如何买更大的地皮，如何节省并将金钱投入资本运转。她节衣缩食，为了省煤家里冷得像冰窟；家里的孩子们也一个个穿得破破烂烂，因为她舍不得买新衣服给他们穿。马克思·韦伯曾经举例说明资本主义精神对田园生活的破坏，他描绘了资本积累过程中个人累积财富的方式：

---

① 威廉·福克纳：《喧哗与骚动》，李文俊译，上海：上海译文出版社，1984年，第369页。

② Railey: *Natural Aristocracy: History, Ideology, and the Production of William Faulkner*, 13.

在残酷的压力之下，那种田园牧歌式的状态分崩离析了。大量财富积聚了起来，这些财富并没有用来贷款从而赚取利息，而总是重新用于商业投资。从前那种闲适自在的生活态度让位于一种冷酷无情的节俭，一些人在商业活动中就是通过节俭而发家致富的。这些人并不想消费而只想赚取，而另外一些希望保持旧的生活方式的人也不得不削减其消费开支。①

意莱莎的节俭体现出一种资本积累期间的冷酷无情。为了财富，她甚至在甘德生病的时候也不照顾两个儿子，以至于一个因为营养不良而早夭，一个因为她舍不得花钱及早治疗而逝去；尤金刚刚 6 岁就被她带到"南国宾馆"，并让他上街卖报。她反复教育尤金的是："一个人还得要赚钱——钱越赚得多成功就越大——最低限度也要够'养活自己'。"（156）她的种种行为让她的孩子们在镇上受尽了羞辱，无法过上体面的生活。意莱莎的行为不仅对家庭造成了创伤，她对财富的追求也从一个普遍的角度，反映了老南方道德、家庭观念的沦丧，一种社会最基本的集体联系的丧失。在这个新的南方社会中，财富的增长成为衡量一个人是否成功的标志，算计塑造了资本主义式的人际关系，工作和利益塑造了人格。意莱莎习惯了"扣扣索索"的节俭，热衷于财富的积累，即使是家里的孩子们，她也担心他们会让她受穷，或者打她的主意。在这种金钱观和资本主义生活方式的侵袭下，甘德家发生了巨大变化。家庭中缺乏爱和关心，兄弟姐妹之间彼此憎恶，甚至在父亲临终的床前，他们还在为分割遗产而算

---

① 马克思·韦伯：《新教伦理与资本主义精神》，于晓、陈维纲等译，西安：陕西师范大学出版社，2005 年，第 25 页。

计争吵。

　　更让人担忧的是，尤金成长的小镇也处于巨大的变化中。阿尔泰蒙（沃尔夫的家乡阿什维尔镇）不像典型的南方小镇那样深受战争和重建的折磨。小镇坐落在阿巴拉契亚山上的地理位置给予了它宜人的气候，吸引了外地的人们。在世纪之交，阿尔泰蒙已经成为一个重要的疗养胜地、一个时髦的度假点。北方的百万富翁们住在阿尔泰蒙，房产价格暴涨，人口翻倍。尤金成长在一个同时展示了南方挫败和北方"进步"、南方的贫穷和北方的物质主义的环境中。每一年他都看见又有一段他珍惜的过去被抹杀。小说最后，甘德濒临死亡，他工作了半生的石匠铺被意莱莎转卖，这片让尤金从小迷恋骄傲的父亲的店面最终让位给了一座摩天大楼。家庭的悲剧和社会的变化交织在一起，从这个角度出发，尤金家庭的创伤既是特殊的，又是社会化的南方创伤的再现。在这种家庭氛围中，甘德家的孩子们表现出对爱的冷漠，对于亲情的追求隐藏在粗俗的玩笑和举止下，父母和孩子之间、兄弟姐妹之间，彼此都像孤独的陌生人，不啻为南方小镇上众生写照的缩影。这种兄弟之间的冷漠，在麦卡勒斯（Carson McCullers）的《心是孤独的猎手》（*The Heart Is a Lonely Hunter*）、福克纳的《我弥留之际》中都可以看到。和老南方意象中相亲相爱的南方伊甸园相比，现实中的南方集体的纽带已经被金钱关系取代，创伤记忆不只残留在过去，也侵蚀着现在。

第二节　受伤的孩子们：甘德家的身体创伤记忆

　　甘德先生和意莱莎之间的长年打斗和争吵为孩子们的成长提供的不是一个温暖、充满爱的家庭，而是一个创伤的环境。孩子们学会压抑自己的感情，对于任何爱的表示都感觉不自在、窘迫，继而用粗俗的举止掩饰自己内心的需求。廓尔克（Van der Kolk）等这样解释道："一种来自身体的或情感的麻木的无助感是造成创伤经验最基本的因素：这个人无法采取任何行动来制止创伤的结果。"[1] 沃尔夫让我们看到在这个创伤环境中，父母在情感上的疏忽和遗弃带来冷漠和暴力，个人的孤立和失落通过身体的创伤来表现，进而和更大的社会集体创伤相连。甘德对于生命有无穷的精力。他在行为和语言上是既粗鲁又充满活力的。对于家庭来说，他带来的不仅是每日生活方式的仪式性，也带来了物质上极大的丰足。

> 早上一起来就闻到烹调早餐的香味，一家人围坐，桌上热腾腾摆满了一盆盆的猪脑子炒蛋、火腿、烘饼、煎熟的苹果浸在焦糖汁里嘶嘶地响、蜂蜜、黄澄澄的牛油、煎牛排、滚烫的咖啡。要不然就是一叠一叠的煎饼，上面倒满紫红色的糖浆、香喷喷的棕色小香肠、一大碗湿渍渍的新鲜樱桃、李子、又肥又油的腌肉、果子酱。(91)

甘德一家人都具有"高康大"式的胃口和食量，南方传统中土地丰饶的神话似乎都转化成了餐桌上的丰盛。在尤金童年的记忆中，这种食品的丰富成为家里缺失的爱的替代。"在家庭的保卫和温暖之下，他开始有安全感、有意识，他肚子吃得饱饱地匍匐在熊熊的火炉前，贪得无厌地浏览书柜里的一本本的大

---

① Kolk and Hart: "The Intrusive Past: The Flexibility of Memory and the Engraving of Trauma", 432.

书……感到非常开心。"（83）虽然父母之间由于甘德的酗酒时常有摩擦，但对于孩子们来说，这也算是一种好的家庭生活，熊熊的炉火、丰盛的餐桌、身体的舒适替代了家庭的爱。但当意莱莎购入她的寄宿公寓后，这个家庭中心就分裂成两个地方。父亲的一方代表着充足，而母亲的一方代表着节俭和克扣。尤金跟着母亲到了"南国宾馆"，总是处于寒冷和饥饿中。而随着意莱莎财富的增长，她对于产业的欲望和甘德对于房产投资的厌恶不断发生冲突。夫妻之间的争吵和冷漠破坏了家庭成员之间的联系。不但如此，作为父母，甘德和意莱莎对孩子们也疏于照顾。"几个儿子一个个放了学或是在假期，从小就到外边去工作。不幸的是，意莱莎和甘德两人对于孩子们做的是什么样的工作，并不十分关心，只模模糊糊地认为凡是能挣钱的工作都是正当工作，值得去做的，而且可以帮助小孩陶冶性格。"（153）在金钱至上观念的一味驱使下，家庭四分五裂，尤金很小就成为街上的卖报人，内心充满了屈辱。

在这样的创伤环境中，孩子们的成长伴随着对创伤记忆的压抑，总是通过激烈的身体暴力来发泄过多的精力或对关爱的需求。他们表达仇恨和爱的方式都是通过身体的折磨，通过各种粗俗的方式，来减轻对精神需要的渴望。尤金的姐姐海伦需要照顾父亲，同时还要到母亲的店里帮忙。她疼爱小兄弟尤金，可是每当看到尤金沉浸在书本中的时候，她的反应是非常强烈的：

> 她会不问情由，一把把书抢过来，一巴掌打过去，同时摇动她那根尖舌头不断地讽刺他……"甘家的血统你是一滴也没有——爸爸早就这样讲过了——你简直跟格利里·潘伦是一个模子里出来的。你这个怪物。从头到尾尽是潘家那种怪里怪气的样子。"（195）

> 他［尤金］常常吓得魂飞天外，这样被人不问情由从好好地童话世界中一脚踢到十八层地狱，他就号啕大哭，眼见对他多么恩惠的天使立时三刻会变成满头毒蛇盘绕的恶魔，使他对于人的温暖和恩爱在片刻之间完全失掉信心。（196）

海伦对于尤金的暴力行为，和她父亲甘德先生用大量食物填满家人胃的行为一样，都是对身体的极度使用：在这一家人中，爱是通过对身体的奖励来表达，而惩罚和羞辱也是通过对身体的虐待来实现。这种对于身体的过度使用事实上是对精神需求的压抑。在尤金的记忆中，由于习惯了父亲和母亲的吵闹，一旦孩子们看见大人不常有的、不自然的亲热表现，就会"尴尬地笑起来，很难为情似的，异口同声说：'爸爸，别那样了'"（87）。甘德先生追求自由的一生的失败，意莱莎对丈夫的失望，失去格莱佛的创伤，造成了家庭之中爱的空洞。意莱莎从收集"旧绳子、空罐头、空瓶子"等废物开始，将她所有的精力和热情都投入到物质上去；这些外在的物质成为她压抑的爱的外在化的象征。而孩子们无法适应爱的缺失和家庭温暖生活的剥夺，只有通过身体的暴力行为发泄愤怒、抵制情感上痛苦的失落。孩子们因此分成了几个小团体：海伦和路加都是精力旺盛、有粗俗激情的，自认为是甘德家的血统，而将其他几个孩子贬低为母亲那一方的血脉。在这个家中，只有尤金和阿宾有自己的精神追求，他们之间感情也最深；黛西出嫁了，史提夫是家里的耻辱，尤金觉得"凡是史提夫接触过的东西都给他污染了。尤金恨他是因为他满身恶臭，经他接触的一切也都恶臭；他所到之处都带来恐怖、羞耻和恶心"（324）。即使是幼小的尤金，也学会了用身体感受来理解和形容对哥哥史提夫的印象。这种对于身体的羞耻感是和甘德家身份和社会地位的低下相联系的。

海尔曼（Judith Lewis Herman）认为，少年创伤患者的症状证实了他们创伤的过去，包括生理和感情的痛楚、麻木、自我伤害、遗弃、记忆丧失和性格改变等①。在童年创伤的记录中，创伤中注意力的缩窄和之后对创伤意义的逃避可以导致在记忆的意象和内容都不在场的时候，身体方面的记忆还在持续②。尤金关于身体的记忆非常仔细，这和他童年时所受的漠视和忽略有联系。尤金小时候母亲不肯剪去他的头发，以至长了一头虱子；6岁就被母亲赶到街上去卖报，衬衫一个月也不换；阿宾嫌买的新皮鞋过小，扔在垃圾里，意莱莎捡回去给尤金穿，结果尤金的脚趾压扁了，"脚骨都弄弯曲了，脚趾甲被夹得变成挺厚而死灰的"（307）；长期缺乏照顾和营养不良让尤金长大后"四肢瘦长而不灵活，底下一双大脚丫；他上面两肩瘦骨嶙峋，头大得和细长的脖子不相称"（320）。尤金的身体记录着他童年的创伤记忆，而他哥哥阿宾的身体，则成为一家人创伤的象征：

> ［阿宾］念完了八年级之后，在甘德和意莱莎几乎懵然不觉下，他已经不声不响地辍了学，……他晚上睡在家里，每天最多在家里吃一顿饭，夜晚弓着身子回来，走起路来像他父亲一样跨着大步，两肩平削，很早就被沉重的报纸袋压得背驼驼的，完全是甘家人那副忍饥挨饿、可怜巴巴的神气。（153）

路加的口吃、海伦的粗手大脚、史提夫身上的臭味、尤金和

---

① Judith Lewis Herman: *Trauma and Recovery* (New York: Basic, 1992), 175.

② Kolk and Hart: "The Intrusive Past: The Flexibility of Memory and the Engraving of Trauma", 442.

阿宾身材比例的不匀称等甘德家孩子身体发育的问题，其实是孩子们内心创伤的外在化表现。在这种冷漠下成长的孩子们主体性缺乏完整，和他人的关系也都存在问题，表现出对父母的拒绝、过分补偿、疏离等创伤行为。他们要么像路加一样甜言蜜语地贩卖报纸，讨好他人，以求得别人对他的肯定；要么像海伦一样，虽然对家人又打又骂，但总算别人还是会称赞她"心地不错"；史提夫则通过婚姻，找了个老婆来改善经济；阿宾是孤独的，他找了个比他大十岁的"肥婆"做红颜知己。在所有的哥哥姐姐中，只有这个阿宾哥哥和尤金最为亲近，因为阿宾"对他的家有一种原始的热爱，在那个吵吵嚷嚷的家庭里，他的沉默和静穆对于个人的神经似乎像鸦片一样有一种安宁的作用"（155）。但是，阿宾的沉默和关心只能给予尤金短暂的宽慰，而不能满足他心灵中更高的追求。在这种环境下，尤金从书中找到了另一个世界，压抑甘德家身体的粗俗记忆。他逃离这个家庭的举动，据他的回忆来说，也是从一个身体比喻开始的：

> 天啊，我这一生一定要想办法收回我失掉的那颗心，想办法医好同时忘掉我小时你在我身上留下来的所有疮疤。我离开摇篮之后，第一个举动就是往门口爬，打那时起，我每一个举动都是设法逃走。（692）

尤金在这一段话中，将他"失掉的那颗心"和"身上留下来的所有疮疤"并列。伴随着身体上的创伤记忆，尤金的心理也受到创伤，试图忘记并摆脱身体的束缚。因此，他从小就往外爬，设法逃走的举动，在主体塑造阶段，成为一个希望超越家庭和身体的象征。小时候，他通过读书，提升到一个更高的内心境界，"因此他在短暂之间能够将日常生活中的龌龊全部克服：他所生存的是另外一个崇高的世界，其中的人物一个个都是才貌双全、德智无双的英雄美人"（147）。尤金通过幻想来拒绝自己甘德家孩子的身份，就像他姐姐说的，他不是"甘德家的血统"，但他也不是母亲家族"潘伦家的"。尤金对知识的渴求和对精神世界的向往，将自己和家里的其他人分隔开来。但是，甘德家的孩子们意识到尤金对这个家庭的背叛，开始用"仇恨的""嫉妒的"方式对他。尤金在列纳德私塾中写了一篇优秀论文《我的莎士比亚啊，起来！》。"我的莎士比亚啊，起来"这句话在尤金的家中，却成为一家人的笑柄。从此，尤金家人每次叫他"吃饭啦，听电话啦，出去跑腿啦，总是蛮有诗意的一声：'我的莎士比亚啊，起来！'"（505）。这些粗俗的玩笑称谓用来显示尤金和这家人的不同，同时也是身体，或者说这种家庭血统对另一个集体的漠视。津克（Abbey Zink）认为："表面上看，尤金·甘德作为一个艺术家，能成功地把自己认作知识分子集体中的一员，而本来这个集体很可能由于社会经济的原因排斥他。然而不幸的是，他不能否认他身上的潘伦家或甘德家的血统……而他越是害怕不能逃离他的祖先，他越是想尽一切办法让自己和这个家拉开距离。"[1]尤金幻想通过学习文化来超脱身体的创伤记忆，进而挣脱家庭束缚。这个举动从本质上看，是希望否认自己的出身阶层，寻求另一个更为体面、更被社会接受的集体的行为。

莫西（Amélie Moisy）指出，尤金的这些幻想出自"家庭罗曼史"（Family Romance）。孩子幻想自己有充满权力的父亲和温柔的母亲："这些幻想满足孩子们，因为这些幻想矛盾地回到婴

---

① Abbey Zink: " Is Blood Thicker than Artistry? Nativist Modernism and Eugene Gant's Initiation into Blood Politics in *Look Homeward, Angel!* ", *Thomas Wolfe Review*, 25: 1 – 2, (2001), 45.

幼儿早期和热爱他们、全能的父母形象之间和谐密切的关系。孩子们为早年父母保留了热爱之情，但却将他们愤怒和报复的感情指向替代品。"① 弗洛伊德认为，这些幻想和现实之间存在差异，孩子们想象自己出身比实际的更好，以满足一种心理愿望。就如同尤金对自己名字的解释一样，他的名字"非同小可，源自'娇生'（well born），可是如众周知，不一定就等于'惯养'（well bred）"（47）。沃尔夫用这个名字暗示尤金心智和思想境界与家人相比高人一等；但没有受到好的教养，并映射了这个孩子成长之后对社会的一系列不适应。也就是说，尤金幻想中的自我总是高于家人以及周围的人的。然而，尤金的幻想无法抹杀他身体的血统，他成年后仍然遭受来自身体的羞辱，创伤一再地重复，尤金的身体成为家庭牢狱的替代品。不自觉地，他也重复着创伤的模式，身体成为暴力和反抗激烈冲突的场所。

廓尔克等认为，当个人遭遇创伤时，换句话说，遭遇了人类普通经验之外的令人恐怖的事件时，他们常常经历一种"无言的恐惧"（speechless terror）②。霍尔曼（Judith Herman）解释到，创伤记忆是"无语静默的"，通常在"行为重演，噩梦或闪回中"展现③。更有甚者，费尔曼（Shoshana Felman）等认为，创伤经历最为恶劣的是造成"声音、知识、知觉、真相、感受的能力和说话的能力的失去"④。因此不难理解，尽管尤金在语言和文学上具有天赋，但当他遭遇创伤打击的时候，他却常常找不到合适

---

① Amélie Moisy: "Thomas Wolfe and the Family Romance", *Thomas Wolfe Review*, 30:1/2, (2006), 29.

② Kolk and Hart: "The Intrusive Past: The Flexibility of Memory and the Engraving of Trauma", 442.

③ Herman: *Trauma and Recovery*, 175 – 177.

④ Felman and Laub: *Testimony: Crises of Witnessing in Literature, Psychoanalysis, and History*, 231 – 132.

的词语来表达。每当海伦突发兴起对尤金一阵暴打后，从书本幻想跌落到现实中的尤金，一开始无法理解姐姐为什么这样对待他，然而他无法找到语言来诉说自己受到的创伤，因而同样地采取激烈的身体语言，通过对自己身体的折磨来重演自己遭受的打击："他急得发疯，也会像一头小山羊，把头往墙上撞去，大哭大喊的，恨不得他那颗气愤填膺的心能爆开来，或者一下子拼得肝脑涂地，就此可以从他这个令人窒息的生命里解脱出来。"（196）即使尤金从家庭的小圈子里逃离，进入大学后，他还是保留着这种身体创伤记忆。每当同学们嘲笑他"长相特别"、举止失当时，尤金的这种记忆就被唤起，感到"这些恶作剧对他是无情的打击，在他胸中留下很深的创痕"（538），并且他意识到自己的幻想和现实之间的距离，"独来独往，孤单得要命"（539）。

科尔（Lisa Kerr）认为，尤金在大学中的新生活"让他把自己看作神话中的潘，充满了生活的欲望，然而，作为一个艺术家，却是孤立的"①。科尔将尤金和潘对比，形象说明了在尤金身上半人半兽的身体属性。他无法摆脱身体的欲望和束缚，当他夜晚追逐女人的时候，他具有"山羊一样的欲望和饥渴"，但尤金各种短暂的浪漫史只是一种缺失的状态下从一个替代到另一个替代的寻觅。和他的哥哥一样，他也钟情于年纪大的女性，在和她们的交往中，寻找失去的和母亲的联系。另一方面，尤金身上社会人的属性却让他意识到自己真正缺乏的是自我的知识。他希望变成他所不是的，忘记自己原有的样子。他羡慕那些"有钱有势人家的子弟，比他自己漂亮百倍，使他看着不免自惭形秽，痛

---

① Lisa Kerr："Lost Gods: Pan, Milton, and the Pastoral Tradition in Thomas Wolfe's *O Lost*", *Thomas Wolfe Review*, 26：1－2,（2002）, 87.

心自己是失败者，是不值人一顾的次等阶级"（575）。他想"也要能做出满不在乎的神气，也要穿入时的新装"（576）。如果说尤金幼年时对于创伤的身体记忆受到压抑，在他青年时期这些创伤记忆再次回归，带给他不仅是对自己身体的敏感和留意，也让他将和身体的举止行为和家庭的地位相联系，产生了对社会位置和自己身份的焦虑。创伤突破了身体的记忆，在更大的社会层面上构建了尤金的自我知识。

第三节　资本交换下的社会创伤和记忆

尤金·甘德的家庭带给他成长过程中的创伤记忆影响并塑造了个人的身份。"遭到创伤打击的孩子不仅喻指着苦痛［的经历］，而且为忽视、剥削、权利剥夺、集体甚至整个文化的拒绝提供了实在的案例。"①孩童遭遇的创伤通常是结构式的。父母滥用家长权力或中断和孩子之间的联系，造成了缺失。而创伤记忆一再被压抑，直到创伤返回，造成再次创伤。尤金·甘德的家庭所承受的父母分离、葛罗佛和阿宾相继死去、尤金一次次试图脱离等事件，都显现出创伤的侵袭和重复，造成尤金孤独的处境。而另一方面，孩子的成长和自我的形成与所处的社会语境、文化记忆相关。尤金的身体承载着他所有祖先的过去。小说以尤金为主要叙事、家庭为第二叙事的双重结构，为一个南方孩子的成长提供了一份详细的见证。霍尔曼这样评价道："沃尔夫是一个南方人，和其他有思想的南方人感受一样，同样受到压力，当他们面对生命的悲剧本质时，同样感到压抑，常常受到一种负疚感折

---

① Laurie Vickroy: *Trauma and Survival in Contemporary Fiction* (Charlottesville and London: University of Virginia Press, 2002), 81.

磨并希望做出救赎的行动。"①和其他地区的作家相比，南方作家更容易感受到时间的变化，更容易体会到挫败感。作为南方人，尤金生活的圈子是以家庭为单位的传统世界，尽管沃尔夫，或者小说中的尤金，没有机会出生在老南方贵族家庭，没有代代相传的"失败的事业"的故事，但尤金的成长仍然受到南方传统精英观念的影响，也正是这种对文化的推崇，让尤金更加清楚地看到传统文化和物质追求之间的张力及其带给社会的创伤记忆。

尤金15岁的时候曾到南方老城市查尔斯顿去游玩。他们参观那些老南方贵族的房子，尤金带着敬意评价那些房子，"这些都是南方古老的住宅"（496）；当看到一位老太太时，尤金心里"很同情"，认为是"名门望族，南方的贵族阶级"（497），而看到一位老年黑人走过，尤金心里想，"如今世风日下，再也找不到几个这样的忠仆了"（497）。他甚至"缅怀当年人类蓄奴的美好传统，他母亲那边的祖先自己养不起黑奴，但曾经在战场上奋不顾身去维护的传统"（497）。对于内战的失败，尤金和小朋友辩论道："我们只是战败而已，并不是被他们打败的。"（498）可见，对于出生成长在南方的尤金来说，内战尽管没有带给家庭创伤性的毁灭打击，或者造成过去和现在之间巨大的差异，但却塑造了他的话语模式。和其他南方人一样，尤金对于传统和南方历史怀有敬意。不仅如此，尤金在列纳德私塾里，也受到这样的教育。列纳德先生对文化的推崇是以贬低物质和金钱为基础的：

> 就算你是个聪敏绝顶的律师，就算大家说得对，你
> 有百万家当，可是有许多事你还不知道呢。有许多东西

---

① C. Hugh Holman: "The Web of the South", *Modern Critical Views: Thomas Wolfe*, ed., Harold Bloom (New York and New Haven: Chelsea House Publishers, 1987), 112.

是钱买不到的……其中之一就是能跟有教养的人为伍，无论男女。

………

这班家伙在税务局的簿子上也许是"大人物"，可是他们要想跟受过教育的人相比，无论男女，那就像有句老话所说的……"他们简直**一文不值**。"

(422－423，黑体为笔者所加)

作为小镇上为数不多的文化人，列纳德先生和他的太太对文化、"教育"、"教养"的推崇，无疑给小尤金创造了另一个幻想世界，在其中只要他受过教育，就能得到有钱人用钱买不到的高尚的社会地位。不过，即使列纳德先生人为地将金钱和文化、有钱和有教养相对立，他还是使用了"一文不值"（nothing）这个词来衡量一个人的价值。本森（Melanie R. Benson）评价道："教育提供了一个用书本来衡量价值的替代品，它更容易出现在图书馆书架上，而不是出现在收税人的案头；这种对于知识资本的重新定义提供了一份将穷书生变成'几文'（something）的策略，但却是通过直接将有钱人贬低成'一文不值'而来的。"①可见，列纳德先生的文化也是被物化的，可以衡量和流通的。和他厌恶的收税人一样，他也同样使用类似于账本的计分单来统计孩子们的得失。他和意莱莎为了尤金的学费讨价还价，对于意莱莎来说，尤金是她的另一项"投资"；而对于列纳德来说，尤金是一块"活招牌"，可以招徕更多的生源。两者都把尤金视作资

---

① Melanie R. Benson: *Disturbing Calculations: The Economics of Identity in Postcolonial Southern Literature, 1912－2002* (Athens and London: The University of Georgia Press, 2008), 50.

本，视作物化的可供交换的工具。沃尔夫很清楚地意识到资本主义对于传统的破坏，尽管他不赞成重农主义运动，但他的抱怨和重农主义者几乎是同样的。1938 年 5 月 10 号，他最后一封写给姐姐韦顿夫人（Mrs. Wheaton）的信里说，阿什维尔是一座"毁灭了挫败了的城镇……满是毁灭了挫败了的人们"[1]。沃尔夫用尤金的个人成长的故事，不仅再现了家庭创伤对孩子的影响，也暴露出自己对南方社会变化的失望。文化在变化的社会中，同样是被物化了的。尤金渴望通过文化来改变出身，重新塑造自己身份的愿望，在这样的社会环境中，很难得到满足。南方社会已经成为物质的世界，资本主义方式成为传统社会的创伤，因而自我的成长也是异化的，受到社会创伤的影响，无法达到完整和统一。

尤金的焦虑并非偶然。当南方许多现代作家具有重农主义的悲悯时，他们的作品常常背叛他们，暴露出在一个更为矛盾的秩序中对物质的焦虑。对于白人精英和那些中间阶层，资本主义提供了积累和重建的机会，事实上，这种进步主义的倾向在南方正在逐渐破坏人与人、人与土地的关系。莱特尔（Andrew Nelson Lytle）认为，这种资本主义道路引入南方农业乐园将带来灾难性的后果："［这些账本］计算一个农场的资产……而计算的唯一目的是将土地变成现金……当这个账本的第一页被翻开，第一个符号记下来时，农业化的南方就注定要消失了"[2]。随着农业经济的消失，与土地相连的文化和传统也随之消失。就像甘德家失去了原来的老房子和家人联系一样，整个小镇都成为各类地产商纷纷划分的地皮。尤金 6 岁时就离开生活中温暖的中心——他父

---

① Watkins: *Thomas Wolfe's Characters: Portraits from Life*, 71.
② The Twelve Southerners: *I'll Take My Stand: The South and the Agrarian Tradition*, 234.

亲的房子，搬到他母亲没有个性、吵吵闹闹的寄宿公寓里。随之一家人也逐渐成为意莱莎"南国宾馆"的过客。这段经历也是作者沃尔夫自己的亲身经历。后来他写道："我没有一个家了——从我7岁开始就是一个流浪者——住在两片屋檐下却没有一个家。我想，我还是个孩子的时候，就懂得了孤单。"因此，不难理解他为什么将尤金描绘成"一个吵闹的旅馆内的陌生人"。

南方社会的变化不仅反映在经济体制和社会环境方面，也衬托出记忆和现实的反差。老南方的家长制日渐衰微，家庭联系越来越淡漠，传统的人与人之间的关系开始分裂，在整个历史发展上，这些变化给南方人的自我塑造带来的影响是巨大的。由于失去了过去的和谐和统一，每一个南方人都感觉"孤单"，这也是《天使，望故乡》的主题。沃尔夫在小说发表一个月后写信给他母亲，告诉她小说的主题，"［讲的是］我们生下来就是孤单的——我们所有曾一起生活过或将要一起生活的人——是关于我们孤独地生活，孤独地死去，我们彼此都是陌生人，也永远不会了解对方"[①]。尤金的孤单并不仅仅是个人的，这种孤单也是南方社会共有的话语。托利佛（Brad Tolliver）在沃伦的《洪水：我们时代的罗曼史》（*Flood: A Romance of Our Time*）中同样说道："见鬼，整个南方都是孤单的……南方邦联建立在孤单上，'南方人'全是孤单的。"[②]沃尔夫提到的孤单不仅是个人家庭和自我成长中创伤造成的疏离，也是在历史和时间的语境中人类孤独的困境的写照。

沃尔夫的《天使，望故乡》表现出对时间创伤的强烈意识，不仅个体监禁在创伤经历之中，他还通过人与人之间联系的割裂

---

① Walser: *Thomas Wolfe: An Introduction and Interpretation*, 54.
② Lewis P. Simpson: *The Fable of the Southern Writer* (Baton Rouge and London: Louisiana State University Press, 1994) , 147.

来反映集体关系的断裂。和其他南方作家一样，沃尔夫将尤金放在这样一个时间的洪流中为时间所困，为一段没有结束的过去所萦绕，但只能带着敬畏和恐惧看到生命中最重要的人或美好的事物流逝。为了体现个人创伤和时间、历史的联系，沃尔夫使用了两幅重叠的场景来形容时间和人的变化。甘德卖了天使石雕后，走到廊上，"就在那一秒钟之间，喷水池的水不动，生命也暂停，好像照片里凝固的姿势，甘德感觉自己在周遭一切事物中独自向死亡移动"。而阿宾死后，尤金得到父亲遗产中自己的一部分，虽然受到姐姐和姐夫的欺诈，但终于可以去哈佛大学完成学业实现自己的理想时，他也来到父亲原来的店铺和阿宾的鬼魂交谈。广场上的喷泉似乎停止了，在时间中凝固了。尤金也看到自己的过去、现在和将来，看到那些他忘记了的面孔，看到死去的人在来来往往。两幅场景的重合带给尤金梦幻般的现实，他认识到"我们每个人背后有数不尽的因果……每个时刻是整个历史上的一扇窗户"（7）。寻找自我必须回看历史，在记忆中找到通往自我、打开自我世界的钥匙。

作为年轻的南方作家，沃尔夫的《天使，望故乡》为南方文学提供了一个观察和记录记忆的模本。尽管沃尔夫并不具备福克纳的思想深度、沃伦等的历史厚度，但他却用生命记忆来见证南方的发展和变化。就如同福克纳所说，他失败得最为彻底，因为他将所有记得的过去毫无保留地诉说。据他所说，这部小说的引子来自一段对生命诞生的见证。1927 年，一次特殊的经历给沃尔夫留下了深刻的印象。一天晚上，他去看望阿什维尔的一位医生朋友，正好有机会看到了一个婴儿的降生。沃尔夫穿着外科医生的大褂站在分娩室内，他对生命的进程非常感兴趣，也非常敏锐地察觉到生命之好不可避免地混杂着痛苦和邪恶，在生命诞生的奇迹中看到一个象征式的真理。他看到人类生命出现于痛苦和挣扎。没有更能打动他或让他兴奋的事了。"它真丑，血糊糊的，可怕——但却美丽。"他告诉姐姐："当我看到小小的头骨开始出现，然后是小身体，医生提着脚跟拍打他，他扭着把脸抬起，发出了他的第一声哭喊（挺响亮挺好的一声），我再也不能控制自己了；我自己也叫起来，喊道'来吧，宝贝！来吧！'他们所有人都笑起来了：他们不理解为什么这个人会如此激动。丑陋、恐惧、痛苦现在都没了：剩下的全部是这个小小的完美的孩子，所有生命的神秘和悲剧式的魅力，对于我现在比任何时候都更加清晰。"正是这个经验在他的头脑中萦绕不散，让他写出了《天使，望故乡》开头的那行散文诗①。这部小说在很大程度上是作者的自传，就像这个小孩子的出生给予了沃尔夫最初的灵感一样，《天使，望故乡》也是一个从生命的起源开始发展、衰弱、消失或死亡的环形圈子，构成了时间长河中漫漫记忆之卷。

艾斯维尔（Edward C. Aswell）曾指出沃尔夫记忆的精确："我怀疑没有一个小说中的人物不是出自他知道的一个人。"② 沃尔夫的第一位编辑珀金斯（Maxwell Perkins）曾写信给琼斯（James Jones），在信中描绘说："当我和托马斯·沃尔夫一起为他那部巨著《天使》工作时，我感到害怕，所有的人物几乎全部是真实的，这部小说就是一部逐字的自传。"③沃尔夫的这部小说，从记忆的角度看，是一部对个人生活和南方社会发展的见证。"沃尔夫对于那段历史的理解将美国以及他自己与南部和大

---

① Richard S. Kennedy: *The Window of Memory: The Literary Career of Thomas Wolfe* (Chapel Hill: The University of North Carolina Press, 1962), 156.

② Edward C. Aswell: Introduction: *You Can't Go Home Again*, by Thomas Wolfe (New York: Harper's Modern Classics, 1941), ix.

③ Maxwell E. Perkins: *Editor to Author*, ed., John Hall Wheelock (New York: Charles Scribner's Sons, 1950), 296.

萧条时期相关联的人生演绎成了传记。"①拉宾评价道："时间是一段不可避免的流失的过程，最后剩下的只有死亡和记忆。毫无疑问，沃尔夫是他那一代最优秀的书写死亡的作家！……他为时间的进程入迷，就像他的朋友菲茨杰拉尔德，他把自己看作时间和变化的结果，但和后者不同，他从来没有和时间分离……作为一个艺术家，他就是时间自己的眼睛，记录并经历时间。"②在沃尔夫的这本小说中有三百多个人物和地名，而据考证可以和阿什维尔镇上真名对应的有 250 个。可以说，这既是一部虚构的小说，也是一部记录南方小镇发展和变化的历史。其中的创伤人物以几乎真实的命运见证了南方社会的巨变，以及在这种变迁下整个社会的创伤记忆。

沃尔夫离开家乡后，他对阿什维尔和南方的思念占据了他离开的日子。1930 年 5 月他应邀给家乡报纸《阿什维尔时代》(*Asheville Times*) 写一封信。这封信宣布了他对南方的忠诚："我为我的家庭自豪，我仍然认为阿什维尔是我的家乡。纽约肯定不是。我喜欢它，但它是一个钢铁和石头的庞然大物，大大不同于那些开阔的空间，人们可以呼吸可以把脚丫子踩在土地上。"沃尔夫宣布他用整个心来写作，并不希望他的朋友们把他视作"逃逸者"。但家乡的变化让他认识到，他再也不能够回家了。在 1938 年的一封信中，沃尔夫提道：

> 我发现了，我认为，我整个生活中最重要的发现，

---

① 萨克文·伯科维奇：《剑桥美国文学史：1910 年—1950 年》，第六卷，张宏杰、赵聪敏译，北京：中央编译出版社，2009 年，第 272 页。

② Louis D. Rubin, Jr.: "Thomas Wolfe: Time and the South", *Thomas Wolfe: Three Decades of Criticism*, ed., Leslie A. Field (London and New York: New York University Press, 1967), 71.

是你再也不能回家了，回到你的童年，回到你的小镇，你的［回到］乡邻中，回到你已失去的父亲［身边］了。回到时间和回忆的安慰中。我从流亡中发现了这一点，从风暴和压力、困扰和黑暗的迷惑中，我从血、汗水、痛苦中发现了这一点，为此我长时间叹息。①

沃尔夫的叹息似乎代表了一代南方作家的心声，回响在许多南方作家的作品里。在旧的生活方式和传统逐渐消失、文明经历了由盛到衰的过程中，南方作家见证了南方个人和家庭的创伤。沃尔夫笔下的甘德家人行为的反常、举止的怪异、身体的创伤记忆和身份的焦虑，在福克纳等作家的作品中产生了强烈的共鸣。如同若干年后泰特为南方文艺复兴的视角定义为"向后看"一样，沃尔夫用《天使，望故乡》诗意般地揭开了南方作家回顾过往的序幕，为南方创伤小说提供了一个普适的范例。

小　结

《天使，望故乡》是一部关于记忆的宏伟巨著。沃尔夫以尤金·甘德的成长为叙事进程，见证了个人在家庭创伤中的心理压抑和身体记忆；刻画了甘德家庭成员彼此之间的冷漠和疏离，同时也在社会层面上反映出社会创伤给南方个人带来的影响。南方进入 20 世纪后，传统的家庭观念和家人之间的联系受到了破坏，人与人之间的关爱为资本主义式的金钱观所取代，社会文化结构也遭到了冲击。沃尔夫的另一部小说书名——"你再也不能回家了"，

---

① Patricia L. Bradley: *Robert Penn Warren's Circus Aesthetic and the Southern Renaissance* (Knoxville: University of Tennessee Press, 2004), 63.

成为许多南方人的感叹。

　　这部小说出现了几个南方文学中重要的主题：家庭、自我的成长、身体创伤记忆、创伤和社会见证。沃尔夫以甘德家庭为社会基本单位，描写了这个家庭的兴衰、兄弟姐妹之间的争斗，创造了如甘德、意莱莎，以及甘德家受伤的孩子们等颇具典型意义的创伤家庭人物。来自家庭的创伤造成了甘德家孩子们的身体创伤记忆，并且由行为举止言谈等延伸出来的身体的社会性也遇到新南方的塑性和老南方的拒绝，由此引起了甘德家孩子们对社会地位的敏感，对于身份的焦虑，进而发展到对家乡的失望。通过记录尤金·甘德的成长和自我的发展，沃尔夫也反映了南方社会的变化。这些主题将在之后的南方创伤小说中得到深化和加强。创伤记忆塑造了南方人的自我，沃尔夫和其他南方作家一起，开始了漫漫时间长河中对过去的反思和自我探寻之路。

第四章

差异重复和自我塑造：
威廉·福克纳《喧哗与骚动》

　　明天，明天，再一个明天，一天接着一天地蹒跚前进，直到最后一秒钟的时间；我们所有的昨天，不过替傻子们照亮了到死亡的土壤中去的路。熄灭了吧，熄灭了吧，短促的烛光！人生不过是一个行走的影子，一个在舞台上指手画脚的拙劣的伶人，登场片刻，就在无声无息中悄然退下；它是一个愚人所讲的故事，充满着喧哗和骚动，却找不到一点意义。

　　　　　　　　　　——莎士比亚《麦克白》第五场第五幕

1929 年，沃尔夫发表《天使，望故乡：被埋葬的生活的故事》，描绘了一群困于时间长河中受伤的孩子们的形象；而同年，福克纳发表的《喧哗与骚动》也同样从康普生家族孩子们的角度讲述了一个南方大家庭衰败的故事。这部小说从结构上看是由三个兄弟的第一人称内心独白，以迪尔西为聚焦的第三人称全知视角叙事和 1945 年福克纳增添的族谱构成的。按照福克纳的话来说，是一个"先后写了五遍的故事"①。叙事和叙事之外的重复，不仅象征着康普生兄弟对创伤意义的反复探索，也是对南方的过去进行反复阐释的过程，涉及南方的历史、传统、人类存活的真理、时间、缺失等主题。福克纳曾多次将这部小说作为自己最"心痛"的作品。在弗吉尼亚大学的讲座中，福克纳自我评价道："它是最伟大的失败。它是我最为痛苦、最为努力的作品，而即便知道我不能把这个故事说完整，我还是尽量去写了。这也许就像父母更偏爱不幸的孩子。其他的故事比这一部更容易写，或者更好，但都比不上我对这一部的感情，因为它是最勇敢，也是最辉煌的失败。"② 由于这部作品是由康普生家族的记忆构成，福克纳所言的失败就意味着记忆的失败。而记忆字面上的意思是对过去的再现，因此，这种失败不仅代表着记忆的缺失，还有模仿的本体即过去的缺席。笼罩着全书的失落的气氛，既是个人的，也是历史的。

第一节　重复和差异：班吉的创伤记忆

《喧哗与骚动》主要依靠记忆来安排叙事的进度，故事从叙

---

① 李文俊编选：《福克纳评论集》，前引书，第 261 页。
② Frederick L. Gwynn et al: *Faulkner in the University* (Charlottesville: University Press of Virginia, 1995), 61.

述者角度，分为班吉(A)、昆丁(B)、杰生(C)和迪尔西(D)四个部分；而从时间上看，分为 1928 年 4 月 7 日、1910 年 6 月 2 日、1928 年 4 月 6 日、1928 年 4 月 8 日。叙事时间并没有遵循从过去到现在的编年史时间，即 B、C、A、D 的顺序，而是按照回忆对象的成长时间，即班吉回忆了凯蒂的童年，昆丁记载了凯蒂的青年，杰生记录了凯蒂婚后和被抛弃后零星的消息，迪尔西则见证了康普生家族的衰落。四个章节根据不同的叙述者的记忆编制得非常紧实。由于各自身份的不同，回忆的侧重点也有所区别：班吉的回忆是一种照相机式的对过去的客观记录，昆丁的回忆则是临终前高度兴奋的谵妄的幻想，杰生是愤世嫉俗的诅咒，迪尔西的见证是一曲消失的挽歌。四个部分之间不断地重复创伤的主题，就如同平静的湖面上投入了一块小石子，虽然石头消失了，但水面上却一圈接着一圈出现越来越大的波动，产生越来越强的共鸣。这些同心圆式的结构将这些叙述者联结在一个共同的社会团体中，在个人的、集体的、历史的层面上各自奏响并应和着失落的主题。小说一开始就是一幕寻找和失落的场景：

> 透过栅栏，穿过攀绕的花枝的空当，我看见他们在打球。他们朝插着小旗的地方走过来，我顺着栅栏朝前走。勒斯特在那棵开花的树旁草地里找东西。他们把小旗拔出来，打球了。接着他们又把小旗插回去，来到高地上，这人打了一下，另外那人也打了一下。他们接着朝前走，我也顺着栅栏朝前走。勒斯特离了那棵开花的树，我们沿着栅栏一起走，这时候他们站住了，我们也站住了。我透过栅栏张望，勒斯特在草丛里找东西。
> "球在这儿，开弟。"那人打了一下。他们穿过草

地［pasture］往远处走去。我贴紧栅栏，瞧着他们走开。①（1）

文本开始时，班吉正和勒斯特在高尔夫球场边。勒斯特正在寻找丢失的 25 美分钢镚儿，而班吉听到叫唤球童"开第"的声音，想起了自己的姐姐"凯蒂"，开始哼哼起来。通过一个白痴的眼睛描写高尔夫球场，虽然让人产生异化的感觉，但却显示出一种客观的记录，直到"pasture"（草地）这个词的出现，班吉记录中稳定的现时感才被打破。这块昔日的草场原是班吉心爱的几样东西之一，后来康普生先生变卖了这块家里最后的地产，为大儿子昆丁上哈佛大学交学费。然而班吉并不知道时间的变化，正如他不知道牧场（pasture）已经变为高尔夫球场一样，他也无法知道连同草场失去的还有他心爱的姐姐凯蒂。伴随着球场上呼唤球童的声音，班吉的记忆不时滑向姐姐，但却无法替代失去姐姐的空虚。而与之平行的是勒斯特也在寻找丢失的钢镚儿。和这个机灵调皮的黑人小子相比，33 岁的班吉只有 3 岁孩子的智力，他的失落只能在一声接一声的嚎叫中表达出来。

班吉是一个白痴，缺乏理解力。福克纳曾这样解释："对这个白痴来说，时间不是连续的，它只是一个片断。没有昨天也没

---

① 威廉·福克纳：《喧哗与骚动》，李文俊译，上海：上海译文出版社，1984 年，第 1 页。1980 年李文俊编译的《福克纳评论集》中曾将书名译为《喧嚣与骚动》，也有的评论家翻译为《喧嚣与愤怒》。参见李扬：《美国南方文学后现代时期的嬗变》；或者《声音与骚动》等。根据福克纳自述，这部小说取名来自莎士比亚《麦克白》第五场第五幕台词，参考朱生豪译文，以及《哥伦比亚美国文学史》、《剑桥美国文学史》等译文，本书统一采纳《喧哗与骚动》的译名。以下来自《喧哗与骚动》的引文均出自这个版本，只在文中加注页码，不再单独注释。

有明天，所有的都是这个时刻，对他而言都是现在。"① 严格说来，班吉的混沌状态是不允许回忆的。因为回忆（recollection）意味着过去和现在之间已经产生了距离，记忆被召回并重新为大脑意识所接受，从认知状态看，是一种"重新认知"（recognize）的过程。而在班吉的内心独白中，过去和现在经常重叠，他很容易从一颗钉子、牲口棚、秋千、火、香味、冷、哭声等各种感官印象中，沉入过去的经历之中。金（Richard King）认为："班吉对于差异和缺席是有反应的，只是对他来说，这些［反应］没有时间性。班吉的'记忆'是累积的刺激的存储。"② 由于他缺乏理解能力，只能客观报道事实，通常人们认为他是"一个相当可靠的叙述者。他只报道他的所见，而不是所想；行动，而不是道理；事实，而不是可能；对话，而不是话外的意思"③。因此，班吉通常被作为一个透视镜，从他身上可看到康普生家族的命运。然而，班吉并非一个纯粹的过滤器，他对过去的再现是有选择性的，也就是说，他的记忆并非漫无目的的联想，而是主要集中在一系列凯蒂成长中的相关插曲。如凯蒂第一次使用香水，凯蒂不再陪班吉睡觉了，凯蒂和查理在秋千上，凯蒂第一次失贞的夜晚，凯蒂的婚礼。作为康普生家族故事的第一个见证人（witness），班吉的记忆客观再现了姐姐的堕落、父亲的酗酒、哥哥的自杀、侄女和另一个哥哥之间的争斗、欺骗等家庭悲剧。随着过去不断侵入现在，班吉的脑子也不断旋转，越来越集中在失落的焦虑上。

① William Faulkner: *Faulkner at Nagano*, ed., Robert A. Jelliffe (Tokyo: Kenkyusha, 1959), 106.

② King: *A Southern Renaissance*, 81.

③ Gail M. Morrison: "The Composition of *The Sound and the Fury*", *William Faulkner's The Sound and the Fury: A Critical Casebook*, ed., Andre Bleikasten (New York and London: Garland Publishing, Inc., 1982), 50.

班吉在成长阶段经历了三次创伤事件：改名、失去姐姐和阉割。班吉生下来后被取名"毛莱"，继承了康普生太太的弟弟、巴斯康家族大少爷的名字。但当康普生太太发现班吉是一个低能儿之后，她就拒绝再继续使用"毛莱"的名字，并听从大儿子昆丁的建议，将这个小儿子的名字改成了"班吉明"。康普生太太认为这样可以摆脱她那一方的责任。对于康普生太太来说，除了她自己的健康问题，另一个关心的就是家族荣誉了。她对弟弟毛莱的照顾，以及和丈夫争吵时强调"我娘家的人出身跟你们家完全是同样高贵的"（48）都表明了她对血统和历史的重视。改名至少对班吉造成两种伤害，一是失去了家庭的认同，二是被母亲拒绝。名字是一个人身份的符号，因为"一个名字意味着过去的延续，没有过去的人们是没有名字的人"①。失去了名字，就意味着失去了家庭历史中自己的位置。拉康认为，主体是语言的产物。在孩童早期先于语言获得的"想象阶段"（imaginary state），婴儿是不能区分自我和他者的区别的。在"镜像阶段"（mirror stage）中，婴儿将镜子中的映像作为一种自主的统一的身体形象进行感知和认同，这是从和母体紧密相连的充足时期开始的一次分裂。而进入"象征阶段"（symbolic stage）后，语言、社会法规、制度，以及代表着这些社会和文化力量的父亲的形象介入后，主体通过语言虚构出自己的身份，并被语言表达。名字使婴儿第一次从语言和家庭的角度认识自己的身份，通过这个象征性的符号，确定一个人在家庭中的位置。在康普生家族史中，班吉的改名是一次双重性的失去——母亲的拒绝表明割裂了他和母体的联系，而父亲［语言］的拒绝象征着他被社会遗弃——他不

---

① Milan Kundera: *The Book of Laughter and Forgetting*, trans., Michael Henry Heim (New York: Knopf, 1980), 3.

　　　　　　　　　　　创伤、记忆和历史：美国南方创伤小说研究

再属于父母亲任何一方的家族血脉，而是一个"被放逐到埃及"的幼儿。

康普生家族中的黑人支脉最先察觉到改名的创伤性后果。改名当天，迪尔西就抱怨道："这算是哪档子事呢，他生下来时候起的名儿还没有用坏，是不是啊。"（64）迪尔西的丈夫罗斯库司则迷信地认为，这意味着家族不祥的命运。他反复提道，"这个地方不吉利"，并且把班吉视为这个"兆头"，"这兆头不正躺在床上吗。这兆头不是15年来让人家看得清清楚楚的吗？"（30）。罗斯库司的预感和班吉的改名直接相关，他说："俺早先就有点看出来，等到他们给他换了名字，俺就一清二楚了。"（31）甚至小斯威尔许也知道改名意味着白人家族对班吉的拒绝，他威胁班吉："现在你的名字是班吉明了。你可知道干吗要把你改名叫班吉明吗？他们是要让你变成一个蓝牙龈的黑小子。"（77）可见，康普生家族的黑人支脉都从班吉被改名中察觉到白人家庭爱的失落、母子之情凉薄、夫妻关系冷漠，并从中预感到这个家族分崩离析的命运。姓名既是这个僵死的家族维持记忆的符号，也成为惩罚的方式：改名，或名字的禁忌成为抹去记忆的手段，在这个家庭中一再复制。凯蒂的私生女虽然继承到大伯"昆丁"的名字，被康普生太太领养，但在小昆丁面前，康普生家族的人却被禁止提及她的母亲凯蒂的名字，以便在这个家庭中抹去关于凯蒂的不光彩的回忆。连迪尔西也不敢打破这个姓名的忌讳，她警告罗斯库司说："你把那个名字［凯蒂］说出来可要倒霉的，除非他哭的时候你跟他一起坐起来。"（31）改名对于班吉来说，代表着失去身份的恐惧和变成他者的焦虑。班吉虽然是一个白痴，但从他不断闪回的记忆的片断中，可以看出他对改名，或者说，被剥夺了家族历史中自己位置的恐惧。

改名同时也意味着班吉被母亲拒绝，这就成为班吉寻找替代的一个重要因素。从班吉小时候开始，母亲就不曾照料过他。而在班吉的记忆中，改名那天——

> 我能听见时钟的滴答声，我能听见站在我背后的凯
> 蒂的出气声，我能听见屋顶上的声音。凯蒂说，还在下
> 雨。我讨厌下雨。我讨厌这一切。接着她把头垂在我的
> 膝盖上，哭了起来，她搂住我，我也哭了起来。接着我
> 又看着炉火，那些明亮、滑溜的形体都不见了。我能听
> 见时钟、屋顶和凯蒂的声音。（63）

班吉的头脑虽然无法理解改名的意义，但之后母亲的疏离、
凯蒂的哭泣，迪尔西和威尔许、哥哥昆丁等对改名的反应，让他
意识到一种巨大的失落，成为班吉幼小心灵上所遭遇的最大的一
次创伤。在这次创伤中，外部的事件甚至没有经过任何中介就进
入了内部，给班吉的意识造成了极大的破坏。在这一段记忆中，
有几个意象反复出现——时钟、雨、凯蒂、炉火：时钟象征着历
史时间，这一个意象将成为昆丁一章中重要的主题；雨是父亲的
象征，在班吉心目中，父亲"身上有一股雨的气味"（72）；而
凯蒂是母亲的替代物。在班吉的自由直接引语中，凯蒂替代班吉
说出了他心中的话语："我讨厌下雨。我讨厌这一切。"因此，
在这一节回忆中，班吉的世界里最后只剩下"时钟、屋顶和凯蒂
的声音"，凯蒂取代了母亲，成为班吉和现实世界唯一温情的联
系。尽管是替代（substitute），班吉却在凯蒂身上找到了原初和
母亲的联系。

失去凯蒂是班吉遭受的第二次创伤。如果说改名让班吉失去
了主体性，失去了和家庭的联系，那么凯蒂的消失意味着他和现
实世界联系的再一次失落。班吉自身的语言非常有限，据粗略统
计，班吉所使用的词汇大概有 500 个，其中大约有 200 个名词，

175 个动词，61 个形容词，37 个副词，25 个介词，13 个连词①。他使用的名词几乎全是实词，都指示某个物体或真实世界中的情况。很多时候，他的意识中出现的是别人的话语。因而他的叙事并不能反映某种理解，他只能传递他自己混乱的经验，且需要依靠回忆其他人的语言。但班吉有一句他自己的箴言式的评价，"凯蒂像树那样香"。就如同《我弥留之际》中瓦达曼说"我的妈妈是一条鱼"一样。这种表达非常怪异，具有陌生化的效果。但关键不在于树的香味代表什么，而是这种香味代表着一个稳定、温暖、光明的世界。让凯蒂消失的并非她的离去，而是她失去了身上的树的香味，取而代之的是她和性成熟相关的一系列身体的变化，香水、亲吻、失贞等。凯蒂的消失对于班吉来说是再一次失落，差异性地复制了第一次创伤的模式。但这一次，曾经的受害者却转变为创伤的主体，由他率先发现凯蒂失去了树的香味，也是由他最先拒绝凯蒂的亲近。这种创伤的重复和死亡的本能相关。班吉虽然担任了凯蒂创伤的主体，对她的行为加以惩罚，但他自己仍然再次受创。不仅如此，第二次创伤的模式还发生了裂变，班吉和凯蒂都同时充当了创伤主体和客体。

创伤的形成通常是指外部的暴力事件没有经过任何防护直接作用于意识，使受害者失去认识和感知的能力，之后重复产生的闪回、噩梦等创伤性情境，使受害者重新体验经历创伤。因此，创伤是一种无意识模仿或认同创伤情境的局面②。弗洛伊德曾在《精神分析通论》中提出阉割式创伤模式，这种模式主要和压抑（repression）、压抑的回归（return of repression）有关，也和无意

---

① Donald M. Kartiganer: *"The Sound and the Fury* and the Dislocation of Form", *William Faulkner's* The Sound and the Fury, ed., Harold Bloom（New York: Chelsea House Publishers, 1988），24 – 25.

② Leys: *Trauma: A Genealogy*, 300.

识象征意义系统有关。在其后期的代表作《超越快乐原则》中，他分析了另一种创伤性神经症（traumatic neurosis）的模式，即主要通过事故创伤研究事故中的受害者，得出创伤和重复本能相关的结论。弗洛伊德通过观察其孙儿的"fort-da"(离开—回来）游戏，讨论了重复的原则。他认为，人的行为的主要动力，除了快乐原则以及由此派生出来的现实原则之外，还有一条更为基本、更符合人的本能的原则，这就是强迫快乐原则。它要求重复以前并回归到过去的状态，这是一种死亡本能。班吉被剥夺了家族中的位置，但他认可了家族话语所造成的创伤，并模仿这种创伤模式，成为这种南方传统的代言人，限制、规约、惩罚破坏了这一传统的姐姐凯蒂；但另一方面，创伤主体也具有观看的能力，因而可以向其自身和他者描绘其幻觉和愿望的对象，这是一种反模仿（antimimetic）的观点。无意识被理解为一个平台，处于创伤噩梦中或幻觉中的主体可以观察自己重新上演创伤的一幕。凯蒂失贞的夜晚，班吉的记忆中出现了姐弟俩互相注视的场面：

> 凯蒂来到门口，站在那儿，**看着**父亲和母亲。她的眼睛扫到我身上，又移了开去。我哭起来了。哭声越来越大，我站了起来。凯蒂走进房间，背靠着墙站着，眼睛**看着**我。我边哭边向她走去，她往墙上退缩，我**看见**她的眼睛，于是我哭得更厉害了，我还拽住了她的衣裙。她伸出双手，可是我拽住了她的衣裙。她的泪水流了下来。
>
> 威尔许说，现在你的名字是班吉明了。你可知道干吗要把你改名叫班吉明吗？他们是要让你变成一个蓝牙龈的黑小子。妈妈说你爷爷早先老给黑小子改名儿，后来他当了牧师，人们对他一看，他的牙龈也变成蓝颜色

的了。他以前牙龈可不是蓝颜色的。要是大肚子的娘们儿在月圆的夜晚面对面见到他，她们生出来的小孩也是蓝牙龈的。有一天晚上，有十来个蓝牙龈的小孩在他家门口跑来跑去，他一出去就再也没有回来。捕负鼠的人后来在树林里找到了他，已经给吃得光剩下一副骨头架子了。你可知道是谁把他吃掉的吗？就是那帮蓝牙龈的孩子。(77)

（黑体为笔者所加）

在这里，班吉通过注视意识到姐姐的消失，他白痴般的智力并没有将他置于"无知"（ignorance）的保护下，而是意识到失贞是女人隐喻式的死亡，而南方女人一向被推崇的纯洁和完整为这个故事提供了更为广阔的反讽的背景①。班吉的注视重复了自己的创伤模式，母亲通过改名将他逐出家族历史，从而维护血统的纯洁；班吉也通过拒绝接受没有了树的香味的姐姐来惩罚她的失贞，惩罚她玷污了家族血统。班吉复制了第一次创伤的模式，被压抑的记忆归来再次伤害了班吉自己；而他自己也成为"受害者"（victim）和"迫害者"（victimizer）的双重化身（double）。

艾文在其经典著作《双重性和乱伦/重复和报复》中，利用兰克（Otto Rank）和弗洛伊德的"怪异"（uncanny）理论，分析了福克纳笔下诸多人物的心理分裂。艾文认为，那喀索斯式（narcissism）的自恋情结使自我成为欲望和爱恋的对象，模糊了主体和客体的界线，从而产生出一种回归到母体的欲望，这种欲望表现为乱伦。而兄弟与姐妹之间的乱伦是一种孩子与父母之间

---

① 一位南方历史学家曾这样歌颂南方白人妇女，她们是"南方的守护神……［像］手持盾牌的雅典娜在云端中闪烁着光芒，她……是阿斯托拉脱百合花一样纯洁的侍女，她……是充满怜悯的母亲"（Cash, *The Mind of the South*, 89）。

乱伦的替代；这种欲望滋生出自我的双重性，使康普生兄弟裂变为引诱者（seducer）和报复者（avenger）。重复基于模仿，模仿欲望的双重性，同时也复制死亡的双重性。班吉的记忆中，蓝牙龈的爷爷通过改名将黑人小孩变作自己的物产，并通过注视使黑人和白人小孩变成蓝牙龈。因此，注视同时也具有性的魔力——班吉的蓝牙龈的故事暴露了他潜意识里对姐姐的乱伦的欲望。他期望像爷爷一样，通过注视，可以将姐姐血统不纯的孩子变成自己的孩子，或者说，成为一名父亲。

在这个意义上，班吉对父亲的认同是南方父权意识在潜意识中的再现。从班吉这次记忆流动和转换的方式来看，凯蒂失贞（1909 年）是和蓝牙龈的爷爷的故事（1900 年）相并列的。通常，班吉的记忆是由当前的感官感受而唤起的，如衣服挂到钉子、看到牲口棚、听到雨声等，但这一段记忆的闪回中却没有经过任何外界的媒介而直接过渡，属于意识的流动。戈登（Richard Godden）认为，这两件事情在意识中的对比属于文化意义上的类同："失贞和女子失去姑娘时的姓名或婚前姓名有关……班吉姐姐的性行为迫使班吉意识到语言意义上的复制。"[1]戈登的话提醒我们注意这两个记忆片断之间的社会和语言联系。不过，作为一个白痴，班吉还没有能力从语言上判断凯蒂的行为，也不知道女子婚后姓名变换的习俗。这两件事情的并列是因为它们具有同等的创伤性质，是一次创伤的历史重复。蓝牙龈爷爷故事的创伤含义在于对种族混血（miscegenation）的恐惧，而

---

① Richard Godden: "Quentin Compson: Tyrrhenian Vase or Crucible of Race?" *New Essays on The Sound and the Fury*, ed., Noel Polk (New York: Cambridge University Press, 1993), 101. 戈登认为，蓝牙龈的故事富于魔力，只要通过眼睛，就可以改变姓名，甚至改变出生的婴儿。作为一个蓝牙龈的孩子，班吉通过注视，就可以宣称他是他姐姐孩子的父亲。

凯蒂失贞也意味着对家族血统失去纯洁性的焦虑。因此，凯蒂失贞后，班吉记忆中爷爷的故事的闪回意味着班吉的意识里家族历史创伤的返回；这两个片段的并列，使改名和失贞之间创伤的重复具有了历史意义。这可以说明，班吉的记忆并非处于一个静止的时空之中，而是具有历史性；和他的兄弟一样，班吉作为历史进程中的参与者，其个人的故事不可避免地具有"前历史"的框架。如利科（Paul Ricoeur）所言，"这种'前历史'将故事约束在一个更大的整体中，并给予了这个故事一个'背景'"①。这个背景使班吉的创伤带有南方传统消融的失败的回声。

　　班吉压抑的欲望以及充当凯蒂监护人的失败使班吉越来越陷入焦虑中。弗洛伊德在《抑制、症状和焦虑》（1925）中，把焦虑看作对创伤的一种直接而自动的反应，并把焦虑看作接近这种创伤的危险的信号。创伤性的情境会造成一种危险，其中包括与所爱对象的分离或失去爱的对象，或"遭受一种不会停止的痛苦，或者体验到一种不可能获得满足的本能需要的累积"（192）。弗洛伊德举例认为，出生、和母亲的分离、失去阴茎、失去对象的爱、失去超我的爱，这些都属于容易加速创伤性情境的危险②。改名说明了家庭之爱的失落，凯蒂的消失意味着母爱（尽管凯蒂对弟弟的爱只是母爱的替代物）的再一次失落，阉割则意味着班吉身心的再一次重创。班吉被阉割发生在凯蒂结婚离开后，班吉并不知道姐姐已经永远离开了他，他仍然每天去门口等记忆中的姐姐放学回来。

---

① Paul Ricoeur: *Time and Narrative*, Vol. 1（Chicago: University of Chicago Press, 1984），75.
② 弗洛伊德：《抑制、症状与焦虑》，杨韶刚、高申春译，载车文博主编：《弗洛伊德文集》（第4卷），译文略有修改。长春：长春出版社，2009年，第193—194页。

我手碰上大铁门，它是开着的，我就在暮色里拽住了门。我没有喊，我使劲不让自己哭，看着小姑娘们在暮色里走过来。我没有喊。

……我没有喊。

……她们在暮色里朝前走。我没有喊，我拽紧了门。她们走得很慢。

……

她们走过来了。我拉开铁门，她们停了步，把身子转过来。我想说话，我一把抓住了她，想说话，可是她尖声大叫起来，我一个劲儿地想说话想说话，这时明亮的形影开始看不清了，我想爬出来。我想把它从面前拂走，可是那些明亮的形影又看不清了。他们朝山上走去，朝山坡往下落的地方走去，我想喊他们。可是我吸进了气，却吐不出气，发不出声音，我一心想不让自己掉到山下去，却偏偏从山上摔下来，落进明亮的、打着旋的形影中去。(58)

在这里，班吉"没有喊"和"想说话"之间表现出一种令人窒息的焦虑。姐姐的离去使班吉更加孤独，使他负载着一段无法言说，也不能言说的内心重负。这种沉默通常是创伤受害者的"第二次伤口"①。班吉试图去理解第二次被抛弃的痛苦，试图重新寻找一个替代，但他却没有语言能力。当他想打开"门"，想

① Caroline Garnier: "Women and Trauma in William Faulkner's Fiction", Diss., Emory University, 2002, 5.

"抓住"女学生伯吉斯时①，他自己也受到了惩罚。他被伯吉斯先生用栅栏桩子打昏，送入医院做去势手术。身体上的阉割不仅意味着班吉失去了传宗接代的能力，也彻底将班吉送入一个静止的、失去时间差异的内在死亡状态中。班吉在手术中看到的"明亮的、打着旋的形影"，呼应着前文康普生先生去世时班吉看到的光影，"亮晃晃的，动得很快，很平稳，很像凯蒂说我们这就要睡着了时的那种情况"（11）。这些在班吉意识中闪动的光影是死亡的暗示，班吉从此之后只能依靠过去的回忆来建构他的当前，重复着开始那段失落—寻找的模式。

第二节　记忆之场：凯蒂消失的身体

　　1928 年 4 月 7 日，福克纳在动笔创作这部康普生家族故事的草稿上，给这部小说取名为"暮色"（Twilight）②。暮色是太阳下山之前一个小时左右天空最后的辉煌，这个标题暗示着福克纳

---

① 马修斯认为，在男孩长大成人的过程中，阉割的威胁一直存在，它代表着社会禁忌，父亲象征性地代表这一社会法则，因而母亲和儿子之间的乱伦是被禁止的，逾越的代价就是性能力的惩罚。无论对弗洛伊德的理论接受多少，都必须承认，每一个个体都必须接受由社会权威来决定什么欲望是被允许的，什么是被禁止的。因此马修斯认为："这就是说，班吉注定遭受一次实际的阉割，因为这确定了他进入象征思维领域的失败。"John T. Matthews, *William Faulkner: Seeing Through the South* (Malden and West Sussex: John Wiley & Sons Ltd. , 2009), 86.

② Joseph Blotner: *Faulkner: A Biography*, Vol. 1 (New York: Random House, 1974), 569.

为这部小说构筑的"众神的黄昏"的背景①。在《昆丁》的一章中也的确出现过"暮色"的描写:"我下山时天光逐渐地暗淡下来,可是在这期间光的质地却没有变,仿佛在变的、在减弱的是我而不是那光线……我又能看见微弱的天光[twilight]了,还是那种光质,仿佛时间片刻之间的确停滞了,太阳也一直悬在地平线底下似的。"②昆丁所看到的暮色中,似乎时间还停留在太阳下山时光辉的刹那,而不断变化、不断减弱的只是昆丁自己。暮色所影射的南方社会的变化,投射到昆丁的身体变化上。随着暮色失去的,是静默和永恒的时间。

诺拉(Pierre Nora)在《记忆和历史之间:记忆之场》中,从时间的角度将记忆的历史分为三个阶段,即前现代、现代、后现代时期。他认为前现代时期的记忆特点是自然的,传统和仪式能够为群体提供一种稳定感。而随着19世纪工业和社会的现代化,记忆产生了危机,然而关于记忆的话语却不断膨胀③。在现代化的影响下,集体记忆从"记忆的环境"(milieux de memoire)退缩到片段或"记忆之场"(lieux de memoire)。记忆被分解成一些不连贯的片断,通过类似历史学式的有偏重的挑选,以纪念碑、纪念会、档案、文件、庆典、颂歌等形式表现。

---

① 福克纳的这种历史感从他的《尘土中的旗帜》中就表现出来了。沙多里斯家族的故事和自我毁灭性的过去,就叙事者看来,可能是"一种过时的游戏,由那些太迟的,按照老的死去的格式塑造出来的选手参与,而这些选手自己也有点疲倦了"。但仍然,"在它的声音中存在着死亡,一种光荣的宿命,就像太阳下山时银色的旗帜飘扬,或沿着龙瑟卧路上飘逝的号角声"。William Faulkner, *Flags in the Dust* (New York: Random House, Vintage Books, 1973), 433.

② "I could see the twilight again, that quality of light as if time really had stopped for a while." From William Faulkner, *The Sound and the Fury* (Mitcham: Penguin Books, 1964), 153. 威廉·福克纳:《喧哗与骚动》,李文俊译,第191页。

③ Pierre Norra: "Between Memory and History: Les Lieux de Memoire", *Representations* 26 (1989), 8.

诺拉关于记忆环境和记忆场所的对比，说明了记忆在现代化时代的危机。这种记忆危机常常伴随着身份危机，伴随着集体对过去的记忆不可避免，也无法挽回的萎缩；记忆不再是连续的、对话式或在意识之外的活动，而成为符号化的、象征性的，具有自我意识的历史时间的别名。在前现代时期，记忆的环境让我们相对无意识地吸取记忆，而记忆之场却指放在一边的特殊的空间，"不再是日常生活的一部分，而是特意去造访的地方，以便于记住，或试图去记住，或安抚我们没能记住［的过去]"①。博物馆、英雄纪念堂、墓地、历史旅游胜地等都是特殊的记忆之场，人们怀着记忆的目的去造访。诺拉的记忆环境表明，在前现代时期记忆是我们生活的一部分，或者说，是活着的历史（living history）；但在记忆之场中，记忆却和我们的生活疏离了。进入记忆之场，意味着可以将记忆静置，或和我们日常的生活隔离，从而可以忘记。

诺拉的理论提醒我们注意南方记忆的危机。当记忆在意识中出现，当它被外部化、被客体化时，它总是依靠文化工具来表达。南方社会中，一方面传统不断衰落，另一方面南方却在不断物化过去的集体记忆。内战之后南方各市镇修建的南方邦联士兵雕像、烈士墓、历史博物馆、战场遗迹等建筑，所创作的歌曲、戏剧和诗歌等文艺作品，所举行的沙龙、女子歌唱队、退伍军人节、阵亡将士游行纪念日、升旗等各种仪式都试图建立记忆之场，用这些特殊的符号来表征南方记忆。南方记忆之场的再造甚至影响了南方建筑风格的变化。希腊式复古风的建筑在南方战前并不流行，但在战后却风行一时。威尔森（Charles Reagan

---

① Pierre Norra: "Between Memory and History: Les Lieux de Memoire", *Representations* 26 (1989), 7.

Wilson）曾经调侃道："20世纪早期，传统标志着……南方传奇不仅需要棉花的高产量，也需要高廊柱。"① 1880年前后，仪式和纪念多集中于再现战争和将士的英勇，而之后变为了对这场"失败的事业"的纪念，进而变为以争取种族隔离和州权为目的的政治活动。因为"仪式通常在邦联纪念日（Confederate Memorial Day）开展，或在纪念死去将士的聚会上举行，早期的纪念碑又放置在坟场里，所以这种'失败的事业的活动'（Lost Cause Movement）紧密连接着南方死亡和记忆的场域"②。身体成为记忆之场，将士的尸骨被视作南方记忆的丰碑。艾伦·泰特在《一个邦联士兵的挽歌》（*Ode to the Confederate Dead*）中写道：

在千亩的土地上，这些记忆生长
从那无数的躯体上。那些还未
死亡，但哺育了青草，行行重行行

通过对那些死去的邦联士兵鬼魂的召唤，泰特在诗中将无穷无尽的南方记忆铭刻在南方死去将士的躯体上。由此可见，南方话语中，身体通常被当作记忆储存和传播的媒介，这种话语中的身体意象起源于南方的传统。作为南方传统的重要社会结构，家长制意识形态的基础就建立在"纯洁"的白人妇女身体以及由此所代表的"家族荣誉"上。"种族纯洁"或血统纯正是早期奴

---

① Charles Reagan Wilson: "The Invention of Southern Tradition: The Writing and Ritualization of Southern History, 1880 – 1940", *Rewriting the South: History and Fiction*, eds., Lothar Honninghausen et al. (Tubingen, 1993), 13 – 15.

② Darlene O'Dell: *Sites of Southern Memory: The Autobiographies of Katharine Du Pre Lumplin, Lillian Smith, and Pauli Murray* (Charlottesville and London: University Press of Virginia, 2001), 4.

隶社会中判断是否属于上流阶级的决定性特点①。南方记忆通过这些传统,将老南方纪念碑式的历史记忆铭刻在身体之上,通过身体的意识稳定记忆,通过身体记忆延续南方的传统。身体,如同纪念堂和烈士陵园一样,作为记忆场域发挥作用,成为一个记忆重新运作、重新表征的地方。因而,不难理解,在康普生家族中,这种代表南方纪念碑式的记忆时间却是建立在凯蒂的身体之上的。凯蒂的身体成为记录和表征历史变化的记忆之场。

对于康普生三兄弟来说,班吉记忆中姐姐对母亲的替代,昆丁记忆中家族的传统和荣誉,杰生得到银行职位的保证,都建立在凯蒂"脆弱的、朝不保夕的贞操"(358)上。凯蒂的身体成为康普生兄弟记忆的场所(site),使他们成为严厉的看守者。他们对凯蒂贞操的保护,由此所发生的激烈冲突(班吉推操姐姐、嚎叫,昆丁的决斗、自杀,杰生的歇斯底里等),都来源于对这个记忆场所纪念碑式的记忆建构。在凯蒂的身体之上,他们所建立的是血脉纯正(班吉)和家族荣誉(昆丁)的记忆。凯蒂的身体象征着一个他们试图去填满的"空洞"(246)。为了填满这个空洞,康普生兄弟轮番用记忆去充实,但从他们对于控制自己姐妹身体的无能和焦虑上看,凯蒂的身体是一个缺失的符号:既是康普生兄弟不可获得的欲望的客体,又是康普生家族记忆危机的历史表征。

凯蒂的第一次变化来自青春期的萌芽。班吉回忆到凯蒂14岁时使用了香水,"她脱掉帽子,又凑了过来,可是我**躲开**了"(44)。凯蒂不知道发生了什么事,后来意识到自己用了香水,就跑到洗澡间冲洗。班吉站在门口,"我听得见流水的哗哗声。

---

① Railey: *Natural Aristocracy: History Ideology, and the Production of William Faulkner*, 56.

我用心听着"（黑体为笔者所加）。接着，凯蒂打开了门。班吉回忆道："她瞧着我，**我迎上去**，她用胳膊搂住我。'你又找到凯蒂了，是吗？'她说。'你难道以为凯蒂逃掉了吗？'**凯蒂又像树一样香了。**"（45）凯蒂开始进入青春期，性意识的萌动使她开始模仿大人的打扮，她并不明白为什么班吉要躲开她，倒是杰生尖刻却不乏准确地指出："他不喜欢你那身臭美的打扮。你自以为已经长大了，是吗？"（44）班吉意识到姐姐身体上的变化，预感到姐姐将要离开。对于班吉来说，身体的记忆就是姐姐存在的证据，而身体的变化就成为姐姐消失的潜在威胁。使用香水意味着凯蒂对自己身体的注意，意味着性感的萌动。因为"性感就是要引发观看，性感的意义在于身体的公共品质"[1]。这种具有公共品质的身体的意象是和南方记忆中对女性身体的建构相悖的。即使是白痴儿班吉，他也行使了南方父权制度下兄长的权力，通过"躲开""迎上去"等身体语言，甚至"用心"等心理活动来关注凯蒂身体的变化。可见，凯蒂的存在是和"树的香味"，即她的贞操相连的。康普生兄弟试图阻止这个身体的变化，维护对这个身体的所属权。父权通常是一种社会建构，在父权制社会里，"家庭中女性的拥有权和交换权主要掌握在父亲手中，这些权力集中体现在父女关系中，因为在所有女性亲属中，女儿只属于父亲一人"[2]。而伴随着凯蒂消失的身体，这种父女之间的所属关系遭到了破坏，意味着南方传统的家庭权力结构也遭到了破坏。作为家庭的反叛者，凯蒂拥有自己的故事，不属于康普

---

[1] 汪民安：《身体、空间与后现代性》，南京：江苏人民出版社，2006年，第44页。

[2] 桑德拉·M.吉尔伯特：《生活的空袋子：略论文学女儿的命名》，选自张中载、赵国新编：《文本文论——英美文学名著重读》，北京：外语教学与研究出版社，2004年，第108页。

生家族的历史，拥有她自己的话语语境——远远宽于康普生兄弟的生活，并可怕地将康普生兄弟的故事包含在内。

事实上，凯蒂的故事早于班吉的创伤故事。在大姆娣去世的那个下午，凯蒂脱下衣裙跳到水里玩，昆丁看到她在兄弟和黑人小厮面前暴露了身体，就狠狠打了她一个耳光。凯蒂不服气，于是泼水到昆丁身上，两人都弄湿了：

> "这下你该满意了吧。"昆丁说。"我们两个都要挨抽了。"
>
> "我不怕。"凯蒂说。"我要逃走。"
>
> "哼，你要逃走。"昆丁说。
>
> "我是要逃走，而且永远也不回来。"凯蒂说。我哭了起来。凯蒂扭过头来说，"别哭。"我赶紧收住声音。接着他们又在河沟里玩起来了。杰生也在玩。他一个人在远一点的地方玩。威尔许从树丛后面绕出来，又把我抱到水里。凯蒂全身都湿了，**屁股上全是泥**，我哭起来了，她就走过来，蹲在水里。
>
> "好了，别哭。"她说。"我不会逃走的。"我就不哭了。凯蒂身上有一股下雨时树的香味。
>
> （19，黑体为笔者所加）

在这一段里，有几个重要的细节。一是昆丁对凯蒂的体罚。因为凯蒂暴露了自己的身体，昆丁打了凯蒂一耳光，这意味着昆丁作为父权社会父亲代言人，对凯蒂的身体进行驯服和改造的努力。但是凯蒂并不服从，从她的戏言中，凯蒂消失的主题已经出现。她要逃走的话代表了凯蒂自己的身体意志。另外，是班吉第一个发现了凯蒂弄脏的内裤，并先知式地"哭了起来"。班吉当时还没有改名，还叫"毛莱"。也就是说，班吉记忆中凯蒂离去的故事，远远超出了他自己创伤的语境。在第一次创伤出现之前，凯蒂的创伤主体的身份已经确定。康普生兄弟一再反复并回归的记忆之场只是一个幻影（phantasm），而不是一个真实的（real）、原初的（original）图像（icon）。康普生兄弟期望在凯蒂的身体上建立南方传统纪念碑式的记忆。这种行为本身是一种试图忘记时间差异、记住传统的相同性的记忆行为。但凯蒂消失的身体却证明了传统记忆的缺席。

诺拉认为："记忆从内部感受得越少，它通过其外部的支架或外在的符号方式而存在的就越多……因为如果记忆之场最重要的目的是停止时间，阻止忘记，建立事物的等级，使死亡不朽，使非物质的物质化——就好像金子是钱币的唯一记忆一样——所有这些都是为了从最少量的符号中捕获最大化的意义；那么同样的，记忆之场的存在就在于记忆变形的能力，这是一个无休止的意义的循环，以及众多难以预料的后果的增殖。"①尽管南方经济、政治和文化不断衰退，南方还是热衷于建立各种记忆之场，符号化南方的过去，以使时间停止，逃避现实。如小说开始时出现的"草地"本来是班吉最心爱的牧场，但为了昆丁上哈佛大学的学费而被代表南方传统的康普生先生变卖。以土地所有权为经济结构的南方家长制，没有了土地和传统的社会地位，沦落成空洞的荣誉、贞操、名声等记忆符号。而康普生兄弟将这些符号铭刻在凯蒂的身体上，却没有意识到"纯洁"是违反自然生长和时间变化的，贞洁本身就是人类野心和名誉等虚构的幻影。康普生兄弟的悲剧就在于没有意识到记忆膜拜的本体——南方传统的缺失。

---

① Nora: "Between Memory and History: Les Lieux de Memoire", 295－296.

昆丁的记忆中，时间是永无休止的重复和复制，没有开始，现在的时刻永远是过去时刻的再次上演。因此，昆丁不遗余力地用时间来塑造凯蒂。昆丁希望用《圣经》中伊甸园婚礼的永恒时间来替代凯蒂婚礼的世俗时间，"那声音响彻在伊甸园的上空"（120）；昆丁希望用《神曲》中的神话时间来联系他和凯蒂，"纯洁的火焰会使我们两人超越死亡"，用永恒的时间来拒绝凯蒂身体的变化；而凯蒂和艾密斯的形象被昆丁异化成古希腊神话中优波流斯的猪（冥府的神，常以牧猪人形象出现），"那只优波流斯的猪一边跑着一边交配"（168）。这些圣经的、希腊神话的、文学的时间不断和凯蒂所代表的南方历史时间的消失形成对比。昆丁和父亲的一段对话中，更利用了自然时间来阐释凯蒂失贞的事件：

> 女人从来就不是童贞的。纯洁是一种否定状态因而是违反自然的。伤害你的是自然而不是凯蒂，于是我说这都是空话罢了于是他说那么贞操也是空话了于是我说你不了解。你不可能了解于是他说是的。等到我们明白这一点时悲剧已经没有新鲜感了。（132）

昆丁已经意识到，作为南方的记忆之场的凯蒂的身体并不能恢复传统，因为"纯洁是一种否定状态"，静止的、毫无变化的、虚构的南方女神的形象，在南方的历史中并不在场①。当昆

---

① 杜波斯（Cynthia Dobbs）认为，福克纳在康普生家族黑人迪尔西的身体上建构了永恒的时间，可以和邦联士兵雕像相比。但迪尔西出场之时恶劣的天气象征着外界历史的、社会的变化，迪尔西的身体处于外部侵蚀的中心。参见 Cynthia Dobbs, "'Ruin or Landmark'? Black Bodies as Les lieux De Memoire in *The Sound and the Fury*", *The Faulkner Journal*, Spec. issue of (Fall 2004/Spring 2005), 37 – 50.

丁认识到这种缺失的时候，凯蒂的身体所代表的记忆就成为一个欲望的空洞，成为南方历史时间的断裂。凯蒂的消失并非死亡，而是她所代表的身体概念的消失。凯蒂消失的身体只是对南方历史创伤解读的一个能指符号，是昆丁尚未被历史同化（unassimilated）的经历中带有心理创伤的一次接触。

　　大姆蒂去世的当晚，凯蒂爬到树上去探听，而其他康普生家的孩子则在树下看到了凯蒂弄脏了的底裤。布雷凯斯顿（Andre Bleikasten）认为，《喧哗与骚动》中这幕著名的具有指称意义的场景表明孩子们已经处于禁忌知识——性和死亡——的边缘，并很快会从天真中堕落。故事从这里开始布局，意味着"整个小说都处于'还没有'（not-yet）和'不再'（no-longer）的张力中。康普生家的三兄弟都处于时间的流动中，浑然不知目标"①。然而，在这一幕中，昆丁是缺席的。"罗斯库司说看见他朝牲口棚那边走去了。"（50）但矛盾的是，昆丁似乎知道并能回忆起那一幕的失落，"你可记得大姆娣死的那一天你坐在水里弄湿了你的衬裤"（172）。很明显，昆丁的记忆在童年的这幕场景中出现了一个断裂，或者说，昆丁是根据当前——凯蒂的失贞——来解释童年的这幕场景的。记忆就像墙上风雨剥落的外壳，我们先看到的是当前留下的斑点，而不是按时间发展而来的痕迹。昆丁部分的双重情节在这个意义上是压缩和折叠的，我们需要一层一层剥落时间的外壳，才能回到创伤的原初。

---

① Andre Bleikasten: *William Faulkner's* The Sound and the Fury: *A Critical Casebook* (New York and London: Garland Publishing, Inc. , 1982), xii.

第三节　记住和忘记：
昆丁纪念碑式的历史记忆

　　《喧哗与骚动》取自莎士比亚《麦克白》第五场第五幕麦克白的独白，在结束了"痴人说梦"的班吉的部分之后，昆丁作为一个"行走的影子"开始再次讲述康普生家族的不幸。在《班吉》一章中，"失落和寻找"是基于"拒绝和遗弃"遭遇上的象征的创伤模式，而昆丁作为康普生家的长子，家族荣誉和集体记忆成为昆丁个人记忆潜在的理解框架。"记忆不仅充满了个体对自己经历过的事情的回忆，而且也包括他人对他们自己经历过的事情的回忆。"[①] 昆丁从凯蒂失贞的事件中看到时间的变化，于是试图用历史时间来解读凯蒂的身体，却只能证明塑造他的整个世界和传统已经死亡。作为南方迟到的后代，昆丁的生命于是成为历史空洞的回声。在《昆丁》一章中，当前和过去构成了叙事的双重情节。叙事时距只有一天，即从 1910 年 6 月 2 日清晨 7：45 到次日凌晨 1 点。但叙事速度却放慢，中间不断夹杂着过去的闪回。心理空间放大，同历史时间、神话时间、人类的野心和失败相呼应。地理空间则从南方密西西比州的杰斐逊小镇转到北方新英格兰地区波士顿的哈佛大学。人物除了康普生家族的白人和黑人外，还有他少年时的朋友路易斯大叔，凯蒂的未婚夫郝伯特，凯蒂的情人艾密斯，哈佛大学的同学施里夫、斯波特、吉拉德等，黑人执事，布兰特太太等，以及他在最后一天中遇到的钟表店老板、面包店老板娘、三个小男孩、意大利小姑娘和她的哥哥朱里奥等。众多的人物夹杂着过

---

① 　爱德华·希尔斯：《论传统》，载哈拉尔德·韦尔策编：《社会记忆：历史回忆传承》，前引书，第 12 页。

去的回忆，构成了喧哗的记忆，占据了昆丁的当前生活。

南方是一片记忆的土地，根据南方怀旧的修辞，"理想中的南方之邦发源于一种稳定的战前文明，中心是和谐的田园牧耕和慈善的奴隶制度"①。这种理想化的南方社会图景和南方的集体记忆塑造了南方人的道德标准和行为准则，并"赋予这个组织一种过去感，定义它的将来"。记忆构成了社会身份的基础。南方一代接一代的记忆任务就是"记住南方，记住荣誉"。尤其是南方的白人，他们相信自己的生活是由最高尚的伦理道德所要求的。"南方白人所依附的道德准则总结起来就是荣誉的法则……这种道德深深地扎根于神话、文学、历史和文化。"② 这种荣誉事实上是联系家庭的纽带，换句话说，它是记忆的一种表达方式，代表着南方人选择以什么方式接近过去，再现过去。让我们先来看一个南方家庭记忆传承的例子：

> 1812 年，美国弗吉利亚州的休斯顿（Sam Houston）在他母亲的鼓励下参加了联邦军，和英国作战。临行之前，他的母亲递给他一把毛瑟枪，说道："永远不要玷污它。**记住**：我宁愿我所有的儿子待在一个光荣的坟墓里，也不愿你们掉转背来逃命。"接着母亲将一枚家传的金戒指给休斯顿戴上，戒指里面刻着"荣誉"（honor）两个字。③
>
> （黑体为笔者所加）

---

① Lewis P. Simpson: *The Fable of the Southern Writer* (Baton Rouge and London: Louisiana State University Press, 1994) , 77.

② W. Fitzhugh Brundage: *Where These Memories Grow: History, Memory, and Southern Identity* (Chapel Hill and London: The University of North Carolina Press, 2000) , 4. Wyatt-Brown: *Southern Honor: Ethics and Behavior in the Old South*, 1.

③ Wyatt-Brown: *Southern Honor: Ethics and Behavior in the Old South*, 51.

休斯顿家族的这种馈赠仪式表现了南方家族记忆的传承，通过这种仪式，家庭表达出一种自我理解，上一辈的人通过传递家族中传家宝之类的物件给下一辈树立先辈的榜样，将这个仪式变成自己家庭崇尚的价值和规范的训导课程。休斯顿母亲告诉儿子，从过去到现在，这个家庭一直重视哪些价值，而这些价值也是家庭乃至所在的社会集体凝聚力的基础。正是通过这种训导，个人才能建立和家族过去的联系，维持时间的连续性。在这个仪式中，短暂的世俗的生存时间转换成永恒的精神的历史时间，而在这条无休止的时间长廊里，每个人可以找到自己的归属，明白自己是谁。然而，在昆丁的回忆中，父亲也曾举行过一次家族馈赠的仪式：

> 窗框的影子显现在窗帘上，时间是七点到八点之间，我又回到时间里来了，听见表在嘀嗒嘀嗒地响。这表是爷爷留下来的，父亲给我的时候，他说，昆丁，这只表是一切希望与欲望的陵墓，我现在把它交给你；你靠了它，很容易掌握证明所有人类经验都是谬误的（reducto absurdum），这些人类的所有经验对你祖父或曾祖父不见得有用，对你个人也未必有用。我把表给你，不是要让你记住时间，而是让你可以偶尔**忘掉**时间，不把心力全部用在征服时间上面。

> （85，黑体为笔者所加）

如果说，近一百年前，一位南方母亲的指令是"记住"，而1909年康普生先生的指示却是"忘记"：忘记过去，忘记历史，忘记时间。记住意味着记忆是现在和过去的通道，并通向一个可预测的未来；而忘记则意味着在一个民族及其文化中时间延续的中断。因为"没有记忆，就没有身份；没有身份，就没有民族"[1]。休斯顿的母亲让孩子记住"荣誉"，展现了南方家庭记忆传承的方式，他们通过记住家族所珍视的价值来保存和延续历史；相反，康普生先生所指示的"忘记"却和这种传统相悖，因为忘记的词根是"失去或失掉对生活的控制"[2]。康普生先生的馈赠不是为了传承，而是为了忘记困扰家族的记忆。可见，《昆丁》这一章的开始就显示了南方记忆的危机。严格说来，记住和忘记总是同行的，忘记并不等于记忆的失败或者记忆的对立面。在记住的过程中，人面对的是这个世界；而在忘记的过程中，人面对的是自己。当一种文化正在失去它的记忆时，"记住"和"忘记"之间产生的将会是自我在过去和现在之间的对话。

格尔茨认为："没有独立于文化中的人性。"[3] 作为南方一个"有过一位州长和三位将军"的世家子弟，昆丁的生命并不属于自己，因为"昆丁是和这传统一起长大的"[4]。这种传统，或者说，集体记忆的力量塑造了个人自我。昆丁的整个人生就建构在南方纪念碑式的集体记忆和碎片式的个人记忆之上。对于康普生家族来说，时间没有中断，"在长长的、孤独的光线里"（86），时间是连续的，就像"一条长长的逐渐减弱的时间的排列中"，可以看到起始的源头。这种时间意识建构了昆丁对身份的认识："人就是所有不幸的总和。" 既然昆丁的存在是过去时间的产物，

① Anthony D. Smith: "Memory and Modernity: Reflections on Ernest Gellner's Theory of Nationalism", *Nations and Nationalism*, 2 – 3 (1996), 383.

② Ramadanovic, *Forgetting Futures: On Memory, Trauma, and Identity*, 7.

③ John Brannigan: *New Historicism and Cultural Materialism* (New York: MacMillan, 1998), 33.

④ 威廉·福克纳:《押沙龙，押沙龙!》，李文俊译，上海：上海译文出版社，2004年，第6页。

那么对他来说，时间的中断将会是最大的伤害。

昆丁的遭遇并非个别现象。对于南方人来说，他们拥有一个被灾难追逐的过去，内战撕裂了历史的编织顺序，使过去和现在之间形成了巨大的时间鸿沟，从而在南方集体记忆上留下了深刻的创伤。布雷凯斯顿指出：

> 内战前的日子里，南方人为邦联的幻象蒙蔽了双眼，认为他们对于历史的危险是免疫的。随着战争结束，南方的天真也结束了，南方就在这场战争的暴力中进入了历史。经历了战败、被占领、压迫和剥削，南方人发现自己属于被殖民的民族，挣扎着以求生存。他们坠入历史的同时也被排挤出了历史，使他们多年来生活在一种震惊、困惑、麻木，和消亡的过去对峙的状态。过去死了，但这种弥留［状态］却没有停止。这是一段着迷的回顾往日的日子，也是一段沉思报复的日子。在这段日子中，时间仿佛退后，让位给了邪恶的永恒的噩梦，仿佛将来也永远为永不停歇的邦联军队的鬼魂所追逐。①

布雷凯斯顿对南方记忆的描绘形象地说明了一个时代的消失，正如萨特所指出的那样，福克纳的时间概念产生于他的"绝望"，因为"过去是不幸地永远也不失去"，因此昆丁等南方的遗少只有在一个"旧时代的死亡"中寻找个人故事。这场战争对于南方来说是时间的分界，在南方集体记忆的意识中，时间从

---

① Andre Bleikasten: "A Furious Beating of Hollow Drums toward Nowhere", *Faulkner, Time and History in Faulkner and History*, ed., Javier Coy, et al. (Salamanca: Ediciones Universidad De Salamanca, 1986), 80.

那以后就停止了流动。在这种集体记忆塑造下成长的昆丁，他的自我由两种时间构成，一是代表南方历史的纪念碑式的时间，另一个就是世俗的转瞬变化的时间。前者是不变的，永恒的（timeless）；而后者是变化的，危险的。昆丁一生的努力就是将个人的记忆、变化的时间指针拧回到安全的停泊着道德和意义的过去，乃至最后采取自杀来结束个人的时间，让时间停止运动。

在昆丁的回忆中，倒是不乏过去的安静的图像。当昆丁在哈佛大学结束了一学期的课程乘火车回家时，刚进入代表南方的弗吉尼亚州，昆丁就立刻觉得自己已经回家了。回家的感觉来自于昆丁所遇到的黑人老人，"在硬硬的车辙印当中，有个黑人骑在骡子背上，等火车开走。我不知道他在那儿等了多久，但他劈开双腿骑在骡背上，头上裹着一片毯子，仿佛他和骡子，跟栅栏和公路一样，都是生就在这儿的……他和骡子就那样平稳地离开了视域，还是那么可怜巴巴，那么有永恒的耐心，那么死一般的肃穆"（97-98）。戴维斯（Thadious M. Davis）认为，在这一段昆丁的记忆中，黑人和骡子"一动不动"的形象给予了昆丁一种熟悉的、世界稳定的令人欣慰的旧日图景，让他体会到回家的感觉。"如果昆丁的伦理体系中最大的敌人是时间，那么黑人的形象是令人宽慰的。因为他代表着无时性（timelessness）。"①多布斯（Cynthia Dobbs）也认为："骡子上的黑人，作为永不变化的南方的象征、神秘的坐标，保证了前现代历史的延续性和集体身

---

① Thadious M. Davis: "'Jim Crow' and *The Sound and the Fury*", *William Faulkner's The Sound and the Fury*, ed., Harold Bloom (New York and New Haven: Chelsea House Publishers, 1988), 76.

份。"①南方的疆域上骑在骡子上的黑人形象，让昆丁觉得熟悉而亲切，使他觉得这个形象就像一块标志牌，上面写着"你又回到老家了"。然而，这个不变的时间的形象只是昆丁的臆想，这种南方白人对黑人怀旧式的观视遭遇了现实的背叛。这一点可以从昆丁和黑人老大爷之间交换仪式中角色的换位中得到证实：

> 我把窗子推了上去。
>
> "喂，大叔，"我说，"懂不懂规矩？"
>
> "啥呀，先生？"他瞅了瞅我，接着把毯子松开，从耳边拉开去。
>
> "圣诞礼物呀！"我说。
>
> "噢，真格的，老板。您算是抢在我头里了，是不？"
>
> "我饶了你这一回。"我把狭窄的吊床上的裤子拖过来，摸出一只两角五分的硬币。"下回给我当心点。新年后两天我回来时要经过这里，你可要注意了。"我把硬币扔出窗子。"给你自己买点圣诞老公公的礼物吧。"（98）

在美国南方有这样的习俗，圣诞节期间，谁先向对方喊"圣诞礼物"，对方就算输了，应该给他礼物②。罗斯（Stephen Ross）解释道："通常这种游戏没有礼物交换，除非是白人成年人被黑人小孩'抓住'（caught），白人成年人就应该给黑人小孩

---

① Cynthia Dobbs: "'Ruin or Landmark': Black Bodies as Lieux de Memoire in *The Sound and the Fury*", *The Faulkner Journal*, spec. issue of *Faulkner, Memory, History*, 20.1（Fall 2004/ Spring 2005），38.

② 李文俊译注，第98页。

钱。这个习俗，就像昆丁对黑人的行为一样，表现了一种 20 世纪早期福克纳笔下的南方的特点和昆丁对黑人的感情，尽管［昆丁所为］是从奴隶制残留下来的种族家长制的表现。"① 然而这一段中黑人小孩被置换成了黑人老大爷，而青年人昆丁则冒充了南方的老绅士。颠倒的角色充满了对这个习俗的反讽。黑人老大爷显然已忘记了这个仪式，因而也忘记了自己的角色。仪式通常就是一种表现集体共有的信念的行为。所有的仪式都建立在一个拥有共同观念、共同认识的集体之中，也就是说，每一个参与的人都必须理解仪式的意义和它所代表的价值。昆丁对"圣诞游戏"的参与和行为说明了他所在的集体所尊奉的上流人的行为规范。让我们看看南方历史上的另一个例子，南方总统杰斐逊（Thomas Jefferson）有一次带着他的曾孙骑马出去游玩，在路上遇到一个黑人老奴隶，后者摘下帽子，微笑着热诚地跟他们打招呼。杰斐逊接受了这个问候并礼貌地致以回礼，而他的曾孙却由于害羞和傲慢而没有理会老黑人。之后，杰斐逊谴责孩子说："你允许一个黑奴比你更像一个绅士吗？"在上一幕昆丁招呼黑人老大爷的仪式中，显然交换的基础，即白人和黑人之间旧式的关系，已经发生了变化，南方黑人似乎已经"忘记"了自己的身份，不再扮演那个服从、谦卑的角色，不再遵从严格的等级习俗。昆丁所看到的永恒的时间只是出自他自己幻想的世界，而不是来自现实。就像一些历史学家指出的，昆丁和其他福克纳的人物一样，"他们要的不仅是简单地以一个新的结尾来重复过去，而是求乞或改变已有的时间，去创造以及膜拜一个理想的、没有

---

① Stephen M. Ross and Noel Polk: *Reading Faulkner:* The Sound and the Fury (Jackson: University Press of Mississippi, 1996), 58.

变化的世界，从而安全地避免坠入真实的历史"①。

然而变化终究不可避免。不光是在福克纳的小说中，各个南方世家的衰落也再现了南方传统和记忆的消退，现实生活中南方也在急速变化着。正如福克纳所说："南方是死了，被内战杀死了。如今也有个新南方，但那不是南方，那是一片移民的土地，人们在上面按堪萨斯、衣阿华、伊利诺伊州城镇的样子，复制一样的城镇，用摩天大厦和尖顶的楼房代替了木制的阳台。年轻人学会了卖汽油，服务生小姐在餐馆里［学着北方人］说'O，Yeah?'"②变化还包括黑人。1910年到1940年，黑人大批地离开福克纳的家乡密西西比州，头十年离开了148 500人，第二个十年离开了83 000人，第三个十年离开了68 100人，而第四个十年离开了314 200人。历史学家科柏（James Cobb）发现，在最后的十年中，密西西比州流失了10%的黑人③。黑人大批的迁移动摇了老南方的等级关系。昆丁刚来到新英格兰地区的波士顿，就遇到了一位来自南方的执事。这位老黑人每次接新生的时候都要出现在火车站。"他有一套专门接车穿的制服，活脱脱是演《汤姆叔叔的小屋》的行头，全身上下都打满补丁。""是啦，您哪。请这边走，少爷，咱们到啦。"（Yes, Suh, Right Dis way, young marster, hyer we is.）执事这里故意使用了南方黑人口音④，

① Herbert Schneidau: *Waking Giants: The Presence of the Past in Modernism* (New York: Oxford University Press, 1991), 181.

② William Faulkner: "Introduction to *The Sound and the Fury*, 1933", *William Faulkner's The Sound and the Fury: A Critical Casebook*, ed., Andre Bleikasten (New York and London: Garland Publishing, Inc., 1982), 10.

③ Susan Donaldson: "Introduction: Faulkner, Memory, History", *The Faulkner Journal*, Spec. issue of *Faulkner, Memory, History*, 20.2 (Fall 2004/ Spring 2005), 38.

④ Stephen M. Ross and Noel Polk: *Reading Faulkner:* The Sound and the Fury (Jackson: University Press of Mississippi, 1996), 81.

让南方来的昆丁等人唤起家乡的回忆，产生一种熟悉感。但这种感觉很快就消失了，因为过了一些日子，执事就开始"直呼你的名字，叫你昆丁或是别的什么"（111）。称谓是南方等级制度的基础，按照南方黑人的习惯，执事应该称昆丁为"昆丁先生"（Mr. Quentin）。而执事显然忽视了南方等级的差异，甚至在之后和昆丁的对话中，把昆丁叫作"我的孩子"（113）。这些称谓折射出现实对过去的叛逆，因为在过去，只有白人少爷才可以称呼黑人为"我的孩子"（my boy）。执事行为的前后不一致只是说明了昆丁等人关于一个"稳固的过去"这种回忆的虚假性。

时间的变化还通过昆丁个人叙事和社会叙事之间的差异再现出来。正如派特森（Talcott Patsons）所说："个人生活和集体历史之间的关系可以按照个人心理（动机和人格）以及集体表征（文化）之间的互动来解释。"[1]昆丁的叙事提供了思考南方的过去、现在和未来之间的联系和关系。他的记忆提供了一个转换的途径，将南方纪念碑式的记忆转换成个人自己的故事。当他和施里夫在街上看到参加阵亡将士纪念日游行的执事时，施里夫说：

> "嘿，瞧那老黑鬼。瞧你爷爷当初是怎样虐待黑奴的。"
>
> "是啊，"我说，"因此他现在才可以一天接连一天地游行啦。要不是我爷爷，他还得像白人那样苦苦干活呢。"（93）

作为一个北方庆祝胜利的游行的旁观者，昆丁站在历史和记

---

① Geoffrey M. White: "Histories and Subjectivities", *Ethos*, 28. 4, Spec. issue of *History and Subjectivity* (2000), 503.

忆、集体和个人的交接点：施里夫的话要求他以南方人的身份对那一段南方的历史负责；而作为老上校的孙子，昆丁将黑人的解放和先辈英雄失败的事业相连。显然施里夫和昆丁之间的交流缺乏共同记忆的基础：在昆丁的话语中，爷爷的形象不是北方话语中的笑柄，而是一个受难者、一个历史的替罪羊。如卡什（Cash）所说，南方具有膜拜过去的倾向，"它权威的形象是一个'失败者'（loser）的形象，只在挫折或死亡中发现荣耀"①。南方的记忆遭受着一种集体重复的冲动，一种基于死亡意愿的文化退后。爷爷的形象提供了历史到个人的转变，而南方的历史记忆就这样进入了个人的生活，并塑造着昆丁自己的故事。和凯蒂的身体一样，昆丁自己也是南方记忆之场，他的自我就是一座南方遗迹的博物馆，里面展现了死去的南方骑士精神和传统的荣誉感。

南方传统中骑士行为的标准如下：（1）骑士代表英勇、荣誉和不朽的精神，尤其在对家族和集体敌人的复仇行为中，这些品质得到了体现；（2）尊重他人的意见，并用于衡量自身价值，构成个人身份中不可或缺的部分；（3）内在的美德不仅表现为体面的外表，也体现为英勇的意志；（4）保持男性的尊严，对女性充满尊重和爱；（5）可以信赖，以家庭责任和忠诚为担保②。简而言之，这种南方骑士的精神可以浓缩为几个词，即礼貌（courtesy）、荣誉（honor）、勇敢（valor）和慷慨大度（generosity）。昆丁从小就是按照南方骑士的标准塑造自我的，他对心目中的弱者，包括小孩和女人，充满慈善和关爱：他在面包房里遇到那个意大利小女孩，不但给小女孩买面包和冰激凌，

---

① King: *A Southern Renaissance*, 160.

② Wyatt-Brown: *Southern Honor*, 34.

还像个骑士般送她回家；而当面包房老板娘怀疑小孩和昆丁的慷慨时，"那只圆面包你打算给她吗？"昆丁则用一种礼貌的谴责显示出自身的教养。"是的，大妈，我相信她吃你烤出来的面包也跟我吃起来一样的香。"（145）昆丁显然受到严格的风度要求，懂得与身份低微的人保持适当的关系，"因为有荣誉感的男人应该具有让手下的人服从的姿态"①。昆丁还具有一种荣誉感和正直的品质，他鄙视凯蒂的未婚夫郝伯特，因为后者在哈佛大学打牌和考试时作弊，"对于欺诈行为我不知道还有什么别的看法我相信我在哈佛也不会学到别的看法"（123）。他维护家庭的荣誉。当凯蒂第一次和男孩亲吻时，昆丁打了她一耳光，"我不是因为你跟别人接吻才打你……那是因为你吻的是城里的一个神气活现的臭小子"（152）。他对妹妹，他心目中南方纯洁女神的象征尽量保护，在凯蒂失贞后勇敢地去和艾密斯决斗。"我是来告诉你你必须离开这个小镇。"（181）昆丁种种行为和语言都体现出南方过去的价值观，然而，他仅仅是在重复表面的形式，而没有真正的内容。"在〔他〕每一段行为和态度中都含蓄地暗示着一段他不需要回忆的过去。"②也就是说，昆丁的人生经验都是属于过去的，他的所作所为都如同一座南方记忆博物馆，展示了南方记忆可供参观的纪念意义。

然而，当记忆被送进博物馆，就意味着可以安全地忘记过去，而不用担心记忆追逐活着的人们，侵扰他们的生活。昆丁的困惑再次宣告了南方记忆的危机：记忆不再是过去和现在的稳定的联系，而令过去和现在之间出现了时间的鸿沟（temporary

---

① Wyatt-Brown: *Southern Honor*, 157.

② Donald M. Kartiganer: "Quentin Compson and Faulkner's Drama of the Generations", in *The Compson Family*, ed., Arthur F. Kinney (Boston: G. K. Hall & Co., 1982), 390.

gap）。作为南方集体记忆塑造者的昆丁，他的一生都在追求恢复旧日的光荣，却没有意识到过去已经失去，忘记或自我忘记无处不在。对于他来说，生活中的重复没有带回宁静的、不变的时间，而是不断指向差异，"试图告诉我们一个不再存在的现实或真理"①。然而，昆丁是南方记忆话语生产的对象，无论他多么想摆脱自己的"影子"，这个过去的"阴影"还是如影随形地跟随着他。他的创伤是一个早已写完的故事（甚至有学者把《昆丁》一章看作"死后独白"），尽管他用尽一生的力气试图摆脱时间，或者忘掉时间一小会儿，但他每一次和时间的战斗都证明是徒劳无益的。被压抑的总是会返回。南方创伤的经历已经被固定或凝固在时间里，"拒绝作为过去被再现，而是永远地在一种痛苦的、分裂的、创伤的现在中被重新经历"②。

昆丁生活在南方的历史创伤中，正如他所说，他和凯蒂以及整个家族，都是受到"诅咒"（curse）的。昆丁的一段自述描绘了这种心理经历：

> 到后来忍冬的香味和别的一切掺和在一起了这一切成了夜晚与不安的象征我觉得好像是躺着**没有**[neither]睡着也**并不**[nor]醒着我俯瞰着一条半明半暗的灰蒙蒙的长廊在这廊上**一切**[all]稳固的东西都变得影子似的影影绰绰难以辨清我干过的**一切**[all]也都成了影子我感到的**一切**[all]为之而受苦的一切也都具备了形象滑稽而又邪恶莫名其妙地嘲弄我它们继承着它们本应予以肯定的对意义的否定我不断地想我**是我不是**

① Cathy Caruth: *Unclaimed Experience*, 4.

② Leys: *Trauma: A Genealogy*, 298.

谁不是不是谁 [I was I was not who was not was not who]。

（192，黑体为笔者所加）

"创伤叙事可以理解为个人和历史记忆的文化建构。"[1] 对于昆丁来说，"他来得太晚"，南方先辈"失去的事业"（The Lost Cause），以及相应的集体记忆并不属于他个人的经历。这种集体记忆对他的塑造本身是创伤性的，因为过去在现在是缺席的，可以用一个话语结构来表达，"既不——也不——一切——一切——一切"。而相应地，这个集体记忆的话语结构导致昆丁对身份的焦虑，"我[曾]是我[曾]不是谁[曾]不是[曾]不是谁"。过去[影子]在现在之中，而他所"干过的一切也都成了影子"，但现实却是一种拙劣的对过去的模仿，"滑稽而又邪恶"。纠结于过去[was]之中，昆丁对现在的解读是一种延迟的反应，南方的历史创伤给他的生活塑造了一个悲剧的框架，昆丁所感受到的时间，事实上是一种绝对的感受，是一种抽象，或者说是一种绝对时间；而昆丁自己的生活则是时间纬度上不断发生的创伤总和，虽然彼此临近的各个打击类似于第一次创伤，但距离创伤之源越远，忘记也越强。在一系列的偶发事件的记忆中，昆丁终于能认识到他什么也没有重复。历史要么是意大利小妹妹的哥哥控诉昆丁诱拐的一场闹剧，要么是昆丁作为一个妹妹的无能的保护者，和真实的或臆想的情敌失败的决斗。昆丁在这种记忆的返回中，看清了自己在时间中的存在，就像坐在夜车上，和对面的人擦肩而过，一瞬间就消失并不再重现。所以，昆丁在最后和父亲的谈话中不断强调"暂时性"，他先前的混乱消失了，很快能用严格的语法 Non fui, Sum. Fui. Non Sum. （I was

---

[1]　Kirmayer: "Landscapes of Memory: Trauma, Narrative, and Dissociation", 175.

not, I am, I was, I am not）"来描述自己"。这些平静的字眼不再具有喧哗与骚动，而是具有博物馆展览中的那种平和。和班吉的睡眠一样，昆丁的平和预兆着死亡。

在这个意义上，康普生家族的命运并不是个别或特殊的，而是南方历史中一种普遍的厄运。1945 年，福克纳为此书的再版补充了一份康普生家族的族谱，为康普生家族的悲剧提供了一个暮色四合的历史氛围。这份族谱不是从康普生家族的第一代开始的，而是起自印第安首领伊凯摩塔勃（Ikkemotubbe），其另一个名字"L'Homme"后来变成了"厄运"（Doom）。"厄运"这个词几乎是康普生家族的历史写照。另一个历史人物是杰克逊（Andrew Jackson）总统。相比于伊凯摩塔勃的贪婪，后者显得更为感情丰富、理想主义和天真。福克纳为康普生的族谱所填写的这两位南方历史人物，将这个家族的故事嵌入了南方的历史之中。接下来的是康普生家族，有一些具有杰克逊总统的理想主义色彩。如昆丁一世，他曾同英国作战；斯图尔特（Charles Stuart），曾反抗美利坚合众国政府；杰生二世，或康普生将军，曾在内战中受伤；然后是康普生先生（杰生三世），一名失败的律师和父亲；昆丁三世，他的绝望驱使他自杀。也有一些人是伊凯摩塔勃这一系列的：昆丁·麦克拉昌，那位老州长，杰生四世，他偷侄女和姐姐的钱，甚至偷他母亲的钱；还有昆丁四世，她偷了叔叔的钱与人私奔。这些形形色色的人物组成了一部家族的历史，充满着喧嚣和骚动。福克纳为康普生家族增加的族谱，为这个家庭的历史增加了记忆的注脚，"厄运"预示着悲剧故事的一再重复。昆丁的声音并没有停止，他将为读者讲述另一个创伤的故事。

小　结

　　继《沙多里斯》（*Sartoris*）之后，《喧哗与骚动》是威廉·福克纳的"约克纳帕塔法"系列的另一部重要著作。这部小说讲述了康普生家族的衰落和记忆的失败。和沃尔夫一样，福克纳也描写了一群南方家庭中受伤的孩子，但这部小说更注重创伤的历史深度，并通过差异的重复强化了创伤的历史性。白痴儿班吉一生中遭遇了三次创伤，改名意味着家庭和母亲的拒绝，而凯蒂的消失是第一次创伤的差异重复。一方面，班吉复制了第一次创伤的模式，通过拒绝凯蒂来惩罚她的堕落；另一方面，凯蒂的失贞却在班吉的记忆中和康普生家族"蓝牙龈爷爷"的传说相联系，反映了这种创伤记忆的历史性。凯蒂的消失既意味着班吉再次失去了母爱或替代，也意味着家族传统荣誉的丧失。她的身体成为康普生兄弟记录历史变化的记忆之场。从康普生兄弟对于控制自己姐妹身体的无能为力和焦虑来看，凯蒂的身体是一个缺失的符号，老南方纪念碑式的历史记忆并不能阻止时间带来的变化，这个发展并不断成熟的身体充当了南方记忆危机的表征。而作为南方集体记忆象征的昆丁，他一生都在追求恢复旧日的光荣，却没有意识到，过去已经失去，忘记或自我忘记无处不在。对于他来说，生活中的重复没有带回宁静的、不变的时间，而是不断指向差异。昆丁试图和时间战斗，忘记并摆脱时间的萦绕，但被压抑的总是会返回。创伤拒绝作为过去被再现，而是不断地在分裂的创伤的现在中被昆丁重新经历。

　　1929 年，《喧哗与骚动》发表后，美国遭遇了前所未有的大萧条时期。南方在经济和政治上受到更大的打击，过去和现实之间的冲突更加激烈。1930 年 11 月 14 日，重农主义者和巴尔

（Stringfellow Barr）在里士满举行了一场大辩论，几个州的州长、政界、文学界和学术界的知名人士都出席了辩论会，听众多达3500人，产生了极大的社会效应。和沃尔夫一样，虽然福克纳并不赞成重农主义，但却和这种社会话语共享着一种对过去的认识：他们既怀念农业生活的宁静与和谐，怀念老南方文化意象中的道德感，但又充满困惑和矛盾，因为过去并非伊甸园式的美好，而总是带有创伤的痕迹，并对现在造成伤害。昆丁等受困于时间长河之中的形象，也指代着这一群南方作家的历史意识：过去并没有过去，现在仍然是过去的重复。创伤不断地再演，了解自我必须回顾并认识过去，因此，阐释成为一项重要的历史工作。进入 20 世纪 30 年代后，南方作家出现了对南方历史的集体回顾，通过历史和文本的互文，思考并解释南方特殊的历史负担、历史诅咒和宿命。在《押沙龙，押沙龙!》和《父亲们》之中，福克纳和泰特继续了这段时期的家庭创伤故事，南方"失败的事业"既是社会的、历史的创伤，也是萨德本、巴肯少校等个人创伤的原因和故事。

第 五 章

创伤记忆代与代的传递：
威廉·福克纳《押沙龙，押沙龙!》

我们不是生活在被挫败的老爷爷们与解放了的黑奴当中也没有餐厅桌子上嵌进了子弹诸如此类的事，一直提醒我们永远也不要忘记。

——威廉·福克纳《押沙龙，押沙龙!》

所有一切都是现在……昨天在明天来临以前不会过去而明天在一千年以前就开始了。对于每一个十四岁的南方男孩来说，并不只是曾经一次而是任何他想要的时候，1863 年 7 月的一个下午还不到两点钟的这个时刻总是存在。①

——威廉·福克纳《坟墓的闯入者》

---

① 威廉·福克纳：《坟墓的闯入者》，陶洁译，上海：上海译文出版社，2004 年，第 172 页。

《喧哗与骚动》着眼于个体的心理创伤，宣告了南方记忆的危机，描写了创伤记忆的重复，更赋予了创伤记忆阐释的历史框架。福克纳的另一部作品《押沙龙，押沙龙!》，则从个人记忆、家庭记忆和社会记忆的角度，提供了创伤代与代传递的案例。小说开始于 1909 年夏天，昆丁接到罗沙小姐的便条，便前去拜访这位老处女。罗沙小姐向昆丁讲述了困扰她四十多年的萨德本的故事。当天晚上，康普生先生也告诉了儿子昆丁一些他了解的情况，随后昆丁护送罗沙小姐前往萨德本百里地，在那里发现了隐匿在老宅子里的亨利。是年 12 月，罗沙试图将亨利带到镇上，克莱蒂以为是警察来抓捕亨利就纵火焚毁了大宅，罗沙小姐郁郁而终。1910 年 1 月，昆丁在哈佛大学的宿舍里和室友施里夫一起重新构建萨德本的故事，并思索南方过去的意义。《押沙龙，押沙龙!》讲述了一个南方传奇人物萨德本的故事，被誉为"福克纳作品中最重要，也是最复杂、深奥，最具史诗色彩的一部"[1]。

罗伯（Dori Laub, M. D.）等人通过对创伤事件的研究指出，创伤的见证分为三个递进的层次。一是经历者或幸存者本人的证词（testimony），二是倾听者见证别人的证词。这种关系可以是讲述者和听者的关系，但听者也可以充当秘密的分享者，跟随讲述者重新经历那个事件。第三层是对见证过程本身的见证[2]。在叙事层面上，如果说第一层是 A 的故事层，其中 A 可能作为正

---

① 李文俊：《押沙龙，押沙龙!·译序》，载威廉·福克纳：《押沙龙，押沙龙!》，李文俊译，上海：上海译文出版社，2004 年，第 3 页。以下小说中的译文均出自这个版本，只在文中标注页码，不另加注。

② Dori Laub: "Truth and Testimony: The Process and the Struggle", *Trauma: Exploration in Memory*, ed., Caruth, 61.

在经历的当事者或事后回顾的聚焦对象，叙事的主体和客体都是讲述者；而第二层上面，A 通常是作为叙事行为的观察对象，而倾听者 B 则是观察的主体；在第三层上面，A、B 都是作为观察的对象，而倾听者在见证之后，或读者 C 观察叙述者和自己怎样共同寻找一个真相，怎样通过彼此的经验互相影响。《押沙龙，押沙龙!》中，既存在第一种见证，如罗沙小姐的口述，也存在第二种见证，如昆丁的倾听，以及在想象中对事件的参与；而之后昆丁对当时作为倾听者的自己又进行了反思，构成了第三种见证关系。因而，这部小说既是四位不同的叙述者对南方过去所陈述的证词，也再现了南方的见证和记忆传递过程。

从叙述者的身份来看，记忆的传递经历了三代，从作为第一代的参与者和见证者罗沙小姐，到第二代康普生先生，再到第三代昆丁，记忆完成了传递并以历史的重建而结束。罗沙小姐目睹了萨德本和他"龙齿般繁衍的后代"由盛到衰的过程，她参与、见证了南方历史的悲剧。因而作为第一代讲述者，她的口述中过去和现实常常缠绕在一起，伤痛强度最大。作为第二代的康普生先生，他从父亲那里继承的不仅是家族的荣誉，也包括家族的故事。在康普生先生这里，萨德本的故事被神话化，以突出过去和现实之间的差距。作为第三代的昆丁，他的成长伴随着重复的回忆，以至于他不得不重返过去，不仅通过前两辈的讲述，也通过细节的补充，如邦给朱迪斯的最后一封信件、萨德本一家人的墓碑、康普生先生给昆丁的来信、亨利最后的出现，作为历史细节的真实证据，勾勒出一幅较为完整的南方过去的图景。讲述从罗沙小姐的证词开始，以昆丁作为家族的最后一个传人见证了萨德本百里地的焚毁结束。

围绕着萨德本一生的故事，罗沙小姐、康普生先生、昆丁和施里夫分别从不同的切入点、不同的时间和叙述层面对南方历史进行了重建。对于罗沙小姐来说，这份创伤是一生中回忆的来源；对于康普生先生来说，这种叙述行为是为了寻找过去意义的举动；而昆丁作为第三代，对这个故事的投入程度和对故事的接受，都受到南方身份的制约。值得思考的是，在每一个叙述人的个人生活世界中，萨德本的故事有何意义？故事以及叙述的机制怎样传递这种家族和地区的记忆？作为昆丁，或任何一个年轻的南方人，怎样才会把一个已知的故事当作他自己的故事？什么样的叙事策略能够使集体的历史变为个人自己的历史？换句话说，集体的历史怎样同个人的生活历史相连？我们关心创伤的形成和心理机制，但个人创伤如何成为家庭创伤记忆，并融合进入社会记忆？

第一节　记忆的生产和交换：创伤记忆的代与代传递

正如普茨尔（Max Putzel）所指出的，在《押沙龙，押沙龙！》中，"记忆也许是最好的主题——不仅是关于人类容易犯错的记忆，和被蒙蔽以及扩展成神话的历史事实之间的回应，将他们的动机投射到每一代，仿佛通过喋喋不休的目击证人、历史学家、吟唱诗人的耳朵和眼睛去听去看。在这个神话中过去还活着，而现在却奄奄一息，如此短暂，几乎没有未来"①。记忆占据了南方人的生活，然而，关于过去的记忆是否一成不变？记忆如何传递？《押沙龙，押沙龙！》一开始，罗沙小姐的陈述就充满了记忆的魔力。在现实生活中，她"看上去像个钉在十字架上

①　Max Putzel: "What is Gothic about *Absalom, Absalom!*", *Southern Literary Journal*, 4.1 (Fall 1971), 10.

的小孩"（2），仿佛她长篇大论的回忆已经掏空了她所有的精力。罗沙小姐这样说道：

> 因为你即将离开此地去哈佛上大学，别人这样告诉我，所以我琢磨你肯定是不会再回来安心留在杰弗生这样一个小地方当乡村律师的。既然北方人早就算计好不让南方留下多少供年轻人发展的余地，因此没准你会登上文坛，就像眼下有那么许多南方绅士也包括淑女在干这营生那样，而且也许有一天你会想到这件事打算写它。我寻思那时候你已经结了婚，没准你太太需要一袭新长裙，或者家里要添一把新椅子，那你就可以把它写下来投寄给杂志。也许你那时甚至会好心地记起有过一个老婆子，她在你想出去跟同龄的年轻朋友待在一起时让你在屋子里坐一整个下午，听她讲你本人有幸躲过的人与事。(4)

记忆在这里被置换成了"一袭新长裙"，或"一把新椅子"，而回忆工作也变成了一件"营生"，一个年轻的南方人赖以谋生的行当。这段开场白的不同凡响在于记忆的现实性，和罗沙小姐之后喋喋不休、歇斯底里的陈述相比，这一段话显得非常理智，甚至体贴，但却是一种解构行为，显示出对死者的记忆和时间的遗忘之间文学的交换作用——在其中记忆是一件可以在过去、现在和将来中置换的工具——昆丁可以用它来添置一袭新裙子或一把新椅子，罗沙小姐也可以用它来换取昆丁的陪伴，去萨德本百里地探索真相。

无论是可以置换的记忆，还是迫切想要倾诉的往事，抑或用记忆换取昆丁陪伴，回到萨德本百里地并发现了失踪的亨利，记忆在书中一开始就是活跃的社会话语，可以使死去多年的南方鬼魂重新从一无所有中硬生生地扯出萨德本百里地，也可以使讲述者具有拣选、删减的权力——不管是罗沙小姐还是康普生先生，他们对过去的回顾都是有选择性的，并且侧重点各有不同。而记忆一旦被置于可以交换的流通之中，这种交换就不仅发生在罗沙小姐和昆丁之间，昆丁自身也分裂为两个自我，"一个是正准备上哈佛大学的昆丁·康普生，他在南方，那个从一八六五年起就死亡的南方腹地，那边挤满了喋喋不休怒气冲天大惑不解的鬼魂"；而另一个"他年纪太轻还没有资格当鬼魂，但尽管如此还是必须得当，因为他和她一样，也是在这南方腹地出生并长大的"（3）。这两个昆丁之间也在交谈，交换着记忆。这种交换还会持续，直到最后昆丁和施里夫成为邦和亨利，直到他们在讲述中"都成为父亲"。分身或"双重性"发生的力量都来自记忆。可以说，记忆在南方话语中成为一种权力，具有生产的力量，可以塑造个人的身份。记忆不仅生产可以流通的社会话语，还可以生产传递者。昆丁在这一交换中就不仅得到罗沙小姐的过去，也继承了罗沙小姐倾诉的冲动，甚至由倾听者成为讲述者。即便是施里夫，在倾听的过程中也加入了记忆的重新生产（事实上，萨德本的故事中的细节主要是昆丁和施里夫补充的。）。可以说，对于20世纪的南方来说，记忆不仅是存储和吸收过去生活经历的被动的过程，而且是一种不断进行的组织过去的社会话语。对于罗沙小姐来说，讲述这个故事是重要的，不仅可以投资到将来（昆丁的家用开销之中），也是她重新走进历史（发现亨利并试图将他带回镇上）的一步。记忆成为过去和现在之间的焊接点。

那么，我们怎么定义南方记忆呢？从内容上看，南方记忆分为个人记忆、家庭记忆和文化记忆。"个人""家庭""文化"作为限制语，表明了记忆话语塑造和传递的框架。个人记忆侧重于对创伤的见证，如同罗沙小姐对内战的回忆和受侮辱的女性自尊的反思；家庭记忆提供了理解个人经历的集体框架；文化记忆则通过不断地摹写，创造老南方的神话来形成记忆的经典话语。对于战败的南方来说，回忆过去是一种重要的南方历史编码的文化实践，记忆必须被传递，被讲述，被倾听，被记住。从这种历史传承性出发，记忆承担着保留集体身份、塑造地区文化的任务。

记忆只有被传递才能嵌入时间之中。在现实和回忆之中，罗沙的声音挣扎在被记住和被忘记之间："罗沙小姐自己不能释放由创伤引起的能量，所以她只有靠传递给其他人以驱散它……就像朱迪斯给昆丁奶奶的那封信一样。正是传递的行为在驱使她［朱迪斯］，因为只有通过传递这封信，所代表的事件才能真正发生。传递的目的是将事件嵌入时间之中，使其有可能被记住，只因为它可能会被忘记。"[1]可见，传递让过去和现在发生了联系。南方的记忆充斥着罗沙等人的生活，这种缠绕让过去没有消失，就像漂浮在罗沙小姐办公室里的微尘一样，过去的时间仍然在现在之中。因为记忆具有将过去带到现在的权力，它本身就是一种创造力量。这种力量体现在记忆的生产中，通过传递，记忆被转移、挑选、阐释、重塑，讲述者和接受者之间完成了文化和社会信息的交换，成为塑造集体记忆、家庭记忆的方式。记忆的框架决定了记忆传递的媒介和方式：幸存者的见证、邦的最后一封书信、萨德本坟上的墓碑、镇上的童谣等，都从家庭内部、社群等范围内，通过口头的、文字的、想象的方式来传递记忆。

创伤记忆因而成为家庭之中世代传递的内容，成为下一代身

---

[1] Clifford E. Wulfman: "The Poetics of Ruptured Mnemosis: Telling Encounters in William Faulkner's *Absalom, Absalom!*", *The Faulkner Journal*, 20.1－2 (Fall 2004), 111.

份构成和自我认知中的重要部分。《押沙龙，押沙龙!》中，创伤记忆代际传递的模式可以用下面的图例来表示：

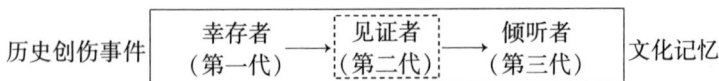

历史创伤事件 | 幸存者（第一代） → 见证者（第二代） → 倾听者（第三代） | 文化记忆

　　框架左边是原初的历史创伤事件，而框架右边代表着记忆传递所塑造的文化记忆。框架之中是对创伤记忆代与代传递的图解。从这个图表可以看出，创伤记忆的传递首先通过幸存者（我们可以称之为创伤事件的第一代）以证言（testimony）的方式，向幸存者的子女，我们可以称之为创伤事件的第二代，讲述创伤事件和自己的经历；或者跨过第二代，直接向第三代讲述创伤事件；而第二代作为见证者（witness），接受了上一辈的故事，再向第三代复述这段家庭内部的过去。这个模式并不是简单的直线传递，在这个传递过程中，第二代、第三代的讲述既是复述，也是一种重构行为，倾听者有可能增加、删减、修改、省略一些内容。围绕着萨德本一生的故事，罗沙小姐、康普生先生、昆丁和施里夫分别作为创伤记忆的第一代、第二代和第三代，从不同的切入点、不同的时间和叙述层面，对创伤历史记忆进行了重建。在这个过程中，萨德本的故事被构建成南方文化记忆的原型，成为了"每一个"南方人的故事。

　　罗沙小姐寻找昆丁作为传递的对象并非偶然。康普生先生回答昆丁的这个问题："为什么要告诉我这件事呢?"

　　　　她选上了你，还因为你的爷爷是萨德本这么多年来在县里唯一勉强可算是朋友的人，也许她估计萨德本没准跟你爷爷也说过些他自己的事还有她的事，关于那未能起到约束作用的婚约，未能开花结果的誓言的事。没准还告诉过你爷爷她最终不肯嫁给他的原因呢。没准你爷爷跟我说过，而我说不定告诉过你。因此，在某种意义上，不管今天晚上那边会发生什么，这事情仍然是家庭内部的事情；这家丑（如果是家丑的话）仍然没有外扬。说不定她认为若不是有你爷爷的那份交情，萨德本就压根儿不可能在此地站稳脚跟，而要是他没站稳脚跟，也就不会娶艾伦。因此说不定她认为，由于血统的关系，你对于他使她和她家遭到不幸，还负有一部分责任呢。（7-8）

由于每个家庭都具有各自独特的回忆，有仅仅对其成员才揭示的秘密，这种秘密的分享就增加了成员之间的亲密感，同时也成为家族历史的一部分。正是这种集体内的安全感，才使罗沙小姐选择了昆丁作为倾诉对象。作为康普生将军的后代，这份记忆的传播是"家庭内部的事情"：其中康普生家族同样见证了萨德本的发家史、萨德本和艾伦的婚姻，以及和罗沙小姐的失败婚约；而由于家族的"血统"和"责任"，昆丁有条件，也不得不接受这份记忆。事实上，这份记忆已经成为昆丁"20年来传统的一部分，在这期间他呼吸着同样的空气，也常听父亲讲起这个男人的事"（6）。可见，见证的过程就是一个将个人的创伤记忆集体化的过程。罗沙小姐和康普生将军作为第一代，通过口口相传的讲述模式，将创伤记忆传递给第二代康普生先生（或者直接传递给第三代昆丁）后，创伤记忆已经进入了集体沟通记忆的程序。而在传达、讨论、把握和传承这个记忆的过程中，随着第二代和创伤事件的距离的拉开，创伤事件本身的伤痛在降低，但创伤经历的叙事性却不断得到加强。

作为创伤经历传递的第二代，康普生先生的叙述不仅是对罗沙小姐的重复和补充，而且从叙事的角度讲，他对这个故事的

"加工"更引人注意。康普生先生的讲述更加具有叙事性，他补充叙述了萨德本怎样来到小镇，怎样建造百里地，怎样创造了一个战前的老南方神话，而这个神话又是怎样受到挫折和失败的。换句话说，他运用了"老南方"神话中英雄人物的模式来塑造萨德本，并给予了萨德本故事一个结构框架，包括萨德本的背景、发家和百里地的毁灭，使萨德本的故事成为一段南方地域历史的缩影。康普生先生将罗沙小姐口中一个"淡淡的硫黄气味还留存在他的头发、衣服和胡子上"的恶魔般的形象，转变为希腊悲剧中的英雄形象："我听说那天他在那条街上先后走了三回却连姿势都没变一点点——总是同样不慌不忙的步子。"（40－41）"这个陌生人的姓氏反复响起在生意场、休闲处以及民宅之间，就像希腊古典戏剧中歌咏队来来回回的对唱：萨德本。萨德本。萨德本。萨德本。"（26）康普生先生史诗般的叙事模式突破了罗沙小姐创伤回忆的"我"的经历视野，使萨德本的故事开始具有了历史意义。

康普生先生给儿子昆丁讲述的萨德本的故事，属于创伤记忆代与代传递环节之上的第二代讲述，而通过对这个特别历史人物的传奇化，康普生先生已经成功地将这种私人历史和记忆从罗沙小姐的"我"的故事变成"某个人"的故事，代表着一个时代和上一辈人的价值观和准则：在康普生先生看来，萨德本"属于当初和那个时代，一个已经死去的时代的人"（81），而"那时候的人物也因此更具英雄色彩，不那么侏儒化，不那么过于复杂而是个性突出，胸怀坦荡，有一种痛痛快快爱一回或死一回的天赋"（81）。虽然康普生先生带有颓废的末世论观点，但这种叙事人物的模式化却折射出南方集体记忆叙事的策略。和罗沙小姐的讲述相比，康普生先生作为讲述者，和叙事人物萨德本之间的距离已经拉开，他可以从南方集体记忆的角度去看待并解释萨德本的故事。在这个集体范围内，第二代对创伤记忆的讲述，和第一代相比，减少或者说删减了创伤造成的语言混乱、伤痛感受等体验，增加了这个家庭或集体所崇尚的价值和规范。可以说，家庭记忆框架影响了创伤记忆的代与代传递，决定了这种个人记忆的集体解释和理解。

　　家庭记忆为听者留有补充空间，"不断的补充和组装，乃是将一个故事（或历史）生动化的过程。家庭乃至其他集体的记忆，不是建筑在有限的、固定的回忆节目清单上，而是在对话回忆的框架之内，在不断的续写过程中得到组装和补充的"①。这种空白以及补充空间给予了记忆生产的力量。在罗沙小姐的回忆之上，每一次后来的叙述者的回顾都会为这个故事增加新的内容、新的解释。这也充分证明了家庭记忆传递的一个特点，即针对同一人物或事件每个成员都有权利进行修改和增补。这种绵延不断的记忆的生产，是南方家庭记忆，或者说家庭传统得以传承的一个重要因素。正如康普生先生所说，"我们有少许口口相传的故事"（92）。罗沙小姐的回忆、康普生先生对萨德本过去的述说，以及昆丁的爷爷的讲述，还有萨德本自己的口述，都包含在其中。因此，萨德本的故事是一个故事中的故事，为家庭记忆层层围绕，口口相传。通过这种传递，萨德本的历史不仅被嵌入了记忆之中，而且也融入了回忆传递的历史里。

　　不过，家庭记忆的补充和解释并非仅仅是依据自身力量再现的。每个家庭的记忆观念都受到所属的集体，甚至几个集体的影响，具有这个集体共有思想的特征。

　　　家庭记忆必须在它的范围内包容不止一个而是多个

---

① 哈拉尔德·韦尔策：《社会记忆：历史、回忆、传承》，前引书，第119页。

群体；其重要性以及这些群体的相互关系，时时刻刻都在变化。对于那些惹人注意，足以值得记住并经常再现的事件，家庭既会从自身的视角，也会从其他家庭的视角来看待。从这个时候起，家庭就把这些事件转换为一般性的东西。①

同每个社会群体一样，家庭也有一种"集体记忆"。对于哈布瓦赫来说，记忆的建构是基于对现在的关注来塑造过去的。他认为："现在的一代人是通过把自己的现在与自己建构的过去对置起来而意识到自身的。"② 而在每个社会中，每个家庭都有其特有的历史、家庭秘密、家族故事。家庭记忆作为家庭的纽带，使该家庭区别于其他家庭。但家庭记忆同时也具有一般性。"家庭记忆必须在它的范围内包容不止一个而是多个群体；其重要性以及这些群体的相互关系，时时刻刻都在变化。对于那些惹人注意、足以值得被记住并经常再现的事件，家庭既会从自身的视角，也会从其他家庭的视角来看待。从这个时候起，家庭就把这些事件转换为一般性的东西了。"③也就是说，组成家庭记忆的观念，既是唯一的、历史性的，也是社会的、普遍的。

用保罗·利科（Paul Ricour）的话来说，这种集体记忆让每个家庭成员的"自我"回忆都拥有一个文化和历史的框架④。康普生先生的回忆将萨德本这样一个独一无二的历史人物，以及诸多历史事件置换为老南方所流传的传奇人物故事。记忆的置换性

---

① 莫里斯·哈布瓦赫：《论集体记忆》，毕然、郭金华译，上海：上海人民出版社，2002年，第141页。

② 同上，第43页。

③ 同上，第141页。

④ Paul Ricoer: *Memory Forgetting, and History* (Chicago: University of Chicago Press, 2005), 437.

取代了记忆的流通性。康普生先生的家庭记忆给予了南方文化阐释的框架后，就成为一种文化潜意识，成为一个地区传统的构成。费拉尔（Lee Anne Fennell）指出，在《押沙龙，押沙龙!》中，"这种家庭和集体的记忆不仅通过语言，而且通过无意识或潜意识的吸收过程来传递。这种现象在《押沙龙，押沙龙!》中很明显，昆丁试图重建一个在他出生几个时代之前的故事，不仅依靠口述，而且依靠似乎是耳濡目染的记忆"①。在这个意义上，昆丁听到的萨德本的故事并不是一个新故事。罗沙小姐在讲述自己受到萨德本粗鲁提议的侮辱后，甚至提到一首童谣："罗西·科德菲尔德，丢了他，哭他；捞到个男人可留不住他。"（164）这个童谣成为罗沙小姐讲述的历史证据，可想而知，这件事情并非个人记忆，而是整个镇上的集体记忆。昆丁在这个镇上长大，这种集体记忆早已成为他"呼吸的空气的一部分"。正如在《坟墓的闯入者》（*Intruder in the Dust*）之中男孩契克所知道的，任何一个南方的男孩都可以活在 1863 年 7 月葛底斯堡大战拉开的那个下午，过去就是这些男孩生命组成的一部分，也是他们的现在。这也是为什么当施里夫不理解这个故事时，昆丁告诉他："你得出生在那儿才行。"也就是说，不仅讲述者的记忆具有一个文化和历史的框架，接受者对记忆的接受和阐释也同样受到这个框架的束缚。

记忆传递过程中讲述和接受的历史框架形成了每个人的身份。福克纳相信个人不能和他的记忆中的过去分开，他说道：

> 没有人是他自己，他是他过去的总和。没有真正过

---

① Lee Anne Fennell: "Unquiet Ghosts: Memory and Determinism in Faulkner", *Southern Literary Journal*, 31. 2（Spring 1999），35 - 47.

去的事情，因为过去就在现在，它是每个男人、每个女人、每个时刻的一部分。所有他的祖先、背景，都是任何时刻他的一部分。所以一个人，故事中的一个人物在行动中的任何时刻都不仅仅是他那时的自己，他是所有造就他的总和。[①]

过去和传统构成了个人记忆和家庭记忆阐释的框架。这个框架解释了故事中人物行动的动机，为每一次行动提供了一个前提。就像罗沙小姐之所以找到昆丁陪伴她一样，她的前提是这个家庭的秘密不至于外露，因为家族成员分享了一个共同的秘密。而昆丁对萨德本故事，甚至萨德本个人的认同，也充分证明了家庭记忆的文化和历史框架对昆丁自我塑造的作用。因为他"是和这传统一起长大的……他身体本身就是一座空荡荡的厅堂，回响着铿锵的战败者的名姓"（6）。昆丁身体的空间隐喻形象地说明了个人是历史和传统的载体，他把自己视为南方历史的一部分，并在其中获得了自我认同。南方的记忆之场成为这种自我认同的基础。它创造了集体中各个成员的归属感，创造了历史的连贯性。个人记忆和集体记忆共同塑造了昆丁等第三代人的自我。

第二节　创伤的历史性和二次创伤：罗沙小姐和萨德本的记忆

《押沙龙，押沙龙！》本质上是一部南方记忆传递的故事。每一代通过记忆传递鼓励年轻的一代融入历史中，但除了可以传递的记忆，可以转换和交流的家庭、社会、文化记忆外，记忆还

---

① Faulkner: *Faulkner in the University*, 84.

有另一种形式：它孤独地处于叙述记忆的中心，拥有这种创伤记忆的个人显示出和周遭世界的隔离。正如杜克（Leigh Anne Duck）所指出的："和过去拥有这种创伤关系的个人，没有参与集体共享的苦难，也没有得到智慧，而且每个人都在遭遇了某个特别时刻后被孤立，他们不能理解这种遭遇，无论是因为这一遭遇在他们的生活中多么具有毁灭性，还是因为它似乎提供了一个更为私人化的创伤。"①创伤记忆位于文化记忆中，拒绝统一的对过去的阐释，为南方历史提供了更为多元化的理解。从这个意义上，创伤记忆是对老南方集体记忆、神话过去的一种颠覆。每一个创伤幸存者都被来自过去的噩梦所追逐，不同的叙述者分别从不同的视角和自己生活体验出发，再现了创伤怎样摧毁了个体自我认识和社会衡量标准，以及个体的情感反应。

罗伯（Dori Laub）认为："每一个幸存者，都有需要讲述的冲动，以便明白这个故事，为了保护自己不再受来自过去的幽灵的困扰。每个人必须知道自己深埋［创伤］的真相，以便于继续生活。"②尽管罗沙小姐体贴地建议昆丁，她讲述的故事可以投资到将来，但昆丁知道，"只不过这不是她的真意，他想。那是因为她想把它说出来"（4）。罗沙小姐急切地倾诉，只是回答几十年来一直困惑她的那个问题，或者说，讲述就是自我救赎，一种将创伤经验重新整合到个人的认知、重新历史化创伤事件的过程。正如拉伊尔（Erica Plouffe Lazure）所分析的那样："罗沙［的讲述］和夜探萨德本百里地，都是实现罗沙计划的一部分，

---

① Leigh Anne Duck: "Faulkner and Traumatic Memory", *Faulkner in the Twenty-First Century*, eds., Robert W. Hamblin et al. (Jackson: University Press of Mississippi, 2003), 94.

② Gwin: "Racial Wounding and the Aesthetics of the Middle Voice in *Absalom, Absalom!* and *Go Down, Moses*", 63.

是她企图重写历史、重新肯定她作为一个羽翼丰满的南方妇女，作为故事的母亲的资格。"①

罗沙小姐的证词再现了创伤经历中认知的混乱和意识的分裂，突出了创伤对"我"的伤害。创伤摧毁了关于"我"的自我认识，并在讲述中伴随着强烈的个体情感反应，使创伤的证词成为具有私人体验性质的"我"的故事。罗沙小姐出生时就失去了母亲，同一个老处女姑妈和"不自觉憎恨着的父亲"一起生活。她父亲"唯一关心的就是自己在乡邻间的正直名声——这人后来把自己关在他钉死的阁楼里并且宁愿饿死也不愿看到自己的家乡因抵抗一支入侵的军队而受熬煎"（52）。尽管罗沙小姐不承认，萨德本和她姐姐的家其实也成了罗沙小姐自己的家。然而，内战即将结束的一天，当亨利和邦回到萨德本百里地，亨利为了阻止具有黑人血统的同父异母的哥哥和自己妹妹结婚枪杀了邦之后，这个家破裂了。罗沙遭遇了第一次创伤，"那一下枪声、那些奔跑的发疯似的脚步结束了这个时代，接着又把它的痕迹擦去，仿佛那个下午从来就没存在过"（152）。可以看出，邦被枪杀的事件对罗沙小姐冲击的强烈，对于她来说，这是少女时代的结束。罗沙小姐的话充分体现出创伤发生时自我意识的惊恐、无助和认知上出现的麻木症状：

> 有些事情使我们陡然停住仿佛是某种不可理解的干涉在起作用，就像隔着一层玻璃，透过它我们观察着所有以后发生的事，一目了然仿佛是在一种无声的真空里，然后变稀变淡，不见痕迹；消失了，留下我们，动

① Erica Plouffe Lazure: "A Literary Motherhood: Roda Coldfield's Design in *Absalom, Absalom!*", *The Mississippi Quarterly*, 62.3–4 (Summer-Fall 2009), 479.

弹不得，无能为力，孤苦无助；僵定着，直到我们可以
死去。（145）

罗沙小姐用"隔着一层玻璃"的比喻来形容创伤前后情感
的反应——可以观察，但却不能投入，生活似乎被创伤划分为前
后两个阶段。在心理学上，罗沙小姐所反映出的"解离"
（dissociation）行为，通常是指记忆、身份、经验结合中的一个
鸿沟[1]。通常记忆能够储存是因为记忆是过去的，但创伤却是一
种"现在"的病理现象、物理的身体的症状，如闪回、噩梦、
高度紧张、突然的愤怒和恐惧。这些症状都是在"现在"体现，
而不是像记忆一样属于过去的经验。廓尔克（Bessel van der
Kolk）认为，当经历如此压倒性以至"它们无法被整合进存在的
头脑结构中时，［这些经历］就被解离了，之后作为片断感官或
行动的经历而侵入性地返回——醒着的时候是闪回，睡眠的时候
是噩梦"[2]。罗沙小姐所遭受的创伤，让她的生活充满噩梦。里
维斯（Lynn Levins）就认为："罗沙是一个做梦的人，她只能用
做梦人的词语来理解现实。对她来说，现实假设了一个噩梦的品
质。"[3] 而科尔（Elizabeth M. Kerr）认为，罗沙的这些梦将她和
现实隔离。事实上，罗沙小姐的梦是创伤对现实生活的侵入。

作为杰弗生镇上的"桂冠女诗人"，罗沙小姐曾经拥有南方
传奇之梦，她写诗歌颂那些南方"失败的事业"中浴血的将士
们，然而，邦和亨利之间的枪杀惊醒了她的梦，让她被迫面对现

---

[1] 科思：《心理创伤与复原：儿童与青少年心理创伤的认知行为疗法》，耿文秀等
译，上海：华东师范大学出版社，2009 年，第 223 页。

[2] Bessel A. Van Der Kolk, Onno Van Der Hart: "The Intrusive Past: The Flexibility of
Memory and the Engravign of Trauma", from Caruth, *Trauma Explorations*, 168.

[3] Elizabeth M. Kerr: *William Faulkner's Gothic Domain* (New York: National University
Publications), 34.

实生活。更重要的是，兄弟相残成为一个时代历史的隐喻，也代表一个时代的结束。作为幸存者，罗沙小姐的回忆既是历史体验，也是一种生活体验。詹姆斯·E. 杨（James E. Young）指出：

> 　　幸存者叙述历史的那种方式，为人们提供了理解这段历史的可能性……在幸存者的记忆中，既保留着历史体验，也保留着回忆体验；既保留着由回忆变为历史的方式，也保留着这样一种情形；由于人们当时不理解历史事件，所以对它们做出了错误评价并保持了沉默，这种错误评价和沉默一直就是历史发生的一部分，也是今天进行回忆的一部分。①

　　罗沙的讲述为人们提供了南方创伤幸存者生活的方式。由于创伤极大地损害了认知系统和自我意识，罗沙小姐的创伤记忆表现为两种极端：一方面似乎对创伤患有遗忘症，以至于她不能讲述这个故事；另一方面，她的记忆似乎过多，可以繁杂地再现创伤事件发生时的每一个细节，包括朱迪斯的细微表情、克莱蒂对她的阻拦、琼斯做棺材发出的声音等，并且这些细节不断在她头脑里重演。用罗沙自己的话来说，是"因为对有些事情，说三个字也嫌多出三个字，说三千个字又会觉得少了三千个字……或者是用了三千句话却只给你留下那个为什么。为什么？为什么？"（61 -62）。说三个字嫌多，说三千字嫌少，这种体验正说明了创伤对自我认识的破坏，并造成了认知的混乱和意识可能发生的分裂。因此，经验无法从日常使用的语言中找到适合的表述。而

---

① 　哈拉尔德·韦尔策：《社会记忆：历史、回忆、传承》，前引书，第27页。

语言表述的障碍正说明了创伤之后叙事能力的丧失。罗沙小姐所遭受的创伤无法为她的经验世界所吸收，所以不断地追问"为什么"。在这种情况下，创伤似乎代替了当前的世界，割裂了和其他人的联系。

如果说罗沙小姐所遭遇的创伤来自家庭纽带的断裂和萨德本的羞辱，萨德本的创伤则来自南方阶级社会对他的拒绝。萨德本出生在弗吉尼亚西部山区，少年时随着家人往山下迁移。在这个向下的运动过程中，他"开始懂得人跟人是不一样的……他开始有点明白了，但还是不知其所以然"（224）。直到有一天他被差遣去一所大宅院捎话，可是"甚至还没等他说完自己前来的目的，就让他以后再别上前门来，要来就得绕到后面去"（230）。萨德本的创伤反应类似于罗沙小姐遭遇创伤时的体验：

> 它来得太快，太乱，都不能算是思想，它一下子朝他大喊大叫，扑向他涌上他全身就像黑鬼的大笑……情况就像那样。他说，就像发生了一次爆炸——亮光闪过后又消失了，没有留下任何东西，没有灰烬也没有瓦砾：仅仅是一片无垠的坦坦荡荡的平原上面升起他未经触动的天真，就像一座纪念碑似的……（234）

萨德本被南方庄园主的黑人管事拒之门外，这种羞辱引起他成长经历中刺激最大的一次创伤反应，引起了萨德本自我的转变。创伤造成了自我发展中的"时间鸿沟"，让萨德本的生活分为截然不同的两端，并经历了痛苦的自我分裂。萨德本被赶出前门后，他逃离了大宅院，心里面两个自我在互相辩论，他"仅仅是躺在那里，与此同时两个对立面在他心里辩论"（233）。萨德本自我的分裂破坏了自我发展的连贯性，之前自我的塑造和之后自我的目标截然不同。波特（Carolyn Porter）将这一幕当作"萨德本从男孩到男人的创伤性转变"①。门口被拒的一幕标志着萨德本"天真"时代的结束，也就是这个时候他开始有了一个"计划"。有的评论家认为，萨德本被拒是一种"普遍的否定……他感到完全无能为力，他的意义被彻底否定了……因此他的计划在形式上是社会性质的，他计划利用这个社会体制去战胜这个社会"②。萨德本的心理创伤来自社会对他的否定，但他的计划既是对社会的报复，反过来也是认同这个社会的表示。明特（David Minter）指出，这些场景是"一系列显示……它表现出阶级和土地所有人的特权、社会地位和家居方面的高雅，以及各种占有和特权。……福克纳让托马斯·萨德本醒来，看到他和他的家庭所进入的社会现实，这是一个体制化的社会，充满着各种重要差别"③。萨德本认识到他从小受到的自我教育和这个社会之间的差异，而这种差异正是创伤的原因。萨德本的创伤既是心理的，同时也是社会性的。

从移民历史上看，萨德本出身的弗吉尼亚西部山区的移民主要是"一群从英国到美国的移民。这场移民规模浩大——超过25万人"。这些移民居住在南方山区，许多人来自"爱尔兰、苏格兰和英国北部"，常常是农夫和牧人。历史学家注意到这些人

① Carolyn Porter: "*Absalom, Absalom!*: (Un) Making the Father", *The Cambridge Companion to William Faulkner*, ed., Philip M. Weinstein (Cambridge: Cambridge University Press, 1995), 184.

② James Guetti: "*Absalom, Absalom!*: The Extended Simile", *William Faulkner: Critical Assessments*, ed., Henry Claridge, Vol. 3 (East Sussex: Helm Information Ltd., 1999), 351–352.

③ David Minter: "The Strange, Double-Edged Gift of Faulkner's Fiction", *Faulkner at 100: Retrospect and Prospect (Faulkner and Yoknapatawpha, 1997)*, eds., Donald M. Kartiganer et al. (Jackson: University Press of Mississippi, 2000), 146–147.

中，"很少有人蓄奴。从 1773 年到 1776 年，只有大概百分之一的苏格兰边境移民拥有契约仆人"。这些移民"形成了从阿巴拉契亚高低横贯老南方西部地带的主要的英语民族的文化。在 19世纪，他们跨越了密西西比河来到阿肯色州"①。萨德本在阿巴拉契亚山中成长，作为山区穷白人，"在这些穷乡僻壤，抚育一名男孩……主要的目的是培养他苛酷的骄傲、固执的独立性和在年轻人中一名斗士的勇气。而结果往往不是预期的，创造出来的是一群完全依靠自己的人，他们不能忍受外界的控制；对于任何挡着他们道路的人，他们都不能控制住自己的怒气"②。萨德本在这样的环境和教育下长大，如受到挑战和侮辱，他只知道用来复枪去回敬，却从来没有意识到这些侮辱的原因和与之相连的自己以及家庭在整个社会阶层中的位置。换句话说，他所属的社会阶层还不足以受到南方等级制社会秩序的影响。

卡什（W. J. Cash）在《南方人的思想》（*The Mind of the South*）中，曾经讨论过这些还没有受过南方等级制度训导的穷白人："他们是最具有边疆传统精神的人；这就是说他们常常，甚至在梦中，也对拥有土地和奴隶毫不在意，对由此产生的财产多少的差异也满不在乎。在一个古老而稳定的社会中人们所需要的财富和地位，边疆传统却认为没有价值。个人的非凡勇气，不一般的身体力量，能痛饮一品脱的威士忌，或者翻开一张牌就输掉了整个家当，却眉头也不皱一下的本事——这些才是和财富一样重要的东西，甚至远比家族勋章更为重要。"③ 在出生于山区还保留有边疆传统的穷白人中，萨德本并没有受到种植园财富的

---

① David Hackett Fischer: *Albion's Seed: Four British Folkways in America*（New York: Oxford University Press, 1989），606 – 634.

② Fischer: *Albion's Seed: Four British Folkways in America*, 687.

③ Cash: *The Mind of the South*, 39.

刺激，以及由财富和家庭门楣所带来的贵族教育。他穿着"他父亲从种植园小铺里买来的衣服，已经破了"（226），"脚上没有鞋"（229），而他自己甚至没有意识到"自己穿了这样的衣服是什么模样或是别人穿着会是什么模样"（226）。萨德本的自我还处于充足的阶段，自我还没有分裂成作为观察者的主体和被观察的客体。

萨德本在门前被拒绝之前，他根本没有注意到社会地位和财富造成的差异。在他们下山的路上，萨德本开始注意到自己的生活和其他人的不同，以及家庭所受到的各种羞辱。"地势从他们两旁升起，像一股潮水扑向他们，潮水里有一张张陌生、严厉、凶狠的脸……一张张脸涌上来旋即消失不见又换成了别的脸"，这些脸让他的父亲还没来得及"买上一醉就被人操出门了"（223）。但对于处于"天真"时代的萨德本来说，这些遭遇仅仅是一个感官印象，并没有什么意义。门前被拒的事件，对于萨德本来说，是成长历程中踏入社会的一次入门仪式，是外来事件对他之前价值观的彻底破坏。因为社会文化影响对创伤的理解，"记录、重演、回忆，都受到社会语境、文化记忆符码、叙事符码、生活故事符码的控制"①。萨德本成长中的山区文化遭遇了种植园文化，而后者的文化模式让萨德本理解了自己和家人在他人眼中的形象，自我发展的连贯性遭到了破坏。在这件事情之后，萨德本进入了和之前生活完全不同的自我设计之路。从深层意义上来说，这次创伤的后果是一次回顾性的行为，只有通过第二次事件，萨德本所遭遇的令人羞辱的生活实质才得以显现。正如马丁（Bretchen Martin）所说："［萨德本］门前受到的特别的羞辱让他擦亮了眼睛，让他看清了他的家庭之前受到的其他的侮

---

① Kirmayer: "Landscapes of Memory: Trauma, Narrative, and Dissociation", 191.

创伤、记忆和历史：美国南方创伤小说研究

辱，在这之前他仅仅是肤浅地下意识地有所觉察。"①

记忆的创伤理论认为，已经遗忘的第一件事情的创伤可能因为第二件事具有相同的诱因，或某种相似性，而引发回忆②。萨德本的"天真"让他无法认识到这些潮水般涌向他的"脸"——外在的、他者的目光的意义，但这些画面以忘记的回忆的形式埋藏于他的无意识之中。但是，当经历了二次创伤之后，这些原初的创伤就会在相同的情况下重新生产或被回忆起来。这就是二次创伤的意义：创伤在于两次经验的历史对话之中。佛特尔（Greg Forter）这样解释道：

> 福克纳认为主体性是在一种"双重情节"中自我建构的：某件外在的事情发生在我们身上，最初是以一种创伤的方式侵入意识中，然而这件事情不为我们认识，我们不了解它，因而也无法将它融入自我理解中。于是要求有第二次事件，退回去激活这个知识，并把它带入我们的意识中，这个事件如今才第一次，被视作先前发生的创伤，而为我们经历［认识］。③

佛特尔所说的"双重情节"，事实上是一种创伤的时间结构。也就是说，开始时创伤经历并没有显示在意识中，因为主体缺乏理解力，不能给予创伤一个有意义的语境并加以解释，因此，"创伤一直潜伏，直到它和另一件似乎不相关的事情发生了

---

① Bretchen Martin: "Vanquished by a Different Set of Rules: Labor vs. Leisure in William Faulkner's *Absalom, Absalom!*", *The Mississippi Quarterly*, 61. 3（Summer 2008），409.

② Balaev: "Trends in Literary Trauma Theory", 153.

③ Greg Forter, "Faulkner: Trauma, and Uses of Crime Fiction", *A Companion to William Faulkner*, ed., Weinstein, 385.

联系。在这个过程中，主体已经得到了必要的知识，能抓住原初的经验，创伤才被经历"①。对于萨德本来说，这次创伤让他第一次具备了社会的视角，他"就以那个主人、富人（不是黑人）一直在看他们的眼光"看他的父亲、姐妹和兄弟，"仿佛看的是牛群，是粗野不懂礼仪的生物，被野蛮地运进一个世界，没有自己的希望或目的，而这些生物反过来也会野蛮与恶意地大量孳生"（232）。不难看出，经过这次创伤，萨德本从混沌的天真状态进入了社会的象征体系，财富、地位、有钱阶级的闲暇等抽象的符号进入了萨德本自我认识的衡量标准。进入象征系统的标志是萨德本的自我发生了分裂，萨德本第一次成为别人和他自己观察的客体，导致了两个自我不停地对话：一个自我争辩说，"你可以用来复枪来杀死他的"；而另一个自我说，"现在可不是来复枪的问题。要跟他们斗你必须要有他们有的那些东西。他们有了那些东西才可以像那白人那样做。你必须要有土地、黑鬼和一幢好宅子，这样才可以跟他们斗"（234－235）。萨德本选择了后者。这次创伤所造成的自我分裂，是萨德本自我发展过程中的一个重要过程，他为自己制订了一个规划，从社会的角度出发，认同了曾经羞辱他、伤害他的那个种植园主阶级和社会领域。

然而，萨德本所制订的规划具有一个致命的社会创伤。因为南方蓄奴的体制是缺乏人性的，是林肯总统所说的"南方的原罪"，他接纳这个体制就已经预示了他之后一系列抛妻弃子的行为，以及亨利和邦骨肉相残的悲剧。萨德本家族的毁灭不仅是个人的、家庭的悲剧，也是南方社会的悲剧。萨德本的悲剧映射着众多南方历史上新富阶层的命运。在南方历史中，南方的死亡多

---

① Nandita Batra et al. : *Narrating the Past: (Re) Construction Memory, (Re) Negotiating History* (Newcastle: Cambridge Scholars Publishing, 2007), 40.

次被预言。早在 19 世纪初，兰道夫（John Randolph）就在"弗吉尼亚的老家族"的衰败和新的"有钱人""不知从哪儿来或者不从任何地方来的公民"的出现中，预见了南方的死亡。另一些人认为南方的死亡伴随着棉花王国中暴发户的出现，或随着内战的失败、"新南方"的诞生，或者随着汽车的出现而发生①。

因此，从创伤的角度看，罗沙小姐和萨德本都是生活在创伤噩梦中的受害者。罗沙小姐在答应了萨德本的求婚后，却意外地听到萨德本提议"他们像公狗母狗那样配对"（177），试验一下是否能生出男娃才结婚。对于罗沙小姐来说，这个提议是她所受到的二次创伤。第一次创伤她是见证者，而这一次她是受害者。萨德本的提议彻底摧毁了她作为南方女性的尊严，从此罗沙小姐的性的天真时代结束了，她成为一个来自过去的怒气冲天的鬼魂，"夜晚躺着问自己为什么为什么和为什么一直问了四十三年"（165）。她活着的全部意义就是追问这个事件的真实含义，而追问的历史构成了创伤的全部。作为一个死亡的社会制度下培养的南方淑女，她的创伤不仅是个人的，也是历史的、社会的。另一方面，萨德本也是这个制度的拥护者和受害者。布鲁克斯（Cleanth Brooks）认为："托马斯·萨德本是一个困扰的人，活在一个私人的很少和现实发生联系的梦中。"②萨德本历史理解力的缺乏、对于社会等级制度认识的模糊，注定了创伤的重演。也就是说，他试图融入这个等级社会以治愈少年时期所受到的创伤，但直到亨利枪杀了带有黑人血统的兄弟邦，再次上演了门口的孩子被拒绝的一幕后，萨德本才理解到自己是这个奴隶制度和

---

① Benjamin Schwarz: "Power in the Blood: Land, Memory and a Southern Family", *The Atlantic*, (1997), 128.

② Cleanth Brooks: *William Faulkner: Toward Yoknapatawpha and Beyond* (New Haven: Yale University Press, 1978), 297.

阶级体制的受害者，只不过，这一次是他伤害了别人——不过，从血统上看，邦既然是他的儿子，萨德本只是再次遭遇了当年的创伤。

事实上，几乎书中所有的角色都受到来自过去的困扰，都是一种现实意义上的"鬼魂"。萨德本故事中的亨利、朱迪斯、邦、埃伦等都已作古，而曾经庞大的萨德本家族只剩下两个黑人血统的后裔克莱蒂和吉姆·邦德；作为萨德本朋友的康普生家族也同样衰落了。尽管昆丁还"年纪太轻还没有资格当鬼魂，但尽管如此还是必须得当，因为他和她一样，也是在这南方腹地出生并长大的"（3）。作为这些鬼魂的代言人，昆丁背负着沉重的历史重担。毫无疑问，他接受了南方记忆的指令——"你永远也不要忘记"——昆丁无法逃脱历史的责任去了解过去。萨德本的失败和萨德本百里地焚毁成为整个老南方意识形态和社会失败的隐喻。在这片废墟上，昆丁所要执行的任务就是重建历史，用每一片不同叙述者交给他的记忆残片，重新了解"我们来自何处，我们又将去向何方"。对于昆丁来说，他从罗沙小姐、父亲、祖父和镇上的人那里听来的故事并没有结束，创伤还在以重复的形式返回。创伤通过讲述与传递，分量并没有减轻，对于讲述者来说，创伤是无休止的重复，创伤讲述的经验在时间上无限延长膨胀；而对于听者来说，这种经验的是被压缩的，无时的。

第三节　创伤记忆的见证和重复：
"你永远也不要忘记"

在《押沙龙，押沙龙！》中，记忆传递并非单向的。罗伯（Dori Laub, M. D.）认为："讲述创伤是创伤记忆中重复的一部分，但如果听众没有反应，讲述者会觉得孤独，再经历一次创伤。在见证过程中，讲述者和听众之间存在着秘密的分享、传递的关系。"①作为创伤幸存者第三代，昆丁并非被动地倾听、接受罗沙小姐和康普生先生讲述的创伤记忆，在讲述者和听者之间具有互动的关系。卡迪格纳（Donald M. Kartiganer）指出，在《押沙龙，押沙龙！》中，"讲述者和行动者互为镜像，搜寻利用对方……一方面，讲述是一种利用的方式，叙述者迫使行动者成为自己幻想和欲望的化身，同时，行动者又是讲述者的模型，他的行为被后者模仿，创造了动机和意义"②。从小说第六章开始，关于南方过去的创伤记忆不再局限于家庭和代与代之间的交流，而是转化为南方地区特殊的文化记忆，向外输出；而昆丁也不再局限于一个听者的角色，而是投入历史的重建之中。

　　小说第六章开始，叙述场景处于南方9月的傍晚，"那个死去的夏天的晦幂微光——紫藤、雪茄烟味、萤火虫群"转移到了"陌生的铁似的新英格兰雪原"（169）。这一幕场景的转移也意味着和创伤之地拉开了地理距离。在这之前，昆丁所扮演的一直是一个不耐烦的、心不在焉的听众角色，面对罗沙小姐"用阴郁、沙哑、带惊愕意味的嗓音说个不停"的讲述，昆丁觉得自己"耳朵会变得不听使唤，听觉也会自行变得混乱不灵"（2）。即便他能听到这番话，也是因为"在意识和无意识的空间中颠倒的被抑制的欲望"的反应③。而对于康普生先生的讲述，"昆丁听着但是却没有用心往里听"（119）。但在这一章，随着昆丁从他

---

① M. D. Dori Laub: "Bearing Witness or the Vicissitudes of Listening," *Testimony: Crises of Witnessing in Literature, Psychoanalysis, and History*, eds., Shoshana Felman et al. (New York and London: Routledge, Chapman and Hall, Inc., 1992), 67.

② Donald M. Kartiganer: *The Fragile Thread: The Meaning of Form in Faulkner's Novels* (Amherst: The University of Massachusetts Press, 1979), 70.

③ Minrose Gwin: "Racial Wounding and the Aesthetics of the Middle Voice in *Absalom, Absalom!* and *Go Down, Moses*", *Faulkner Journal* XX. 1 - 2 (2004 - 2005), 21 - 33.

出生成长的南方腹地来到北方，他的南方身份让他成为人们好奇的对象。"谈谈南方的事吧。那儿是怎么样的？人们在那儿干些什么？他们干吗生活在那儿？他们活着究竟是为了什么？"（171）来自外部的提问迫使昆丁开始回忆，并担负起讲述的任务，向一个来自北方的人讲述萨德本的故事。在这个讲述过程中，萨德本的故事开始融合进昆丁的过去和生活，成为昆丁自己的、"我们"的故事。

布鲁克斯（Cleanth Brooks）将昆丁所了解的萨德本故事的来源分为六部分：A. 昆丁年少时在巡猎中所知道的，时间是在1907 年或 1908 年秋天；B. 他在巡猎的谈话中所了解的；C. 他从罗沙小姐那里知道的；D. 他从康普生那里知道的；E. 他在 9月的一个半夜后所知道的；F. 在 E 之后，他和父亲可能重构的①。昆丁得知，萨德本从家里逃离后去了西印度群岛，在那里他娶了一位种植园园主的女儿。但萨德本发现他的妻子有黑人血统，"他们对我故意隐瞒了一个事实，对此我是有理由知晓的，他们也清楚要是我知道了便会拒绝整件事情"（257）。萨德本离弃了妻子和刚出生的儿子邦。但 28 年后，长大成人的邦作为萨德本儿子亨利的好友、女儿未婚夫的身份出现在萨德本百里地，构成对萨德本宏伟规划的巨大的威胁。"作为萨德本计划中试图去掉的污点"，布恩（Joseph Allen Boone）指出，"邦象征着这个计划真实的被抑制的重返"②。对于萨德本来说，邦代表着自己计划中种种危险的因素，如黑人血统、乱伦、混乱、分裂和失去

---

① Kerr: *William Faulkner's Gothic Domain*, 43.

② Joseph Allen Boone: "William Faulkner, *Absalom, Absalom!* Creation by the Father's Fiat", *Libidinal Currents: Sexuality and the Shaping of Modernism*, ed., Joseph Allen Boone (Chicago: University of Chicago Press, 1997), 307.

社会地位。邦的回归动摇并最终毁灭了萨德本的设计①。如果说萨德本的规划象征着南方世代绵长的希望，亨利和邦的悲剧就是这个计划中被抑制的真实的回返。

在昆丁和施里夫对萨德本故事的补充和想象中，作为讲述人，昆丁和施里夫的身份不同，由此萨德本的故事对他们的影响、他们对这个故事的理解也有所不同。正如霍尔曼（Hugh Holman）指出："施里夫是一个历史学家，而昆丁是一个艺术家。"②在故事的重建中，施里夫更加重视历史的事实（fact），而昆丁更在意历史的真理（truth）。施里夫对历史的回顾充满逻辑性和理智，就像一个严谨的历史学家，他严格地拼凑每一块过去的碎片。他提醒昆丁"当时情况是怎么样的？"（185），从而迫使昆丁回忆并讲述他和父亲巡猎时见到的萨德本家族的墓碑，补充了朱迪斯和邦在重建时期的历史；他还补充了查尔斯·邦的母亲和律师的故事，勾勒出亨利和邦之间近乎同性恋的兄弟之情。然而，虽然施里夫能够以历史学家的严谨拼凑出萨德本故事的前因后果，但对这个故事的理解，他却始终保持着距离。用皮特唯（Francois Pitavy）的话来说："这个加拿大人是超然的，甚至是讥讽的故事观察者。"③施里夫自己说道：

> 我不是想故作惊人，自作聪明。我仅仅是想尽可能
> 弄明白，我也不知道怎样把话说得更清楚些。因为那些

---

① J. G. Brister: "*Absalom, Absalom!* and the Semiotic Other", *The Faulkner Journal*, 22. 1 - 2 (2006), 39.

② Hugh Holman: *The Immoderate Past: The Southern Writer and History* (Athens: University of Georgia Press, 1977), 78.

③ Francois Pitavy: "The Narrative Voice and Function of Shreve: Remarks on the Production of Meaning in *Absalom, Absalom!*" *William Faulkner's Absalom, Absalom! A Critical Casebook*, ed., Elisabeth Muhlenfeld (New York: Garland, 1984), 189 - 205.

事是我们那儿的人没有碰到过的。或者我们没准也遇到过，但都发生在很久很久以前而且隔着一大片水，因此现在再没有什么让我们每天见到能提醒我们的了。我们不是生活在被挫败的老爷爷们与解放了的黑奴当中也没有餐厅桌子上嵌进了子弹诸如此类的事，一直提醒我们**永远也不要忘记**。那是什么？是空气那种你在里面生活与呼吸的东西，还是一种真空状态，所充塞的极度愤怒、深仇大恨、骄傲、荣誉、冲着的与所以产生的都是五十年前发生与结束的事？一种由父亲到儿子再由父亲到儿子**代代相传**的对谢尔曼将军永不宽恕的天赋权利，是那样的绵延不绝以至于你们孩子的孩子再生下孩子而你们别的什么都不是而仅仅是马纳萨斯一伏里皮克特发起那次冲锋中死去的一系列上校的后裔？

（350，黑体为笔者所加）

施里夫这一长段话暴露了他作为讲述者和昆丁的区别。没有出生在"你永远也不要忘记"的南方语境中，他无法理解萨德本创伤的含义。历史学家朗（William Lang）认为："地域折射出人类的感知，因为在某个地方，自然力量动态地混合着社会和文化力量，足以创造出和其他地方的区别，便于认识。"[1]而在社会文化语境中，地域不仅仅具有地理的含义，也代表着独特的地域文化，尤其经历了南北内战的创伤后，南方地域上集体分享着一份创伤文化记忆，也只有拥有共同历史的南方人才能体会萨德本故事所象征的人类的野心，体会到"失败的事业"所带来的失

---

[1] William Lang: "From Where We Are Standing: The Sense of Place and Environmental History", *Northwest Lands, Northwest Peoples: Readings in Environmental History*, eds., Dale Goble, et al. (Seattle: University of Washington Press, 1999), 88.

落感和孤独、骄傲、仇恨等感情。凯鲁斯认为，创伤经历是传染性的，因为"创伤从来不仅仅是个人的……而是根植在彼此的创伤里"①。从这个观点出发，萨德本的故事不仅仅是罗沙小姐或康普生先生个人的，而是每一个南方人的故事，萨德本可能是他们社区中的一员，可能是父辈的朋友，甚至就是他们家庭的祖先。因而，萨德本的故事对于昆丁的个人生活也具有意义，而这个南方的故事，也成为昆丁心目中"我们"的故事，最终成为"我"的故事。从一个已知的故事变为自己的故事，昆丁需要一些特殊的叙事策略来将南方集体记忆变为昆丁自己的记忆。

正如怀特（Geoffrey M. White）所说："在各种语境和媒介中某些故事的重新生产是制造集体记忆的一个必要因素。"②重复，正是南方文化记忆传播所需要的叙述策略。残破的家园、荒芜的土地、伤残的亲人、餐桌上嵌入的子弹、褴褛的军装等只有在特殊的语境中才会具有历史含义，而生迟了的第三代没有赶上历史，却在重复的回忆中经历历史。但这种重复并非"柏拉图式"的重复，而是"尼采式"的重复。前者基于同一逻辑（the logic of identity），要求重复之物，即"复制品的有效性取决于它所模仿的对象的真实性"③；而后者带有差异性，即把"世界本身作为幻影来呈现"。昆丁等听到的辉煌的过去与其说是真的存在，不如说是想象的产物，因为重复需要新的东西，补充涂改并重建原初之物。

---

① Caruth: *Unclaimed Experience*, 135. 在心理临床案例中，创伤在后一辈人的生活中经常表现为悲剧的重演，但这种传染性的特点却遭到了诸多心理学家的诟病。参见 Leys, *Trauma: A Genealogy*, 271 - 284 。

② Geoffrey M. White: "Histories and Subjectivities", *Ethos*, 28. 4, Spec. Issue of *History and Subjectivity* (2000), 504.

③ 殷企平：《重复》，载赵一凡、张中载等编《西方文论关键词》，北京：外语教学与研究出版社，2006年，第15页。

作为南方记忆的叙事策略，重复意味着过去的在场，重复的叙述构成了一个南方失败故事的原型，成为一种集体记忆形成的条件。而从记忆的社会传递上看，这种重复几乎是强加给作为听众的昆丁的，以至于昆丁叹息道，对于萨德本的故事，"我听得太多了，人家告诉我得太多了；我不得不听得太多了，时间也太久长了"（205）。在南方的集体无意识中，重复的冲动意味着对忘记的恐惧，因为忘记就意味着过去的死亡。昆丁的生活中充满了这样的提示：

> 我是不是**又**得把它**再**听上一遍呢他想我又非得把它**再**听上一遍不可了我已经在把这事**重**新听一遍了我正在把它重新听一遍我今后将不得不**再不**做别的而只会永远**一遍一遍**地听它这是明摆着的。
>
> （269，黑体为笔者所加）
>
> Am I going to have to hear it all **again** he thought I am going to have to hear it all over **again** I am already hearing it all over **again** I am listening to it all over **again** I shall have to never listen to anything else but this **again** forever (*Absalom, Absalom!* 222)

昆丁在这里用了五个"again"来强调南方记忆"你不能忘记"的话语指令，并且意识到这种重复成为个人历史中——不管现在还是将来——都无法摆脱的咒语。回到过去、阐释过去因而也成为昆丁个人自我意识中不可避免的冲动，成为南方历史强加给他的历史责任。

弗洛伊德 1914 年的《记忆、重复与完成》（*Remembering, Repeating, and Working Through*）中，从心理分析上提出了移情

（transference）的论题。他指出，我们的记忆几乎总是潜伏在无意识之中，受到压抑并形成遗忘。弗洛伊德进而在《超越快乐法则》中观察到，通常在神经官能症情况下，病人的自我（ego）抵抗被压抑的意识材料，因为自我遵循快乐法则，试图去避免揭示这些材料的不快乐。然而创伤记忆却不同，它会一再重返，从无意识中生出重复的冲动，试图使这些被压抑的材料绕过自我的抵御——通常在一种创伤性的遭遇中，刺激投射进入了心理机制，绕过了自我和意识，甚至事件没有被经历，就安置在了记忆之中。因此，尽管昆丁没有亲身经历内战等创伤事件，在重复的驱使下，昆丁的叙述逐渐将他和萨德本同化，在心理空间上出现重叠的现象。

在记忆的强迫下，讲述过去的创伤成为一种道德责任。因为昆丁的历史远远大于他的个人生活，或者说，昆丁为他所讲述的故事所建构，而萨德本等人的个人创伤经历成为集体记忆。昆丁这样理解南方社会历史和个人记忆的本质：

> 说不定我们都是父亲。说不定什么事情都没有发生就结束了。说不定发生从来都不是一次性的而是没准像石子沉下去水面上的波纹一样推进，扩散，这个池塘由一条狭窄的脐带般的水道与旁边一个池塘相连而这里的水是头一个池塘供给的，供给过，一直在供给的，让这第二个池塘蓄有一种温度不同的水，分子构成不同，看去，摸着，记忆起来都不同。（255）

对于昆丁来说，历史事件发生了，而之后记忆就像水面上的波纹一样，一圈一圈散开；这个打破水面平静的石头就像历史中的创伤，并且创伤还得"推进，扩散"下去。佛特尔认为，这表明"历史自身也是一段不停发生的创伤,历史事件会侵扰那些即便在地理上、时间上都不在现场的人"① (387)。作为南方幸存者的第三代,昆丁自己没有创伤的直接经历,因为"他生得太晚",而只能通过"脐带般"的南方记忆得到供给。换句话说,昆丁就是第二池水,他的养分都是由第一池水提供的。早在昆丁意识到这点之前,他的身份就已经给定,并不断地受到来自历史的创伤侵袭。这个故事对于昆丁来说并没有在讲述中消散;相反,他在无穷无尽的重复中经历它。通过讲述,创伤事件的传递并没有损耗,它只是将创伤事件屈从于无尽的重复中,回归到讲述者身上,其力量没有消减。昆丁的重复发展到和人物的融合。在创伤幻觉性的重返中,时间的距离消失了,昆丁和四十多年前的亨利融合在一起。

从小说叙事的空间形式看,每一个空间的展开都将在时间中成为过去的回忆,而每一次空间的重复都是时间差异的显现。由于空间的叠加,前景和后景的界限消融了。这种绝对平面化的结果导致了内在与外在的融合,在叙述技巧上表现为意识流。而在文本的空间形式上体现为人物的融合(merge)。在昆丁的回忆中,死去的鬼魂将在在世的人身上复活,人物作为一种空间存在(spatial entity),只是前人的空间再现。这一事件不是在时间中经历、感知的;相反,它的感知在时间之外,重复在一个不是线性的时间序列中。因为它没有被意识经历和吸收,也就不能通过构建[回忆]来控制。讲述和讲述的事件变得不可分辨。埃文(John Irwin)将这种人物的空间存在分为空间性重复和时间性重复。空间性重复指"某人成为当前另一人的一种空间重复的方

---

① Greg Forter: "Freud, Faulkner, Caruth: Trauma and the Politics of Literary Form", *Narrative*, 15. 3 (2007), 292.

创伤、记忆和历史:美国南方创伤小说研究

式，而时间的复制表现为某人在后来的时间中发现之前某个自己的重影，从而认识到他自己的处境只是前段生命宿命的重复"①。空间性重复实际上是人物在自身之外找到另一个化身，在《押沙龙，押沙龙!》之中，昆丁自我分裂为保护者和引诱者，并分别对应于另一空间的邦和亨利。

> 他又停住了。那倒是更好一些，因为他根本没有听众。说不定他察觉出了这一点。接下去突然之间他也没有了讲述者，虽然可能他对此并无察觉。因为此刻他们两人都不在那里。他们都在卡罗来纳而时间是在四十六年之前，而且此刻甚至都不是四个人而是进一步做了组合，因为此刻他们两人既是亨利·萨德本同时又都是邦，两个人中的每一个都在组合然而两个人又都不做组合，嗅闻着四十六年前吹开飘散的那一股烟。（340）

从 1909 年回到 1866 年，43 年的时间跨度在昆丁的回忆中消失了。过去的生活空间与现时空间重叠，表现为一个时代的亨利和另一个时代昆丁的回忆相互交替。昆丁和亨利的融合表明意识完全放弃了对创伤回忆的抑制，从而令创伤直接作用于意识层面，使过去的历史变成了当前的叙事，甚至导致当前的精神创伤和过去的精神创伤故事结合在了一起。最后，昆丁回忆起 1909 年他来哈佛之前的一个夜晚，罗沙小姐要他陪她去萨德本百里地。昆丁跟随罗沙小姐，内心挣扎着一边说"不行，不行"，因为他内心知道这次夜探萨德本百里地将证实罗沙小姐的证词，也将使他真正地卷入历史创伤之中；但他同时明白他不得不去，因

---

① Irwin: *Doubling and Incest*, 55.

为这也是他作为见证人证实过去的幻影和现实无情结合的时刻。
他明白："可是我必须去。我不得不去。"（361）而昆丁终于见
到了亨利，他想象中过去的自己的分身，看到"那张床，那黄黄
的床单和枕头，枕上是那张病魔魔的黄脸"（360）。昆丁问道：

> 那么你是——？
> 亨利·萨德本。
> 你来到这里有——？
> 四年了。
> 你是回家来——？
> 等死？
> 是的。等死。
> 你来到这里有——？
> 四年了。
> 那么你是——？
> 亨利·萨德本。（361）

> And you are?
> Henry Sutpen.
> And you have been here?
> Four years.
> And you came home?
> To die?
> Yes. To die.
> And you have been here?
> Four years.
> And you are?

Henry Sutpen. [1]

　　这最后的一幕焊接了几代人之间的记忆，也残酷地揭示了过去在现实中真实的重复。这一幕也成为众多评论家研究的焦点。彼得·布鲁克斯认为，罗沙奔上楼去解开埋藏了四年的秘密的时候，这幕场景组成了一种"空洞的结构，叙事中心的凹透镜或黑洞"，提供了"过去能够在现在中复活的保证"[2]。拉耶尔（Erica Plouffe Lazure）认为："那充满回音的，镜像式的谈话的片段，组成了一种双重螺旋式的扭曲，生命的故事的历史的关键都涌向这个简短的交换。"[3]对于昆丁来说，亨利的出现是创伤真实的回返，这段对话由于昆丁的融入，成为记忆和现实直接的交换。而修辞上交错和原义的重复，并没有在重复中增加新的信息和内容，仅仅是重复的形式泄露了历史的秘密。昆丁的讲述一方面出自记忆迫使的历史责任，另一方面则为了驱散重复带给他的伤害。但这场会晤让昆丁知道语言永远无法揭露历史的真相。他不再说话，在沉默中昆丁知道"平静永不再来。平静永不再来。永不再来。永不再来。永不再来"（361）。昆丁甚至没有再纠正施里夫的称呼"罗沙阿姨"，他的眼前"以那同样奇特、轻盈、不受地心引力约束的形态出现——那折叠过的纸张，来自紫藤花开的密西西比夏季、来自雪茄烟味，来自飞东飞西的团团萤火虫"（362）。在新英格兰铁似的严寒中，昆丁任凭来自故乡的幻觉侵

---

① William Faulkner: *Absalom, Absalom!* (New York: Vintage Books, 1986), 298. 李文俊译本第361页，译文略有改动。

② Cleanth Brooks: *William Faulkner: Toward Yoknapatawpha and Beyond* (New Haven: Yale University Press, 1978), 306.

③ Erica Plouffe Lazure: "A Literary Motherhood: Rosa Coldfield's Design in *Absalom, Absalom!*", *The Mississippi Quarterly*, 62. 3–4 (2009), 497.

入自己的意识，而放弃了抵御的努力。这最后的一幕是一个超越历史的框架，它甚至容纳了家庭记忆、社会和文化记忆的传递，容纳了各个叙事者之间的差异，凌驾于历史和现实之上。昆丁成为创伤历史上最后一个做梦的人。梦境对现实的取代，预言了六个月后他的自杀。他以这种绝对的方式结束了时间的重复和老南方世代交替的祝福。

小　结

威廉·福克纳的《押沙龙，押沙龙！》堪称南方历史的史诗之作，以南方"失败的事业"为时代背景，描写了老南方的传奇人物萨德本和这个曾经如"龙齿般繁衍"的家族毁灭的故事。这部小说同时也展示了南方记忆生产和阐释的轨迹，再现了南方记忆在家庭、代与代和社会之间的传递。从罗沙小姐、康普生先生、昆丁的爷爷、萨德本自己的口述，到昆丁的回顾，各位见证人的讲述或二次见证都是对创伤记忆的再次解释。萨德本的历史不仅被嵌入了个人记忆之中，而且也融入了回忆传递的历史里。同时，《押沙龙，押沙龙！》还从二次创伤的角度，分析了创伤的心理和社会成因。通过重复，南方也不断强化了"你永远也不要忘记"的记忆指令，使讲述过去成为昆丁等一代人的社会责任。

《押沙龙，押沙龙！》代表了南方作家解释过去、认识创伤的历史意识。库里克（Jonathan S. Cullick）指出："《押沙龙，押沙龙！》不只是讲述了萨德本的故事，而且是戏剧化了两个20

世纪的年轻人构建萨德本的过程。"①路易斯·鲁宾将昆丁和作家的对比更进一步地指出，"昆丁象征着 20 世纪在南方成长的作家"②。南方作家正是通过过去和现在之间不断的对话、对记忆内容的挑选，而不断生产出新的记忆内容，产生新的解释。然而，历史的回顾却充满了矛盾。记忆虽然带有重复的特征，却不再视历史为进步、发展的线性过程，而是断裂、矛盾的陈诉，充满大量未言说的声音。各位见证人之间彼此矛盾，甚至互相冲突的历史回忆，以及创伤叙事的困难，都突出了对南方创伤解释的多元性和多样性。

阐释过去的愿望也是南方社会对历史反思的要求。《押沙龙，押沙龙!》发表于 1936 年，在 30 年代这段时期，重农主义者已相继离开了南方，在北方著名的大学任职。兰瑟姆离开了范得比而特大学，来到俄亥俄州的肯庸大学；泰特前往普林斯顿大学；沃伦去向明尼苏达州州立大学以及耶鲁大学。1937 年，兰瑟姆来到肯庸大学后创办了《肯庸评论》（Kenyon Review）。南方新批评者们依靠的杂志还有《新共和》（New Republic)、《美国评论》（American Review)、《西旺尼评论》（Sewanee Review)、《弗吉尼亚每季评论》（The Virginia Quarterly Review）等。这些南方知识分子以这些刊物为基地树立了威廉·福克纳、托马斯·沃尔夫等南方作家的文学作品的经典地位。泰特在美国评论界最早承认和肯定福克纳，而作为《南方评论》（The Southern Review）编辑的沃伦曾亲自组刊沃尔夫的作品，并指出福克纳的作品已经成为美国文学界阐释的新的任务。用格雷（Richard Gray）的话来说，兰瑟姆、泰特、沃伦等"从来没有停止根据南方代码来解读历史

① Jonathan S. Cullick: "'I Had a Design': Sutpen as Narrator in *Absalom, Absalom!*", *The Southern Literary Journal*, 28. 2 (1996), 80.

② Louis Rubi: *A Gallery of Southerners* (Baton Rouge: Louisiana State University Press, 1982), 5.

经历的冲动"①。南方作家之间的互动从一个集体的角度，展现了创伤主题之间的互文和对于历史和自我塑造的共享的认识。阐释不仅是《押沙龙，押沙龙!》的创作目的之一，也是泰特的《父亲们》中的创伤人物叙述的目的。

---

① Richard Gray, *The Literature of Memory: Modern Writers of the American South* (Baltimore: The Johns Hopkins University Press, 1977), 230.

第 六 章

创伤心理的延宕和叙述的困境：
艾伦·泰特《父亲们》

"我有一个故事，但我不知怎么讲述它。"

——艾伦·泰特《父亲们》

"难道你不明白吗？这整片土地，整个南方，都是受到诅咒的，我们所有这些从它那里孳生出来的人，所有被它哺育过的人，不管是白人还是黑人，都被这重诅咒笼罩着。"①

——威廉·福克纳《去吧，摩西》

福克纳的《喧哗与骚动》和托马斯的《天使，望故乡》掀起了 20 世纪南方文艺复兴的序幕。南方作家感到他们的现在和过去存在密切的联系。内战所带来的失落感和创伤不仅使南方的过去成为"失败的事业"（the lost cause），而且这种挫折感、失

---

① 威廉·福克纳：《去吧，摩西》，李文俊译，上海：上海译文出版社，2004 年，第 260 页。

败感延续到作家们当前的生活中。创伤记忆模糊了历史叙事的时间性。布鲁克斯（Cleanth Brooks）早在 1939 年就注意到南方作家的时间意识，他分析了沃伦（Robert Penn Warren）、兰瑟姆、泰特（Allen Tate）等诗人后指出：

> 老南方存在于现代南方人的头脑中，恰恰因为它在当前的缺失……结果是，不愿意为过去感伤的南方诗人，或不愿意局限于仅仅客观描写现在的地域特色的诗人，他们必须通过当前的意识，调整他们对老南方的解释。①

作为历史性创伤的内战虽然已经结束，但创伤的延迟性却延续到现在，使南方人普遍遭遇到对身份的困惑。南方文学因而表现出一种阐释过去的努力。这个阐释的过程分为两个阶段。在介绍福克纳的《圣殿》的一篇文章中，泰特指出，1920 年以前南方人写作的不是"内省的文学"，而是"浪漫主义的幻觉"②。战前文学模式是修辞性的，总是假设了一个安静的听者。而相对于这种想象性的模式，1920 年到 1950 年出现的南方文艺复兴却出现了"对话式"的模式。后者假设"两个头脑之间的给予和吸收，虽然在最后，有一边会获胜"③。就泰特看来，南方文学模式的变化是因为南方作家在 1920 年后进入新世界，"跨越边缘的时候"，对过去的一瞥（backward glance）。这一次回视赋予了南

① Cleanth Brooks: *Modern Poetry and the Tradition*, 2nd ed. (Chapel Hill: University of North Carolina Press, 1967), 75.

② Allen Tate: "Faulkner's Sanctuary and the Southern Myth", *Virginia Quarterly Review*, XLIV (1968), 420.

③ Allen Tate: *Essays of Four Decades* (New York: William Morrow, 1968), 583.

方作家"在现在中看到过去"的能力。南方作家的"双重聚焦"（double focus）鼓励他们看到"关于记忆和历史——一种恢复的意象——一种保存，也许是一种重建"①。记忆对过去的建构性一方面使过去的经验得以保存，而另一方面却通过分享个人记忆使个人融入群体，产生一种归依感和认同感。南方作家所显示的"向后看"的集体倾向，不仅仅是个人对于自己在历史中的位置需要界定，需要厘清和过去的关系以明晰"我是谁"的问题；而且也是一个特定地区的特定人群，对于创伤事件的集体回视，因为"那个从1865年就死亡的南方腹地，那边挤满了喋喋不休怒气冲天大惑不解的鬼魂"。作为年轻一代的南方人，他们"不得不听着"（AA, 3）。或者，他们开始了对过去的内省，"对话式"的话语模式不仅是南北之间，也是南方社会内部、作家们自己内心，或者过去和现在的对话。

在这群作家中，泰特不仅是重农主义的主要代言人、新批评的创始者之一，也是南方文学作家集体中的领军者。凯瑞斯尔（Gale H. Carrithers）、辛普森（Lewei Simpson）分析了泰特在南方文学中的地位，指出南方文艺复兴对于泰特等作家们来说是一场文学的暴力行为。"如果将南方文艺复兴的现象归功于单个的人，我们可能说应该是艾伦·泰特。他卓越的和准确的批评对南方文学研究［贡献之大］，以至于我们不知道没有他会怎么样。"

---

① Lewis P. Simpson: *The Dispossessed Garden* (Athens: University of Georgia Press, 1975), 70.

泰特作为这场斗争中的"上校",受到广泛的尊重①。1938 年,泰特发表了《父亲们》(*The Fathers*)。作为泰特作品中唯一的一部小说,《父亲们》再现了南方家庭的历史记忆和个人创伤。故事主要由兰西·巴肯(Lacy Gore Buchan)的回忆构成,分为"快乐山""危机""深渊"三部分。兰西·巴肯出生于弗吉尼亚州的快乐山(Pleasant Hill),他的家族是老南方的名门望族,拥有种植园、奴隶、地位和尊严。父亲巴肯少校是南方传统文明的代表,他和这个家庭都严格地遵守南方道德约束,恪守社会礼仪的每一个细节。在这个家庭中,来自乔治城的珀西(Posey George)是一个格格不入的外来者。珀西作为兰西哥哥塞姆斯(Semmes Buchan)的朋友出现在快乐山,之后在一次竞技会中赢得了苏珊的芳心。苏珊不顾父亲的反对,嫁给了珀西。内战爆发了,巴肯少校坚持统一,不赞成分裂。珀西却忙于内战中的投机生意,而不是像其他南方人一样为南方战斗。苏珊嫁到珀西家后,发现那是一个完全不同于自己娘家的地方。她在快乐山所受的教育并不适应珀西家的生活。珀西家族似乎与世隔绝,人与人之间缺乏亲情和联系,他们似乎是从爱伦·坡的小说中逃出来的怪人。一个老姑妈从她的窗户中偷窥外面的生活;一个叔叔,从来不从他的房间里出来,据说他待在里面写一本关于人类历史的

---

① Gale H. Carrithers, Jr.: "Colonel Tate, in Attack and Defense", *Southern Literature and Literary Theory*, ed., Jefferson Humphries (Athens: The University of Georgia Press, 1990), 48 - 66. 辛普森回忆道,当他和几位朋友站在泰特的墓前的时候,他们用南北内战中最普遍的称呼——"泰特上校"来尊称这位在南方文学界起到领军作用的人物。"以那些我们中属于 20 世纪南方文学现象的第二、三代传人的名义来说……泰特在这支文学军队中承担着指挥官的角色,[他的重要性]胜过了其他人。" L. P. Simpson, *The Man of Letters in New England and the South* (Baton Rouge: Louisiana State University Press, 1973), 244. 参见 Simpson, "The Critics Who Made US: Allen Tate", *Sewanee Review*, 94 (1986), 474。

书。苏珊试图制止自己的家人和珀西家庭再次发生联系。当珀西黑人血统的兄弟吉姆斯（Jims）对珀西的妹妹做出侵犯行为后，苏珊命令哥哥塞姆斯（珀西妹妹的未婚夫）和珀西一起惩罚吉姆斯。塞姆斯认为珀西和他取得了共识，先开枪射死了吉姆斯。珀西在狂怒之下，射杀了塞姆斯。珀西和兰西回到快乐山，发现巴肯少校为制止北方军队强征他的住所作为军事指挥部上吊自杀了。珀西参加了南方邦联队伍，希望挽回苏珊。但在一次决斗中，珀西杀死了一名南方军官，被迫逃逸。兰西决定继续珀西的事业。他后来成为了一名药剂师，并作为幸存者讲述了这个故事。

正如绪论中文献综述所指出的，《父亲们》在被读者接受的过程中曾经没有受到足够的重视。随着理论视角的丰富，批评家们从文化批评的角度、历史的角度，分别对以往忽视的珀西和兰西等人物进行了更深入的研究。卡格尔（Jeremy Cagle）分析了巴肯少校、珀西和兰西的历史意识后指出："兰西故事中最主要的重负是在父亲之间的选择。"① 布鲁斯·皮埃尔（Bruce Pirie）从叙事的角度分析兰西叙述中的模糊性，认为这种模糊性代表了兰西心中的困惑②。理查德·罗（Richard Law）对《父亲们》的分析沿用了迈兹纳两种张力的思路，但更重视社会和文化的层面。他认为泰特追求两种理想的文化愿景。一种是统一的、成熟的、传统的社会，有助于心理完整性和行动；另一种是处于过渡期甚至崩溃了的社会，后一种局面容易导致痛苦的意识，但却有助于发展艺术。因此，《父亲们》中，那些在老南方历史中呈现

---

① Jeremy Cagle: "More than a Snapshot: Allen Tate's Ironic Historical Consciousness in *The Fathers*", *The Mississippi Quarterly*, 59, 1－2 (2005), 207.

② Bruce Pirie: "The Grammar of the Abyss: A Reading of *The Fathers*", *The Southern Literary Journal*, 16, 2 (1984), 81.

的社会仪式能够赋予人们道德和心理优势，这些优势包括人性的完整、视野的多元化，使人们不至于自我怀疑①。

霍尔曼（C. Hugh Holman）认为这是一部美国的成长教育小说（Bildungsroman），"其中充当次要人物的观察者——叙述者通过见证了发生在他人，而非实际发生在他身上的事情之后，开始了解这个宇宙和自己在其中的作用"②。另外的评论家认为，这部小说最恰当地表达了泰特关于象征化和理想化想象的区分，在小说中分别由巴肯家族和珀西家族代表。"象征化想象属于人世的、家庭的、本地的和历史的，它对于维持地方的联系有特别的兴性趣，这种联系表现在习俗、仪式、形式和礼节上。理想化想象是一种行为愿望，它孤立于世界，因此徘徊在两个世界里，依靠自己的强度维持，对于存在嗤之以鼻，直接要求本质，因此渴望每一个最终的完全的景象。"③

20 世纪 80 年代后，随着文本、作者和社会语境之间关系的讨论的深入，批评家们不仅关注小说内部的研究，也更关注作者的历史意识和写作。约翰·斯托恩（John R. Strawn）从美学的角度分析泰特的历史意识，指出"泰特作为一位美国现代主义者的独特之处在于：几乎在他所有重要的作品中，都有南方的存在，他试图艺术性地联结逝去的过去和破碎的现在，在这种连接

---

① Richard Law: "'Active Faith' and Ritual in *The Fathers*", *American Literature*, Vol. 55 (1983), 348.

② C. Hugh Holman: "Bildungsroman, American Style", *Windows on the World: Essays on American Social Fiction*, ed., C. Hugh Holman (Knoxville: University of Tennessee Press, 1979), 168-197.

③ Denis Donoghue: "The American Style of Failure", *The Sovereign Ghost: Studies in Imagination*, ed., Denis Donoghue (Berkeley: University of California Press, 1976), 114-119.

中捕获不易记住的历史形象"①。唐纳森（Susan V. Donaldson）从历史的角度，分析了《父亲们》中"深渊"的意象，认为"现代男性作家为过去和传统的和谐所吸引，但却有意地、全然地疏远了它［过去］"。代表现代形象的乔治出售了自己黑人血统的兄弟吉姆以参加竞技会，并赢得了苏珊的芳心，这种举动暗示着南方白人社会的宿命②。柯瑞林（Michael Kreyling）从詹姆逊（Fredric Jameson）的"政治无意识"的角度出发，研究《父亲们》写作的历史语境，指出"泰特叙事中致力解决的'真正的矛盾'，不是内战的问题，而是美国社会两战期间经济变化，即重农和工业两级化标签带来的巨大后果"。柯瑞林认为，泰特将自己的时代作为老南方过去时代的仿真的回返。小说中冲突的重点不在于对实际历史的指涉，如同詹姆逊所言，我们不能离开自己当前的视野来阅读历史③。

虽然泰特一生中只发表了这一部小说，但许多研究南方文学的批评家都把《父亲们》列入了南方文艺复兴的代表之作。尤其在 20 世纪 80 年代后，理查德·金的作品掀开了对南方文艺复兴经典重读的热潮。丹尼尔·辛格（Daniel Joseph Singal）的《内部的战争：从维多利亚时代到现代主义南方思潮，1919 - 1945》（*The War Within: From Victorian to Modernist Thought in the South, 1919—1945*, 1982）、托马斯·丹尼尔·杨（Thomas Daniel

---

① John R. Strawn: "Lacy Buchan as the Voice of Allen Tate's Modernist Aesthetic in *The Fathers*", *The Southern Literary Journal*, 26. 1 (1993), 64.

② Susan V. Donaldson: "Gender, Race, and Allen Tate's Profession of Letters in the South", *Haunted Bodies: Gender and Southern Texts*, eds., Iones, Anne Goodwyn et al. (Charlottesville: The Universtiy Press of Virginia, 1997), 182.

③ Michael Kreyling: "*The Fathers*: A Postsouthern Narrative Reading", *Southern Literature and Literary Theory*, ed., Jefferson Humphries (Athens: University of Georgia Press. 1990), 188,

Young）的《过去在现在中：现代南方小说主题研究》（*The Past in the Present: A Thematic Study of Modern Southern Fiction*, 1981）、里维斯·辛普森（Lewis P. Simpson）的《南方作家的寓言》（*The Fable of the Southern Writer*, 1994）、理查德·格雷的《书写南方：一种美国地域观念》（*Writing the South: Ideas of an American Region*, 1986）、梅尔安妮·本森（Melanie R. Benson）的《困扰的计算：后殖民时期南方文学中身份的经济, 1912—2002》（*Disturbing Calculations: The Economics of Identity in Postcolonial Southern Literature, 1912 - 2002*, 2008）等都对泰特的这部小说在南方文艺复兴中的经典地位进行了肯定和详细的讨论。

从目前的批评现状看来，许多批评家从历史的角度分析巴肯少校和老南方形象，或者从新旧对立的角度分析巴肯少校和珀西两种生活方式，讨论比较深入。但对于这两位父亲的继承者、兰西的叙述中的困境和兰西记忆的选择，还鲜少涉及。我们有两点需要更多地关注。一是叙述者兰西的叙述困境。中心人物兰西，既是叙述者、参与者，又是他所讲述的故事的塑造者，不断回忆各种人物之间的行为，解释这些行为的动机，并告知这些行为延续到当前的后果。这种叙述方式将过去、过去所导致的将来、现在并置于同一叙述层面，一方面造成了兰西叙述的困境，另一方面却成为《父亲们》特有的叙事标志。从历史和社会的角度看，这种困境也是集体的，南方作家在对过去的反思中试图弄明白创伤的原因和性质，而过去和现在纠结的关系阻碍了进一步的认识。因此这种叙述的困境表明，创伤不仅存在于过去，也伤害了现在。从创伤潜伏期出发，现在既是过去噩梦重复的再演，它也是创伤，需要来自过去的解释。二是要关注兰西在记忆和忘记之间的选择。过去的记忆构成了兰西等生活的全部。这种记忆不同于历史，它充满了家庭的生活细节，成为一个符号、一条和死者对话的途径。然而，代表南方传统的巴肯少校却没有成为兰西记忆要传承的对象，反而是另一个恶棍英雄式的父亲形象——珀西——成为其记忆的对象。兰西记忆的选择性不仅仅是两种张力互相作用的结果，而且代表了记忆和忘记的对抗。兰西的选择矛盾性地说明了南方集体无意识中和过去拉开距离的努力。

第一节　记忆的符号和碎片：
巴肯少校和老南方记忆

正如格雷指出的那样，南方的文学是一种记忆的文学。如果说南方历史用伊甸园类的神话描绘了一个宏大的过去，那么南方文学则用个人生活充实了对过去的想象，通过记忆来还原过去的真实面目。泰特这样谈道：

> 记忆拘住内在时间的流动。但我们所记住的并非服从我们的愿望；记忆有其自身的生命和目的；它只给予它希望给［我们］的。圣奥古斯丁告诉我们，记忆就像一个女人。拉丁词记忆（memoria）是一个阴性词，因为女人们从来不会忘记；同样的，灵魂的拉丁词是anima[这个词还指男性的女性特征]，记忆的重要原则和管理者，［也是］这个所有男人既追求又逃避的女人的形象。这种女性的记忆说：这儿有一只快要死的鸽子；你这一次必须真正地杀死它，否则你就不可能从其他你已经杀死的鸟儿中记住它；拿走它或是留下它；我把它交给你了。富于想象力的作者是记忆的考古学家，致力于过去的特殊的瞬间、特定的事情——首要的神圣

的记忆。如果他的"城市"将从一捧碎片中重新矗立，他会试着用一种令人眼花的曲折的方式，拼凑这些碎片，[因为] 大多数的碎片都永远地丢失了。①

在泰特的这段文字中，记忆并不完全是对过去的模仿，如果是那样，记忆就要从属于过去；而泰特认为，记忆有其自身的生命，并非我们所能选择和控制的。当记忆出现，或者我们和记忆重逢之时，总是有忘记的阴影。南方作家的写作，从某种意义上来说，就是一次记忆的尝试，否则要么是记住，要么是忘记。过去就如同濒临死亡的那只鸽子，记忆将它交给了这些作家，或许只有亲手杀死它，才能真正记住它。另一方面，记忆不可能是完整的，作家们所能做到的，只是用残存的碎片来重新构建失去的整体。这项工作需要历史想象力来恢复那副历史整体的图像，但它注定是不可能完全完成的，只能是朝向过去的永恒接近，因为"大多数碎片都永远丢失了"，记忆之中，一直存在着忘记。

泰特的《父亲们》正是一部关于记忆和忘记的小说。叙述者兰西·巴肯从记忆深处挑选过去的碎片，拼凑起一幅过去的图像：既有着曾经意气风发的南方骑士，也有着温婉娇艳的南方美人；有只属于家庭的聚会，也有一年一度的竞技会。但兰西从一开始就告诉了我们，这些繁华只存在于记忆之中：

　　就在今天，当时我正顺着斐耶特大街朝河边走去，我闻到一股咸鱼的气味，它让我想起了那天我站在快乐山的水木树下。那是 4 月的下旬，繁花在穹顶上绽放。

---

① Allen Tate: *Memoirs and Opinions, 1926－1974*(Chicago: Chicago University Press, 1975), 12.

我的母亲去世了。一群群亲戚那个晚上之前就来到了；我也在场，一个 15 岁的男孩，刚吃过早饭，走到外面的院子里。站在树下我仍然能够闻到珀瑞西阿姨为从华盛顿和亚历山大赶来的亲戚和朋友们准备的鲱鱼味道。这些人里面有年迈的阿米斯特德伯伯，是我父亲的兄弟，比父亲大 20 岁，他出生于革命的结束时，显得比他 80 岁的年龄还老迈：又聋又半瞎，谁对他说话，他的回答只有一句"哈?"而且他从来不问一个问题。我现在一闻到鲱鱼的味道，脑子里就回响着"哈?"我还能看见我母亲黑色的棺材安静地躺在前厅，那间白色的、长长的屋子里。①

兰西的记忆是通过外部事件引发的。"咸鱼的气味"直接触发了过去的一幕，投射在他的意识中。重新获得过去是一种惊喜的体验，兰西用了一个强调句："It was only today as I was walking down Fayette Street towards the river that I got a whiff of salt fish, and I remembered the day I stood at Pleasant Hill, under the dogwood tree."随着通向过去之门的开启，兰西重新发现了在记忆中已经失落的碎片，他的叙事就是一桩拼凑过去的工作。他重复使用"it was"来加强当前和过去的联系，用强调句来指示时间中两个片段——最近的过去"就在今天"和他母亲葬礼的遥远的过去。但这种拼凑过程并不可能圆满，即使兰西能够找到所有过去的碎片，能重新组装出完整的过去，这种产品也只是一种重建；更何况兰西也无法远远打量逝去的记忆，过去的时间仍然存在在现在

---

① Allen Tate: *The Fathers*, 2ⁿᵈ ed. (Athens: The Ohio University Press, 1990), 3. 该书的中译文为笔者所译，不另加注。

里。在上面两句引文中，两段时间之间意识的自由联系模糊了时间严格的限制，其间的区别只在于时间距离的远近。而兰西自己的出场使用了过去完成时，构成了时间上朝向过去的层层推进。这种推进告诉读者：追忆的过程至少和内容一样重要。叙事时间在过去和现在之间的移动，再现了兰西忽而记起忽而忘记的记忆过程。记忆使过去的事实重新再现，而当这些事实作为当前的现实出现时，兰西长期遗忘的记忆又重新发现了自己，并且开始组织和过去的各种联系。

兰西的叙事依赖头脑中记忆的联系。他的叙事并非按照编年史顺序，而是通过对比他在过去的意识和现在的意识，通过组织在他的记忆中相连的事件来重建失落的过去。他的记忆是通过鲱鱼的味道引发的，这种感觉启动了他头脑中一系列的联想，并在这条联想的链条上开始了他讲述的故事：共同出场的不仅是作为叙述者的年老的兰西，还有 15 岁的小兰西。后者既是叙述者，也是记忆的客体、叙述者观察的对象。兰西的身份不仅通过时间中的位置而存在，而且也通过家族的历史，即巴肯家族的第三代而确定。托马斯·杨（Thomas Daniel Young）指出："泰特 20 世纪 30 年代后的作品中，一个重要的主题是努力在现在中看到过去，不只找到个人的过去，而且找到个人过去背后的［集体］的过去。"[1]伴随着兰西个人历史背后的家族历史和集体记忆，兰西知道他回忆的甚至不是一些具体事件，而是一些过去的符号：

那时我感觉有一种新的东西——我现在对那时的感觉：没有一个老人能恢复过去的感情；他只能回忆起那

---

① Thomas Daniel Young: "Allen Tate's Double Focus: The Past in the Present", *Mississippi Quarterly*, 30 (1977), 519.

些悄悄的感情依附在上的记忆，而那些记忆也不是发生在 1860 年，而只是一些象征符号，一个声音、一棵树、一把墙上挂着的锃亮的枪——这些象征只能以它们独有的、神秘地承载历史的方式来保留旧日的生活。(22)

巴肯家族神话般的历史为那些曾祖父、祖父等祖先们所持有，并通过父亲传递给兰西·巴肯。这些先祖创造出一些抽象的、符号的世界，并通过固有的荣誉法则、纪律、行为模式来塑造后代，以保护和维持记忆中的和过去的联系。从这个意义上来说，兰西只要能够找到过去的某一片碎片，也就意味着他从已经瓦解的家族历史的整体中找到了残留的部分，从这块碎片的材质可以分析出这一过去的全貌，解读其分崩离析的过程。兰西的父亲巴肯少校就是这样一个过去记忆的符号。从巴肯少校身上，可以看出老南方曾经的存在，他身上记载着南方的历史。

巴肯少校是老南方理想的化身。辛格尔（Daniel Joseph Singal）曾评价道："少校人格化了泰特对于老南方文化的理想概念。巴肯少校所做的每一件事都是由他所出生阶层的法则决定的，他从来也没假设过自己会反抗这种法则。他实际上缺乏自我。他的对立面乔治·珀西——少校儿子塞姆斯和兰西的好朋友，并且娶了少校的女儿苏珊——则是一个城里长大的生意人。因为珀西没有传承的法则，他的行为完全受到冲动的控制。"① 事实上，巴肯家族的历史可以上溯到美国建国初期，巴肯少校的母亲出身名门，弗吉尼亚的人们甚至认为，如果不是杰斐逊先生如此忠实于民主，这一家族应该是美国的皇族（11）。巴肯少校

---

① Singal: *The War Within: From Victorian to Modernist Thought in the South, 1919 – 1945*, 254.

代表着战前白人的精英阶层，他们习惯了为传统和公共准则所塑造的自己的生活，也习惯了发号施令使用权力，甚至无视自然的规律。兰西记得有一次他的父亲带领全家人去度假。在亚历山德里亚的一所豪华的宾馆里，"我们鱼贯般走进大厅，就像我们在公共场合经常做的那样——至少母亲紧随着父亲，他以一种明显的军人风度行进到宾馆前台，好像他正要做什么报告或领导一个团列……在前台父亲说：'我们需要雨，先生！''我们提供服务，少校'"（17）。迈兹纳对这一段叙述评价道："我们为少校完美的风度而着迷，也为他展现出来的天真的自信而震惊。"①少校所体现的正是老南方理想的绅士典范：他重视家庭以及自己在公众眼中的形象，尊重妇女，爱惜荣誉，接受传统的道德和价值约束，忠于国家和他的阶层。但这种老南方的理想同时也是天真的、虚构的，缺乏真实的记忆原型。

卡什（W. J. Cash）在《南方人的思想》中指出："［南方］的绅士概念，来自克伦威尔时的英国，这种绅士理想在美国南方深入人心并自我发展为一个［南方的］核心愿望，即一个精心打磨过的、成熟的、平衡的世界，完全受到荣誉和贵族骑士阶层理想的主宰——在瓦特·司各特书中提到的那些过去的情感、价值、行为习惯，常常被加诸到［南方］的绅士和骑士身上。"②从这个观点来说，南方绅士的自我受到观念的约束。在兰西记忆中，他的父亲从来没有慌乱过，甚至在母亲的葬礼上也依然保持平静。作为快乐山的主人，在这个静止的集中体现了老南方传统文化的庄园里，巴肯少校提供了一个不受时间影响的形象。他的一举一动都可以作为行为的标准、礼仪的规范来尊崇。甚至每天

---

① Arthur Mizener: Introduction, *The Fathers*, by Allen Tate (Athens: The Ohio University Press, 1990）, X.

② Cash: *The Mind of the South*, ix.

早上，兰西和父亲的会面也是仪式性的：

> 我一走进去他［巴肯少校］把盒子放在他的椅子
> 旁边的小桌子上，站起来，然后我站在他面前，他俯身
> 亲吻我的额头。然后我们握手，他说道："上帝保佑你，
> 我的儿子，保佑你今天的工作［顺利］。""上帝保佑
> 你，爸爸，"我说道。（126）

这样的问候礼仪每天进行，严格地摒弃了任何私人感情的泄
露。不仅父亲如此，连兰西的母亲每天做家务都像在举行一场小
小的仪式："［这种传统］肯定不算太长，但对我母亲来说，却
是自古传下来的。"礼仪可以保证秩序，拒绝时间的侵袭，从而
拒绝变化。然而，拒绝时间的变化既是老南方神话的特点，也是
致命的弱点，因为无时性意味着巴肯少校缺乏历史意识。兰西自
己对传统生活中缺乏时间和历史意识的问题解释道："人们生活
在形式化的社会中，缺乏历史想象力，只能想象自己是一种无时
间性的存在：因为他们自己永远不会有起源和结束，而是会永远
地生活下去。"（183）巴肯少校几乎就是一个公众意义的记忆符
号，家族、文化、历史的传承通过他没有变化的行为习惯和生活
方式来传递。因此，理查德·金指出，"《父亲们》是一曲失落
的生活方式的挽歌"，是"一种敏锐但致命的对弗吉尼亚人历史
意识不足的解剖"①。巴肯少校所重视的礼仪和仪式都是为了抹
除生活中个人的痕迹，通过机械地重复来加强和过去的联系。

20世纪初叶，南方面临新旧世界的交替。面对传统世界的
逝去，泰特等知识分子对老南方这份精神遗产抱有非常复杂的态

---

① Richard King: *The Southern Renaissance*, 105.

度。一方面，他们认识到老南方是一个僵死的概念，如同巴肯少校所体现的无时性一样，这个概念拒绝变化，因而无法融入历史。另一方面，记忆是身份的基础，老南方的记忆在"逃逸者"以及重农主义运动中成为一种政治策略，以反抗代表北方的现代工业资本主义抹除南方人身份的企图，维系南方人身份的连续性。1925年夏天，泰特离开南方移居纽约，在《新共和》（*The New Republic*）中获得一份位置。泰特在北方甚至故意强调他的南方身份："他保持着一个弗吉尼亚式的、礼貌的社交形象。在格林威治村的第一次聚会中，他甚至穿着西装，拿着拐杖。"1927年，泰特与出版商签订了一份合同，撰写杰克森（Stone Wall Jackson）的传记，"这本书加深了他新近的对南方的忠诚"。泰特通过对南方历史人物的书写，加强了和老南方记忆的精神联系。1930年开始，泰特接受了为罗伯特·李将军撰写传记的任务。对于泰特来说，李将军的形象非常完美，"从他出生那天起，李就是一个浑身上下人类完整性的完美的典型。"[1]但另一方面，他对莱特尔（Andrew Lytle）抱怨道："我越是长久地研究李身上的弱点，我越是恨他。"在李身上，他看见"表面之下的深渊"[2]。泰特的历史意识让他一方面看见现在和过去的联系，另一方面却困扰着他，因为老南方的形象自身内部滋生了失败和毁灭。

从这个意义上说，巴肯少校体现了泰特对南方过去既眷念又

---

① Allen Tate: *Robert E. Lee Manuscript*, 30 – 31, *Haunted Bodies: Gender and Southern Texts*, eds., Anne Goodwyn Jones et al. (Charlottesville: The University Press of Virginia, 1997), 81.

② Allen Tate to Andrew Lytle, 16 July 1931, *The Lytle-Tate Letters: The Correspondence of Andrew Lytle and Allen Tate,* ed., Thomas Daniel Young and Elizabeth Sarcone (Jackson: University Press of Mississippi, 1987), 46 – 47.

嘲讽的态度。巴肯少校代表着内战创伤之前南方人对自己的认知，巴肯少校的行为举止严格遵循这个理想化世界的要求，也代表着他对这个世界的理解和自己身份的认同。然而，泰特也深深知道，正是这种无时性的记忆侵入了现在，成为僵化的代名词。兰西的表哥约翰将少校视为理智时代的残留的拥护者。"你爸仍然生活在他出生之前的时代——在 1789 年，他认为政府里面还是一些高度自制的绅士，他们正试图彼此容忍。见鬼，兰西，正是这些老式统治的光荣、伟大的保证，将要毁灭我们。［像少校这些人］不能理解理智和自制不能制止危机。他们不愿意正视正在发生的事情。"（124）巴肯少校相信南北之间的紧张局面是理智生活中一个暂时的偏差，但是疯狂并没有因为他的愿望而减少，最终导致巴肯的世界在周遭粉碎。如同路易斯·拉宾在《谨慎的逃逸者》中所言，少校"不能够适应他不理解的——并且他并没有充分认识到还有他不能理解的力量"①。少校巴肯缺乏历史想象力——部分来自他缺乏历史意识——这一点在兰西身上很明显，而在他故事的讲述中，这一点在南北双方冲突爆发时达到了高潮。当少校禁止兰西参与任何邦联活动时，兰西仿佛看见父亲是"从一个遥远的地方［说话］，好像他正全神贯注于一些个人神话而不知道这个世界正在发生什么事情"（155）。兰西感觉到和他父亲英雄式理想的差距；因而兰西用了否定词来描述道，好像是"我忘记了什么事情"，并体会到一种"缺失感"（155）。

在南方集体记忆的话语中，巴肯少校作为兰西的父亲，他的形象提供了兰西自己身份的解释，提供了理解这个世界话语的方

---

① Louis D. Rubin, Jr.: *The Wary Fugitives: Four Poets and the South* (Baton Rouge: Louisiana State University Press, 1978）, 95.

式；从这个意义上看，"父亲"作为记忆符号，选择它、再现它都意味着接受记住过去的指令；而兰西所感到的"缺失感"，却是用"忘记"的行为来形容——"忘记了什么事情"的感受。这种忘记对记住的消解，体现了记忆话语中记住和忘记两种话语模式。"忘记"和记忆交替出现。忘记的困难，总是因为和思索的形式有关。"在记住的过程中，人面对这个世界，而在忘记的过程中，人面对的是自己。"①兰西和父亲的对话，让他真正看清了巴肯少校和他所代表的社会不完美的一面。就如同泰特自己在李将军身上看到完美的表面下的深渊一样，南方失败的原因并非开始于内战之后，而是在这之前，从南方理想社会内部滋生了毁灭的种子——巴肯少校以及他所代表的社会如此静止，绝对不允许任何个人的感情表露，一切行为都必须符合习俗和礼仪，这种方式使个人离开了他所属的阶层后就失去了存在的意义。因此，对于这种僵化的传统和礼仪的束缚，兰西若有所失的忘记，事实上是一种开始。

理查德·金指出，忘记有两种意义。第一，忘记从过去出发不可能做什么新的或不同的事。因为尼采认为，如果一个人什么都记得，他就不可能做任何事情。在过去，所有的事情已经被试过而且完成了，或失败了。第二，忘记涉及擦掉针对过去的悔恨，这一项工作比第一项工作更难②。巴肯少校作为记忆的符号，意味着历史的重担。如果无法忘记这位父亲所代表的传统和历史，忘记他所遵守的僵死的礼仪，作为下一代的兰西就无法开始新的生活。相反，作为兰西精神上的父亲，珀西却没有过去，也就意味着没有记忆的历史负担，他的出现，不啻为老南方生活

---

① Elena Esposito: "Social Forgetting: A Systems-Theory Approach", *Cultural Memory Studies: An International and Interdisciplinary Handbook*, eds., Erll, et al.,189.

② Richard King: *The Southern Renaissance*, 292.

中一个忘记的符号。

在第一章《快乐山》里，巴肯少校和珀西有一次重要的会面。作为一个外来人，珀西闯入了一个封闭的世界。在那里，所有的一切都井然有序，每个人的出生、家庭都决定了其身份和彼此应对的态度。但珀西却对所有这些礼仪和仪式嗤之以鼻。兰西先是回忆起在母亲的葬礼上他看到珀西。珀西当时和苏珊结婚刚刚一年，是一个小女婴的父亲。珀西不愿意留在快乐山的葬礼上，因为对他来说，"他们除了死亡、结婚、思考弗吉利亚的荣誉外，什么事也不会做"（107）。尽管苏珊跑出来想挽留他，珀西还是扬长而去。珀西的行为深深影响了兰西，当他和珀西并肩站在一起时，兰西发现，"在死亡的幻境中我第一次看清了整个地方的面目。透过乔治·珀西和我姐姐苏珊生活中的浓雾往回看，我想他［珀西］也看到了一个陌生的世界，他妻子的家庭，好像他从来没有看到过一样"（7）。叙述者的视角借助珀西的眼睛，看到了一个熟悉的世界中陌生的一面。这是兰西叙述中第一次出现对快乐山的忘记。忘记释放了对历史和传统的批评力量，兰西作为旁观者，他的叙述声音来自于巴肯少校和珀西之间的冲突之中，透露出另一种历史意识。

在这场回望并"第一次看清了整个地方的面目"之后，兰西又回忆起珀西作为哥哥塞姆斯的朋友第一次来到家里的情境。珀西一出场就显示出他和传统之间的冲突。这个冲突是通过一次馈赠来展示的：未曾经过兰西父母的同意，珀西送给了兰西一把枪。这是一份贵重的礼物，这种馈赠行为显然不符合巴肯家族的礼仪规范。通常来说，"礼物是象征交换的特殊形式。当文化成员生产出礼物，并从一方传到另一方时，一种社会秩序和结构的

关系也产生了"①。在《喧哗与骚动》中，昆丁对黑人老大爷的
馈赠代表着施与受的等级关系；而珀西对兰西的馈赠从南方礼仪
的象征体系看，代表着缔结友好姻亲的企图。对于一个首次登门
拜访的客人来说，这种行为显然不大符合规矩。因此，珀西和巴
肯少校之间爆发了一次冲突。巴肯少校对这一馈赠不大赞同：

> 珀西先生，这不是礼物自身的问题。不是，我要谈
> 的不是这个，而是礼物的意图，你对我们家庭的美好的
> 感情。我不知道我们有何资格得到你的好意——不，先
> 生，我不知道我们可以。
>
> "巴肯少校，毫无疑问我对您的家庭抱有最尊敬的
> 感情。"爸爸的手指停在了空中。乔治·珀西微笑了一
> 下。我感到这种关于家庭的谈话是危险的。为什么刚才
> 爸爸不问问珀西的家庭，通常当他遇到某个人，无论白
> 人还是黑人，这总是他的第一个问题？为什么珀西也不
> 问问我们的家人？我当时不明白，但几分钟后我很快明
> 白了；我知道爸爸是以一种委婉的方式告诉乔治·珀
> 西，一种他总是用来谈不愉快的事情的方式，告诉这个
> 远方来的年轻人，二十五里之外乔治城来的年轻人，他
> 只是碰巧熟悉自己的一个儿子，还没有资格接触这个家
> 庭的其他成员……（33－35）

对于巴肯少校来说，珀西的馈赠是缺乏感情控制的行为。对
于巴肯少校来说，礼物作为一种社会交换，需要符合对等的社会

---

① Claire Colebrook: *New Literary Histories: New Historicism and Contemporary Criticism*
(Manchester and New York: Manchester University Press, 1997) , 102.

关系和仪式要求。如果珀西对于苏珊以及兰西的喜欢没有得到作为家长的自己的许可，这个年轻人就应该控制自己的感情，约束自己的行为。因为"一名真正的南方绅士的一大标志就是自我控制……他是节制的典范，他的'自然冲动'都成功地被'巨大的控制力牢牢地控制'。这一系列的控制力包括他对家庭和种族传统的关心，'严格的礼仪标准'和'复杂的荣誉章程'"①。珀西赠送礼物的行为并不符合社交礼仪标准，而是感情冲动的率性行为。在这个意义上，珀西并不是老南方标准的绅士。而巴肯少校对于家庭的重视和珀西对于家庭的冷漠，喻指新旧两种观念的冲突。对于巴肯少校来说，世界是建立在各种集体的联系之上的。如同在快乐山，"一群群亲戚"聚集而来，分担一个家庭死亡的创伤。而珀西所代表的世界却是孤立的。珀西的闯入对于快乐山这个由传统的血亲关系、行为准则、理智、信仰而联结的集体社会来说，是一曲不和谐的变奏。而正是因为珀西的闯入，才直接或间接地导致了苏珊发疯、塞姆斯被枪杀、快乐山粉碎成疯狂而危险的个人化碎片，最终以巴肯少校的自杀而结束的结果。泰特对于巴肯少校尊敬但嘲讽的态度、记住而又不得不忘记的回忆之路，说明了他对南方创伤的再认识。

与其说珀西是一个过去的影子、记忆的符号，不如说他预示了现在意识对过去的侵入。在内战对南方造成毁灭性的打击之后，南方似乎幸存了下来，甚至新南方声称"新南方只是新环境下的老南方"②。新南方教条事实上是对南方创伤的忘记。因为忘记可以填平时间的鸿沟，让南方重新回到战前所谓的伊甸园生

---

① Singal: *The War Within: From Victorian to Modernist Thought in the South, 1919 – 1945*, 17 – 18.

② Paul M. Gaston: *The New South Creed: A Study in Southern Mythmaking* (Baton Rouge, 1971), 152.

活。但另一方面，创伤却不可能抹杀，而是以延迟的方式反复地出现在南方人的生活里。珀西的出现，不仅是新旧之间、公众和私人之间、老南方和现代之间张力的结果，而且是一种噩梦式的，却又充满现实感的过去的回复。珀西和巴肯少校之间并非对立的关系，而是各自代表南方创伤的两个层面。对于南方个人来说，创伤总是记忆和忘记同时交替进行的过程。巴肯少校记得所有的过去，他的缺陷在于他不能忘记；而珀西是一个没有过去的人，一个没有家庭历史的极端的个人主义者，他的缺陷，却在于什么都不能记住。一个不能忘记的人无法开始新的历史；而一个没有记忆的人也就没有历史，没有历史的连续性，注定会毁灭。兰西·巴肯面临在两个父亲之间选择的压力，他最后的态度微妙地说明了泰特等南方知识分子选择的结果。两位父亲代表的两种历史意识都不能幸存。兰西的存在代表了另外一种历史意识，他的存在，既是创伤的见证，也是创伤幸存的一种方式。

第二节　"父亲们"：兰西的历史意识

作为创伤见证者和幸存者，兰西一直试图压抑并忘记自己的创伤经历。然而在他的现实生活中，创伤记忆却追逐着他。他不仅见证了内战、快乐山焚毁、哥哥被杀、父亲自杀以及姐姐发疯等历史事件，他也见证了一段没有完成的历史，因为创伤没有结束，他的幸存正是创伤仍然存在的证据。不仅兰西遭遇了创伤叙述的困境，我们从他的叙述中得知，他自己的生活也遭遇了创伤的重复。年老的兰西没有结婚，没有家庭，或许正是害怕他自己的家庭将会再次遭遇快乐山一般的毁灭，害怕曾经的完整将会再次被夺走，兰西拒绝重建快乐山或尝试重新组织一个家庭。这说明兰西试图通过压抑记忆来忘记创伤。希利斯·米勒曾总结了两种记忆模式：

> 第一种记忆构筑了一个清晰的模型，"生活"在里面消失了，剩下的知识按时间顺序对事实所做的干巴巴的叙述。第二种类型的记忆构造了一种虚构的生活，即"逼真的生活"，正如梦向我们展示了事物奇特不凡、强劲有力、富有感染力的"记忆"，尽管事物本身的情形从不是这样……这种"记忆"为体验过它的人创造了一个错综复杂而又庞大的谎言的网络、一个对不曾存在过的世界的回忆，这个世界建立于遗忘这一否定性行为的基础上。①

米勒这里对记忆的分析，是一种对重复和差异的探索。在泰特的《父亲们》之中，兰西对过去的层层推进式的回忆，也是一种重复，但这种记忆过程显示出强大的重建力量。孩童时期的兰西是无法理解家庭创伤和历史性创伤的。但很久之后，鲱鱼的气味、墙上的枪等平常的事件引发了过去生活中某一个细节，令他重新体验创伤。因此对于兰西来说，这种精神创伤既不存在于第一次的体验中，也不存在于现在的回忆中，而是存在于过去和现在的对话之间，存在于记忆的过程中。

多年来，评论家关心巴肯少校和珀西的程度远胜于关心叙述者兰西。然而，兰西的重要性甚至远胜于这两位父亲，他是唯一活下来，并传递讲述创伤经历的幸存者。兰西的叙述显示了他一次又一次靠近创伤之源的努力，也是一次又一次的情感宣泄和对

---

① 希利斯·米勒：《小说与重复——七部英国小说》，王宏图译，天津：天津人民出版社，2008年，第8页。

创伤的认知。在兰西的讲述中，叙事时间并不是线性的前进或后退，而是显示出一层层的嵌入式的回忆。比如在第一章《快乐山》中，兰西先是从鲱鱼的气味回忆起了快乐山最后一次家族聚会，然而母亲葬礼上珀西的离去，又让他想起两年前珀西赠送的一把枪，以及父亲和珀西之间的一次谈话；接着回忆起这次谈话之后竞技会上珀西赢得了冠军、决斗事件和苏珊用联姻的方式以自己家庭的名字保护了珀西等事件。理查德·罗（Richard Law）认为："被讲述的事件之间细微的联系——实在事件中叙述者，巴肯医生，作为参与其中的年轻人——和他现在对那些事件的回忆的讲述，是整个叙述的关键点。"罗尤其看到了泰特关于记忆和历史意识特别之处："当前的记忆，因此，是一件新事物，某种意义上而言，是一件制造之物，就像一首诗，尽管制造不是有意识的……换句话说，通过他的叙述者和故事的展开，泰特试图戏剧化一种文化构筑观念和记忆模式的过程。"[1] 也就是说，过去的记忆并非僵死之物，而是延续在兰西现在的生活中。

兰西叙事的结构精密而复杂，第一章包含着一份延伸的记忆，仿佛不是来自那个年迈的医生，而是那个男孩的一部分。老年的兰西，简单地说，正在回忆记忆。斯奎尔斯（Radcliffe Squires）捕捉到泰特这种独特的讲故事的方式："［每次］年老的叙述者进入［故事］，就像老油彩在新的上面覆盖了一层，时不时地从他［现在的］位置，带着不属于年轻的叙述者的清理过的意识而进行评价……因为男孩自己也成为一个被记忆的对象。"[2] 泰特对记忆的编织，是具有建设性的、想象的，也具有

① Richard: "Law, 'Active Faith' and Ritual in *The Fathers*", *American Literature* 55.3 (1983), 350-351.

② Radcliffe Squires: *Allen Tate: A Literary Biography* (New York: Pegasus, 1971), 136.

重建的意义。在第一章《快乐山》中，兰西目睹珀西从母亲葬礼上跑开后，回忆起两年前珀西送给他枪，珀西和父亲在书房里的谈话，以及之后出现的一个长长的闪回，仔细描述了竞技会和珀西决斗、求婚的情境。这个闪回既是年少的兰西对往事的回忆，也是老年兰西重新审视过去的努力，目的是定义一个马上就要被战争摧毁的世界中过去生活的品质和本质。

这是1858年的一场南方的露天竞技赛（Fairfax tournament）。郎顿（John Langton）和珀西分别带领橙色和黑色两队骑士表演竞赛马术。兰西的回忆再现了一个战前南方上流社会的聚会，其中有出身良好、彬彬有礼的年轻骑士，有年高德劭的绅士们，还有花团锦簇的南方美人；主持人风雅地提议"为女士们！上帝保佑女士们！"欢呼："我不知在哪儿能找到合适的高雅的词儿来赞美女士们，没有她们，你们［年轻骑士们］今天的努力就没有意义？正是这些女士们，她们是我们美德的源泉，是我们的保护者。正是为了她们，才使得你们有着这样精彩的表演。"（66）在这个一年一度的聚会上，珀西获得了冠军，按照传统仪式，珀西可以将荣誉桂冠戴到他心仪的女士头上，全场的观众也在期待着这激动人心的一幕。苏珊已经在表哥约翰的陪同下起身走向会场奖台，轻盈的步伐衬托出她娇美的身段。当她坐下时，雪白的蓬裙在背后散开，"她颈后丰盈的发尾上的每一个发卷都十分得体，一朵白色的玫瑰从发冠上富于艺术性地垂下来"（70）。然而，珀西却显得和这个仪式格格不入：

> 乔治·珀西，整个仪式中他的脸也没有移动一点肌肉：这是镇静，不是控制。他的嘴边有一丝模糊的微笑，他的头丝毫没有移动，只是眼睛眯缝着追随着［这仪式］以便看清楚，**我想**［I thought］，这些老古董们

下一步将做什么。他举起了花环，凝视着，好像他以前从来没有看过。

约翰表哥已经退回去了，他站在一旁注视着乔治·珀西。每个人都在注视着他。他没有移动。布罗德克尔先生盯着他，嘴巴瘪进去，好像那种吃惊的难以理解的表情是他唯一可以表示的。他［这个样子］看起来像他们家的一幅肖像。苏珊漫不经心地抬起了她的眼睛，而乔治·珀西又看了看那个花环，有一点悲哀的，**我感到**［I felt］他就要做些什么荒唐的事情了，**我想**［I think he felt it too］他也这样认为。

他站在她面前，鞠了一躬，举起花环，苏珊俯身上前准备接受，按照仪式，［花环］应戴在她的头上，他迟疑了一下，四下看了看，然后将花环扔到了她的大腿上。他挺直了腰板，大笑起来！

（70，黑体为笔者所加）

竞技会所显示的是一个微缩的南方礼仪社会，其中有南方骑士和淑女，有值得珍惜的荣誉和价值，有传统（尊重妇女）和习俗（表演、竞赛和演讲），有自己的英雄和失败者。这些记忆的符号交织成一个老南方仪式和话语的网络，每个人在其中可以找到自我。然而，珀西的存在和表现代表着这种精心营造的老南方历史氛围里的另一种历史意识。珀西是巴肯家族"历史缺陷"的对立物，一个"充满精力和魅力"的人。托马斯·杨（Thomas Daniel Young）将其描述成"典型的现代非传统的人，为生活方式所控制"①。竞技会所代表的荣誉、骑士风度和道德感等传统被珀西的嘲讽和玩笑所消解。他既不尊奉这个传统社会的价值观，也不理解这种一年一度重复举行的仪式所代表的无时性。因为在珀西的眼中，他的黑人血统的兄弟只是他的"流动资本"，可以换取一匹好马；苏珊也只是个心仪的女郎，而不是老南方所谓美德的化身。换句话说，珀西"是一个现代杰森[Jason]，他排除一切美德去获取他的金羊毛，毁灭一切他接触的东西"②。他就像一个现实的噩梦，不断闯入没有时间差异的南方梦中，逼真地展示生活的另一面。然而，他仍然是这个生活的一部分。兰西说："我们的生活永恒地平衡在一个座基上，在它下面藏着一个不能命名的深渊。"（44）珀西的存在，正是南方生活中一个深渊的化身。

在这幅记忆之图中，还有一份历史意识，即兰西·巴肯的历史意识。兰西一直努力寻找他曾经存在其中的老南方的社会意义，试图理解创伤的原因。他的回忆不仅仅是机械地重述过去的事件，而是在过去和现在之间徘徊，他的意识不时从叙述者转移到观察的对象上。在上述一段回忆中，兰西时不时插入的"我想""我感到"等插入语表明了他现在的位置和对珀西行为原因的思索。第一次出现的"我想"之后，兰西直接以珀西的口吻透露珀西的想法，自由间接引语显示出兰西对珀西思想的渗透和融合。这个姿态是危险的，它表明作为南方世家之子的兰西对这个深渊的向往。而之后"我感到"仍然是1858年少年兰西的情感认识，但紧接着的"我想"却使用了现在时，这是老年兰西

① Thomas Daniel Young: *The Past in the Present: A Thematic Study of Modern Southern Fiction* (Baton Rouge: Louisiana State University Press, 1981), 50.
② R. K. Meiners: *The Last Alternatives: A Study of the Works of Allen Tate* (Denver: Allen Swallow, 1963), 86.

对过去的一次回顾，其中珀西和年少的自己都处于事件的中心。兰西的叙事在这里发生了视角转移，从第一人称有限视角转移到第三人称有限视角，兰西的视角侵入了珀西的意识，并发生了重叠。叙述视角存在的叙事自我和经验自我的差异凸显了兰西游移于历史之外的声音：和珀西一样，兰西也不属于无时性的南方过去。他不断出现的声音提醒我们，他的记忆只是对过去的编织，时间的裂缝造成了战前和当前巨大的分离。这种区别被作为南方人自我内在的创伤而研究。这个伤口既是自己［兰西］历史的一部分，也是他所属的南方文化的一部分。

第三节　创伤的延宕和叙述的困境

兰西的身份不仅是老南方的孤儿，而且是这个神话被毁灭的见证者、一个创伤中的幸存者。"每一个幸存者，都有需要讲述的冲动，以便明白这个故事，为了保护自己，不再受来自过去的幽灵的困扰。"①《父亲们》是一篇对过去的追忆。一开始，兰西·巴肯说："我有一个故事，但我不知怎么讲述它。"兰西目睹了快乐山以及老南方的崩溃，作为幸存者生活在一个新的世界中，创伤的延宕让他无法摆脱过去对现在的影响，在心理上承担着一种对自己幸存的负疚感。这种负疚感既阻碍了他对自己的了解，也让兰西觉得他是创伤的同谋，因为他既不能阻止、拯救，或安抚受害者，也无法将秘密和真相公之于众。创伤造成认知的困境和时间的错失，表现为兰西叙事中先行词的模糊、语义歧义等现象，反映出创伤见证者叙述的困境。

---

① Dori Laub: "Truth and Testimony: The Process and the Struggle", *Trauma: Explorations in Memory*, ed., Caruth, 63.

弗洛伊德在《超越快乐原则》中，将创伤描绘成无意识中以碎片方式回返的暴力事件。对于弗洛伊德来说，创伤发生时，受害者并无准备，相应地，只有通过梦或强迫性重复，受害者才开始去面对并试图理解在第一次遭遇中的恐惧和失去。因此，认知上的不可理解，或对时间主要方面的错失，是创伤构成的因素。凯鲁斯解释道："［创伤］不是简单地坐落在某个人过去的暴力或原初事件中，而是存在于其非比寻常的不可［为意识］吸收的本质上——这种方式在第一次遭遇中是不可理解的——［它］返回并追逐幸存者。"（4）创伤的延宕造成了叙事的模糊，这是对创伤第一次发生中经验不可理解的显示。因此，兰西急于理解他自己的故事。故事开始，他就表示："我不想卷入我不能理解的事情中间。"（12）然而，兰西也明白，"你记住的是你不能理解的"（272）。创伤经验具有无法理解和吸收的性质。

兰西的叙事中有两点非常模糊：一是"强奸场面"，在这一幕场景中，我们没有足够的证据证明吉姆斯的确犯了罪，而且兰西的叙述暗示苏珊"利用"了吉姆斯；二是在吉姆斯自己的陈述中并没有一个清晰的先行词，他的陈述中充满了许多"it"，但并不是指示同一件事情，因为他的陈述中只提供了一个先行词。

> 小主人，它刚刚来找过我。它来过了，我知道它之前我就已经走上了楼打开了门。俺没那意思去打开老太太的门……它来找过我，俺就从门里看进去，然后看见它。如今老太太死了……俺什么也没做，俺也没那意思去碰简小姐。她叫起来时它在那儿。我那时就做了那事。它跳在我身上了。（229－230）

吉姆斯这里的"坦白"（confession）非常模糊，这一点可以从创伤认知的困境加以解释。吉姆斯是珀西、简的同父异母的兄弟。不论他是否强暴了简，他的出现都造成了珀西母亲的死亡、简的晕倒和整个家族的悲剧。卡朋特（Lynette Carpenter）根据吉姆斯这段坦白的语义结构，认为吉姆斯没有强暴简，但的确碰过她。而吉姆斯是否真的犯下了强暴的罪行，是否因此获罪而被枪杀，兰西都没有解释。兰西对于真相的回避让人怀疑他是一个阴谋的合谋者，或者他根本无法理解创伤的社会含义。泰特的一段话或者能说明兰西这里的叙事策略。在对福克纳《圣殿》的介绍中，泰特描绘了福克纳和其他作家所研究的南方神话，认为"南方，为奴隶制的诅咒饱受痛苦——这个诅咒，就像原罪一样，任何个人都不应对此负责——［南方］无可避免地被毁灭了，美好的随着罪恶的一起毁灭了"。就像题文中，福克纳在《去吧，摩西》中同样的感叹："这整片土地，整个南方，都是受到诅咒的，我们所有这些从它那里孳生出来的人，所有被它哺育过的人，不管是白人还是黑人，都被这重诅咒笼罩着。"奴隶制造成了血缘亲属之间的隔离。吉姆斯虽然是珀西和简同父异母的兄弟，但却又是可供珀西买卖的"流动资本"，也是对简小姐之流的南方女性贞操的巨大威胁。这个悲剧不仅仅是家庭的，也是社会的。兰西叙事的模糊再现了肩负着南方历史原罪负担的个体们创伤心理的延宕。

兰西叙事的另一模糊之处是珀西枪杀塞姆斯的场面。和强奸场面相比，这一幕很少被长段的思索打断，叙述显得流畅而直接。兰西似乎放弃了解释和思索，而是直接地、如实地记录当时他所见到的一切。

"我们要去做一件事，是不是，塞姆斯？"他［珀西］看着塞姆斯。

塞姆斯站起来，"我看我们彼此理解，"他说。

我也站起来。乔治哥哥去橱柜里拿出两把军队用的手枪。他拿了一把，另一把递给了塞姆斯。

…………

"珀西先生，你知道我的兄弟是一个傻瓜，"她[苏珊]看着塞姆斯，"他会为了斯泰西夫人射杀任何人，现在也会为了简·珀西而射杀一个黑奴。因为他是一个傻瓜，碰巧还是一个绅士。"她站起来时，浑身似乎都在散发怒火，但她的声音很低，"乔治·珀西，如果你允许我的兄弟为了你射杀你的兄弟，我将永远不再见你。"

…………

"你要杀俺吗，主人?"吉姆斯抬高的声音里充满恐惧和惊讶。

"乔治，我想我们彼此理解，"塞姆斯说。他拿出了那把手枪。吉姆斯扭过头去看着塞姆斯……从我的左面传来塞姆斯手枪的枪声。吉姆斯像一捆稻草一样倒下了。

…………

"你这个该死的家伙，"乔治说。

我正看着塞姆斯。突然，他显得很惊讶，左边膝盖一软跪下，摇晃了一下，就像一麻袋玉米倾倒在河水里。然后我听见，然后看见，延迟的，从乔治手枪里火光的痕迹。他嚷嚷道：

"我从来没有杀死那个黑鬼的念头。"（250－258）

在兰西对这幕场景的重述中，塞姆斯杀死了珀西的兄弟，而珀西杀死了兰西的兄弟塞姆斯，虽然叙述流畅，但却充满了反讽和歧义。塞姆斯不断强调的"我们彼此理解",却在最后成为乔治射杀他的理由。而苏珊究竟是希望塞姆斯杀掉吉姆斯以激怒乔治,达到巴肯不再和珀西家族联姻的目的,还是真心希望珀西能够自己承担责任,制止塞姆斯的行为,还是她已经预见到她的兄弟和丈夫之间必然会伤害其中一个,我们不得而知。她的态度是模糊的,而她的话语所引起的后果更是不可预测。珀西的陈述也可以从两个方面来理解。他可能真的是没有杀死吉姆斯的念头;但他也可能对自己的意图撒了谎,因为对于这个同父异母的兄弟,珀西只是将吉姆斯看作财产的一部分。他曾经卖掉吉姆斯,用换回来的钱购买了参加竞技赛使用的骏马。但当塞姆斯真正杀了吉姆斯时,他也许意识到吉姆斯是他的兄弟,塞姆斯挑战了他的权威,因而一时冲动怒杀了塞姆斯。多重的歧义再现出南方文化深渊中人与人联系的匮乏和"彼此理解"的讽刺意味。所指的模糊消解了人称代词的指代性,意味着创伤不仅发生在某一个特定的人身上,而是映射着创伤背后"每一个人"的形象。就像兰西发现珀西母亲因惊吓过度而去世时,兰西嚷嚷道,"**她**死了",而由于没有具体的先行词,贾满·珀西(Jarman Posey)回应道:"死了?是的,是的,**他**死了——死了好些年了。"(235,黑体为笔者所加)。

布鲁斯·皮埃尔(Bruce Pirie)从语言的角度分析兰西的叙述,发现"小说中代词重复地指向后文才出现的先行词,或者指向多重的先行词,或者从来没有出现过的先行词"。皮埃尔认为:"这种技巧代表着兰西的困惑,我们读者感觉到一个慢慢显示自身的世界,如果有,这个世界是让人迷惑的、危险的、模糊的,在这个世界中，不能言说的深渊的秘密必须用语法的距离来隔开。"① 皮埃尔的分析准确地描绘了兰西叙述的困境，所指的模糊和语义的歧义一方面说明兰西对往事的思索和困惑，另一方面也说明兰西处于创伤的延宕中，过去和现在的纠缠让兰西尽力拉开时间的距离，以便让过去成为观察的客体，并阐释其中的意义。兰西叙事中时态在现在和过去之间的移动，插入的叙述、预见都让读者聚焦于作为中心人物的兰西，即同时作为叙述者、参与者和他所述的故事的塑造者之上。其他人物固然重要，但这些人物的行为怎么样联系，这些行为的动机怎么样解释，这些行为的后果如何延续到当前等，都有赖于兰西的叙述。如果我们从这一点出发，就能发现兰西的另一个重要作用——兰西作为阐释者的作用。叙事在他的操作下，并不是毫无中断的继续，而是不时地停下来，让兰西回忆当时发生了什么，回忆他当时能理解多少而现在又是怎样解释。比如回忆所谓的强暴场面时，兰西的插入语打断了苏珊对躺在地上的简的检查：

> 这就是我**所知道**的，但我猜我**还能知道**得更多；我**不想知道**得更多。我**难道不知道**所发生过的事吗？我想我是**知道**的，而**当时**我是怎么想的，**现在**我**仍然**那样想，所有的人**都会**那样想的。（That was all I ever knew but I suppose *I could have known more*; I didn't want to know any more. Didn't I know what had happened? I thought I did, and I still think what I then thought, which was *what any man would have thought*.）
>
> （227，黑体和斜体为笔者所加）

---

① Bruce Pirie: "The Grammar of the Abyss: A Reading of *The Fathers*", *The Southern Literary Journal*, Vol. 16 (1984), 89.

在这一段兰西的插入语之中，兰西先是用过去时讲述他当时的所知，但接着现在时（suppose）的使用表明兰西正在从现在的角度向后看，随后的过去否定句又回到了那时。奇怪的是，兰西接着有一个自问自答，过去的兰西询问自己对真相的了解，并肯定了自己的所知，但紧接着现在的兰西从当前的角度再次思索过去的判断，但却使用了虚拟语气来提供理解的集体框架。这不仅又让人开始质疑，兰西的想法是他自己的判断还是南方习俗、叙事成规话语的产物。从这一句返回来再看兰西所说的："我猜我还能知道得更多"，这一个虚拟语气隐隐告诉我们他的判断和事实不符。或者说，当一个黑人夜晚进入白人女性的房间时，不管这个黑人和这个女孩是否有血缘关系，是否女孩只是受到了惊吓，社会舆论都会认为这个行为等同于或就是对冰清玉洁的南方女孩的强暴。个人的认识和判断是不被允许的。

兰西叙述的困境来自创伤的延宕，由于创伤事件超出了个人的接受能力和理解能力，在当时并不能认知，而事后随着创伤的重复，幸存者在生活中不断为记忆所侵袭，由此出现过去和现在纠结的情况。或者说，创伤并没有停留在过去，现在也成为创伤之地。另一方面，兰西叙述的困境还来自集体创伤的延宕。作为老南方的孤儿，兰西上述的插入语清楚地表明了他的意见，不管当时还是现在，兰西的话语都受到南方集体记忆话语的塑造，这个框架粉碎了自我求得完整的挣扎。在这种老南方记忆模式的约束下，兰西的生活必然是分裂的。过去分裂为不同类型的记忆，成为解释今天的"符号"；而兰西的自我也分裂成不同记忆阶段的自我。我们理解记忆的方式影响着记忆自身，而每一种记忆方式都关系到更大的社会语境。兰西因此必须选择自己的记忆方式——选择记住，还是忘却。

兰西最后做出了他的决定。1938 年第一版中，当珀西离开邦联军队消失在黑暗中后，兰西想到：

> 我会回去完成它。我一定要完成它。如果我被打死
> 了也没有什么改变，如果我被杀，只是因为我爱他胜过
> 爱任何人。
>
> （I'll go back and finish it. I'll have to finish it. It won't
> make any difference if I am killed. If I am killed it will be
> because I love him more than any other man.）（306）

　　兰西和珀西一起参加了曼纳萨斯（Manassas）的第一场战役
后，珀西犯下了他最后一件颇有他特色的暴力事件：他杀死了把
他称为狗娘养的那位喝醉了的南方绅士。他们一起回到快乐山，
得知巴肯少校已经上吊身亡，快乐山已经成为废墟。乔治在这时
候离开了兰西，消失在黑暗中。这里的代词"它"由于没有先
行词，"它"指代的什么并不清楚。但联系到兰西在回忆开始时
对记忆的思索，如他所说，"记忆……只是一些象征符号"，那
么，如果我们将巴肯少校看作老南方传统、习俗，道德法则的记
忆符号，代表着"记住过去"的历史指令，乔治·珀西就是冲
动、本能，只遵从个人准则的另一种记忆符号，代表着"忘记过
去"的个人要求。乔治·珀西要完成的事情，就是粉碎老南方记
忆模式的框架，为自我争取更多的言说空间。兰西在这里所说的
"我要回去完成它"说明了兰西最后的决定，他选择了忘记，而
不是记住。

　　但值得注意的是，泰特为《父亲们》提供了两个结尾。在
1977 年，几乎是 40 年之后的再版中，结尾时兰西说：

> 乔治不可能完成它；他有我所不知道的重要的事要

做。当我十五年后站在他在豪里如墓地的墓前时，我想起他怎样埋葬了他的妻子和小女儿，以及他为我所做的事情。我将永远不会忘记他怎样变成了他自己，也因为这一点我尊敬他的记忆远胜于其他人的记忆。（306）

不仅如此，泰特在再版时还发表了一篇说明，从阐释的角度看，可以算是第三个结尾。泰特认为，修改后的小说的结尾比原来的结尾更加清晰地说明了兰西在他父亲们之间的对比意识。泰特提到："这次修改给予了小说两个英雄：少校巴肯，古典型英雄，他的骄傲毁灭了自己；乔治·珀西，对于一些读者来说，他可能像个恶棍，而现在很明显是一个现代浪漫主义英雄。"[1]泰特的解释事实上是自己关于历史记忆的回答。如果我们将作者本人也加入到南方记忆的编织中，我们就能更好地理解这个修改后的结尾。1938年，《父亲们》发表之时，重农主义运动已基本走到了尾声。泰特关于南方记忆的思索却没有停止，而是转移到小说的写作中。《艾伦·泰特：南方的孤儿》中，托马斯·安德伍德认为："［泰特］常年无法写作任何家庭历史的困扰好像瞬间突破了。"[2] 在《父亲们》中，泰特投入了自己的感情和历史思考。小说中涉及的两个家庭——巴肯家族和珀西家族的原型都来自泰特自己的家族，即伯根家族和瓦纳尔家族。泰特将自己的家族历史投入到故事的叙述中。在这个意义上，《父亲们》不仅是兰西·巴肯对深渊和毁灭的见证，而且也是泰特自己家族记忆的再现。对于南方创伤的第三代传人，泰特的写作是一次重新阐释并

---

① Allen Tate: "Preface: Caveat Lector", *The Fathers and Other Fiction* (Baton Rouge: Louisiana State University Press, 1977), xxi.

② Thomas A. Underwood: *Allen Tate: Orphan of the South* (Princeton: Princeton University Press, 2000), 265.

"完成"（work through）心理自我重建的过程。可以看出，第一版中所出现的时态跳跃，在 1977 年版本中消失了。从第二版的结尾中，我们可以清晰地看见时态从过去到现在的移动，将来时的使用只是过去的记忆对未来生活的投射，而不是如《我要表明我的立场》中的模式一样，只是为了激进的表明态度。乔治·珀西所代表的"忘记"的记忆符号成为幸存的法则，正是这一点，兰西或者说泰特作为隐形作者，告诉我们"我尊敬他的记忆远胜于其他人的记忆"。和第一版中兰西用现在时表明"我爱他胜过爱任何人"相比，第二版使用的"记忆"代替了珀西，这个距离代表着南方的过去终于和现在之间拉开了距离，记忆已经不再困扰现在的生活，不再纠结过去，兰西或者泰特终于可以忘记，因而也可以站在一个安全的距离，去尊敬一份对故人的记忆。

小　结

1936 年，泰特在美国 MLA 年会上，发表了论文《现代诗人和常规》，强调文学形式总是有历史特殊性的，文学形式总是在特别的社会和文化语境中被生产，过去的文学形式不适用于现代社会的问题。1937 年，在《论诗的张力》中，泰特又提出著名的张力论：要求诗歌既注重内涵，又倚重外延，诗应当是"所有意义的统一体，从最极端的外延意义，到最极端的内涵意义"①。泰特关于文学形式的讨论反映了现代南方文学形式对传统的扬弃，而艺术作品中的张力论也反映了社会矛盾以及知识分子消除社会话语冲突的理想。1938 年，泰特发表的《父亲们》从文本的角度阐释了其文学思想。《父亲们》并不是传统的老南方式的

---

① 赵毅衡编选：《"新批评"文集》，北京：中国社会科学出版社，1988 年，第 109 页。

感伤作品，而是以南方现代知识分子特有的内省方式对创伤的叙事。对于南方的过去，泰特的态度是矛盾的。一方面，他认为"现在已经和过去的英雄主义隔离开，但过去仍然保留着所有曾经的高贵"①。另一方面，过去之中隐藏着不可避免的堕落和错误。过去和现在之间存在着张力，同时，也充满着阐释的空间。

《父亲们》对于历史的反思和解释借助于叙述者兰西的回顾和对往事的见证。兰西试图探寻老南方文化的"深渊"，但只能部分理解。创伤的延宕性造成了兰西叙述的困境。在他的叙述中，多重的歧义再现出南方文化深渊中人与人联系的匮乏，而所指的模糊消解了人称的指代，暗示着创伤背后"每一个人"的形象。和福克纳等作家相似，泰特也通过"寻找父亲"来重新解释历史，并象征性地将两位父亲变成了记忆的符号：巴肯少校代表着老南方纪念碑式的历史记忆，一种公众的集体的生活方式；而乔治·珀西的形象则代表着只遵从个人准则的另一种记忆符号，代表着"忘记过去"的个人要求。作为第三种历史意识，兰西一直努力地寻找他曾经存在其中的老南方的社会意义，试图理解创伤的原因。他的意识不时地从叙述者转移到观察的对象上。叙述位置的变化反映出兰西对历史不同的阐释层次和认识。兰西叙事中时态在现在和过去之间的移动、插入的叙述、预见都让读者聚焦于作为中心人物的兰西，即同时作为叙述者、参与者和他所讲述的故事的塑造者之上。和《押沙龙，押沙龙!》里的昆丁一样，兰西为其他人物的行为、行为的动机、后果和延续性提供了解释：他不仅仅肩负着见证者传递记忆的责任，也发挥着记忆阐释者的作用。

---

① Mark G. Malvasi, *The Unregenerate South: The Agrarian Thought of John Crowe Ransom, Allen Tate, and Donald Davidson* (Louisiana State University Press, 1997), 12.

第 七 章

创伤的潜伏期和历史重建：
罗伯特·佩恩·沃伦《国王的人马》

　　从来没有一样东西会消失的。而且总会有线索：注
销的支票、唇膏的污迹、美人蕉花坛上的脚印、公园小
径边上的避孕套、老伤口的抽痛、镀了青铜的婴儿鞋、
家族血缘史上污点。所有的时代只是一个时光，在我们给
死者下定义，赋以生命以前，他们从来没有生活过，他们
的眼睛从时光的阴影里望着我们，苦苦地哀求我们。

　　这就是我们所有历史学者相信的一切。

　　我们热爱真理。

　　　　　　——罗伯特·佩恩·沃伦《国王的人马》①

　　记着我，不必悲伤。如果我们两人中有个侥幸儿，
那便是我……

　　　　　　——罗伯特·佩恩·沃伦《国王的人马》

---

① 　罗伯特·佩恩·沃伦：《国王的人马》，陶洁译，上海：上海译文出版社，2006
年，第256页。以下小说的引文均出自这个版本，只在文中加注页码，不再单独
注释。

南方文艺复兴中，罗伯特·佩恩·沃伦被公认为是"福克纳之后最有影响力的一位小说家"①。他的代表作《国王的人马》（*All the King's Men*）则是南方创伤小说成熟期的标志。小说一共有三条主线：威利的故事、伯登的故事和马斯敦的故事。威利的原型来自 20 世纪 30 年代初美国路易斯安那州的州长休·朗（Huey Lang）。朗出身贫寒，从未上过大学，他自己苦修 8 个月，完成大学法学院三年的课程，通过考试，21 岁便当上了律师。三年后，朗进入政界，担任铁路专员。1924 年他竞选州长落选，1928 年他再次参加竞选，由于农民的支持而当选。朗当选州长后，一方面大兴土木，修公路，建医院、学校，为乡村农民争取福利；另一方面，他大搞独裁，甚至传闻他有一个专门的班子搜索于对手不利的证据，指导舆论为自己歌功颂德。朗在1932 年当上了美国参议员，并有意竞选总统。然而，1935 年，朗被一名医生枪杀②。小说中，威利也是贫民出身，但他从政后人生观发生了极大的变化。他信奉世界是邪恶的，善并不存在，人们只能在邪恶中创造善。所以，他利用政治手段打压对自己不利的人，任用一大批像达菲一样唯利是图的政客，建立独裁式的

---

① Malvasi: *The Unregenerate South: The Agrarian Thought of John Crowe Ransom, Allen Tate, and Donald Davidson*, 67.

② 威利和朗故事的相同性有许多评论家留意过。格雷认为，沃伦从朗的故事里获取了真实的史料，并重新生产它们，强调其悲剧的模式。但格雷指出沃伦处理材料的方式。使威利被亚当枪杀具有诗意的道义感，因为亚当是知道了妹妹成为威利的情人而玷污了门庭才采取的骑士般行为。而历史上朗是被维斯医生（Dr. Weiss）刺杀的。维斯医生不满于朗的政治。维斯医生的岳父佩韦（Judge Pavy）法官由于不支持朗的政治机器而被离职，并且朗的宣传机构声称佩韦法官家族有黑人血统。维斯为了维护家族名誉而刺死了朗。Richard Gray, "The American Novelist and American History: A Revaluation of *All the King's Men*", *Modern Critical Interpretations: Robert Penn Warren's* All the King's Men, ed., Harold Bloom (New York: Chelsea House, 1987), 97.

政权机构。但另一方面，威利也为老百姓做了不少好事。威利最大的心愿是建立一家医院，让所有的老百姓都能看病。他选择了前州长的儿子亚当来担任院长。为了建立一所他理想中干净、不为腐朽政治所玷污的医院，他决心放弃腐败的承包商。达菲眼看到手的利益将要失去，于是借刀杀人，告诉亚当他的妹妹安妮成了威利的情人。亚当一怒之下开枪射杀了威利，自己也被威利的保镖糖娃当场枪杀。

另一条线索是杰克·伯登成长的故事。杰克出生于南方贵族家庭，在他心目中，有两种代表往昔的美好形象：安妮作为纯洁的南方女神形象和法官作为南方骑士的形象。然而，当杰克奉威利之命调查法官欧文的历史污点时，却发现法官年轻时接受过贿赂，而安妮和亚当的父亲斯坦顿州长还对他进行了庇护。杰克对这个历史事实的发现导致亚当理想的破灭，也导致安妮自我堕落，成了威利的情人。杰克不能接受昔日偶像的毁灭，逃往西部，并深入他的"大睡眠"中，进而发现"生命不过是黑色血液的跳动和神经的抽搐而已"。杰克回来后去找法官摊牌，威胁法官放弃自己的主张转而支持威利。法官勇敢地承认了自己早年的过错，并开枪自杀，以承担他应付的历史责任。让杰克意想不到的是，法官的自杀让他的母亲彻底崩溃。伤心欲绝的母亲告诉了一个令他震惊的历史真相：法官是他的亲生父亲。现实迫使杰克重新认识过去，并走进历史中。他继承了生身之父法官的房子，和安妮结了婚，并下决心完成他当年没有完成的博士论文，重新理解凯斯·马斯敦的故事。

凯斯·马斯敦的故事是一个内嵌式的主题式的故事，也是《国王的人马》中的另一条主线。杰克在大学期间接触到马斯敦的材料，并准备作为他历史专业的博士论文题材。凯斯和好朋友邓肯的妻子阿娜蓓尔通奸，而邓肯察觉后假装手枪走火自杀了。

阿娜蓓尔的女仆菲比发现了邓肯自杀前取下来放在枕头下的结婚戒指便洞悉了一切。阿娜蓓尔无法忍受菲比谴责的目光，把她卖给了人贩子，拆散了菲比的家。凯斯醒悟到，正是他的行为才导致了一系列悲剧的发生。他试图寻找菲比，但没有成功。他给予家里黑奴自由，并参加了南北内战。在战争中，他脖子上悬挂着好友的结婚戒指，一枪不发，最后终于寻找到令他安心的死亡。最后证实了杰克一直不愿相信也不能理解的马斯敦的真理：世界是一个整体，是一个巨大蜘蛛网的比喻。

对于沃伦来说，自我知识是人类存在的基础："人类有获得知识的权力，这种说法几乎就是说人类有生存的权力，成为他自己，成为一个人的权力。"在沃伦的眼中，生命本身就假定人拥有寻找自我知识（self-knowledge）的权力：

> ［人生］假设了这种权力是因为，只有通过知识，人才能得到自己的身份。我不是说只有知识的工具——书本、图书馆、实验室、讲座——才能将人和动物区分。不，知识能给予人身份是因为它给予了他一个自己的形象。这个自我的形象必须有一个前景和背景，因为人在世上并不是像一颗放在弹子球桌上的弹球，甚至也不是像一艘由经纬度来决定航向的海上的航船。更确切地说，［是因为］他和这个世界有持续而亲密的互相渗透，一种不可避免的潜移默化，其最终不是否定，而是肯定了他的身份。这个肯定是出自不断的互相渗透的理解，通过这种关系的编织，人们创造了新的视角，发现了新的价值——也就是说，新的自我——因而身份是一个持续的出现、一种开启、一种自我肯定，我们希望，

也是一种自我矫正的创造。①

沃伦关于自我的知识的观点是一种经验观，也就是说，自我知识或身份不仅仅是智力的结果，而且"是一个人所有人生经验的持续改变的、高度主观化的产物"②。从这个角度出发，《国王的人马》中，杰克的故事就是一个寻找自我的成长故事。他的经验既来自和代表过去美德的法官、凯斯、亚当、露西、安妮等的关系，也来自现实中和代表现代社会的威利、达菲、麦克墨菲、萨迪、拉森等人的牵连。这两个世界并不是不相往来，而是互相交叉；过去也并非完全死去，而是存在于现在之中。和昆丁、兰西一样，杰克出生于南方贵族家庭，但在成长过程中，却遭遇了叙述的困境。来自过去的创伤使昆丁和杰克都无法解释并理解过去，因而自我无法完整；而现实生活对于他们来说，却像是过去的重演。正如布莱尔指出的："要存活下来，杰克·伯登就必须处理昆丁相同的问题，怎样对待致命的上辈的遗传和荣誉的观念。他怎么样做，怎样才成功，对于小说的道德力量也是重要的。"③昆丁采取了自杀的方式来逃避，杰克也通过逃避出生地伯登埠头，逃避他所在的上等阶层，逃避现实中安妮堕落为威利这等"红脖子"的情妇，逃避凯斯·马斯敦的故事来拒绝自我认识。直到威利、亚当、法官的死亡给了杰克一个重要的启示，让他认识到只有走进历史之中，他才能得到救赎。然而，杰克真

---

① Robert Penn Warren: "Knowledge and the Image of Man", *Robert Penn Warren: A Collection of Critical Essays*, ed., John L. Longley, Jr. (New York: New York University Press, 1965), 237.

② Robert H. Chambers: *Twentieth Century Interpretations of* All the King's Men: A Collection of Critical Essays (Englewood Cliffs: Prentice-Hall, Inc., 1977), 2.

③ John Blair. "'The Lie We Must Learn to Live By': Honor and Tradition in *All the King's Men*", *Studies in the Novel*, 25.4 (1993), 458.

正走出了过去的创伤吗？杰克为什么要选择逃避？自我的知识和过去之间有什么联系？杰克对于历史的重返来源于南方记忆的变奏。

第一节　记忆的变奏和南方历史学家的责任

杰克出生于南方贵族家庭，虽然玩世不恭，但他自己很清楚他成长过程中所属的集体记忆对自己的期望和塑造。伯登埠头是一个理想的老南方的记忆场域，其中既有严厉而慈祥的老州长（安妮和亚当的父亲），也有勇敢而正直的法官欧文（后来证实是杰克的生身父亲），也有像杰克母亲那样的"南方美人"。杰克提到自己的时候，情不自禁地采用了南方传统的做法，指代自己是"老伯登的儿子"。名字对于南方集体来说意味着一段历史、一个家庭和这个集体的联系。这种家族名字所带来的信任，在南方并不少见。"血缘"对于南方人来说不是一个抽象的概念，而是一个决定因素，可以决定孩子是否值得培养。这种血统观认为，美德和品质可以在家族中世代遗传。塞姆森（James Simmons）曾给曼宁（John Manning）州长写信，提到一个年轻人时说："我很了解他，他来自南卡罗来纳州最好的家庭之一，他的血统是良好的。你可以信赖他。"①《喧哗与骚动》中昆丁的同学吉拉德的母亲认为在哈佛只有几个人配做她儿子的朋友。昆丁嘲讽道，"她倒允许吉拉德和我来往，因为我总算是天生高贵，投胎时投在梅逊—迪克逊线以南"（103），"就因为我们的先辈中有一位当过州长，有三位是将军"（116）。这种对姓氏的尊重是南方特有的维护家族传统的做法。从血统的联系上看，南方记

---

① Wyatt-Brown: *Southern Honor*, 119.

忆维持着各个家庭之间共享的过去。

在伯登返家的一个晚上，法官欧文在伯登埠头举行了一个传统的家庭聚会来欢迎他。聚会再现了老南方所看重的集体生活，似乎无论外面的海浪怎样拍打白色的礁石都无法影响到室内的舒适和安全。这样的聚会是"以仪式方式重复对往日的怀念的性质……每每总要表达出一点家庭（家庭意识形态）的自我理解，并且勾勒出一幅图像，借以表达家庭是如何看待或者想要如何看待自己的"①。南方的家庭聚会是定期的，家庭之间总是通过这样的交流强调过去和现在这些家庭共同看重的价值，而这些价值，也是各自家庭凝聚力的基础。法官的宴会体现出一个封闭的社会构成，其中有代表传统的骑士法官欧文，南方美人，还有血统良好的年轻人和为他准备的同样身世良好的大家千金。作为背景的，是静悄悄走动的黑人仆人。宴会还有自己的习俗，饭后的咖啡和白兰地；有过去的历史，法官和杰克小时候玩的石弩。而宴会的氛围是熟悉而亲切的，"大家一直回忆往昔，这也是欢迎我的表示"（136）。这样的宴会似乎再现了南方战前的黄金时代，然而，伯登埠头试图重返过去的欢迎仪式并不能阻止历史的进程。宴会处处显示出传统的衰微、新旧之间的对比，充满着南方记忆的变奏。

在伯登埠头的这次聚会中，法官等代表的是老南方的精英阶层。他们在谈话中对威利所代表的新南方政府充满不屑和反感。在他们看来，"世界在变。变得太厉害了，随便哪个家伙都可以挤进来，把整个州抓在他的手心里……强迫命令，敲诈勒索，天知道还有什么花招"（139）。这些谈话虽然是家庭聚会里的闲

---

① 安哥拉·开普勒：《个人回忆的社会形式》，载〔德〕哈拉尔德·韦尔策编：《社会记忆：历史、回忆、传承》，前引书，第99页。

聊，但却加强了这种私人生活的历史性。事实上，南方重建期、新南方时期，旧有的精英阶层就不再占据政治舞台的领导地位了。而南方美人杜梦德小姐只能说"她母亲十年前教她说的话"，不过"可惜，她快三十岁了，还没能抓到一个男人"（137）。所有这些都说明传统的衰落，记忆在现实生活中的褪色。在这样衰败的记忆氛围中，法官欧文重演了杰克小时候和他一起做模型的情景。他从书房里拿来石弩模型，用一粒面包团做子弹①，由于模型的冲力太大，石弩击中了一个电灯泡和吊灯上的环饰。杰克发现这其中有假，走过去检查石弩的绳索，发现模型上的绳索"简直就是新的"（137）。杰克突然间，"仿佛看到深夜里欧文法官坐在书房里，桌上放着羊肠线、铁丝、绳子、老虎钳和剪子，他那高傲、苍老、满头红发的脑袋低俯着，黄色的眼睛专注地工作着"。杰克"感到忧伤、困窘，甚至有点上当受骗的感觉"（137）。在杰克的记忆中，法官一直是一个正直、诚实和勇敢的老南方的代表，但这一发现却让他突然意识到，法官也会说谎，尽管是以玩笑的方式。这个插曲小到很容易就被杰克忘记，但却是杰克"黄铜般坚定的理想主义"头脑中对传统信奉的一道细小的裂缝。因为在杰克的心目中，欧文是一个父亲般的形象，而这条细小的裂缝似乎成为传统英雄身上可以导致他堕落的"污点"（flaw）。而事实证明，法官不仅在个人生活中欺骗了自己的朋友艾立斯·伯登，在集体历史中，也充当了受贿人

---

① 瑞恩扬（Randdolph Paul Runyon）认为，和艾立斯·伯登用面包屑给受到重大精神创伤的乔治做天使像和喂养乔治相比，法官也使用同样的材料却是为了娱乐和破坏。另外，乔治虽然悲惨，似乎回到了幼儿时期，需要艾立斯·伯登喂食，但他做天使却是为了爱，至少在一些人眼中，他的作品是艺术；但法官回到幼年时期做的玩具却是为了制作"死亡的工具"。Randolph Paul Runyon: *The Taciturn Text: The Fiction of Robert Penn Warren* (Columbus: Ohio State University Press, 1990), 77.

的角色。

　　杰克在聚会中身份的尴尬是这个聚会不协调的第二声变奏。作为伯登埠头的年轻一代，他没有像亚当一样严格地遵守传统的价值观念，而是充当了新南方政权代表人、红脖颈阶层出生的威利的手下。杰克清楚，作为伯登埠头的下一代，他的现实并不让人恭维，也清楚这些老南方出身的家庭是怎么样看待他的。他们认为，"尽管我替威利干活，我的心还是向着他们的……我的心还是在伯登埠头的"（140）。杰克安静地坐了一个小时，听到这些老一辈的精英抨击威利政府后，他突然插嘴说了几句话："要是这个州的政府长期以来是为本州老百姓服务的话，难道斯塔克能够赤手空拳就把那些人都打垮了？"（140）杰克的"安静"证明了他对这种传统记忆的尊重；但他的"插话"却说明了他对传统的怀疑。就像路易斯·鲁宾在《遥远的国度：现代南方作家》中指出的，伯登埠头是一个"无目标、无野心、不现实的真空"。在这个真空中，杰克拒绝和老一辈僵硬的贵族妥协，因为"他在伯登埠头的存在没有提供任何可以在真实世界中作为行为建构的原则"①。杰克的逃避是为了证明自身的价值，和周围环境保持一种孤立。这种孤立是和他的分离一致的，也是他逃离伯登埠头的原因。

　　梅克尔（Jerome Meckier）曾比较过伯登埠头传统的代表亚当和新南方的代表威利。他认为："亚当和威利之间的裂缝也横贯在过去和现在，以及伯登埠头所代表的文雅的、贵族式南方和支持斯塔克的红脖颈农民和劳工之间，后者占据了现代的、民主的南方的大多数。杰克卷入了两方阵营，当他回到家时却不属于

---

① Louis Rubin Jr.: *The Faraway Country* (Seattle: University of Washington Press, 1963), 105-118.

任何一方：他不能接受过去，既不能接受他个人的过去……也无法接受历史的过去（一个有着奴隶制、骑士，以及在凯斯·马斯敦的故事中充满道德感的世界）。"①在集体记忆和现实的夹缝中，杰克的内心是矛盾的。他以自己的出身为傲，憎恶新南方的粗俗。如同鲁宾所注意到的，在陪伴威利或他的下属时，杰克总是带有贵族式的傲慢。"[杰克]总是对威利，这个大众的未受教育的人，有一丝蔑视。这种感觉使杰克认为自己和老板相比高人一等……杰克从来没有失去那种天生贵族面对平民长官而屈尊俯就的优越感。"②而另一方面，他对南方贵族也报以耻笑。杰克是一个现代的南方人形象，他甚至就是沃伦等一批南方重农主义者的虚构的化身。对往昔的怀念和不信任，对新南方的半信半疑，都让这些南方年轻一代处于历史和现实交叉的路口。

虽然杰克知道威利属于另一种人，但威利的行动能力、他对改变历史的热情却吸引着杰克，成为杰克的另一位精神父亲。威利作为父亲的角色"从家庭的、家族的领域延伸到政治和公众的领域中"③。伯登拒绝了伯登埠头的期望，投入威利的阵营，从而将自己个人的历史和威利所代表的更为公众的政治领域相连。杰克在威利政治生涯关键的一幕中，看到的正是这种大众和英雄、历史和现实之间的对比：

> 我从站立的地方可以清楚地看到一小块历史。我前面草地上有一座座青铜雕像，他们高踞在基座之上，有

① Robert H. Chambers: *Twentieth Century Interpretations of All the King's Men* (Englewood Cliffs: Prentice-Hall, 1977), 64.

② Rubin: *The Faraway Country*, 12.

③ James H. Justus: "The Power of Filiation in *All the King's Men*", *Modern American Fiction: Form and Function*, ed., Thomas Daniel Young (Baton Rouge and London: Louisiana State University Press, 1989), 162.

创伤、记忆和历史：美国南方创伤小说研究

的披着大衣，右手插在大衣下面，正在心脏的上面；有的穿着军服，一手扶剑柄；甚至还有一个穿鹿皮马裤的，右手紧握一支落地长枪的枪管。他们都已经是历史了。座像四周的青草修剪得很整齐，花木组成星状、圆圈或新月形。雕像以外是尚未成为历史的人群。他们还不是历史。但在我看来，他们就是历史，因为我知道他们所参与其中的事件的结局。（170）

在这一幕具有历史象征的背景中，那些曾经铸就南方过去的英雄都已成为"一座座青铜雕像"。它们通过各自的指涉，构成了南方历史的各个阶段，比如建国时期、内战时期、拓荒者时期。但在杰克的眼中，这已经成为记忆的场域，而雕像以外的人群才是活着的历史。法官欧文家客厅里文雅的谈话被延伸到州议会大厅前的草坪上。而杰克正在目睹的这一幕历史不是几个年迈的老南方精英之间关于新老意识形态和政府权力的争辩，而是"大批人群"涌进来和他们选出来的代表威利之间的对话。在政治和公众的话语领域内，威利占据了上风。"［他］站在那儿，独自一人站在宽广的石阶上，与身后高高耸立的石壁相互印照，显得孤单而茫然……突然，人群爆发一阵欢呼，人们一味欢呼，没有言语。"（294）威利声称人们的需要是他的正义标准。而研究历史的杰克站在旁边，觉得自己"好像是正在捉摸历史的上帝"（170），因为他已经编写了他们参与其中的历史事件的结局。

杰克的态度再现了南方社会文化语境中的第三种声音。20世纪20年代的美国南方，老南方的传统和精英已经衰落，但仍然维持着一定的社会地位和威望；而自由主义和新南方教条是社会政治语境中另外的声音。不可忽视的还有来自穷白人的力量。

书中，威利发表演讲的时间是 1935 年，而同一年，考德威尔（Erskine Caldwell）在《纽约邮报》（*New York Post*）上发表了一系列文章，调查了南方穷人的境况。文章写道："大萧条的第五年，情况糟糕得无以复加。佐治亚州的部分人均生活降至最低点。孩子们眼看着发育不良，妇女们衣衫褴褛地求乞几个便士，男人们饥饿到以吃蛇和牛的粪便为食。"考德威尔指出，棉花地已经变成"荒原"，而"这些人被迫离开耕地……而城里的居民否认这个事实存在。从农民们的眼中就可以看得出他们腹中的饥饿。他们抓住哪怕一个带给他们希望的词，他们渴求一句建议的话"①。考德威尔的话是不被坐在远离饥饿、听不见海浪拍击礁石的客厅里法官们所相信的，但却从群众的层面说出了威利上台的基础。

随着考德威尔的调查发表后，《记事报》（*Chronicle*）②随后指出考德威尔过于"感性"，而《记事报》调查的结果重新评价并定义了考德威尔所称呼的这些"不知名的人"（unknown people），"对这些事感性是没有用的……这些人就是社会的恶性肿瘤，对他们自己和国家都是威胁"；"他们是，如果称呼全面的话，社会的负担（burden）"③。考德威尔和《记事报》的两种截然不同的看法和结论说明了 20 世纪初叶南方精英意识仍然占据主要社会话语，社会危机四伏。南方社会语境中新旧势力之间的对话不仅局限于考德威尔和《记事报》的争辩，也是文学虚

---

① Erskine Caldwell: *New York Post*, 18 February 1935: Sec. 1, 1, *Southern Aberrations: Writers of the American South and the Problems of Regionalism*, ed., Richard Gray (Baton Rouge: Louisiana State University Press, 2000), 155.

② 有趣的是，小说中的杰克也曾经在《记事报》里担任记者，后来因为不愿为威利的对手唱赞歌而辞职，转而投入了穷白人的代表威利的队伍。

③ *Augusta Chronicle:* 17 March 1935, 4, *Southern Aberrations: Writers of the American South and the Problems of Regionalism*, Gray, 158 – 159.

构中再现的对象。南方重农主义者们认为，"书写南方的穷人有必要政治化"，这些对北方资本主义和都市化的批评转向了更为道德或意识形态的标准。"作家具有社会责任，有义务去接近南方当地穷人的主题，必须具有正确的'社会意识'。"沃伦笔下的杰克再现了南方重农主义者所采取的第三种立场，他们既关心穷人，并对威利这类红脖颈的政治家感兴趣，但同时也对他们的行为疑惑重重。沃伦在《〈国王的人马〉：经验的网络》中说道："处身 20 世纪 20 年代的路易斯安那州，你能感觉到你正生活在一个伟大的世界中。"① 当地的穷人对威利的原型、州长休·朗极力拥护，沃伦曾遇上一位搭车的老人，这位老人评价朗是一个"能放弃和能给予的人"。杰克没有按照伯登埠头贵族生活的设计生活，而是选择了为威利服务，并在内心将威利视为一个值得尊敬的人，这说明他赞同后者的观点，希望为社会和穷人做些实事。但另一方面，杰克并没有融入威利的政治圈子，这明显地显示出他高人一等的道德感和精英意识。对于杰克来说，探求自我完整的任务远远超出了政治话语的交锋。

作为历史系的学生，杰克满足于自己"上帝般的"身份。他的叙述将成为历史，因为他知道所有这些人和这些情景都会过去，而他已经知道结局。然而杰克没有注意到，他既没有站在过去的历史之中，也没有融入现在的人群。他天真地相信他可以游离于历史和现实之外，并能获得话语的阐释权，但这种社会话语所孕育的个人身份的疏离并不能保证他能准确地再现。寻求完整自我的任务必须和阐明语境的任务相结合。杰克自己的历史证明，疏离事实或价值都是悲剧的，必须肩负历史的责任。就像威

---

① Robert Penn Warren: "*All the King's Men*: The Matrix of Experience", *Robert Penn Warren: Critical Perspectives*, ed., Neil Nakadate (Lexington: The University Press of Kentucky, 1981), 56.

利临终前对杰克所说，"事实本来可以完全两样"，他叮嘱杰克，"你得相信这一点"（450）。威利的升降告诉杰克，现实并不是事件本身作用的结果。现实既来自过去诸多力量的实现，也来自记忆对将来的投射。

第二节　创伤的解离和麻木：伯登的"大睡眠"和"大抽搐"

杰克对于历史和现实的疏离，并不类同于同时代的"迷惘的一代"对历史和社会的冷漠。后者的冷漠出于信仰的丧失和对社会的失望；而杰克的疏离从表面上看，表现为置身事外的超脱，但从内心深处，却是对自我的一种保护。他的疏离和逃避反映了南方创伤人物的一个特征。杰克关于童年的记忆中，有这样一幕场景：

> 很久以前，曾经有过一位矮胖健壮的男人，他个子不高，一头乌黑蓬松的浓发，金丝边眼镜架在鼻子尖上，背心扣子总是扣得不对头，背心上挂着一根挺粗的金表链，我挺喜欢揪这根表链的。后来他不见了。母亲把我的脑袋搂在她胸前，对我说，"儿子啊，你爸爸不回来了。"
>
> "他死了吗？"我问道，"要给他举行葬礼吗？"
>
> "不，他没有死。"她说，"他走了。不过，你可以当他死了一样，孩子。"
>
> "他干吗要走？"
>
> "因为他不爱妈妈。所以他才走了。"
>
> "我爱你，妈。"我说，"我永远爱你。"

"对，儿子，对。你爱你妈。"她说着把我搂得更紧了。

于是，博学的律师走了。我当时大约才六岁。（128）

杰克·伯登出生于伯登埠头，父亲是"博学的律师"艾立斯·伯登。他从阿肯色州带回来一位有着一对"蔚蓝色的大眼睛，双颊略呈凹形"的金发姑娘。然而，杰克6岁的时候，父亲突然离家出走了。母亲欺骗他，说父亲不爱他了。当杰克询问他是否死了的时候，母亲说可以看作他死了。这一幕情景就像一张老照片深藏在杰克的记忆之中。但这幅照片却是经过剪辑的，并非客观的记录。从叙述上看，叙述者采用了"少叙"（paralipsis）的手法，一直使用"那个男人"或者"博学的律师"来称谓自己的父亲，用调侃掩饰受伤的自我。如果用弗洛伊德的俄狄浦斯情结来分析这一幕情景的话，小杰克一方面对他的父亲怀有嫉妒和仇视的心理，作为儿子，他希望去掉、战胜或杀死作为竞争对手的父亲。因此小杰克选择了自己来代替父亲，他没有为父亲的离去而难过，而是想保护母亲，做母亲的爱人。然而，一系列母亲的男人让小杰克感到了背叛。另一方面，杰克父亲无能的形象成为杰克性格中无能的原因。凯斯提尔（Philip Dubuisson Castille）认为："杰克成年后也遇到了男性能力的问题。……无意识中，杰克将这些长期压抑的无能的感觉和他父亲被压迫的情况等同，杰克认为父亲的妻子踩在他的头上，为他树立了一个自己性生活失败家庭的先例。"①因此，每当成年的杰克回首过去提

---

① Philip Dubuisson Castille: "Spiritual and Sexual Healing in Robert Penn Warren's *All the King's Men*", *The Southern Literary Journal*, 1999, 31(2), 82.

及"小杰克·伯登"的时候，他的叙述就开始不自觉地带有嘲讽的调子。遭受到父亲的遗弃与母亲的欺骗和背叛，这对于童年的杰克来说，是一次结构性的创伤。

在儿童成长阶段，他们会逐渐认识到，自己不可能永远停留在母亲所象征的自然状态中，而必须处在由父亲的名义和法则所指定的社会位置上。父亲是社会法则的代言人。而孩子通过父亲的认同确认自己在家庭和社会中的位置。自我是在文化、语言和文明的世界中受到教育和塑造的。当杰克失去了父亲，杰克就在父系社会的象征系统内失去了自己的位置，无法塑造完整的自我。杰克于是通过和这个世界疏离来保护自己。桑德森（Susan Sanderson）指出："杰克一直保持着和这个世界安全的距离。这个距离让他感觉超人一等，和人性脱离，免于混乱的责任，也使他常常嘲笑别人。"[1]对于杰克来说，幼年时的家庭关系直接影响了他成年后对自己家庭的看法。他拒绝安妮，不敢组织家庭；或者拒绝和妻子洛伊斯爱的联系，仅仅保持肉体关系。这些行为都证明了杰克对家庭观念的规避，因为他畏惧自己的家庭将会复制幼年家庭分离的记忆。

杰克少年所受的创伤让他的心理遭受了创伤的解离（dissociation），并形成了冷漠的性格。科尔梅尔（Laurence J. Kirmayer）认为，少年时所受的创伤常常是不自觉的，他们在成年中遭受了"解离混乱"（dissociative disorders），而在症状中证实了创伤的过去，包括生理和感情所受到的痛楚、麻木、自我伤害、记忆退步和性格改变等[2]。这种少年时期受到创伤的受害

---

① Susan Sanderson: "Critical Essay on *All the King's Men*", *Novels for Students*, Vol. 13, ed., Elizabeth Thomason (Detroit: Gale, 2002), 41.

② Kirmayer: "Landscape of Memory: Trauma, Narrative, and Dissociation", 174 – 179.

者，对于压倒性的创伤的反应表现为一种思想的逃避，以及和记忆、自我、经验的决断的分开。因此解离通常代表着"记忆、身份、经验的结合中的一道鸿沟"①。杰克在童年时遭受到父亲的遗弃与母亲的欺骗和背叛，造成了创伤式的心理解离，使杰克不自觉地避开烦恼的经历和记忆，或者后退到自己头脑的角落里。在分离中，杰克为自己创造了一个新的"刀枪不入"的自我。就像安妮所观察的，"你［杰克］对任何事情都不感到难过，也不感到快乐"（119）。杰克的这种行为模式也成为他的第一条人生经验，即"你不知道的事情无害于你，因为它并非真实"（34）。杰克通过这个自我和世界保持距离，因而在他的叙事中，表现出疏离和冷漠的旁观者形象。在第一章中，杰克带着威利一行深夜前去伯登埠头拜访法官欧文。杰克回忆道：

[1]你在深夜进入当年住过的小镇，就会情不自禁地希望看到穿着短裤的你，独自站在大街拐角的吊灯下……[2]不过，真是这样的话，那么坐在黑色大型凯迪拉克后座，深更半夜越过小镇的人又该死的是谁呢？[3]唉，这是杰克·伯登。[4]你不记得小杰克·伯登了吗？他从前常常在下午划着船到海湾钓鱼，然后回家来吃晚饭……[5]噢，你说的是老艾立斯·伯登的儿子？[6]对，他和那个他在德克萨斯——还是阿肯萨斯？——娶的老婆的儿子。[7]那个大眼睛瘦脸蛋女人现在还住在老伯登家里，跟她那个自己找的男人住在一起。[8]艾立斯·伯登哪儿去了？[9]嘿，

---

① David Spiegel and Etzel Cardea: "Disintegrated Experience: The Dissociative Disorders Revisited", *Journal of Abnormal Psychology* 100 (2003), 366.

我不知道，好多年了，这里附近的人没提起过他。
[10] 他是个怪人。他舍得扔下一个阿肯萨斯来的真正
的美女，自己走掉了，他不是怪物那才怪呢。[11] 也
许他没法满足她渴望追求的一切。不过他给了她一个儿
子，那个杰克·伯登。对啊。

（46，句子序号为笔者所加）

At night you pass through a little town where you once
lived, and you expect to see yourself wearing knee pants,
standing all alone on the street corner under the hanging
bulbs... But, then, who the hell is this in the back seat of
the big black Cadillac that comes ghosting through the town?
Why, this is Jack Burden. Don't you remember little Jack
Burden? He used to go out in his boat in the afternoon on
the bay to fish... ①

作为全文的叙述者，杰克通常使用"你"作为叙述接受者
（narratee）。这个无名的叙述接受者充当了伯登故事的见证人
（witness）。但在这一段里，这个见证人的身份发生了改变，见
证人自身就是事件的经历者。在第一句话中，"你"（you）的反
身代词"你自己"（yourself）表明，这个"你自己"是童年时候
的杰克，而深夜返乡的"你"是 1936 年威利的帮手杰克。第二
句话中，叙述者杰克跳出了正在经历的自我，从旁观者的角度观
察 1936 年坐在威利凯迪拉克车中的自己。第三句话中，指示代

① Robert Penn Warren: *All the King's Men* (San Diego and New York: Harcourt Brace
Jovanovich, Publishers, 1982), 40 - 41.

词"这"（this）显示出 1939 年的杰克和 1936 年旁观者杰克的对话。第四句话中，"小杰克·伯登"指向了回忆中 1910 年左右的叙述者自己，人物之间的距离进一步拉开，叙述接受者变为第三人称代词"他"，显示出杰克试图保持局外人身份的努力。因此，在这一段里，杰克一共以四种形象出现，即 1910 年童年的小杰克、1936 年威利的助手、1936 年对充当威利助手的自己的旁观者、1939 年经历过死亡和灾难的自己。叙述者和叙述接受者都是杰克自己，但人物视角的转换一方面强调了他参与者的身份，另一方面却烘托出他俨然一位旁观者般的冷漠。

弗洛伊德认为，人自身总是处于无意识追求快乐的本能冲动和社会道德准则约束的矛盾中，自我总是试图调和来自本我（id）和超我（superego）的矛盾冲突。然而，两者很难平衡。由于杰克童年遭遇了母亲的欺骗与父亲的精神死亡，他的自我就期许着另一个满足他快乐本能的理想自我。对自我的理想化指涉着客体，这个过程必然对自我加以抑制，从而产生第二个自我，"一个内在的陌生人"①。在杰克采用各个不同的自我来回避自己的责任时，他这样描述自己："杰克·伯登从来不会出事儿，他刀枪不入。也许这正是杰克·伯登的祸根：他刀枪不入，不会受伤害的。"（179）杰克这里所指的"伤害"，是他无意识的泄露。解离不同于压抑。压抑通常是将痛苦的景象或体验垂直地压制到无意识中，使主体不再有接触它的机会，只有通过象征和非直接的指示，才能再现这段经历。而解离反映出头脑里记忆的水平式摆放。当主体不再记得创伤的时候，他的记忆就以另一种意识流

---

① Sigmund Freud: "The Uncanny", *Literary Theory: An Anthology*, ed., Julie Rivkin（New York: Blackwell Publishing Ltd., 2004），425 – 426.

存放。比如创伤重演①。杰克的分离造成了他所认为的，"世界不过是一大堆东西的集合体，就像在阁楼里堆放的、打破了的、滥用的、积满灰尘的零碎东西。世界就像他眼前（或眼后）潮涌一般的事件，而且归根结底，一桩桩，一件件，彼此完全没有关系"（210）。杰克性格上表现出来的玩世不恭和冷漠出自创伤的自我保护，但这种创伤记忆影响了他对世界的认识。当个人情感的疏离使杰克将世界也看成一大堆没有联系的东西的集合体时，创伤就具有了社会意义。

历史证明，杰克将事实和价值分开的做法，并不能解决他的问题，而最后都以"大睡眠"而结束。每一次周期性爆发的"大睡眠"类似于杰克的精神死亡，将他和这个世界隔绝开来。而每一次醒来，对于他来说，都像一次劫后余生，使他将记忆放在自己经验的联系范围之外。杰克的"大睡眠"，每一次都来自他对责任的回避。杰克第一次"大睡眠"发生在凯斯故事之后，由于他无法理解凯斯的故事，"他总是立即上床"（211）——

> 他一睡就是十一二个，十四五个小时。睡梦中，他感到自己越睡越死，好像潜水的人在黑暗的水下摸索，寻找一样也许在水底下的东西，一样如果有光就会闪闪发亮的东西，可是那里没有光亮……他会想，如果我不起床，我就不必再上床。他会起床，出外来到一个并不熟悉的世界，就像老人回到童年的世界，一切既陌生却又撩人心弦。（211）

---

① Janet, 1894; Kirmayer: "Landscape of Memory: Trauma, Narrative, and Dissociation", 168.

杰克的"大睡眠"类似于创伤之后"麻木"（numb）的症状。利夫顿（Robert Jay Lifton）认为，麻木是指创伤期间或之后一种降低的或缺席的经验，一种情感反应，本应该发生在受害者身上，但事实上却没有经历过。麻木是"头脑和自己心理格式割裂，在象征过程自身出现了一个损毁"。当事人需要这种麻木，即"突然的情感的隔断"，它具有几乎所有心理抵御机制中隔离（isolation）、拒绝（denial）等特点。当事人在创伤中面对死亡或死亡象征时，会造成他和所有知识或经验的彻底割裂。麻木是创伤心理潜伏期的一种症状。而杰克每次醒来就觉得自己"像老人"回到一个"并不熟悉"的世界，杰克的这种个人体验无疑是南方社会语境的共同记忆。因为"历史，是你所不能退出的"，而在睡眠中，杰克总是在寻找"一样闪闪发亮的东西"，或者说，他在寻找一个意义。就像利夫顿认为的那样，在麻木中还是会有一个"洞见"（insight）。因为先前的经验格式受到震动，有可能产生一种新的知识、一种新的经验维度。因为"过去的梦能帮助人进步……审视过去，人们能从其错误中学习、理解人类群体的弱点的本质，因为不管他喜欢与否，他都属于这一整体"①。

　　杰克的第二次"大睡眠"发生在他和洛伊斯结婚之后。杰克认为，洛伊斯嫁给他是因为他的姓氏，"我是通过排斥其他一切可能性才做出这个结论的"（339）。另外一个可能性是她爱他，但杰克认为，洛伊斯不过是个"多汁的、呼吸芬芳的机器"（341），对于杰克来说，她只是满足了自己所有感官的需求。当洛伊斯要求"人"的想法和价值的时候，杰克立即采用了"大

_____

① Richard Gray: *Robert Penn Warren: A Collection of Critical Essays* (Englewood Cliffs: Prentice-Hall, Inc., 1980), 3.

睡眠"来逃避她。这一次的"大睡眠"是杰克拒绝物质世界和精神世界的交融,但也是杰克第二次逃避女人,逃避家庭。而第三次"大睡眠"出现在杰克知道了安妮成为威利的情人之后。多年以来,杰克对安妮保存着一副"不可磨灭的形象"(132):"这个形象会日趋显明,仿佛岁月的流逝非但没有销蚀它们的存在,却反而逐年逐月揭开一层层纱幕……这个形象的明亮度日益增加,我们的信念日益坚定:我们相信明亮中富有深意,神话般的意义。"

　　　　那天在我的脑海中留下的形象是暗绿、深紫、乌云密布的天空下安妮躺在水面,两眼微合,面容平静,安详,同时一只白色的海鸥掠过高空。(133)

　　安妮的形象对于杰克来说,是不受时间腐蚀的永恒的形象。就像希腊古瓮上的画像,随着日复一日的亲吻,变得润泽而明亮。安妮代表着杰克虽不愿接受但却不能忘记的往昔价值和美德,也是杰克为数不多的生存信念之一。安妮的形象如此圣洁,以至杰克宁愿活在这种过去的美德的幻想里,也不愿和现实的她发生接触。在 1920 年的夏天,当两人马上要结束假期各自去学校的时候,安妮曾希望和杰克发生进一步亲密的接触。但当安妮赤裸着身子躺在杰克的床上时,杰克的脑海中又一次浮起引文中的这幅画面,并且意识到"这是不对的"。如同昆丁将荣誉和价值建立在凯蒂的身上一样,杰克也希望安妮永远保持这个"平静、安详"的形象,以拒绝时间的变化,从而拒绝现实。而让他恐惧的是,15 年后,他发现安妮的父亲,前州长斯坦顿曾经利用职权庇护了自己的老朋友欧文法官的贿赂案。这一真相将安妮推向了——或者按杰克的话来说——"送给了"威利·斯塔克。

　　　　　创伤、记忆和历史:美国南方创伤小说研究

如同布莱尔（John Blair）指出的："杰克觉得安妮背叛的不是他，而是属于他身份中的一个不可缺少的部分。是一个'信念'。"①在一个亚里士多德式的"突现"中，杰克发现"岁月的流逝已在她的脸颊上留下了痕迹。……安妮抬起头来，我看见她脖子上的皱纹，意识到虽然我以前从未注意到这些皱纹，但从此以后将永远会注意它们。我突然感到一阵难受——恶心得只想呕吐，仿佛有人猛击我的胃部，又仿佛被人无情地出卖了"（264）。安妮的皱纹使杰克认识到他在安妮形象中所推崇的真相并一直依靠它生活了那么多年的信仰，只是一个幻影。随着安妮这个形象的死亡，杰克自己内在的一部分也已经死去，他从天真世界堕落到经验的世界。就像杰克自己说的那样，"小鸟杰基已经飞到一个气候宜人、没有人会伤害他的地方去了，而且从此不会归来"（362）。

米勒（Mark D. Miller）认为，在堕落到经验中后，也就是在一个人吃了知识树上的果子然后堕落的［故事］之后，就没有退路了；唯一通往天真的路是通过经验，通过"再咬一口"苹果②。前者是无知的天真，而后者则是"从知识中而来的天真"③。由于杰克将自己和世界隔离开来，和历史隔离开来，他无知的天真产生了关于世界的荒谬甚至危险的画面。对于杰克来说，虽然表面上他冷嘲热讽，但他在潜意识里仍然信奉传统道德，因而安妮的背叛是不可忍受的事实。杰克很快选择了另一种经验来解释这个世界，他发明了"大抽搐"的理论来逃避事实

①　John Blair: "'The Lie We Must Learn To live By': Honor and Tradition in *All the King's Men*", *Studies in the Novel*, 25.4（1993），467.

②　Mark D. Miller: "Faith in Good Works: The Salvation of Robert Penn Warren", *The Mississippi Quarterly*, 48.1（1994），57

③　Gloria L Cronin, et al.: *Conversations with Robert Penn Warren*（Jackson: University Press of Mississippi, 2005），173.

和历史的真相。

杰克逃往西部的举动，意味着他踏上了寻找自我和经验的道路。米切尔（Mark Mitchel）认为："西部是死亡的象征，杰克在西部溺亡和洗礼，得到一个新的世界观：他的理想世界观被宇宙大抽搐取代。"①他发现"生命不过是黑色血液的跳动和神经的抽搐而已"（348）。杰克借用"大抽搐"的理论来割断自己和安妮、威利、亚当，以及和自己的联系。杰克从这个"知识"中感到"振奋"，并得出安妮和他都不过是一台复杂的机器的结论。整个宇宙，包括人都是一台复杂的机器，因此，所有的一切都是先在决定的，这就变成了杰克生存的真理。杰克从凯斯的故事里，知道这个世界是有罪的；而从他对安妮的信仰中，他相信世界是美好的，至少美好是永恒的；而当这一次安妮所代表的传统价值再一次被摧毁时，杰克的"大抽搐"理论将自己从责任中豁免。杰克甚至在亚当对精神病人的手术中找到了这个理论的依据，他认为亚当的这个手术类似于基督教中的洗礼，可以使病人摆脱一切和世界的联系。

虽然事后证明杰克的"大抽搐"理论并不正确，但却从另一方面说明杰克正试图理解过去。虽然过去赋予他的象征体系已不能解释他所看到的事情，但这仍然是他朝着自我了解的过程迈出的第一步。并且他发现自己似乎重新获得了叙述的能力，只要他能够以"大抽搐、小抽搐和圣灵的名义"，像个"牧师"一样微笑，他就能重新滔滔不绝地发表他的看法，像牧师一样布道，给别人的精神施洗。只不过杰克的"大抽搐"是对基督教义的颠倒。约翰福音中，耶稣说："人子让他自由，他就真正得到了

---

① Mark T. Mitchell: "Theological reflections on Robert Penn Warren's *All the King's Men*", *Modern Age*, 48.4 (2006), 312.

自由。"（John 8:36）"大抽搐"却完全是非人化的，其自由只不过是避免了行动责任的短暂的心理安慰。"大抽搐"只是以一种绝对的虚无主义再现了"时代的可怕的分裂"而已。如果说"大睡眠"是一种逃避，将现实世界和理想世界、过去和现在割断成两个不相往来的领域的话，"大抽搐"则是杰克试图将两个世界看成同质同光的机械构造，以抹杀一切差异。一切都是机械的重复而已。

杰克的"大抽搐"并没有带给他平静，虽然他常常抱怨什么也不会发生在他身上，但事实上他惧怕改变；他虽然不相信威利所说的"人是罪恶的结晶，在血污中诞生。人的一生从臭尿布开始，以臭尸衣告终"（56），但他还是秉承历史学生的研究精神，再次探索过去。而这次他大获成功。他找到了法官曾受贿的证据，并不顾威利的催逼，仍然执意"给欧文一个机会"（378）。于是杰克带着过去的"真相"来和法官交换，却不知道法官手中也有一个真相，但欧文却犹豫着，"我可以只——，我只要跟你说——我只要告诉你一件事——"，如果法官告诉杰克，他是杰克的生身父亲，这个真相足以阻挡杰克用手中的材料毁坏他的名誉。但法官选择了自杀，用自己的生命对过去的罪恶进行赎罪。而之后杰克母亲的"狂野、清脆"的尖叫为他展示了一个新的画面。他突然发现了自己真正的父亲，也发现了母亲具有爱的能力。"这意味着母亲把往昔归还给我。"（488）杰克于是"发现自己不再相信大抽搐了"，因为"历史是盲目的，但人不是盲目的"（492）。杰克拒绝了达菲的邀请，回到伯登埠头，和安妮结了婚，将艾立斯·伯登接来照顾，并准备完成他的博士论文。杰克的举动表明他开始负起责任来，用一种道德的方式对环境加以回应。结尾杰克提到，他和安妮将"走进乱的世界，走出历史又进入历史，承担起时间的可怕的责任"（495）。按沃克尔（Marshall Walker）的话说，这是一个"弥尔顿式的离开"①，是堕落的亚当和夏娃走出伊甸园的史诗般的开始。

第三节　创伤记忆的潜伏期和历史重建：
马斯敦和伯登的故事

在创作《国王的人马》之前，休·朗的故事是沃伦主要的写作材料，他将这个材料写成了一幕短剧——《骄傲的人》（Proud Flesh），用来影射人类的野心和堕落。当他创作小说《国王的人马》时，沃伦为威利的故事增加了一个叙述者杰克·伯登，并将杰克的故事发展为同威利并行的另一条主线。沃伦自己解释道："他［伯登］对这个故事怎样想比故事本身更为重要。"而之后在杰克的故事中，沃伦又增加了一段杰克的祖先——凯斯·马斯敦的故事，并形成了一个内叙述层。而从杰克的叙述角度看，叙述这个故事，是"因为它和杰克·伯登的故事有极大关系，而威利·斯塔克的故事和杰克·伯登的故事在某种意义上是同一个故事"（177）。杰克这里的表白似乎是作者沃伦写作时自己的考虑。事实上，早在《国王的人马》之前，凯斯的章节就是一个独立的故事，沃伦曾在1944年将其发表，题名为《凯斯·马斯敦的结婚戒指》②。在《对1974年英国版本的介绍》中，沃伦回忆道，凯斯·马斯敦故事的出现是因为"我担心我的故事仅仅局限于一个关于香蕉共和国中政治阴谋的叙事。我也担心叙述者变成了仅仅是一个叙述者，只是为了技术上的方便，而

---

① Marshall Walkner: *Robert Penn Warren: A Vision Earned* (New York: Barnes and Noble, 1979), 106.

② Robert Penn Warren: "Cass Mastern's Wedding Ring", *Partisan Review* 11 (1944): 375–407. 凯斯的故事后来还被改编成戏剧。

和行动本身没有联系。直接点说，我感觉这个故事会缺乏一些深层道德意义，而叙述者也会缺乏一些深层的心理层面"①。在1972年的一次采访中，沃伦详细解释了凯斯·马斯敦材料的叙事作用：

> 小说顺其自然地发展到了一个节骨眼上。小说的叙述者（和我）都陷入了一个问题中，在关于他和威利·斯塔克——我故事中的政治独裁者之间，怎样去理解叙述者自己对自己这个角色的感觉。我可以让人物停止行动，让我的叙述者——杰克·伯登，做一个自我的道德的申辩："我不赞成所有进行的事情，我必须就此和我自己、我的上帝、我的和善的牧师等等讨论一下。"换句话说，他可以抽象地看待这个问题。但这不是他的性格。事实上，他试图过一种避免任何道德事务的生活。不管怎么说，抽象的方式会让这本小说死亡。就在这时，我突然有了一个点子。我给了伯登一个内战时的亲戚（他试图就这个亲戚来完成一篇博士论文）——就是凯斯·马斯敦——并且创造了一个凯斯的故事，其中凯斯挣扎并发现了道德意识。凯斯的故事类似于杰克的一面镜子，但不是，我相信，仅仅是作为一个［写

---

① Robert Penn Warren: "Introduction of the 1974 English Edition", in *All the King's Men* (London: Secker and Warberg, 1974), xiv. 1948年《国王的人马》在英国发行时，第4章凯斯的故事被省略了，因为"出版商认为这个主题［美国内战］不会吸引他的读者"。另一个原因是战后英国纸张缺乏。1946年美国发行的版本中，凯斯的故事是独立的一章。书中另外有几处提到凯斯的故事，但在英国版本中都被省略了。之后1960年英国版本仍然省略了这一章。直到1974年的版本才重新加印了这一章。沃伦在1974年版本的介绍中，专门强调，"我一直觉得这一章对这本小说而言非常关键"。

作］技巧。杰克的回应是对比式的，这个故事在他的发展中起到部分［作用］。我试图回避的是抽象的理论。我想给读者一种意义从经验中而来的感觉。①

　　沃伦的这段话反映出凯斯·马斯敦故事和杰克故事的几点联系：一是凯斯的出现和杰克故事的对比关系，二是凯斯的经验对评论家杰克的塑造，三是凯斯的故事带来的历史和心理的深度。历年来，评论家对凯斯故事的评价褒贬不一。一些作家和评论家认为凯斯的故事更为动人，福克纳甚至在和沃伦的出版商的通信中写道："凯斯·马斯敦的故事是一个优美而动人的篇章。……如果是我，其余的部分可以扔掉了。"金（Richard H. King）则认为，杰克最后所做的不过是退后，退回到伯登埠头，而凯斯行为才是真正的赎罪，就像福克纳的《去吧，摩西》之中艾克那样真正的行动②。和沃伦一起在明尼苏达大学工作的同事本特利（Eric Bentley）也对凯斯的故事更为关注，他在1946年9月3号给沃伦的信中担心地说，斯塔克的故事已经非常有趣了，"他如此有趣，以至于你的读者很难对其他感兴趣了，比如伯登自己的历史。也因此人们不大能意识到，比如说，凯斯·马斯敦的故事有多么好"③。

　　另外一些评论家们则努力在杰克和凯斯的故事之间寻找联

---

① Ruth Fisher: "A Conversation with Robert Penn Warren", in *Talking with Robert Penn Warren*, eds., Floyd C. Watkins, et al. (Athens: University of Georgia Press, 1990), 179 – 180.

② Richard H. King: "From Politics to Psychology: Warren's *All the King's Men*", *Robert Penn Warren's* All the King's Men, ed., Harold Bloom (New York and New Haven: Chelsea House Publishers, 1987), 147 – 152.

③ James A. Perkins: *The Cass Mastern Material: The Core of Robert Penn Warren's* All the King's Men (Baton Rouge: Louisiana State University Press, 2005), 18.

系，然而，从文中来看，和凯斯相关的联系仅有几处，一是杰克提到了只是在撰写博士论文的时候遇到了凯斯·马斯敦的故事①，另外一些地方只是提到了凯斯故事中人物和杰克生活中人物的对比，比如法官欧文和杰克母亲的通奸对应着凯斯和阿娜蓓尔的私情。但为了避免简单的对应，杰克专门指出："欧文法官和凯斯·马斯敦毫无相似之处。如果欧文法官像马斯敦家的人的话，那他像的是吉尔伯特，凯斯的花岗石脑袋的哥哥。"②（494）但从另一方面看，杰克和凯斯的故事之间的确有着互相呼应的关系，两者都是关于自我成长的故事，都涉及历史的责任和救赎，杰克故事的结束是以他决心完成关于凯斯·马斯敦的博士论文为标志的。有的评论家根据这个联系，认为凯斯的故事道出了小说的主题，使杰克认识到"蜘蛛网"般的人生中每个人应负的责任。"在凯斯·马斯敦的帮助下，杰克·伯登了解了和这个世界达成协议的困难。"③"马斯敦的故事是伯登的量度尺，用来检测他的成长。这个故事本身是关于罪恶和惩罚的讲述，总是藏在背

---

① 杰克在州立大学就读历史专业的时候，曾试图将凯斯·马斯敦的故事作为博士论文材料。凯斯·马斯敦是杰克的父亲艾立斯·伯登的舅舅，另一个舅舅是吉尔伯特·马斯敦。但随着后来故事的发展，法官欧文才是杰克真正的父亲。因此从血缘上说，凯斯并不属于杰克的祖先。有许多评论家注意到这之间的差异。有些评论家甚至通过基因和遗传学来研究杰克和马斯敦之间的血缘关系。参见 James A. Perkins, Patrick McCarthy, and Frank D. Allen Jr.: "Human Genetics and *All the King's Men*: The Case of Jack Burden's Paternity", *Mississippi Quarterly* 55. 1 (2002 - 2003), 65 - 75。另可参考 James A. Perkins, *The Cass Mastern Material: The Core of Robert Penn Warren's* All the King's Men (Baton Rouge: Louisiana State University Press, 2005), 8 - 12。

② 1949 年哥伦比亚电影公司出产的《国王的人马》中，就只集中在威利·斯塔克的升降上，完全忽略了伯登和马斯敦的故事。

③ Beekman W. Cottrell: "Cass Mastern and the Awful Responsibility of Time", *Twentieth Century Interpretations* of All the King's Men: *A Collection of Critical Essays*, ed., Chambers, 125.

景中，等待伯登成熟。"① 也有的评论家从历史的角度，观察凯斯故事带给杰克故事的深度："小说中这一部分突出表现了奴隶制和阶级问题的作用。因此，凯斯·马斯敦的叙事作为一个历史上老南方升和降的寓言而作用。"② 或者从认知的角度，来理解杰克对凯斯故事接受的过程，"凯斯的故事，对于杰克的第一次接触来说，超越了他的理解范围，事实不够充分，所以无法获得凯斯的道理教训"③。

近年来，凯斯的故事越发受到学界的重视。库里克（Jonathan S. Cullich）2000 年发表的《创造历史：罗伯特·潘·沃伦的传记叙事》（*Making History: The Biographical Narratives of Robert Penn Warren*）中，从叙事的角度考察凯斯叙事模式对杰克的影响，指出杰克从"叙事观察者"（narrator-observer）的身份逐渐过渡到"叙事代言人"（narrator-agent）的身份，说明"当伯登发现了他和历史的联系之后，他作为叙事者就变得不那么疏远了。他放弃了客观的姿态，更加投入事件，小说也从传记式的威利和马斯敦的故事变成了［杰克］的自传"④。而 2005 年，珀金斯（James A. Perkins）则编写了《凯斯·马斯敦材料：罗伯特·潘·沃伦的〈国王的人马〉之核心》（*The Cass Mastern Material: The Core of Robert Penn Warren's* All the King's Men），介绍了马斯敦材料在沃伦写作生涯中的运用及其作用。这些评论不

① James H. Justus: *The Achievement of Robert Penn Warren* (Baton Rouge and London: Louisiana State University Press, 1981), 29.

② Harold Woodell: All the King's Men: *The Search for a Usable Past* (New York: Twayne Publishers, 1993), 60.

③ Murray Hrieger: "The 'Burden' of History in *All the King's Men*", *Robert Penn Warren's* All the King's Men, ed., Bloom, 77.

④ Jonathan S. Cullich: *Making History: The Biographical Narratives of Robert Penn Warren* (Baton Rouge: Louisiana State University Press, 2000), 99–126.

创伤、记忆和历史：美国南方创伤小说研究

满足于凯斯的故事仅仅作为一个"内故事"，而是试图探讨两个叙述人之间的联系，或者两个故事之间的历史关系。

一、凯斯的见证和叙事模式

凯斯的故事对杰克的影响有两方面值得进一步思考：一是作为一篇完整的创伤叙事，凯斯最后是如何完成心理和历史重建的？二是凯斯叙事模式对杰克的影响。凯斯的故事前半部分是对自己过错的见证，后半部分是对自己造成的家庭悲剧、亲身经历的奴隶贩卖和内战伤痛的回顾。从叙事角度来看，凯斯的见证是一份完成了的叙述。和《押沙龙，押沙龙!》中创伤记忆的代与代传递相比，杰克接受的上一辈的创伤叙事是完整的：在凯斯的证词中，叙事包括开始、发展、冲突、高潮和结束，显示出创伤修复和历史重建的过程。另外，昆丁通过重复等叙事机制，将萨德本的故事变成了个人的故事，将集体记忆变成了个人的创伤记忆，而杰克却保持了和凯斯故事的距离。在叙述凯斯故事的第四章里，叙述者一改其他章节的第一人称叙事方法，采用了第三人称叙事模式，以当事者凯斯日记的形式，保留了凯斯作为第一人称叙述者的身份。而杰克（1920 年）成为受述者，用第三人称"他"来指代。叙事主客体的区分有利于对凯斯故事的重建；另一方面，在叙事模式上，凯斯的创伤叙事选择了堕落—赎罪的救赎主题，赋予其创伤意义。

凯斯日记的前半部分，主要是关于他和阿娜蓓尔之间私情的回忆。回忆的主体是 1865 年临死前忏悔的凯斯，客体是沉迷于罪恶的 1858 年的自己。凯斯在对自己犯下罪过的回顾中，曾经对"唤醒记忆"的痛苦做过这样一个描述："仿佛他在'黑暗与烦恼'中，在极度痛苦与自我批判的时刻还必须做最后一次回顾，甚至不惜冒着成为盐柱的危险。"（186）凯斯的证词是对曾经受过的创伤的再一次打击，因为"即使创伤经历能被重述，它仍然是一次（再）经历"：

> 见证人既情愿也不情愿以编年史来发展。他们常常犹豫，因为他们知道自己最复杂的回忆和时间无关……创伤停止了编年史的时钟，固定在那个［创伤］时刻，它永远留在记忆和想象中，对时间的变化保持免疫。故事的打开带来解脱，而打开情节则引起痛苦。①

创伤时间的无时性使当事人将创伤放在经验的联系范围之外，这种普遍性提醒他们，创伤一直延续到现在。从凯斯的叙事上可以看出，作为回顾客体的凯斯对所犯下的罪过和将要承担的后果一无所知，而作为回顾主体的凯斯却充满痛苦和内疚，两者之间认知和经验的差距突出了创伤的后果。在回顾当时和阿娜蓓尔第一次犯下罪过的时候，凯斯叙述道：

> ［1］我站在那儿，闻着她头发里发出的香味；我简直难以相信，连我自己是什么人都发生了怀疑。［2］我就是凯斯·马斯敦，就这样站在朋友和恩人的家里，这实在不能叫人相信。［3］我对于自己卑鄙堕落的行为并不感到悔恨或恐怖，只感到难以置信。［4］（人在初次破坏一个习惯时会感到怀疑，而在违背原则时会感到恐怖。［5］因此，我过去所知道的美德与荣誉感纯属偶然的习惯，并非意志的结果。［6］美德能是人的

---

① L. L. Langer, *Holocaust Testimonies: The Ruin of Memory* (New Haven: Yale University Press, 1991), 174 – 175.

意志的结果吗？这种想法是狂妄。）

(189，句子序列为笔者所加)

[1] I was somehow possessed by incredulity, even as
to my identity, as I stood there and my nostrils were filled
with the fragrance of her hair. [2] It was not to be believed
that I was Cass Mastern, who stood thus in the house of a
friend and benefactor. [3] There was no remorse or horror at
the turpitude of the act, but only the incredulity which I
have referred to. [4] (One feels incredulity at the first
breaking of a habit, but horror at the violation of a
principle. [5] Therefore what virtue and honor I had known
in the past had been an accident of habit and not the fruit of
will. [6] Or can virtue be the fruit of human will? The
thought is pride.) ①

(句子序列为笔者所加)

在这一段回忆堕落之初的片断中，凯斯使用了双重视角，一
是正在经历堕落的自己，而括号内是忏悔的自己对当时的评价，
括号里的内容掩饰了凯斯自身的心理活动，突出了两个叙事自我
之间的距离。虽然他声称自己并不感到"悔恨或恐怖"，但和杰
克对记忆矛盾的态度一样，凯斯的叙述文体证实了他在自我欺
骗，同时暴露了他自我的分离。第一句话中凯斯作为主语，是行
动的主体，也是正要发生的私情中的行动者。但他表示，"对自
己是什么人都发生了怀疑"。随着这句话，第二句话中，一改

——————————
① Warren: *All the King's Men*, 180.

"我"作为句子的主语或者说"我"作为行动的主体的话语模式，凯斯转而使用了一个客观句式："It was"的开头和人称代词"who"将正在经历事件的凯斯和叙述者凯斯区分开来。由于采用了一致的时态，这里凯斯的目光并不是追忆往事的目光，而表现出事情发生时凯斯潜意识中的"悔恨或恐怖"；或者说，另一个凯斯的自我正在打量即将堕落的自我。第三句话用"There was"的句式将聚焦人物和叙述自我分开，"there be"句型表现出罪恶的普遍性。相较于第一句话使用"我"（凯斯）作主语，第二句和第三句话中凯斯都是回忆的客体。因此，从话语模式的转变来看，凯斯避免用"我"作为句子主语而改用客观存在的句式只是为了推脱自己行动的责任①。从第四句话开始，括号内的陈述则变成1865年躺在医院里的凯斯对1858年犯下弥天大错的自己所进行的评述。他使用代词"one"进一步强调自己经验的普遍性，（1）、（2）、（3）句说明创伤之中凯斯的自我发生的分裂；而括号内的（4）、（5）、（6）句体现了凯斯对创伤之源的沉思，对这个事件意义的思索。

凯斯这里使用的客观句，在叙事上推卸了对自己行为的责任。而这种对责任的疏离，还可以表现在他之后的体验中。在他和阿娜蓓尔的通奸中，他"感觉无所顾忌就是安全"（190），他

---

① 库里克认为，这两句暴露出观察和代言之间的对话。凯斯使用第三人称叙述表示他几乎不能接受自己的身份。凯斯的第（2）句话是一个客观结构"it was not to be believed"，而不是"I could not believe"；而第（3）句"there was no remorse"，而不是"I had no remorse"。两句都没有用"I"做主语，而是用客观句式来推卸自己作为行动主体的责任。因此，这些陈述都表明一种自我分裂。Jonathan S. Cullick: *Making History: The Biographical Narratives of Robert Penn Warren*（Baton Rouge: Louisiana State University Press, 2000），114. 陶洁将这两句话翻译成以"我"为主体的行动句，忽略了凯斯对欺骗朋友和朋友妻子通奸的这个过错朦胧的恐惧和悔恨，也忽略了凯斯这个时候并没有担负起自己的历史的责任。

"学会了'不皱眉头',对万事处之泰然"（191）。甚至在他的朋友发现了妻子的私情自杀后，凯斯和其他几个朋友一起负责抬灵柩，他还感到"虽然我的朋友身材高大，而且开始发福。可是我抬的灵柩好像没有分量。我们行进时，我对棺材之轻感到吃惊。棺材是空的，这一切是一场化装舞会，一出滑稽戏，演得过火，到了荒唐渎神的地步，像是一场大梦，毫无目的"（192）。凯斯的"轻"，既是一种缺乏历史责任感的自我的无知、一种堕落经验世界中天真的沦丧，也是一种虚妄。因为在他对历史的疏离中，他确信，过去的将不会返回，历史就像一条直线，笔直向前，他的作为和过去没有关系，对将来也不会产生影响。凯斯和历史的疏离使他沉迷在和阿娜蓓尔的私情中，直到朋友邓肯自杀、女佣菲比被卖、阿娜蓓尔亲口将对他的指责说出口，他才猛然意识到这些事情之间的联系。这是一个顿悟的时刻，但也是一个创伤的开始。据他自己说，在那一时刻，他胸中"感情的波澜汹涌起伏"：

> 可怕的还不仅是控诉本身，因为，说实话，我一直感受着这种恐怖而且对此早已熟悉了。可怕的并不仅仅在于对朋友的出卖，也不在于我朋友的去世，而是我在他的胸口捅上致命的一刀。我可以有办法承受这些事实，勉强生活下去。但我突然感到周围的世界、事物的实质发生了变化，以我为中心的整个世界、天地、宇宙都开始分崩离析。当时我的情绪大大波动，冒出一头冷汗，我思绪纷乱，思路不清。但后来我曾回想当时情景，努力试图理出头绪，寻求事实真相……事实的真相是，所有这一切——朋友的死亡，菲比被卖，我热恋的女人的痛苦、愤怒与变化——这一切都是由于**我的**罪

恶、**我的**背信弃义而引起的，就像树枝生在树身，而树叶又长在树枝上。从另外一个角度来看，这就好像**我的**行为对世界整个结构引起的波动不断扩散，震动的力量越来越大，没有人知道波纹的终端在何方。

（199，黑体为笔者所加）

在这里，凯斯的叙述是对过去的重述，也是一种阐释。当他开始叙述时，实际上就是开始说，"我记得……"这种言语行为也正是一种纪念、见证或忏悔的行为。记忆不仅仅描绘说话人和过去的关系，而且将他的位置准确地和历史对应。"记忆的唤回标志着联系，而不是分离，连续而不是断裂……这一点在我们使用代词的稳定性上很明显——作为当前说话人的'我'等同于，但不是等于，过去的作为行为者的'我'。这种代名词指称的稳定性预设了身份的连续性。"①凯斯的叙述行为证实了过去和现在两个"我"的身份之间的连续性，从而证实了过去的"我"对现在所负有的责任。刚开始时正在经历的自我和经验自我之间分离的叙述方式，在这一段中得到了纠正。和前一段回避行动主语的行为相比，这里的见证词直接使用了"我"作为行为的主体，以及物主代词"我的罪恶""我的背信弃义""我的行为"等。话语主体的明确说明凯斯准备承担自己的错误和历史的责任。

二、"记着我，不必悲伤"：幸存者的创伤困境

从这一段叙述可以看出，凯斯已经能认识创伤的本质。和仍然处于叙述困境中的罗沙小姐和兰西相比，凯斯的叙述非常清

---

① Michael Lambek and Paul Antze: "Introduction: Forecasting Memory", *Tense Past: Cultural Essays in Trauma and Memory*, eds., Antze, et al., xxv.

晰，并且具有完整的结构。他的故事不仅描述了创伤事件和他的感受，也讲述了创伤事件之后幸存者的经历。亨利·詹姆斯曾评价霍桑的《红字》，认为这部小说的重点不在于通奸，而是之后赎罪的道德历程。凯斯的故事也是一样。虽然凯斯和阿娜蓓尔的故事非常动人，并充满着骑士文学里的"大胆、鲁莽、浪漫和兴致勃勃"，但凯斯的悲剧并非结束于他的朋友邓肯的自杀，而是继续描述了创伤事件的后果和自己对社会的新的认识。从创伤见证的角度看，凯斯作为幸存者，他所采用的叙事模式是一种基督教义的赎罪故事框架。凯斯多次强调了他"幸存者"的身份，他自述："他害得他朋友自杀了，他的朋友因为自杀而永世不得翻身，因此他，凯斯·马斯敦，为了公正起见应该也自杀以保证自己永受诅咒。"（203）但凯斯却希望能先解救被贩卖的奴隶菲比来赎罪。在新奥尔良，他和奴隶贩子发生争斗受了伤，本来"生死难测"，之后却逐渐得到恢复。凯斯由此判断到，"上帝不让我杀死自己，他这样做有他的目的"（203）。而凯斯幸存的过程就是不断地重新经历创伤的过程，他看到的不仅是个人的自私造成朋友家庭的破裂，也看到了整个社会的邪恶。凯斯的叙述提供了创伤和幸存之间谜一般的关系："事实是，对于那些经历了创伤的人们来说，不仅在事件［发生］的那一时刻，而且之后的生活都是创伤的；幸存自身，换句话说，可以成为一个危机。"①

凯斯遭遇了创伤打击之后，他的幸存让他目睹了南方奴隶制社会的罪恶。为了寻找被阿娜蓓尔卖掉的女奴菲比，他往返于派卡达、莱辛顿、新奥尔良等城市间，目睹了人贩子怎样像买卖

---

① Cathy Caruth: "Trauma and Experience: Introduction", *Trauma: Explorations in Memory*, ed., Caruth, 9.

"牲口一样"买卖奴隶，"展览"女奴，让她们离开自己的丈夫和孩子，被迫过着淫邪的生活。他也知道莱辛顿的特纳太太曾"打黑人打得过分"，结果把一个黑人小孩扔出窗外，让那个孩子摔断脊骨成了终身残废。最后她将自己的马夫锁起来打，马夫虽然"脾气温和，通情达理"，却无法忍受她的折磨，最后拧断了她的脖子，被处以绞刑①。凯斯认识到奴隶制的罪恶，为了替自己赎罪他解放了自己农场的农奴，但他"知道这些黑人摆脱了一种苦难，又要陷入另一种苦难"（204）。他两次遇到戴维斯先生，当时南方邦联已经成立，并选举了戴维斯先生作为总统。在凯斯和哥哥吉尔伯特的对话中，凯斯说"好人都希望和平"。可是吉尔伯特却哼了一声说，"我们需要的不是好人，而是一个能够取胜的人"。凯斯由此想到，"世界上到处都是好人，可世界仍然冲向黑暗和盲目的流血牺牲"（207）。凯斯目睹了给南方造成深重创伤的内战，但他却无法理解这段创伤。直至躺在医院里病危时，他还给哥哥写道："我将死去，因此免于看到战争的结局和最后的痛苦。我活着没有对别人带来好处，反而看到别人因我的罪恶而受苦……就在这间房间里，和我躺在一起的人正在为别人的罪孽而受苦，犹如为自己的罪孽而受苦。"（209）凯斯的故事中既有南方父权制下的农场，木兰花下的南方美人，穿着灰

---

① 沃伦关于凯斯·马斯敦的故事非常有特色。其中穿插了不少真实的历史人物和史料，包括历史人物南方邦联总统戴维斯、特纳太太的故事等。戴维斯总统曾在凯斯的故事里说："我一向狂热崇拜美利坚合众国，为了亲爱的国旗出生入死转战沙场。你们先生一定能够理解我现在的心情。我失去了多年来怀有深厚感情的东西。"和戴维斯总统一样，南方将军罗伯特·李也是反对战争、反对南北割裂的。但为了忠实于故乡，李将军拒绝林肯总统的任命，返回里士满，接受了邦联的任命。这是一场骨肉相残的战争，双方将领和军队中都不乏品德高尚的绅士。这场内战充分说明了《国王的人马》中修·米勒双重的历史观："历史是盲目的，但人不是。"

军装的骑士们，也有战争中血污、死伤、哀鸿遍野的形象。南方作为凯斯经验的背景，也是众多南方人记忆的场域。由于他终于认识到历史的联系，凯斯开始将他的过错、创伤和更广阔的社会问题并置，发现他个人创伤的社会普遍性。

从这个意义上，凯斯的日记提供了一份创伤后幸存者完整的自述，其重要性不仅仅在于讲述了个人道德的沦丧、自己的过错如何对朋友和菲比等一系列人造成伤害，而且从历史的层面见证了南方由于奴隶制的罪恶和虚假的社会秩序最终走向毁灭的过程。凯斯的经验得出了一份关于自我和世界的知识：

> 凯斯·马斯敦生活了几年，在那段时间内他知道世界是一个整体。他懂得世界就像一个巨大的蜘蛛网，不管你碰到哪里，不管你如何小心翼翼地轻轻地碰一下，蜘蛛网的震动都会传播到最遥远的边沿，而昏昏欲睡的蜘蛛不再打瞌睡了，它会马上跳起来，抛出游丝缠绕碰过蜘蛛网的你，然后把黑色的令人麻木的毒素注入你的皮下。无论你是否有意碰蜘蛛网，结果总是一样。你愉快的脚步或欢乐的翅膀也许只是轻轻地碰了一下蜘蛛网，可是后果总是一样，蜘蛛总是在那里，黑色的触角，大大的复眼，眼面像镜子也像上帝的眼睛似地在阳光下濯濯闪光，毒汁一滴滴地流着。（210）

经过漫长的赎罪行为，凯斯才清楚地知道南方文化的美好也是源于它对黑人残酷的剥削和自私的占有，知道这个文化是罪恶（sin）的，注定要走向灭亡。凯斯的故事虽然不是南方宏大历史叙事的主流，但这段私人历史却回应着千百万南方人的集体记忆，回应着斯蒂芬·迪达拉斯（Stephen Dedalus）式的感伤：

"历史是一个人们试图从中清醒的噩梦"①。历史并不像历史系学生杰克所认为的那样，都是由事实构成并往前发展的，而是像凯斯所理解的那样，是一个网（matrix），其中过去并没有死去，甚至现在倒退，现在的人们活在过去之中。凯斯留下遗言告诉哥哥："记着我，不必悲伤，如果我们两人中有个侥幸儿，那便是我。"（209）对于凯斯来说，他的离去将免于遭受创伤幸存的痛苦，而他得到的"世界是一个整体"的知识，会通过记忆传递下去。

三、创伤潜伏期和经验的接受

凯斯的故事对杰克有重要的意义。杰克曾经试图整理凯斯的材料，完成自己的博士论文设计。但由于无法理解凯斯故事的"事实真相"，或者说"他害怕理解"凯斯的故事，杰克放弃了这段材料，进入了"大睡眠"以逃避历史。然而，就像凯斯所说的，"世界就像一个蛛网"，创伤经验和由此而来的关于自我和世界的认识通过潜伏期和杰克的故事发生了联系。杰克只有认识到凯斯故事的意义，才能真正理解自己的生活。作为南方的第三代，杰克和昆丁一样，接受了创伤的传递。但杰克与之发生联系的方式并不是通过重复去阐释，而是通过历史的距离去理解这段经验。集体创伤经验的传递存在一段潜伏期。弗洛伊德研究创伤，发现最让人震撼的不是事故发生之后忘记的阶段，而是受害者在事故中似乎完全没有意识到发生了什么的事实：这个人于是走开了，"表面上没有受到伤害"。创伤潜伏期即指创伤后遗症不明显的一段时间，对于创伤延缓的认识，也存在于经验自身的

---

① Michael O'Brien: *The Idea of the American South 1920 – 1941* (Baltimore and London: The Johns Hopkins University, 1979）, 224.

潜伏期内。凯鲁斯认为：

> 创伤的历史力量不仅是在忘记之后，这个经历一再
> 重复，而是只有在它内在的忘记之中，或通过这个忘
> 记，这个事件［每一次都像］第一次经历。也正是这
> 个内在事件的潜伏期矛盾性地揭示了历史经历特别的时
> 间结构。延宕性（belatedness）是因为创伤事件发生时
> 没有相应的经验，它只能在和另一个地点、另一个时间
> 的联系中，才是完全显明的。①

创伤事件是通过两幕场景的互相关联来构造的：创伤的潜伏
期因此可以理解为一种特别的输出并收回的循环方式，其中第二
幕的创伤唤醒了原初的创伤，而由于原初创伤很难在意识中理
解，创伤的潜伏期实际上构成了一个历史对话的过程。凯斯的创
伤见证和杰克故事之间的联系形成了一幕南方历史创伤潜伏期的
结构关系。其中，凯斯的历史创伤经历能移情式地在杰克所属的
南方集体历史中被感知。这不仅仅是创伤怎样从一代传到下一代
的认知问题，还有下一代的接受问题。杰克只有在拥有足够的经
验之后，才能理解凯斯的经历，并获得凯斯创伤幸存后的历史
经验。

凯斯和杰克故事之间创伤的潜伏期说明了个体历史和集体或
历史创伤之间存在一种结构性的相似，存在于主体形成组织过程
中历史创伤的重演。杰克的故事证实了凯斯世界中罪恶和美德、
傲慢和谦恭、懦弱和勇敢、冷酷和怜悯、堕落和救赎等冲突。就

---

① Cathy Caruth: "Trauma and Experience: Introduction", *Trauma: Explorations in Memory*, ed., Caruth, 7.

像凯斯在"烦恼和黑暗"中进行往事的回顾一样，杰克对于重提往事也是充满了痛苦。杰克的叙述开始于1936年，在陪伴威利一起回乡的路上，由于报纸上公布了法官欧文支持威利对手的消息，威利决定深夜前往拜访法官居住地——伯登埠头。这次返乡也是之后杰克挖掘历史的开始，1939年发生的所有事情都伴随着杰克这次的历史调查。然而杰克在这第一章里这样说道：

[1] 我什么都记得，但我不愿意唤醒记忆。[2] 如果人类没有记忆，人们将十分幸福。[3] 有一度我曾是历史系学生。如果我学习历史有所收获的话，我学到的就是这个道理。[4] 更确切地说，我以为我学到的就是这个道理。

（句子序列为笔者所加）

[1] I could remember but I didn't want to remember. [2] If the human race didn't remember anything it would be perfectly happy. [3] I was a student of history once in a university and if I learned anything from studying history that was what I learned. [4] Or to be more exact, that was what I thought I had learned. [①]

（句子序列为笔者所加）

在第一句中，杰克作为叙述者，表示他"可以"什么都记得，"could"作为情感动词，表示能力和意愿；但杰克紧接着用"didn't want"来陈述他拒绝记忆的事实，表现了杰克的情感处于

————————

① Warren: *All the King's Men*, 45.

　　　　　　创伤、记忆和历史：美国南方创伤小说研究

自我控制的压力之下。而第二句话，杰克处于故事之外，观察1936年故事内以及1920年历史系学生的自己所信奉的真理。杰克不相信记忆，也不愿承担历史的责任。但需要注意的是，从经验的角度看，杰克这里的视角是1939年经验自我对往事的总结。"would be"将人类的记忆和他讲述的故事提高到普遍的高度。而第三句话使用了过去时，表明这个念头是1920年历史系学生杰克的看法；而第四句话使用了过去完成时，是对当年的学生和作为威利手下的自己的反思。这个反思不仅否定了杰克自己所说的"我不愿意唤醒记忆"，而且也否定了"没有记忆，人类将会十分幸福"。事实上，在上段叙述中，已经在1939年经历了种种悲剧的杰克，意识到每一个人的现在都是由过去构成，而每一个人的自我都离不开记忆的建构。杰克对历史的疏离虽然带有20世纪局外人的存在主义的特色，但杰克并不是一个"偶然的存在"。如果要明晰悲剧的原因或认识自己，杰克需要参照过去。他从凯斯的故事中意识到，凯斯对责任的疏离和他之间有更为深远的历史联系。

哈布瓦赫认为，记忆不是一个独立的个人心理的表达，所有的记忆都不可避免地和集体身份相连。学者应该聚焦于社会文本中表达出来的有意识的记忆。"几乎所有的个人记忆，都学自、继承或受到社会记忆的影响。"[1] 对于杰克来说，凯斯的故事类似于基督教中原罪的经验之源。通过个人的错误，凯斯认识到整个南方所犯下的罪恶，并且也意识到整个社会的错误需要通过每个南方人的行动来赎罪。凯斯认识到，朋友的自杀、菲比被卖等等，"这一切都是由于我的罪恶、我的背信弃义而引起的"（199）。而从这里开始，凯斯发现了历史并不是由不相关的事件

---

[1] Brundage: *Where These Memories Grow: History, Memory, and Southern Identity*, 3.

所构成，而是充满了时间和道德的联系。而个人的记忆也总是和社会的记忆彼此呼应。凯斯用自己的行动救赎深陷罪恶的自己：他亲身去往派达卡寻找菲比；他解散了密西西比自己的农场中的黑奴，给予他们自由；他参加了南北内战，但始终一枪不发一心寻死。凯斯的行为用南方传统来衡量的话仍然不失为一个高贵的南方骑士的形象。即使他选择在战场上失去生命，也是为了选择一种公众接受的体面的死亡，就像他的朋友邓肯·特赖斯为了不让自己、朋友和妻子的名声受损，而选择自杀一样。布莱尔（John Blair）指出：

> 不道德的行为和南方贵族的规则在小说中表现为马斯敦兄弟凯斯和吉尔伯特之间象征性的关系中。凯斯是传统的理想主义者、南方荣誉的骑士。吉尔伯特，则鲜少为传统而负担，他是唯利是图的人、现代资本家的理想人物。杰克和凯斯的关系有几个重要的方面，第一，他们之间的血缘关系意味着杰克是凯斯为之生为之死的荣誉法则的继承人；第二，更为重要的是，凯斯代表了战前荣誉法则和行为的规范，而杰克却不能理解而且逃离了。沃伦将凯斯的故事作为杰克未完成的论文并非偶然，这个故事伴随着杰克从一个方面到另一个方面，一

直追随着他，尽管他试图逃避故事的暗示。①

　　布莱尔的评价说明了凯斯和杰克之间的历史联系，以及两人之间故事的相似性②。杰克无法叙述凯斯的故事，是因为他无法在历史事实中找到道德联系，因而不能超越事实。而他的叙事模式却类似凯斯的叙述，描绘了一幅原罪教义的世俗化景象，即互相的堕落连接起所有的个体。凯斯代表着南方社会记忆，而作为南方的后代，杰克继承了凯斯的经验和关于罪恶的认识。从凯斯的创伤到杰克的故事，经历了一段潜伏期，对于杰克来说，这是一个"延迟"（belated）的知识。正如罗伯（Dori Laub, M. D.）所说："在创伤见证的过程中……在效果上，你常常不是想知道病人告诉了你什么，因为重要的是发现知识——它的发展、它的发生。知识在见证中不仅仅是被给出的事实，由见证者重新生产或复制，而是一种真实的来临，具有自己力量的事件。"③ 凯斯认识到正是自己的错误才导致了其他人的不幸，这个发现几乎摧

---

① John Blair.: " 'The Lie We Must Learn to Live By' : Honor and Tradition in *All the King's Men*", *Studies in the Novel*, 25. 4 (1993) : 465. 有必要指出的是，由于杰克的生身父亲是欧文法官，杰克和凯斯之间其实并没有血缘关系。但杰克和凯斯故事的相似之处在于，凯斯和阿娜蓓尔的通奸类似于欧文和杰克母亲之间的私情，而邓肯的自杀和艾立森·伯登离开所象征的精神死亡相似。但这并不是说明凯斯的故事和杰克的故事之间的联系在于杰克的生身父亲欧文的经历类似于凯斯。为了阐明这一观点，沃伦曾通过杰克的叙述来说明法官并不是凯斯，如果两者之间有什么相通之处，法官也只能是吉尔伯特，那个花岗石脑袋的凯斯的哥哥。沃伦这样说，是希望读者将注意力集中到凯斯犯罪之后的赎罪行为。这种赎罪，代表着凯斯对自我的认识和对南方社会的认识。

② 另外，沃伦这段时间正在研究柯尔律治的《古舟子吟》，对其中赎罪的过程非常感兴趣。凯斯颈项上至死挂着邓肯的结婚戒指，这一象征性的赎罪图像类同于老海员颈项上挂着的死去的信天翁的意象。

③ Dori Laub. M. D.: "Bearing Witness or the Vicissitudes of Listening", *Testimony: Crises of Witnessing in Literature, Psychoanalysis, and History*, eds., Felman et al., 62.

毁了他的自我。在这种创伤带来的震惊之下，他个人的历史被纳入更为广阔的南方历史进程，看到无数多的人，为一些抽象的理念比如荣誉、爱国、自由等而作战，看到和他人相分割的经验而造成的"生命的悲剧性苦难"。对于凯斯来说，这个认识可帮助自己恢复历史的本来面目，从而认识到自己生活的意义。

因此，历史的重建是过去和现在之间的对话。诚然，过去对现在产生了影响，而现在也可以说正在塑造过去，或者说，过去的意义正是现在给予的。格雷认为："一件事件的意义，不是主要在事件本身，而是在于它和之前、之后事件的复杂关系之中。时间中的一刻和时间中的另一刻互相作用。因此，所创造的格式大于各部分的总和。这个格式还给这些部分添加了一个层面。这是杰克所不能看到的。因为他只是将过去的各种杂物一排排放好，以为这就是一个结果，这就是他所学到的历史经验东西。他没有意识到，他所带到过去的，和当前经验相连，至少和过去自身分离的时刻一样重要。"①凯斯故事的意义发生在杰克自己的认识之后，也就是说，这个故事从现在出发塑造了过去。就像昆丁说，"我们都是父亲"一样，杰克也认识到"所有的人都是我们的父亲"。凯斯的见证和经验最终理解了历史的结构，并且在叙事形式上呈现出连贯性，再现了历史意义被建构的过程；而杰克开始时不能理解，是因为他试图在凯斯的故事里发现"事实真相"，而没有意识到意义总是被建构，而不是被发现的。只有通过重新走入历史肩负起道德的责任，才能获得关于救赎的知识，并完成历史的重建。

---

① Richard Gray: "The American Novelist and American History: A Revaluation of *All the King's Men*", *Modern Critical Interpretations: Robert Penn Warren's* All the King's Men, ed., Bloom, 100.

小　结

在经验和叙事之间、叙事自我和被叙事的自我之间有一种对话的关系。我们通常沿用经验来塑造我们人生的叙事，但同样，我们的人格和身份也被我们的叙事塑造。人们作为他们自己创造的故事而出现，就如同他们的故事来自他们的生活一样。通过记忆的行为，他们尽量使自己的生活以有意义的方式来讲述。在这个意义上，威利的故事就是杰克的故事；凯斯的故事，以及凯斯讲述故事的叙事方式也塑造了杰克。创伤的潜伏期让杰克从凯斯的故事中获得了"延迟"的知识，并成为一种历史赎罪的方式。1955 年《南方评论》（*The Southern Review*）发表了沃伦早些时候在哥伦比亚大学的一次谈话《知识和人的形象》（"Knowledge and the Image of Man"）。沃伦在其中提到知识是救赎，或至少是"一种救赎"。沃伦提到的知识事实上是对自我和历史的认识。位于叙事中心的凯斯的见证，具有完整的叙事结构，开始、发展、高潮、结局显示出创伤修复、认知恢复的历史重建过程，并且作为宝贵的创伤经验，告诉了杰克关于世界的真相和历史的意义。

20 世纪 40 年代后，美国在科学技术高速发展的同时产生了种种社会政治问题，引起社会的动荡不安，繁荣、文明的社会外衣遮掩不住病态的堕落。种种现实问题让南方作家更加关注当前生活中记忆的变奏，努力从历史中寻找现在的意义。在这个阶段的创伤小说中，创伤人物都表现出一种历史的道德感和责任感，以及重建过去和现在的决心。1942 年福克纳发表的《去吧，摩西》中，艾萨克·麦卡斯林的经历和杰克相似，同样在发现了祖先的罪恶之后，摒弃了家族的遗产，决心过着基督般追求道德完美的生活。用沃伦的话来说，这是一种在历史中得到救赎的方式。摆脱了创伤的萦绕，创伤后的南方后代才能够重新进入世界，同时得到一个更准确、更完整、更充分的关于世界和在其中的他们自己的画面的故事。

结　语

　　美国南方是"美国大地上的一个斯芬克斯"①。从文化的角度审视，南方的历史叙述包含了许多不和谐、不一致的因素：它既代表边疆开拓精神，又意味着懒散的生活方式；既是神话中的伊甸园，又是最早的蓄奴地；既诞生了杰斐逊这样的人文思想家，又产生了弗罗斯特那样的暴力领袖。历史学家伍特沃德（C. Vann Woodward）综合了几种互相冲突的观点，指出"［南方代表了］富饶大地上的贫穷经验，尊崇胜利［却感受］失败和挫败，美国式天真传奇中的罪恶和罪过，一群习惯抽象概念的人群［却拥有］地域感和归属感"②。从这些互相矛盾又互相统一的观点出发，南方作家对南方人的存在状况的思索集中在这些问题上：什么是过去？为什么要研究过去？

　　南方创伤文化记忆提供了回忆的语境，解读个人创伤记忆需要理解记忆所指的文化和社会的语义。心理学家指出，能够讲述

---

① David M. Potter: "The Enigma of the South" in *Yale Review*, *Myth and Southern History*, eds., Patrick Gerster et al. (Urbana and Chicago: University of Illinois Press, 1989), 11.

② C. Vann Woodward: *The Burden of Southern History* (Baton Rouge: Louisiana State University Press, 1960), 25.

自己或自己生活的故事常常意味着创伤的治愈。自传式的回忆和关于一个新的自我的概念界定了叙事的形式。那些能够讲述一个新的、转变了的自我的故事，已经发展出和他们自己、他人、这个世界的新的关系。他们已经开始从不同的角度来看待自己，思考并感受自己的经历。医学方面的报道指出，创伤治疗的效果常常依靠这种转变，而且，这种转变也具有社会意义："一个人的世界观和自我认识在很大程度上是为叙事所结构化的。讲述新的自我的故事，所引起的结果是这个结构的变化。这些注意力的转变不仅仅是文学上的贡献，而且也是心理和心理治疗方面的。这些贡献属于一个往回看的文化。这种文化认识到，讲述过去和历史，是建立一个在理性、情感上令人满意的，关于现在和将来的规划的基础。"①南方创伤小说正是在南方特有的文化语境中所产生的文学和文化回顾的方式。这种叙事方式提供了对南方创伤的见证，描绘了形形色色的创伤人物，对于创伤的愈合和修复具有重要的社会意义。

一、南方创伤小说的叙事特征和人物塑造

世纪之交，南方社会正面临着巨大的社会转变。正如托马斯·英格（M. Thomas Inge）在《南方文化百科全书》（*Encyclopedia of Southern Culture*）中指出的，这种转变"带来了自我分析以及重新思考南方价值观的阶段……通过拒绝文化式的重建活动，传统地域的身份感和独特性得到了加强。然而，这使得一些南方人兴高采烈，而另一些人却想要逃跑。这些张力激发了作家们的创作欲，但在他们被告知南方历史不朽的同时也知道

---

① Erll: *A Companion to Cultural Memory*, 219.

其不可避免的死亡"①。更确切地说，这种张力也来自过去的创伤和现实生活中创伤的重复。对于南方作家来说，创伤不仅仅是历史的、家庭的、个人生活中的遭遇，创伤也来自传统的失落、社会转型的痛苦和创伤再现的焦虑。这种焦虑使他们的创作没有继续南方传统中对过去的尊崇，而是创造出一种远离中心的、带有距离感的回视。在回看的过程中，南方作家们得以认识到：虽然创伤经验受到压抑，但创伤仍然通过重复不断返回，在现实生活中再次上演。南方人自我的成长受到创伤个人经验和集体创伤记忆的塑造，创伤人物常常困于"去完成认识创伤的愿望和对这个过程的不自信或恐惧之中"②。因此，创伤叙事往往暴露出重新讲述和重新经历创伤事件的痛苦和张力。

南方创伤小说通常采用创伤人物见证的方式展开叙事。创伤见证可以是人物的亲身经历，如尤金遭受的家庭忽视和身体暴力，班吉改名和阉割的遭遇，罗沙小姐关于内战、邦被枪杀、自己受到萨德本侮辱的经历，兰西目睹的塞姆斯和珀西之间的伤害等；也可以是以家庭记忆为框架的某一代人的见证，如康普生先生对萨德本故事的了解，凯斯·马斯敦对南方罪恶的忏悔等。个人的见证聚焦于创伤人物的心理延宕、语言再现创伤的困难以及由此造成的创伤叙事的困境，而集体的见证则聚焦于社会、家庭或某一代人的集体视角，为个人创伤的解释提供了更宽广的社会视野。另外，南方创伤小说还采用了围绕同一创伤事件的多重叙事方式，通过不同的见证者和相似但却各具特点的不同的证词，

---

① M. Thomas Inge: "Southern Renaissance", *Encyclopedia of Southern Culture* (Chapel Hill: University of North Carolina Press, 1989), 841.

② Dori Laub, and Nanette C. Auerhahn: "Knowing and Not Knowing Massive Psychic Trauma: Forms of Traumatic Memory", *International Journal of Psychoanalysis* 74. 2 (1993), 288.

为再现创伤提供多元的阐释角度，如康普生家族三兄弟班吉、昆丁、杰生对凯蒂堕落的见证。

创伤记忆在个人见证中也存在当事自我和经验自我之间认识的不同。南方创伤小说表现了种种创伤人物情感极限的状态，如创伤人物自我的分裂、解离，对创伤经验的压抑或静默等，显示了创伤前后自我和对世界认识的巨大变化。因此在他们讲述创伤的过程中，常常出现非线性的叙事时间、创伤经历的闪回或幻觉、语言混乱等。南方作家运用时空并置、叙事省略等表现创伤时间的混乱；通过拉长叙事时距来再现创伤心理和创伤场景的延宕；利用插入语、括号、自由直接引语等叙事手法表现创伤人物的自我分裂；利用意识流来表现创伤思维的混乱，创伤人物的语言也呈现出一种"无言或静默"的状态，或者表现为滔滔不绝的讲述；或创造出双重自我之间的对话，以补充创伤人物的心理活动，帮助读者理解并想象发生在创伤人物身上的创伤体验。这些策略都有助于作者将叙事结构按照创伤记忆或分裂的心理行为来组织表现。

创伤经验在代与代传递中，既存在每一个见证者之间回忆的差异，也存在集体记忆的应和。由于创伤人物在创伤经验交流中的障碍，他的讲述常常出现记忆的片段化，反映了情感的困惑和认知的模糊。传递的需要促使创伤记忆的接受者采用南方历史创伤的集体记忆模式去补充、修改、增加、完善上一辈的创伤记忆。比如康普生先生在创伤的代与代传递中使用了老南方英雄骑士的叙事模式来塑造萨德本。而反过来，创伤的集体记忆也通过创伤记忆的传递，将集体的、他人的故事内化成接受者个人的故事。如昆丁对于萨德本故事的接受，以及在幻觉中和萨德本的重合。从这一点看，福克纳的《押沙龙，押沙龙!》和沃伦的《国王的人马》再现了南方集体创伤记忆在个人故事中的消费，展示了南方社会语境中南方创伤如何通过口口相传的叙事方式，或者通过日记、信件等证物，将先辈的故事传递给下一代并成为下一代自我身份塑造的重要方式。传递和接受的双重投射一方面体现了南方"你永远不要忘记"的记忆命令，另一方面也展示了南方现代人所背负的沉重的历史负担。

因此，对于南方作家来说，过去并没有过去，过去仍然在现在之中，或者说，现在仍然受到过去创伤的侵扰。他们所展现的一群南方现代的创伤人物，在自我塑造和身份建构上，都受到南方集体记忆的影响。记忆不仅描绘说话者和过去的关系，而且将个人和过去所指相连。因为，"记忆的召唤代表着联系而不是割裂，连续而不是断裂。……这在使用人称的稳定性中很明显——在现在中说话者'我'和过去中的行为者'我'相同（identified），当然不一定一样（identical）。（相类似地，作为说话对象的'你'也同样是记忆接受者）。这种指代词的稳定性预设了连续的身份……记忆因此和个性以及责任性的概念有密切关系"①。但是，南方传统的衰弱和记忆的变奏使南方自我的成长无法保持连续性，并造成持续的创伤。对于昆丁、兰西、伯登等现代南方人物来说，他们所目睹、所经历的创伤往往和来自过去的传统相关：一方面他们怀念过去的道德感、责任感和时间的永恒性，另一方面却面对这些传统记忆的失落而无能为力。由于自我的发展受到传统和现实的双重压力，这些创伤人物常常处于身份的焦虑之中。他们要么试图将纪念碑式的历史记忆铭刻在南方女性传统形象上，以塑造老南方记忆的记忆之场；要么通过自杀、"大睡眠"或"大抽搐"来逃避现实以及时间的改变。

弗瑞尔（Kirby Farrell）等指出，既然创伤经历基于共享的

---

① Antze, et al.: *Tense Past: Cultural Essays in Trauma and Memory*, xxiv.

社会特性能代与代间传递，那么每个人都能通过各种不同的手段，包括各自的文化群体、种族、性别、性或经济背景这些方式来经历创伤，从而产生出一种"后创伤文化"。巴雷物（Michelle Balaev）总结道：

> 创伤理论中无时性（timeless），重复和有传染力的概念支持了超历史创伤（transhistorical trauma）的文学理论。它在个人和集体之间建立一种并行的因果关系，如同在创伤经历和病理反应之间的关系。这种理论认为，因为创伤经历和记忆的这种无时性、重复和传染的特点，历史过去中一个集体经历的大规模的创伤可以为几个世纪后的某个个人所经历，而这个人和这个历史集体之间具有共同的特点，比如都是同一个种族、宗教、国籍，或性别；反过来，个人创伤也可以传递给同一个种族、文化集体或性属集体。虽然没有经历实际的事件，但由于共享社会或生理相同点，个人的创伤经历和集体之间变为了一个。这引发了一个观点，即创伤叙事可能重新创造和消散（abreact）那些不在场的经历——［从而让］读者、听者或见证者第一手经历这种历史经验。因此历史创伤经历是标志和定义当前个人身份、种族或文化身份的来源。①

巴雷物的观点支持创伤记忆在代与代之间、个人和集体之间、讲述者和听者或读者之间的传递，并特别指出这种传递对听者的影响。事实上，创伤的传染性在于创伤讲述中倾听者或者见

---

① Balaev: "Trends in Literary Trauma Theory", 150.

证者对创伤的接受。记忆并非一种机械的、被动的对过去经验的保存，它总是主动积极地影响特定人群对世界的认识。从南方创伤小说中创伤记忆的传播来看，创伤记忆的代际传递具有以下几个特点：（1）创伤通常采取讲述的方式进行。幸存者口述的"我"的故事，或"我所见到"的故事（"我"参与其中或见证的历史事件），在经历了几代的传递和阐释后逐渐原型化，取得叙事意义，成为"我们"的故事或"每个人"的故事；（2）记忆的传递是在集体的框架内进行的，比如同一个创伤集体（参加内战的经历者和幸存者），或同一个创伤地域（如遭受南方内战和重建的美国南方），或家庭记忆之内。这个记忆的框架既保证了在拥有共同过去的集体中，创伤信息的传递能够更好地被理解和感受，也可以促进记忆的沟通：倾听者可以运用集体记忆所给予的其他材料来填补、修正讲述者的信息（如镇上的童谣、抽屉里看到的发黄的信件、这个集体中其他类似的故事等）；（3）这个传递的过程也是消散创伤力量的过程，对于创伤的信息，在传递的过程中，其感受的强度，如痛苦、孤独、分裂等体验会逐渐降低，创伤人物逐渐原型化或经典化；（4）因此，创伤记忆的代际传递通过重复、神话化等记忆策略给予了创伤经历的叙事结构，其中包含了开头、发展、冲突和结束，并赋予了这个创伤事件某种道德意义。在这个框架之外的未经加工的历史创伤事件，在经过记忆传递的环节之后，输出的是一个集体或民族的文化记忆，即经过模式化的沟通交往（讲述、倾听、回顾或其他文化仪式），这个集体逐渐形成"每个社会和每个时代固定、能传达自己的自我形象"。正如康普生先生提到的，"我们有口口相传的故事"，这种口口相传的模式，形成了南方人对过去的认同感和同一个地域记忆的归属感，构成了创伤记忆的代际传递。

在构建创伤记忆代际传递的同时，南方创伤小说同时塑造了形形色色的创伤人物。从这些创伤人物身上，我们可以看到南方创伤小说中几个比较典型的人物特点。首先是创伤人物和周围世界之间的疏离。创伤人物似乎生活在另外一个世界，或者说，他们的生活被创伤分割成两个世界。创伤以重复、闪回和噩梦的形式不断侵入个人的意识，以这种延宕的方式影响个人自我的形成。创伤人物往往表现出性格的双重性或自我异化，表明创伤经历损坏了自我先前的结构，主角必须重新组织自我以便和新的现实观相连。有时成功，有时却不能找到解脱。这也印证了创伤理论中创伤经历损坏身份和内在自我的结论。因此，南方创伤人物往往表现出巨大的失落感，徘徊在历史和现实之外。尤金·甘德不断发出的"啊，失落"的叹息，回荡在昆丁的踯躅、兰西的困惑和伯登的玩世不恭之中。其次，创伤不仅仅展现在个人记忆的层面上，南方地域和社会语境也影响着创伤人物自我的塑性。不仅仅是南方历史创伤的幸存者受到创伤的困扰，创伤记忆还以潜伏期的方式带给第二代、第三代难以抹除的创伤过去。个人记忆受到南方文化记忆的编码和控制，并影响了对个人生活的阐释。最后，创伤记忆的代际传递造成了创伤的重复。接受这份创伤记忆的第三代在自己的生活中，虽然没有关于历史创伤的直接经历，但第二次创伤往往再现了被压抑的创伤记忆的归来，从而意识到自己的命运仍然受到创伤记忆的追逐，自身成为一段重复的创伤历史的见证。南方创伤小说通过对创伤人物的塑造产生了一系列具有典型意义的创伤人物形象：甘德家受伤的孩子，被过去的记忆困扰了四十多年的罗沙小姐，曾代表南方昔日荣誉的凯蒂和安妮，无法言说的班吉，悲剧式老南方的英雄巴肯少校和欧文法官，缺乏道德和责任感的珀西和萨德本，以及为时间所困的昆丁、兰西和伯登等形象。这些形象对于丰富南方文学创作具有重要意义。

二、创伤、记忆和历史：南方作家的阐释和重建

社会环境往往影响着创伤经验，创伤的原因和后果往往都和社会相关。南方创伤小说展示了形形色色的个人创伤，同时也再现了这块承载着历史重担的土地上，集体遭受的战败、重建、资本主义对于传统生活方式的破坏等社会创伤。创伤经历不仅影响到自我的形成和稳定，而且在社会和文化结构中，让个人对社会秩序丧失信心。压抑创伤记忆可能带来暂时的解脱，但往往创伤会重返，并带来更为沉重的打击和更深的伤害。创伤修复需要重建一段历史，帮助创伤患者恢复被创伤终止的时间历程，恢复个人和集体、世界的联系，认识创伤的原因和后果，从而给予创伤经验以意义。南方创伤小说的社会意义在于通过对个人和集体创伤的叙事，南方作家重新回顾过去，检查创伤给每一个家庭、个人和集体所造成的伤害，在创伤的潜伏期内获得历史的经验，以便重塑南方的文化记忆。作为南方创伤见证的倾听者和叙述者，南方作家的作用在于继承和解释过去：

> 倾听者不仅充当一个有经验地坐在叙述者对面的角色，这位叙述者同时也是一个模式叙述者。因为他是作为一个较为广泛的社会化和回忆集体的成员叙述故事的。这个故事不仅是他从直接的和个人的叙述场合中发挥出来的，而且还是由别人给他讲的那些故事规定的。他关于故事模式和情节的知识就是从这些故事中得来的。正是这些模式和情节才使得他自己的故事也变得可以叙述了。换句话说，即使是根据个人情况叙述的故事，也仅仅是一件很大的织物中的一个结子。从这个意义上说，除了经验性叙述场合的那些直接和一次性的条

件外，这个故事还吸纳了许多非常普遍和超场合的感知和解释模式。在几代人之间进行的谈话中，这一点显而易见。[①]

在一个集体中，不同个人的故事互相交叉，通过述说，这些故事获得了合法的地位，从而建立了个人在集体中的认同感，个人的故事成为集体共同享有的记忆，或一段共有的过去。南方创伤小说中这种亲密的联系常常通过叙述和倾听来表示。叙述者通过分享个人记忆来说明观点，而其叙事模式也影响了倾听者的接受。南方作家所采用的这种见证—倾听的交流的模式，一方面再现了南方记忆传递的途径，另一方面更富于创造性，相比于文件式的历史记录，记忆的讲述更加感性，也更有亲密感。这种讲述可以鼓励听者投入，"分享记忆是有效的，不但因为听众可以同他们自己的经历相连，而且大多数人相信，这种生动的记忆是强烈感情的表示"[②]。南方作家采用这种回忆方式，在文本中创造了见证者和倾听者之间记忆和理解的交换；同样，这种方式也是邀请读者加入阐释过程的请求。阅读不仅仅是对记忆的恢复，而且是读者参与、分享、解释，并最终理解这种集体记忆的过程。

作为南方文艺复兴中的重要人物，更为重要的是，作为南方内战创伤幸存者的第三代，南方作家的创作是一个阐释过去、修复创伤的过程。在从文学的社会功能意义上，南方创伤小说再现了南方创伤记忆社会传承的三个阶段：重复期、阐释期和重建期。创伤重复对幸存者造成极大的困扰，使其个人生活和家庭都遭遇过去悲剧的复制。创伤的幸存者由于创伤发生的突然性，常

---

① 〔德〕哈拉尔德·韦尔策：《在谈话中共同制作过去》，载〔德〕哈拉尔德·韦尔策：《社会记忆：历史、回忆、传承》，前引书，第112页。

② Woods: *Literature of Memory*, 59.

常无法用经验解释自己的遭遇；因而对于他们来说，过去的记忆并没有过去，而现在只是这桩没有结束也无法完成的创伤的延续。南方作家通过对"时间"的重视，再现了创伤作为一种"无时性"的存在对南方后代的追逐和萦绕。正如萨特的评语所说："普鲁斯特的小说中，解脱存在于时间本身之中，在于过去的全部恢复。而对于福克纳则相反，过去是不幸地永远也不失去；它永远在那里，几乎像是鬼迷。"①萨特的评价可以用来形容这些南方作家对时间主题的着迷和焦虑。重复成为南方创伤人物个人命运的噩梦。个人和家庭历史中创伤的重演、个人双重性的裂变，或者和历史中祖先故事的重合，都展现了创伤人物对过去的不确定和对自己身份的困惑。

在 20 世纪的南方创伤小说中，南方作家不仅再现了创伤在个人和集体命运中的重复，而且通过阐释，理解过去，以及过去和现在之间的种种冲突。过去不仅仅是一连串孤立的事件，而且构成了一个语境。阐释意味着过去具有某种意义，通过阐释，文学可以塑造这种特殊的语境中南方自我的身份。南方创伤小说展示了创伤人物理解过去的方式，但创伤心理的延宕和重复却使得他们的阐释充满了歧义和模糊，造成了叙述的困境。对于大多数人来说，记忆具有即时性、想象性、选择性、片段性、影射的、非线性等特点，区别于历史意识。在叙事的话语层面，南方作家通过模仿创伤记忆的重复性、碎片性、叙事自我和经验自我的双重性、意识流动等方面，展现了形形色色的记忆问题。为了重新认识创伤经验，南方作家通过叙事的方式，给予了创伤经历缺席的要素，并通过集体记忆的框架来解释其中的个人创伤经历。海尔曼（Robert Heilman）曾经以罗伯特·佩恩·沃伦为例说明小

---

① 李文俊编译：《福克纳评论集》，前引书，第 162 页。

说家是如何借用记忆的力量来进行创作的。他认为："沃伦在他的小说中坚持使用同一种主要方法，从近代历史中挖掘出一具保存良好的骸骼，用记忆的想象力去丰满其血肉，给予他人的生命。"①从这个角度出发，南方创伤小说文本本身就是文化的一部分，不仅南方文化和历史创造了文本创作的语境，文本自身也成为社会的语境，读者通过阅读可以阐释美国南方社会问题。阐释建立了文本和历史的联系。

南方创伤小说所经历的第三个过程是创伤历史的重建期。创伤重建期是指创伤记忆经历了代际传递，在回忆和忘却的记忆危机中，南方第三代人如何解读过去和现在的关系，并试图重组过去的事件，使其回归到一个统一的历史背景之中，并在这个过程中重新塑造自我的时期。在这段时期，南方作家进一步发展创伤的叙事，在凯斯等的创伤见证中开始出现了完整的叙事结构，包括创伤事件的发生、发展、冲突和结果；不仅如此，凯斯的忏悔还采用了完整的历史叙事模式，并得到了赎罪和拯救等相关主题。凯斯的叙事结构有助于恢复创伤割裂的历史的进程，影响了伯登等下一代人对于自己生活的理解；而凯斯的叙事模式先在地给予了创伤材料意义。南方作家通过叙事结构和叙事模式的策略，重新将南方创伤经验化，完成了创伤的认知、记忆的传递和历史的重建，在社会意义上起到了稳固社会秩序、修复社会创伤的作用。

正如约翰·伯特所言："［南方作家们］具有一个共同的历史意味着具有一个共同的故事，具有一个共同的故事意味着带有同样需要忘却、需要抛在身后的耻辱。"② 文化的发展通常经历

---

① Gray: *Robert Pen Warren: A Collection of Critical Essays*, 185.

② 萨克文·伯科维奇主编：《剑桥美国文学史：1940—1990》，第5卷，孙宏主译，北京：中央编译出版社，2005年，第337页。

着衰落与勃兴的循环，历史的变迁常常在社会的喧哗与骚动后给予人们重新审视人类文明的冷静和睿智。泰特指出："无法否认的是，在南方这片广袤的土地上有足够的共同点让人们联结在一种文化中……但必须承认南方传统留下的文化痕迹没那么明显，可以不断提醒人们他们是谁；……〔不过，南方文艺复兴〕证明了有一种伟大的文学在崛起，它在现代社会将是特殊的。"①沃尔夫、福克纳、泰特、沃伦这些作家对创伤记忆的重复和再现，使他们所创作的文本以及这种文化实践同传统文化遗产分离开来，并使南方历史，以及南方人的生存状况获得了被重新解释的机会。在历史的语境中，福克纳等作家的小说再现了南方社会形形色色的人物。他们中有的是南方没落贵族的代表，有的是穷白人，有的是新兴的工商业资产阶级。他们的身份涉及社会各行各业，包括法官、律师、军官、政治家、记者、学生、罪犯、牧师、医生、商人、农夫、马戏班主、运动员等。通过对南方这一时代的风俗人情、社会文化心理的描写，这些小说再现了一段特殊的历史进程。在这个意义上，南方不是一个地域的划分，也不是一场政治斗争或战争的结果，而是历史重建的产物。奴隶制问题的历史负疚感，南方特有的农耕生活、阶级政治、种植园神话和最后的贵族式骄傲都成为同一份困扰这些作家的记忆，并衍生出特有的南方创伤叙事。南方创伤小说通过重复期、阐释期和重建期，最终完成了对历史的见证；文本所虚构的南方因而在南方文化中成为解释现实的语境，并成为后继作家再现南方的依据。

---

① Allen Tate: *Essays of Fuor Decades* (Chicago: The Swallow Press Ing., 1968), 520.

参 考 文 献

埃利奥特，埃默里. 哥伦比亚美国文学史［M］. 朱通伯等，译. 成都：四川辞书出版社，1994.

埃斯蒂斯，戴维，李冬. 威廉·福克纳关于白人种族主义的观点［J］. 外国语，1983（5）.

昂智慧. 叙述时间的形式与意味——评福克纳的长篇小说《押沙龙，押沙龙!》［J］. 当代外国文学，1992（4）.

白爱宏. 传神写照 正在阿堵中——浅谈威廉·福克纳的短篇小说"That Evening Sun"中的神态刻画［J］. 天津外国语学院学报，1999（1）.

鲍忠明，吴剑峰. 挥动玉米锥的凸眼——福克纳《圣殿》小说异类人物"黑白人"之陌生化解读［J］. 外国语文，2010（1）.

毕世颖. 福克纳约克纳帕塔法世系中的女性形象分析［D］. 大连：辽宁师范大学，2007.

伯科维奇，萨克文. 剑桥美国文学史. 1 - 8 卷［M］. 北京：中央编译出版社，2008.

伯科维奇，萨克文. 剑桥美国文学史：1940—1990［M］. 孙宏，译. 北京：中央编译出版社，2005.

卜珍伟，江山. 福克纳《献给艾米丽的玫瑰》的时间关系［J］. 外国文学研究，1982（1）.

布斯，W. C. 小说修辞学［M］. 华明等，译. 北京：北京大学出版社，1987.

布兹，伊丽莎白·B. 张金铨. 威廉·福克纳——美国二世纪的第一流作家［J］. 世界文化，1986（2）.

曹昉. 他者的生存——论福克纳在《八月之光》中的人文关怀［D］. 重庆：重庆大学，2010.

曹思思. 从家长制到自由主义：论威廉·福克纳小说《喧哗与骚动》和《押沙龙，押沙龙!》中的反英雄［D］. 南昌：南昌大学，2007.

查日新. 乡愁与共同误识——析福克纳小说中美国南方的乡愁情结［J］. 中北大学学报：社会科学版，2009（2）.

常梅. 威廉·福克纳的小说《献给爱米丽的玫瑰》中的熵［J］. 黑龙江社会科学，2006（4）.

陈琛. 威廉·福克纳的圣经情结在《押沙龙，押沙龙!》中的体现［D］. 北京：华北电力大学，2009.

陈春生. 在灼热的高炉里锻造——略论莫言对福克纳和马尔克斯的借鉴吸收［J］. 外国文学研究，1998（3）.

陈海峰. 存在主义视角下汤姆斯·沃尔夫《天使，望故乡》的解读［D］. 开封：河南大学，2009.

陈海晖. 福克纳小说的圣经原型研究［D］. 广州：广东外语外贸大学，2003.

陈凯. 福克纳的短篇小说《熊》语言风格浅析［J］. 外国语，1988（2）.

陈丽. 福克纳小说中的神话原型解读［D］. 济南：山东师范大学，2007.

陈梦莉. 社会角色与私人本位：威廉·福克纳《八月之光》主要人物性格分析［D］. 福州：福建师范大学，2001.

陈萍. 走近福克纳［D］. 南京：南京师范大学，2002.

陈钦武. 福克纳的现代诗学体系［J］. 英美文学研究论丛，2000（00）.

陈昕. 福克纳笔下女性人物：特征及历史背景［D］. 上海：上海外国语大

学，2007.

陈耀庭. 论罗伯特·潘·沃伦诗歌中"爱与知"的碰撞与和谐 [D]. 兰州：兰州大学，2008.

谌晓明. 符指、播散与颠覆：福克纳的"斯诺普斯三部曲"之解构主义研究 [D]. 上海：上海外国语大学，2009.

程锡麟，王晓路. 当代美国小说理论 [M]. 北京：外语教学与研究出版社，2001.

程锡麟. 一面面自我影像的镜子——谈托马斯沃尔夫的小说创作 [J]. 美国文学研究，2002（1）.

池大红. 自我的神话：论威廉·福克纳小说中的贵族意识 [D]. 武汉：华中师范大学，2003.

池大红. 论福克纳创作中的贵族神话 [J]. 北方论丛，2007（1）.

崔新燕. 福克纳与时间 [D]. 杭州：浙江大学，2004.

戴月行. 谎言与封闭之美——试析威廉·福克纳小说《献给爱米丽的一朵玫瑰花》[J]. 当代文坛，2010（2）.

邓春燕. 对威廉·福克纳的《喧哗与骚动》中女性群像的分析 [D]. 上海：上海师范大学，2005.

邓繁荣. 爱米丽"镜像"破碎的悲剧——威廉·福克纳《献给爱米丽的一朵玫瑰花》文本研究 [J]. 西南民族大学学报：人文社科版，2008（S3）.

丁洁. 福克纳小说中的时间 [D]. 上海：华东师范大学，2006.

丁三. 威廉·福克纳几部小说简介 [J]. 当代外国文学，1982（2）.

董静娟. 在艺术中重获失落的天堂——试析《天使，望故乡》中尤金对自由的追求 [D]. 石家庄：河北大学，2000.

董丽娟. 狂欢化视域中的威廉·福克纳小说 [D]. 天津：南开大学，2009.

董小英. 叙述学 [M]. 北京：社会科学文献出版社，2001.

杜翠琴. 艺术家可以塑造时间——福克纳小说叙述模式的创新设计 [J]. 求索，2010（9）.

樊星. 福克纳与中国新时期乡土小说的转型 [J]. 山东社会科学，2008

（7）．

范卉婷. 追寻多元的叙事：福克纳《喧哗与骚动》与莫言《红高粱家族》叙事模式的比较研究［D］. 贵阳：贵州大学，2009.

方敏惠. 威廉·福克纳《村子》的叙事技巧［D］. 厦门：厦门大学，2008.

费伦，詹姆斯. 作为修辞的叙事：技巧、读者、伦理、意识形态［M］. 陈永国，译. 北京：北京大学出版社，2002.

冯舒奕. 时隐时现的福克纳［D］. 上海：上海外国语大学，2007.

冯文成. 综合艺术家：陀思妥耶夫斯基与福克纳比较研究［J］. 外国文学评论，1992（1）.

冯文坤. 论福克纳《喧哗与骚动》之时间主题［J］. 外国文学研究，2007（5）.

冯溢，高志英. 悲壮之中的悖论——论福克纳小说《熊》中"布恩屠熊"之隐喻［J］. 东北大学学报：社会科学版，2007（6）.

冯溢，刘薇. 论福克纳小说对经典印第安形象的突破［J］. 东北大学学报：社会科学版，2009（6）.

冯溢，王一镭. 批判式的救赎——从《八月之光》主人公克里斯默斯看福克纳的种族观［J］. 东北大学学报：社会科学版，2008（6）.

冯溢，姚进. 从《喧哗与骚动》看福克纳笔下的南方淑女形象［J］. 东北大学学报：社会科学版，2010（6）.

弗洛伊德. 抑制、症状与焦虑［M］. 杨韶刚，高申春，译. ∥车文博，主编. 弗洛伊德文集：第4卷. 长春：长春出版社，2009.

福柯，米歇尔. 词与物——人文科学考古学［M］. 莫伟民，译. 上海：生活·读书·新知三联书店，2001.

福柯，米歇尔. 疯癫与文明：理性时代的疯癫史［M］. 刘北成等，译. 北京：生活·读书·新知三联书店，2003.

福柯，米歇尔. 古典时代疯狂史［M］. 林志明，译. 北京：生活·读书·新知三联书店，2005.

福柯，米歇尔. 规训与惩罚：监狱的诞生［M］. 刘北成等，译. 北京：生活·读书·新知三联书店，2003.

福柯，米歇尔. 性经验史［M］. 佘碧平，译. 上海：上海人民出版社，2002.

福克纳，威廉. 八月之光［M］. 蓝仁哲，译. 上海：上海译文出版社，2004.

福克纳，威廉. 村子.［M］张月，译. 天津：百花文艺出版社，2001.

福克纳，威廉. 坟墓的闯入者［M］. 陶洁，译. 上海：上海译文出版社，2004.

福克纳，威廉. 掠夺者［M］. 杨颖，王菁，译. 上海：上海译文出版社，2004.

福克纳，威廉. 去吧，摩西［M］. 李文俊，译. 上海：上海译文出版社，2004.

福克纳，威廉. 我弥留之际［M］. 李文俊，译. 上海：上海译文出版社，2004.

福克纳，威廉. 喧哗与骚动［M］. 李文俊，译. 上海：上海译文出版社，1984.

福克纳，威廉. 押沙龙，押沙龙［M］!. 李文俊，译. 上海：上海译文出版社，2004.

付景川，卢国荣. 凯瑟、福克纳和海明威原始主义倾向的生态关怀［J］. 东北师范大学学报：哲学社会科学版，2009（2）.

傅景川. 论福克纳创作的文化取向［J］. 吉林大学社会科学学报，1991（3）.

高奋，崔新燕. 二十年来我国福克纳研究综述［J］. 浙江大学学报：人文社会科学版，2004（4）.

高红霞. 福克纳家族小说的"寻父—审父"母题［J］. 世界文学评论，2010（2）.

高红霞. 福克纳家族小说叙事及其在新时期小说创作中的重塑［J］. 兰州大学学报：社会科学版，2008（6）.

高红霞. 福克纳作品中的基督教神话模式解读［J］. 宁夏大学学报：人文社会科学版，2003（1）.

高岚. 艾萨克·麦卡斯林, 西方的"真人"——从道家思想和生态主义看福克纳的《熊》[J]. 四川外语学院学报, 2005 (3).

高岚. 魂归来兮 乡土英雄——福克纳与莫言的英雄情结 [J]. 四川外语学院学报, 2006 (3).

高晓娟. 完美的四幕交响曲: 对威廉·福克纳作品《喧嚣与骚动》的文学文体学研究 [D]. 北京: 北京交通大学, 2010.

高兴梅. 福克纳小说《谷仓燃烧》的认知文体分析 [D]. 苏州: 苏州大学, 2005.

格尔兹, 克利福德. 文化的解释 [M]. 韩莉, 译. 南京: 译林出版社, 1999.

葛纪红. 从时空观看福克纳小说的形式实验 [J]. 外语研究, 2010 (1).

葛纪红. 福克纳小说的非理性叙事与癫狂主题 [J]. 外语研究, 2009 (3).

葛纪红. 福克纳小说的叙事话语研究 [D]. 苏州: 苏州大学, 2009.

耿纪永. 知音少, 弦断有谁听——早期福克纳研究及其在中国 [J]. 同济大学学报: 社会科学版, 2006 (2).

苟雪柳. 接受与变异: 余华与福克纳叙事艺术比较研究 [D]. 重庆: 重庆师范大学, 2009.

顾胜. 论威廉·福克纳小说《熊》的综合文体风格 [J]. 外国文学评论, 1988 (3).

管建明. 福克纳叙事艺术中的时间和空间形式 [J]. 外语教学, 2003 (4).

郭建英. 黑皮肤下的多彩灵魂: 论福克纳笔下的黑人形象 [D]. 青岛: 青岛大学, 2010.

郭淑梅. 局外人的归宿——论福克纳第二创作期小说中的南方种族意识 [J]. 外国文学评论, 1988 (3).

郭思佳. 南方传奇中的追忆之美: 从《喧哗与骚动》看福克纳对于"追忆"的眷恋 [D]. 深圳: 深圳大学, 2008.

郭小桃. 有罪的父辈 失败的儿孙: 论福克纳20世纪20-40年代创作中的父与子 [D]. 济南: 山东大学, 2007.

哈布瓦赫, 莫里斯. 论集体记忆 [M]. 毕然, 郭金华, 译. 上海: 上海人民出版社，2002.

哈桑，伊哈布. 当代美国文学［M］. 陆凡，译. 济南：山东人民出版社，1982.

韩海燕. 威廉·福克纳和曹雪芹作品中的年轻女性［J］. 求是学刊，1985（2）.

韩启群，杨金才. 没有男人的女人——福克纳短篇小说《曾有过这样一位女王》的女性主义解读［J］. 四川外语学院学报，2005（3）.

韩启群，杨金才. 商品、服饰、广告——福克纳小说《村子》消费文化透视［J］. 解放军外国语学院学报，2010（3）.

何海伦. 福克纳短篇小说《夕阳》的叙事策略［J］. 华南师范大学学报：社会科学版，2002（6）.

赫尔曼，戴卫. 新叙事学［M］. 马海良，译. 北京：北京大学出版社，2002.

洪增流，贾晓庆. 福克纳小说中的耶稣式形象［J］. 安徽大学学报：哲学社会科学版，2007（3）.

侯建芳.《喧哗与骚动》的"史诗"地位：论福克纳对创作技巧的重建［D］. 兰州：兰州大学，2010.

胡兰. 论福克纳《熊》的创作主题与风格［J］. 兰州大学学报：社会科学版，1994（2）.

胡莉萍. 福克纳和他笔下的两位被困的灵魂［D］. 上海：上海师范大学，2005.

胡婷婷. 新旧之间的协调者析威廉·福克纳的写作技巧［D］. 上海：上海外国语大学，2005.

胡樱. 威廉·福克纳《喧哗与骚动》中的女性主义思想解读［D］. 西安：西北大学，

怀特，海登. 后现代历史叙事学［M］. 陈永国等，译. 北京：中国社会科学出版社，2003.

黄春兰. 二十世纪中国对福克纳的接受［D］. 上海：华东师范大学，2006.

黄桂友. 福克纳与赖特短篇小说中反叛与身份的政治关系［J］. 四川外语学

院学报, 2004 (5).

纪琳. 时间、空间与自我——读威廉·福克纳小说《押沙龙，押沙龙!》
　　[D]. 济南：山东师范大学, 2001.

贾晓庆. 福克纳小说中的耶稣形象 [J]. 合肥：安徽大学, 2006.

江智利. 福克纳《八月之光》的艺术特色 [J]. 西南民族大学学报：人文
　　社科版, 2008 (9).

江智利. 精神的再生之美——解读福克纳《喧哗与骚动》中的"昆丁"
　　[J]. 西南民族大学学报：人文社科版, 2007 (6).

江智利. 论威廉·福克纳的创作视角 [J]. 西南民族大学学报：人文社科
　　版, 2005 (8).

江智利. 论福克纳与大陆新武侠小说的后现代特征 [J]. 西南大学学报：
　　社会科学版, 2008 (3).

姜德成, 仪爱松. 福克纳作品中宗教的尺度和世俗化研究 [J]. 山东文学,
　　2009 (9).

姜德成, 仪爱松. 智者之笑, 小说之思——论福克纳的幽默美学 [J]. 江苏
　　大学学报：社会科学版, 2009 (6).

姜立. 福克纳的复调：对《押沙龙，押沙龙!》的巴赫金式解读 [D]. 济
　　南：山东大学, 2005.

蒋丽娜. 从《喧哗与骚动》看福克纳的女性情结 [J]. 辽宁大学学报：哲
　　学社会科学版, 2002 (3).

蒋萍. 威廉·福克纳, 南方女性的代言人：《喧哗与骚动》中的女性人物评
　　析 [D]. 武汉：华中师范大学, 2002.

蒋跃梅, 陈才忆. 种族偏见与美国南方人的不幸——福克纳作品主题探索
　　[J]. 西南民族大学学报：人文社科版, 2010 (8).

杰伊·帕瑞尼, 惠云燕. 威廉·福克纳："我没有受过多少教育" [J]. 译
　　林, 2006 (2).

金文宁. 试论福克纳《干旱的九月》中明妮·库珀小姐的疯癫 [J]. 天津
　　外国语学院学报, 2009 (6).

卡尔, 弗莱德里克. 福克纳传 [M]. 陈永国, 赵英男, 王岩, 译. 北京：商

务印书馆，2007.

卡尔，弗雷德里克·R. 现代与现代主义：艺术家的主权 1885—1925［M］.
　　陈永国，傅景川，译. 北京：中国人民大学出版社，2004.

卡瓦拉罗，丹尼. 文化理论关键词［M］. 张卫东等，译. 南京：江苏人民
　　出版社，2006.

科恩，等. 心理创伤与复原：儿童与青少年心理创伤的认知行为疗法
　　［M］. 耿文秀等，译. 上每：华东师范大学出版社，2009.

孔耕蕻."人间喜剧"与"约克纳帕塌法世系"——论福克纳与巴尔扎克
　　［J］. 外国文学评论，1988（4）.

孔耕蕻. 法国贵族衰亡的挽歌与美国南方望族毁灭的恋歌——福克纳与巴
　　尔扎克艺术世界鸟瞰［J］. 安徽大学学报：哲学社会科学版，1989（1）.

孔庆华. 论福克纳的短篇小说［J］. 西安外国语学院学报，2005（4）.

孔庆华. 论福克纳短篇小说的乡土情结［J］. 外国文学研究，2003（4）.

匡骁. 福克纳南方家庭小说中的父辈形象的二元对立［J］. 黑龙江社会科
　　学，2010（4）.

匡骁. 美国南方文艺复兴与福克纳思想及创作的渊源［D］. 哈尔滨：黑龙
　　江大学硕士论文，2003.

兰瑟姆，约翰·克劳. 新批评［M］. 王腊宝，张哲，译. 北京：文化艺术出
　　版社，2010.

蓝仁哲. 第三届福克纳国际学术研讨会在四川外语学院召开［J］. 当代外国
　　文学，2004（3）.

蓝仁哲. 福克纳小说文本的象似性——福克纳语言风格辨析［J］. 外国语，
　　2004（6）.

黎明，江智利. 福克纳与金庸小说比较研究［J］. 西南师范大学学报：人文
　　社会科学版，2005（4）.

黎明，江智利. 哈代与福克纳创作视角比较［J］. 四川外语学院学报，1999
　　（3）.

黎明，江智利. 论福克纳小说的结构艺术［J］. 西南民族大学学报：人文社
　　科版，2005（11）.

黎明，江智利. 论威廉·福克纳的乡恋情结 [J]. 西南师范大学学报：哲学
　　社会科学版，1999（5）.

黎明，江智利. 人性扭曲：福克纳与金庸小说的共同主题 [J]. 西南师范大
　　学学报：人文社会科学版，2006（3）.

黎明，江智利. 威廉·福克纳的创作历程 [J]. 四川外语学院学报，2005
　　（3）.

黎明，江智利. 威廉·福克纳和他的"插曲式小说" [J]. 西南民族大学学
　　报：人文社科版，2006（6）.

李伯勇. 从先锋到传统——再读福克纳 [J]. 小说评论，2002（4）.

李常磊.《希腊古瓮颂》对威廉·福克纳历史观的影响 [J]. 解放军外国语
　　学院学报，2008（3）.

李常磊. 福克纳存在主义哲学思想 [J]. 山东师范大学学报：人文社会科学
　　版，2004（4）.

李常磊. 福克纳的时间哲学 [J]. 国外文学，2001（1）.

李常磊. 福克纳作品中的神话时间 [J]. 四川外语学院学报，2004（5）.

李常磊. 文学与历史的互动——威廉·福克纳斯诺普斯三部曲的新历史主
　　义解读 [J]. 四川外语学院学报，2008（5）.

李常磊. 政治无意识：威廉·福克纳《押沙龙，押沙龙!》对黑人群体命运
　　的象征性沉思 [J]. 国外文学，2009（3）.

李方木，宋建福. 福克纳非线性艺术叙事范式及其审美价值 [J]. 当代外语
　　研究，2010（3）.

李纲. 从混血儿形象看福克纳的种族观 [J]. 外国文学研究，2004（2）.

李纲. 福克纳和他的混血儿形象 [D]. 武汉：华中师范大学，2003.

李汉之. 蒙太奇手法与创造性阅读——浅析福克纳的小说《圣殿》 [J]. 华
　　中师范大学学报：人文社会科学版，1991（3）.

李会学. 返乡之路——评《跨越时空的对话：福克纳与莫言比较研究》
　　[J]. 外国文学研究，2007（3）.

李里. 历史文化冲突下的生存之路——福克纳的印第安故事研究 [D]. 长
　　沙：湖南师范大学，2010.

李萌羽，温奉桥. 沈从文与福克纳小说中"神"与"上帝"的指涉意义［J］. 中国比较文学，2009（3）.

李萌羽，温奉桥. 关于威廉·福克纳：罗伯特·W. 哈姆布林教授访谈（英文）［J］. 外国文学研究，2010（2）.

李萌羽. 全球化视野中的沈从文与福克纳［D］. 济南：山东师范大学，2004.

李庆华. 论福克纳小说的叙事形式［J］. 云南师范大学学报：教育科学版，1997（4）.

李庆华. 同情与批判：福克纳对女性人物形象的塑造［J］. 云南师范大学学报：哲学社会科学版，2004（3）.

李万钧. 试论福克纳的名著《喧哗与骚动》［J］. 外国文学，1986（9）.

李万遂. 美国南方社会的一曲悲歌——福克纳《八月之光》主题和人物浅析［J］. 四川外语学院学报，1985（4）.

李文俊. 非是"思君若汶水"，未曾"三夜频梦君"——海明威与福克纳眼中的对方［J］. 读书，1992（10）.

李文俊. 福克纳传［J］. 北京：新世界出版社，2003.

李文俊. 福克纳的神话［J］. 上海：上海译文出版社，2008.

李文俊. 福克纳评论集［J］. 北京：中国社会科学出版社，1980.

李文俊. 福克纳语言艺术举隅［J］. 英美文学研究论丛，2001（00）.

李文俊. 约克纳帕塔法的心脏——福克纳六部重要作品辨析［J］. 国外文学，1985（4）.

李文俊. 《福克纳评论集》前言［J］. 读书，1980（8）.

李霞. 无声的抗争——分析福克纳的小说《献给艾米莉的玫瑰》的象征主义写作手法［J］. 湖北社会科学，2007（8）.

李湘云. "向前看"还是"向后看"——从《押沙龙，押沙龙!》再看福克纳［J］. 陕西师范大学继续教育学报，2002（3）.

李湘云. 上帝的记号：福克纳"白痴"形象析［J］. 安徽师范大学学报：人文社会科学版，2003（5）.

李杨. 美国南方文学后现代时期的嬗变［M］. 济南：山东大学出版

社，2006.

李迎丰. 福克纳与莫言：故乡神话的构建与阐释 [J]. 解放军外国语学院学
　　报，2002（1）.

李兆国. "约克纳帕塔法世系"与福克纳的文学创作特征 [J]. 山东文学，
　　2009（2）.

李兆撰. 论福克纳小说中的女性形象 [D]. 青岛：青岛大学，2010.

利科，保尔. 虚构叙事中时间的塑性：时间与叙事卷二 [M]. 王文融，译.
　　北京：生活·读书·新知三联书店，2003.

梁晓冬. 疯狂、暴力和死亡：福克纳短篇小说"干旱的九月"中隐喻的分
　　析 [J]. 外国文学研究，2006（1）.

梁亚平. 福克纳《献给埃米莉的玫瑰》中时空跳跃技巧的运用 [J]. 外语
　　研究，2006（4）.

梁呐. 福克纳小说的女性/人类意识 [J]. 大连大学学报，1998（5）.

廖炳惠. 文学与批评研究的通用词汇编 [M]. 南京：江苏教育出版
　　社，2006.

廖綵胜. 福克纳的南方人物和言语模式：凯蒂、昆丁、霍勒斯、艾迪 [J].
　　福建师范大学学报：哲学社会科学版，1997（1）.

廖綵胜. 威廉·福克纳小说《萨托里斯》中的语言和文化标志 [J]. 福建
　　师范大学学报：哲学社会科学版，1988（3）.

廖洪中，曹思思. 试析福克纳小说中的复调因素 [J]. 江西社会科学，2007
　　（11）.

廖金罗. 人类命运的探索者：论威廉福克纳的《喧哗与骚动》 [D]. 桂林：
　　广西师范大学，2000.

林晶晶. 在文本中徘徊的"他者"：对福克纳小说的文化政治解读 [D]. 上
　　海：上海外国语大学，2007.

凌光艺. 神秘恐怖 扣人心弦——从《纪念爱米莉的一朵玫瑰花》分析福克
　　纳的写作手法 [J]. 西南民族学院学报：哲学社会科学版，2000（S2）.

刘道全. 创造一个永恒的神话世界——论福克纳对神话原型的运用 [J]. 当
　　代外国文学，1997（3）.

刘道全. 救赎：福克纳小说的重要主题［J］. 国外文学，1998（3）.

刘道全. 论福克纳小说的空间形式［J］. 国外文学，2007（2）.

刘道全. 论福克纳小说中的白痴形象及其深层意蕴［J］. 云南社会科学，
2005（6）.

刘国枝. 论福克纳小说中的替罪羊群像［J］. 湖北大学学报：哲学社会科学
版，2010（4）.

刘国枝. 威廉·福克纳荒野旅行小说的原型模式［D］. 武汉：华中师范大
学，2007.

刘海平，王守仁. 新编美国文学史：3－4 卷［M］. 上海：上海外语教育出
版社，2002.

刘浩. 福克纳小说《献给艾米莉的玫瑰》中的写作手法分析［J］. 理论界，
2006（9）.

刘积源，高红霞. 福克纳意识流小说的叙事学解读［J］. 西北民族大学学
报：哲学社会科学版，2009（5）.

刘加媚. 福克纳与美国南方文学［J］. 西安外国语学院学报，2001（2）.

刘加媚. 福克纳作品中的"怪诞"［J］. 学术论坛，2003（5）.

刘加媚. 扭曲的人性——评福克纳笔下受害的南方女性形象［J］. 广西社会
科学，2002（4）.

刘佳. 爱之深，恨之切——从《喧哗与骚动》看福克纳对美国南方的矛盾
情感［D］. 天津：天津师范大学，2009.

刘建华，陶洁. 福克纳对他性的文本化［J］. 英美文学研究论丛，2000
（00）.

刘建华，陶洁. 福克纳国际研讨会综述［J］. 美国研究，1998（1）.

刘建华，陶洁. 福克纳小说中的神话与历史［J］. 国外文学，1997（3）.

刘建华. 文本与他者：福克纳解读［M］. 北京：北京大学出版社，2002.

刘洊波. 福克纳的遗作《南方之子》［J］. 外国文学评论，2003（1）.

刘洊波. 福克纳遗作发表. 外国文学动态，1999（5）.

刘洊波. 南方失落的世界：福克纳小说研究［M］. 重庆：西南师范大学出
版社，1999.

刘洧波. 浅析福克纳小说的叙事手法［J］. 西南师范大学学报：人文社会科学版，1993（2）.

刘军. 空间叙事、主体性和价值重塑：福克纳短篇小说研究［D］. 桂林：广西师范大学，2008.

刘平. 浅析福克纳的小说《喧哗与骚动》［J］. 理论界，2004（5）.

刘芹. 论《喧哗与骚动》中福克纳的女性情结［D］. 青岛：中国海洋大学，2009.

刘世雄. 爱米丽的多重角色解读——评福克纳的小说《献给爱米丽的玫瑰》［D］. 湖北社会科学，2006（5）.

刘蜀云. 开放和多元的世界——论福克纳的意识流艺术［J］. 杭州：浙江大学，2002.

刘思谦. 文学研究：理论方法与实践［M］. 开封：河南大学出版社，2004.

刘堂.《八月之光》新解：主题之论［D］. 上海：上海外国语大学，2007.

刘晓晖，王丽娟. 从福克纳圣经原型人物的塑造审视美国南方失落的世界［J］. 辽宁师范大学学报：社会科学版，2009（4）.

刘瑛. 探索一个新世界——意识流手法在福克纳的《喧嚣与骚动》中的运用［D］. 武汉：华中师范大学，2000.

刘卓，彭昌柳. 艾米莉：矛盾的南方人——解读福克纳的小说《献给艾米莉的玫瑰》［J］. 东北大学学报：社会科学版，2004（3）.

柳向阳. 论奥古斯丁时间观与罗伯特·潘·沃伦的诗歌创作［J］. 外国文学研究，2005（5）.

柳向阳. 论罗伯特·潘·沃伦动物诗歌的生命意识［D］. 武汉：华中师范大学，2004.

龙跃. 忠诚与反叛——从《献给艾米丽的一朵玫瑰花》与《烧马棚》看威廉·福克纳小说中的父亲形象［J］. 湘潭师范学院学报：社会科学版，2006（1）.

卢国荣. 海明威、福克纳的"狩猎道德"与生态关怀［J］. 内蒙古民族大学学报：社会科学版，2008（4）.

卢睿蓉. 唱一曲永恒的南方之歌——试比较福克纳、韦尔蒂、奥康纳对南方的解读［J］. 湖北社会科学，2005（4）.

卢玮. 从《喧哗与骚动》看福克纳小说中的俄底浦斯情结［J］. 广西社会
　科学，2005（11）.

鲁先进. 解读福克纳笔下的主要混血儿形象［D］. 武汉：华中师范大
　学，2004.

陆雷. 威廉·福克纳小说中的迷惘青年［D］. 苏州：苏州大学，2005.

陆勇. 异曲同工　一脉相承——试比较分析安德森《林中之死》与福克纳
　《纪念爱米丽的一朵玫瑰花》［J］. 海南师范学院学报：社会科学版，
　2002（6）.

栾涛. 家族生存悲剧：解析福克纳小说《喧哗与骚动》［D］. 哈尔滨：东北
　林业大学，2007.

罗刚. 叙事学导论［M］. 昆明：云南人民出版社，1994.

罗杰鹦. 再读福克纳小说《喧哗与骚动》［J］. 浙江师范大学学报：社会科
　学版，2001（4）.

马喜峰. 《献给艾米莉的玫瑰》中福克纳的叙事手法分析［D］. 青岛：中
　国石油大学，2009.

马修斯，段俊晖. 福克纳和后殖民研究［J］. 四川外语学院学报，2004
　（5）.

马玉琛. 从福克纳到帕慕克——现代小说对叙述人的选择及叙述技巧的演
　进［J］. 小说评论，2007（3）.

毛信德. 福克纳简论［J］. 河南大学学报：社会科学版，1986（5）.

毛信德. 美国小说发展史［M］. 杭州：浙江大学出版社，2004.

梅吉奥，若斯·吉莱姆. 列维－斯特劳斯的美学观［M］. 怀宇，译. 天津：
　天津人民出版社，2003.

米勒，希利斯. 小说与重复——七部英国小说［M］. 王宏图，译. 天津：
　天津人民出版社，2008.

苗永敏. 福克纳的小说与现代悲剧精神［J］. 徐州师范大学学报：哲学社会
　科学版，2005（4）.

莫斯，威廉. 福克纳论文学的主体与客体［J］. 外国文学评论，1998（2）.

莫小英. 福克纳的《喧哗与骚动》与现代基督教末世思想［D］. 兰州：西北师范大学，2007.

莫言. 说说福克纳这个老头儿［J］. 当代作家评论，1992（5）.

莫言. 与福克纳老头儿息息相通［J］. 意林，2008（15）.

潘开颜. 时间、空间与自我——读威廉·福克纳小说《押沙龙，押沙龙!》［D］. 武汉：华中师范大学，2001.

普赖尔，琳达·T. 身势语：福克纳《烧马棚》中主人公的动作［J］. 解放军外语学院学报，1997（2）.

钱中丽，周榕. 从《喧哗与骚动》的人物探察福克纳的内心世界［J］. 解放军外国语学院学报，2005（4）.

钱中丽，周榕. 朦胧与明晰——解读福克纳小说《喧哗与骚动》［J］. 华南师范大学学报：社会科学版，2008（2）.

曲洁姝. 人与自然：论福克纳的长篇小说《去吧，摩西》［D］. 哈尔滨：黑龙江大学，

任爱军. 福克纳小说的兄弟冲突主题初探［J］. 外国文学，2009（3）.

任爱军. 毁灭之路——福克纳的印第安人故事［J］. 外国文学，2008（2）.

任良耀. 精心建构的艺术世界——哈代、福克纳和加西亚·马尔克斯之文本结构初探［J］. 外国文学，2002（3）.

邵锦娣. 没有玫瑰的故事——评述福克纳《献给爱米丽的玫瑰》的叙事艺术［J］. 外语学刊，1995（4）.

邵旭东. "乡下人"在"邮票般大小的故土"——福克纳及其家族小说［J］. 内蒙古师范大学学报：哲学社会科学版，1993（3）.

邵旭东. 家族小说中的"没落"观念——谈福克纳对托·曼的借鉴［J］. 外国文学研究，1992（1）.

邵旭东. 在那邮票般大小的故土——福克纳故乡奥克斯福访问记［J］. 外国文学研究，1990（4）.

申丹，韩加明，王丽亚. 英美小说叙事理论研究［M］. 北京：北京大学出版社，2005.

申丹. 西方叙事学：经典与后经典［M］. 北京：北京大学出版社，2010.

申丹. 叙述学与小说文体学研究［M］. 北京：北京大学出版社，1998.

盛宁. 二十世纪美国文论［M］. 北京：北京大学出版社，1993.

盛战捷. 美国南方文学的纪念碑——福克纳及其"神话王国"［J］. 北方论丛，1998（5）.

施少平. 一幕耐人寻味的现代悲剧——福克纳《纪念爱米丽的一朵玫瑰花》浅探［M］. 求是学刊，1987（4）.

史志康. 美国文学背景概况［J］. 上海：上海外语教育出版社，2000.

世达. 福克纳《圣殿：原稿》［J］. 读书，1983（1）.

斯道雷，约翰. 文化理论与通俗文化导论［M］. 杨竹山，等，译. 南京：南京大学出版社，2001.

斯义宁. 我校英文系与社科院美国所联合举办福克纳讨论会［J］. 北京大学学报：哲学社会科学版，1992（5）.

孙桂蕾. 我创造了一个自己的天地：论福克纳小说艺术形式的创新性［D］. 南京：南京师范大学，2008.

孙桂荣. 《多维视野中的沈从文和福克纳小说》评介［J］. 东方论坛，2010（3）.

孙家广. 福克纳作品与基督教文化［J］. 陕西师范大学学报：哲学社会科学版，2004（S2）.

孙静波. 荣誉与暴力：美国南方文化特质在福克纳小说中的艺术折射［D］. 哈尔滨：黑龙江大学，2002.

孙全志. 直面死亡，无畏人生——2007年国际笔会暨福克纳奖获奖作品评析［J］. 译林，2007（4）.

孙胜忠. 从"顿悟"到"遁世"——评福克纳的小说《熊》［J］. 外国语言文学，2006（2）.

孙迎春. 美国著名作家福克纳［J］. 世界文化，1991（1）.

孙志刚. 时间引起的悲剧——谈福克纳笔下的昆丁［J］. 北方论丛，1999（3）.

谭君强. 叙事理论与审美文化［M］. 北京：中国社会科学出版社，2002.

谭咪咪. 荒野情结：生态视野下的福克纳小说《熊》［J］. 世界文学评论，

2007（1）.

谭杉杉. 论福克纳小说中的圣经人物原型［J］. 世界文学评论, 2006（2）.

唐国卿. 两个世界 一种命运——福克纳和巴金家庭小说中的人物形象对比［J］. 广西民族学院学报：哲学社会科学版, 2005（S2）.

唐红梅. 威廉·福克纳与他的《献给艾米莉的玫瑰》［J］. 宁夏大学学报：社会科学版, 2000（2）.

唐丽伟. 论威廉·福克纳小说中的自然主义色彩：1929—1936［D］. 武汉：武汉大学, 2005.

唐艳玲. 技巧后的爱恨忧思——从《喧哗与骚动》叙事技巧看福克纳的南方情结［D］. 长春：吉林大学, 2004.

陶洁.《圣殿》：福克纳研究的一点新变化［J］. 当代外国文学, 1996（3）.

陶洁. 成长之艰难——小议福克纳的《坟墓的闯入者》［J］. 英美文学研究论丛, 2000（00）.

陶洁. 灯下西窗——美国文学和美国文化［M］. 北京：北京大学出版社, 2004.

陶洁. 对我国福克纳研究的回顾与思考［J］. 四川外语学院学报, 2005（3）.

陶洁. 记雅俗共赏的福克纳年会［J］. 译林, 1994（1）.

陶洁. 讲故事的大师——福克纳［J］. 国外文学, 1985（1）.

田俊武, 姜德成. 论福克纳作品中的“四位一体”生态思想［J］. 解放军外国语学院学报, 2010（1）.

田中久男, 李淼. 福克纳小说中的两个美国梦的追求者［J］. 首都师范大学学报：社会科学版, 2005（4）.

童真. 福克纳小说的表现手法初探［J］. 湘潭大学社会科学学报, 1996（6）.

瓦特, 伊恩·P. 小说的兴起［M］. 高原, 董红钧, 译. 北京：生活·读书·新知三联书店, 1992.

汪海如. 眷恋旧传统的自然流露——评福克纳的两篇小说［J］. 南京师范大学学报：社会科学版, 1994（1）.

汪民安. 身体、空间与后现代性［M］. 南京：江苏人民出版社，2006.

汪莹. 来自南方腹地的悠远根系：试论威廉·福克纳与"南方性"［D］. 上海：华东师范大学，2004.

王传习. 聆听与对话——论福克纳影响下的 80 年代中国小说［D］. 苏州：苏州大学，2004.

王钢. 福克纳小说创作中的"吉诃德原则"［J］. 东北大学学报：社会科学版，2009（5）.

王钢. 潜意识对话：福克纳与弗洛伊德的文学渊源——以《喧哗与骚动》的心理学阐释为例［J］. 吉林师范大学学报：人文社会科学版，2009（3）.

王洪斌. 福克纳两部小说中的母子关系——《喧哗与骚动》与《我弥留之际》的心理分析研究［D］. 长春：吉林大学，2004.

王佳. 上帝之光　撒旦之影：威廉·福克纳《八月之光》中善与恶的抗衡［D］. 北京：北京交通大学，2009.

王健. 福克纳种族观背后的南方情结［J］. 英美文学研究论丛，2010（2）.

王璟. 福克纳小说《押沙龙，押沙龙!》的后现代主义研究［D］. 武汉：华中师范大学，2004.

王兰明. 精神漫游·成长——托马斯·沃尔夫《他父亲的土地》的双重含义［J］. 四川外语学院学报，2009（1）.

王兰明. 生与死的告白——评托马斯·沃尔夫《森林里的阴暗，像时间一样奇怪》［J］. 外国语文，2009（5）.

王兰明. 永不消失的饥渴——托马斯·沃尔夫的《四月，四月杪》［J］. 西安外国语大学学报，2008（3）.

王莉. 不懈的探索者：读福克纳的《喧哗与骚动》与《押沙龙，押沙龙!》［D］. 杭州：浙江大学，2004.

王莉莉. 从小说《我弥留之际》人物心理看福克纳写作特点［J］. 山东文学，2007（7）.

王立礼. 威廉·福克纳其人［J］. 外国文学，1993（5）.

王玫，王晓斓. 论福克纳的自然情结——《熊》的人文生态解读［J］. 辽宁师范大学学报：社会科学版，2006（3）.

王若维. 熊·人·自然——威廉·福克纳《熊》评析 [J]. 外语教育，2005（00）.

王抒飞. 矛盾与困惑：《喧哗与骚动》、《去吧，摩西》和《坟墓闯入者》中看福克纳的种族观点 [D]. 哈尔滨：哈尔滨工程大学，2008.

王爽. "约克纳帕塔法世系"中的微型世界 [D]. 长春：吉林大学，2005.

王素梅. 多维透视福克纳短篇小说的写作技巧 [D]. 保定：河北大学，2007.

王小莹. 福克纳的叙事艺术——谈《押沙龙，押沙龙!》的视点变化 [J]. 外国文学评论，1987（1）.

王晓丹. 《喧嚣与骚动》中的语言存在与女性 [D]. 哈尔滨：黑龙江大学，2004.

王晓姝.《野棕榈》中主题与结构之完美统一：福克纳非"约克纳帕塔法世系"小说之一的研究 [D]. 哈尔滨：哈尔滨工程大学，2000.

王晓燕. 从精神分析角度解读福克纳的《喧哗与骚动》[D]. 济南：山东师范大学，

王欣，石坚. 差异重复与自我塑造：福克纳、沃尔夫、沃伦和泰特作品中的历史意识 [J]. 四川大学学报：哲学社会科学版，2008（3）.

王欣，石坚. 时间主题的空间形式：福克纳叙事的空间解读 [J]. 外国文学研究，2007（5）.

王欣，石坚. 双视角与双重性——《我弥留之际》中达尔的视角与心理的关系 [J]. 中山大学学报：社会科学版，2006（6）.

王秀梅.《押沙龙，押沙龙!》中"原罪与报应"模式透视——兼论福克纳关于种族主义的创作思想 [J]. 山东师范大学外国语学院学报，2000（4）.

王秀梅. 美国南方神话的破灭：福克纳《押沙龙，押沙龙!》中塞德潘人物的塑造及社会意义 [D]. 济南：山东师范大学，2003.

王秀梅. 威廉·福克纳作品中的基督教思想研究 [J]. 济南大学学报：社会科学版，2010（4）.

王岩. 个人与社区：解读威廉·福克纳的小说《喧哗与骚动》中个人悲剧的原因［D］. 广州：广东外语外贸大学，2006.

王岳川. 后殖民主义与新历史主义文论［M］. 济南：山东教育出版社，1999.

王振昌，陈静梅. 浅析福克纳《喧哗与骚动》的结构特点［J］. 解放军外国语学院学报，1997（4）.

王志勇. 福克纳小说中的女性形象与女性意识探析［D］. 湘潭：湘潭大学，2005.

韦伯，马克思. 新教伦理于资本主义精神［M］. 于晓，陈维纲等，译. 西安：陕西师范大学出版社，2005.

韦尔策，哈拉尔德. 社会记忆：历史、回忆、传承［M］. 季斌，王立君等，译. 北京：北京大学出版社，2007.

韦尔南，让－皮埃尔. 神话与政治之间［M］. 余中先，译. 北京：生活·读书·新知三联书店，2001.

魏丽. 从《去吧，摩西》看福克纳的后现代主义态度［J］. 江西师范大学学报：哲学社会科学版，2008（3）.

魏丽. 论福克纳小说《八月之光》中的种族问题［D］. 上海：华东师范大学，2009.

魏旭. 论威廉·福克纳小说的伦理叙事与叙事伦理［D］. 济南：山东大学，2009.

魏玉杰. "上帝与撒旦的冲突"——福克纳《献给爱米丽的玫瑰》主题分析［J］. 国外文学，1998（4）.

魏玉杰. 福克纳与后现代主义［J］. 外国文学评论，2001（3）.

温伟. "恶"的狂欢——莫言与福克纳审恶小说探微［J］. 湖北师范学院学报：哲学社会科学版，2007（4）.

温伟. 继承和背离——论莫言与福克纳小说创作的文化策略［J］. 当代文坛，2007（1）.

温伟. 莫言与福克纳创作动因探析［J］. 理论界，2007（5）.

文楚安. 福克纳的诗集《春之幻景》首次出版［J］. 译林，1984（4）.

沃尔夫，汤马斯. 天使，望故乡 [M]. 乔志高，译. 北京：生活. 读书. 新知三联书店，1987.

沃伦，罗伯特·佩恩. 国王的人马 [M]. 陶洁，译. 长沙：湖南人民出版社，1986.

吴冰. 福克纳在大学 [J]. 外国文学，1993（5）.

吴瑾瑾. 生之必然渗透：罗伯特·沃伦的自我认知哲学观与文学创作研究 [D]. 济南：山东大学，2008.

吴培宏. 不朽的精神力量：试论福克纳笔下的边缘人物形象 [D]. 武汉：华中师范大学，2007.

吴培宏. 论福克纳笔下沃许悲剧形象的寓意 [J]. 西安外国语学院学报，2000（3）.

吴童. 魔怪形象之画廊——小议福克纳小说中的怪诞人物形象 [J]. 当代外国文学，2000（4）.

吴宪. 南方情结与人性关怀——对福克纳《献给艾米丽的玫瑰》之深层解读 [J]. 山东文学，2009（4）.

吴晓东. 福克纳的时间哲学 [J]. 读书，2002（9）.

吴岳添. 法刊评论福克纳 [J]. 外国文学评论，1995（3）.

伍荣华. 叙事认识的视域：福克纳小说论 [D]. 苏州：苏州大学，2008.

武月明. 论福克纳的生态主义伦理观 [J]. 四川外语学院学报，2006（3）.

武月明. 男/女或女/男：从福克纳之女权主义研究谈起 [J]. 四川外语学院学报，2005（3）.

夏澄苏. 一场没有硝烟的战争试析福克纳长篇小说中的父与子兼论《押沙龙、押沙龙!》[D]. 苏州：苏州大学，2003.

鲜于静. 神秘和怪诞的魅力：福克纳小说《八月之光》的哥特艺术研究 [D]. 武汉：华中师范大学，2003.

肖桂芳. 浅谈南方怪诞大师威廉·福克纳的文学技巧及风格 [D]. 上海：上海师范大学，2003.

肖明翰. 福克纳笔下的父亲形象 [J]. 当代文坛，1992（3）.

肖明翰. 福克纳与巴金家庭小说比较研究 [M]. 桂林：广西师范大学出版

社，1994.

肖明翰. 福克纳与基督教文化传统 [J]. 国外文学，1994（1）.

肖明翰. 矛盾与困惑：福克纳对黑人形象的塑造 [J]. 外国文学评论，1992
（4）.

肖明翰. 威廉·福克纳：骚动的灵魂 [M]. 成都：四川人民出版社，1999.

肖明翰. 威廉·福克纳研究 [M]. 北京：外语教学与研究出版社，1997.

肖启明. 比较文学的可喜成果——评《大家族的没落——福克纳和巴金家
庭小说比较研究》[J]. 中国图书评论，1996（8）.

谢素霞. 福克纳创作的文学伦理学解读 [D]. 南京：南京师范大学，2007.

徐琳. 人与自然：从生态批评角度看海明威的《老人与海》与福克纳的
《熊》[D]. 西安：西北大学，2007.

徐文杰. 论《坟墓的闯入者》中福克纳的种族观 [D]. 哈尔滨：哈尔滨工
程大学，2009.

徐文培，郭红. 从《喧嚣与骚动》看福克纳的时空观 [J]. 外语学刊，
1996（4）.

徐文培，郭红. 意识流与接受美学——析福克纳的《喧嚣与骚动》[J]. 求
是学刊，1997（2）.

煦东. 第17届福克纳年会在美国召开 [J]. 外国文学研究，1990（4）.

煦东. 美国第18届福克纳年会召开 [J]. 外国文学研究，1991（4）.

杨冬丽. 简论美国作家威廉·福克纳的创作特色 [J]. 解放军外国语学院学
报，1999（2）.

杨挺. 新大陆与旧世界对早期福克纳的不同接受 [J]. 华南师范大学学报：
社会科学版，2007（4）.

杨彦玲. 福克纳和白先勇小说中的时间意识比较 [D]. 郑州：郑州大
学，2006.

杨依柳. 时间的喧嚣与骚动：探寻福克纳《喧嚣与骚动》中的时间灵魂
[D]. 长春：吉林大学，2005.

杨中举. 新发现福克纳第一次意大利之行资料 [J]. 外国文学动态，2002
（3）.

姚乃强. 传奇故事与现代战争——评福克纳的《士兵的报酬》[J]. 英美文学研究论丛, 2000（0）.

姚乃强. 福克纳研究的新趋向 [J]. 外国文学评论, 1993（1）.

姚乃强. 容有序 聚焦文化——谈 90 年代福克纳研究的态势 [J]. 四川外语学院学报, 2004（5）.

姚瑞. 威廉·福克纳《八月之光》的多重主题 [D]. 哈尔滨：哈尔滨工程大学, 2004.

叶继元, 等. 学术规范通论 [M]. 上海：华东师范大学出版社, 2005.

尹飞舟. 悲怆的心灵交响曲——福克纳笔下的人物谈 [J]. 外国文学研究, 1990（2）.

尹锐, 顾华. 白人权力与种族知识的产物——福克纳笔下的混血儿初探 [J]. 东北大学学报：社会科学版, 2008（6）.

尹志慧. 福克纳四部短篇小说中的女性存在状态研究 [D]. 长沙：湖南大学, 2008.

于洪英. 福克纳与《喧哗与骚动》[J]. 天津师范大学学报：社会科学版, 1998（3）.

余廷明. 福克纳及其短篇小说中的异化人物 [J]. 海南大学学报：人文社会科学版, 1993（1）.

余彦燕. 福克纳"史诗"小说的画面叙事 [D]. 南昌：江西师范大学, 2009.

俞利军. 在喧哗与骚动中活着——福克纳与余华比较研究 [J]. 美国研究, 2001（4）.

虞建华. 历史与小说的异同：现实的南方与福克纳的南方传奇. 英美文学研究论丛, 2006（00）.

虞建华. 美国文学的第二次繁荣 [M]. 上海：上海外语教育出版社, 2004.

喻红. 南方的身份困境：福克纳作品中南方的文化危机 [D]. 成都：四川大学, 2007.

袁莉. 福克纳小说《八月之光》研究：从存在主义视角解读 [D]. 北京：中国石油大学, 2007.

袁秀萍. 论福克纳作品主题和风格的普适性［D］. 上海：上海师范大学，2003.

袁云竹. 福克纳两部主要小说中的南方妇女问题［D］. 上海：上海外国语大学，2009.

岳欣. 男权世界的局外人：福克纳笔下的女性范式［D］. 哈尔滨：黑龙江大学，2006.

曾大伟. 作家的艺术观和散文风格的关系——试论吴尔芙夫人《到灯塔去》和福克纳《避难所》散文风格的某些特点［J］. 外国语，1985（5）.

翟乃海. 崇敬自然对福克纳《森林三部曲》的生态主义解读［D］. 长春：吉林大学，2005.

湛蓝. 身份的追寻——福克纳小说的文化分析［D］. 上海：上海外国语大学，2009.

张博. 福克纳小说中的圣经原型［D］. 上海：上海师范大学，2003.

张春艳. 美好人性的召唤：福克纳作品探析［D］. 长春：吉林大学，2004.

张冠夫. 叩问时间之结：在历史与神话之间——试论福克纳的现代悲剧意识［D］. 国外文学，1997（3）.

张广智，张广勇. 史学：文化中的文化［M］. 上海：上海社会科学院出版社，2003.

张佳佳. 福克纳与苏童小说时间观之比较［D］. 武汉：华中科技大学，2008.

张锦青. 艾克在荒野中的自我实现历程：威廉姆·福克纳《熊》的生态主义解读［D］. 北京：北京航空航天大学，2008.

张京媛. 新历史主义与文学批评［M］. 北京：北京大学出版社，1997.

张凯. 福克纳《士兵的报酬》与海明威《太阳照样升起》之比较研究［D］. 南京：南京师范大学，2008.

张立新. 禁忌、放纵与毁灭——福克纳小说中的"乱伦"母题及其意义［J］. 国外文学，2010（2）.

张丽. 论福克纳小说艺术的独创性［J］. 山东社会科学，2004（6）.

张利萍. 伍尔夫与福克纳意识流小说中的时空倒置手法之比较（英文）

［J］. 内蒙古师范大学学报：哲学社会科学版，2006（S1）.

张湄玲. 论福克纳小说主题的南方化色彩［D］. 昆明：云南大学，2010.

张娜. 自由意识与禁闭处境的博弈：福克纳创作的存在主义解读［D］. 杭州：浙江大学，2009.

张强. 威廉·福克纳与《喧哗与骚动》中的后现代主义特征［D］. 武汉：华中师范大学，2003.

张韧. 《押沙龙，押沙龙!》中的未来立体主义——威廉·福克纳的多角度叙述法［D］. 哈尔滨：哈尔滨工程大学，2004.

张汝伦. 现代西方哲学十五讲［M］. 北京：北京大学出版社，2003.

张若西. "熊"：呼唤自然意识和社会道德——威廉·福克纳《熊》的主人公解读［J］. 西安外国语学院学报，2007（1）.

张若西. 从人道主义向自然主义迈进的福克纳——读《我弥留之际》［J］. 西北大学学报：哲学社会科学版，2003（1）.

张淑媛. 走近福克纳及其黑人世界［J］. 文艺争鸣，1998（3）.

张涛. "凝视"威廉·福克纳之"我思"：福克纳前期小说的现象学解读［D］. 济南：山东大学，2006.

张涛. 福克纳小说《押沙龙，押沙龙!》的原型解读［D］. 广州：广东外语外贸大学，2006.

张卫中. 论福克纳与马尔克斯对莫言的影响［J］. 徐州师范大学学报：哲学社会科学版，1991（1）.

张曦. 福克纳的心理描写与余华叙事形式的比较［J］. 南京师范大学文学院学报，2009（2）.

张曦. 福克纳研究的新动向［J］. 外国文学动态，2010（3）.

张曦. 历史与现实：福克纳穷白题材小说中的两大主题［D］. 南京：南京师范大学，2003.

张曦. 论福克纳小说叙述视角中的沉思与抒情［J］. 译林，2009（5）.

张先昂. 美国南方的悲剧——评福克纳《喧哗与骚动》［J］. 吉林大学社会科学学报，1987（6）.

张骁. 艾克——福克纳心目中的摩西［J］. 广西师范学院学报：哲学社会科

学版，2010（1）．

张晓毓. 福克纳立足消费文化语境的欲望叙事［J］. 求索，2010（3）.

张艳. 对威廉·福克纳《去吧，摩西》的生态主义解读［D］. 济南：山东
大学，2006.

张艳蕊. 从路咯斯形象看福克纳的种族主义情结［J］. 大连民族学院学报，
2009（2）.

张莹. 黑暗中的光明：评福克纳的《八月之光》 ［D］. 济南：山东大
学，2007.

张中载，赵国新. 文本文论——英美文学名著重读［M］. 北京：外语教学
与研究出版社，2004.

章晓俊. 福克纳小说叙述视角研究［D］. 上海：华东师范大学，2006.

赵峰. 追寻美国南方文化身份：后殖民主义视野下的福克纳小说研究［D］.
南京：南京航空航天大学，2007.

赵晶辉. 福克纳《熊》中的拼贴艺术［J］. 外语教学，2008（5）.

赵静. 语言风格的地域观——沙汀、福克纳小说语言比较［J］. 西南民族大
学学报：人文社科版，2004（11）.

赵蔓芳. 威廉·福克纳早期作品中的自然主义倾向［D］. 湘潭：湖南科技
大学硕士论文，2007.

赵蔓芳. 威廉·福克纳早期作品中的自然主义倾向［J］. 湘潭师范学院学
报：社会科学版，2007（5）.

赵培玲. 评福克纳的《押沙龙，押沙龙!》［J］. 外国文学研究，1999（2）.

赵淑文. 试析托马斯·沃尔夫《失去了的孩子》的叙事视角转换［J］. 太
原师范学院学报：社会科学版，2010（3）.

赵晓丽，屈长江. 论福克纳乡土意识中的自然［J］. 青海民族学院学报，
1989（1）.

赵晓丽，屈长江. 死之花——论福克纳《喧哗与骚动》中昆丁的死亡意识
［J］. 外国文学评论，1987（1）.

赵晓丽，屈长江. 可能的世界——论福克纳《熊》的主题及其美学意义
［J］. 西北大学学报：哲学社会科学版，1987（4）.

赵学勇，卢建红. 人与文化："乡下人"的思索——沈从文与福克纳的比较研究［J］. 兰州大学学报：社会科学版，1991（3）.

赵一凡，张中载，等. 西方文论关键词［M］. 北京：外语教学与研究出版社，2006.

赵毅衡. "新批评"文集［M］. 北京：中国社会科学出版社，1988.

赵毅衡. 当说者被说的时候［M］. 北京：中国人民大学出版社，1998.

郑丽娜. 我们应该向福克纳们学什么？——关于当代小说态势的断想［J］. 小说评论，2006（2）.

郑咏梅，艾格平. 从《献给艾米莉的玫瑰》看福克纳的写作风格［J］. 陕西师范大学学报：哲学社会科学版，2003（S2）.

钟仕伦. 福克纳和沈从文的启示［J］. 当代文坛，1991（3）.

钟淑敏. 母性分裂与人格分裂——读福克纳的《喧嚣与骚动》［M］. 上海：上海外国语大学，2007.

钟尹. 南方情结的召唤——对福克纳《献给爱米丽的一朵玫瑰》主题的深层解读［J］. 广西社会科学，2005（5）.

仲敏义. 永恒旋律的回响：福克纳的约克纳帕塔法小说与《圣经》资源［D］. 南京：南京师范大学，2006.

周碧文. 评析福克纳《喧哗与骚动》中的艺术手法［J］. 徐州师范大学学报：哲学社会科学版，2002（3）.

周碧文. 评析福克纳种族主义观的两面性［J］. 徐州师范大学学报：哲学社会科学版，2006（1）.

周伟. 福克纳小说《夕阳》艺术谈［J］. 辽宁师范大学学报：社会科学版，2008（3）.

周文娟. 福克纳小说创作与基督教文化［J］. 宁夏大学学报：人文社会科学版，2002（4）.

周文娟. 福克纳小说的人道主义理性与种族偏见［J］. 南京师范大学文学院学报，2010（2）.

周文娟. 福克纳小说中的南方妇女与南方妇道观［J］. 宁夏大学学报：人文社会科学版，2002（6）.

周小飞. 论威廉·福克纳小说《喧哗与骚动》中形式与意识的重合［D］. 广州：广东外语外贸大学，2003.

朱宾忠，於可训. 福克纳与莫言比较研究［J］. 世界文学评论，2007（1）.

朱宾忠，於可训. 叙事比故事更重要——论威廉·福克纳对叙事角度多元化的追求［J］. 武汉大学学报：人文科学版，2006（6）.

朱宾忠. 福克纳与莫言比较研究［D］. 武汉：武汉大学，2005.

朱徽. 重唱的挽歌——评肖明翰著《大家族的没落——福克纳和巴金家庭小说比较研究》［J］. 中国比较文学，1996（3）.

朱剑云. 第三届福克纳国际研讨会在渝召开［J］. 外国文学动态，2004（4）.

朱世达. 福克纳与莫言［J］. 美国研究，1993（4）.

朱晓峰. 对南方传统及其人物的再评价：论威廉·福克纳的成长小说《不可征服的人们》中白耶德的成长历程［D］. 济南：山东大学，2007.

朱振武，付慧，杨瑞红. 福克纳短篇小说在中国［J］. 上海大学学报：社会科学版，2010（5）.

朱振武，付慧. 福克纳小说的命名艺术［J］. 四川外语学院学报，2006（3）.

朱振武.《熊》的创作范式及福克纳对人类的焦虑［J］. 解放军外国语学院学报，2006（1）.

朱振武. 福克纳对审美心理时空的超越［J］. 上海师范大学学报：哲学社会科学版，2005（4）.

朱振武. 福克纳小说创作的心理美学研究［D］. 苏州：苏州大学，2002.

朱振武. 论福克纳创作的荒原情结［J］. 辽宁师范大学学报：社会科学版，2002（4）.

朱振武. 论福克纳家族母题小说中的自主情结［J］. 上海大学学报：社会科学版，2002（5）.

朱振武. 论福克纳小说创作的神话范式［J］. 上海大学学报：社会科学版，2003（4）.

朱振武. 论福克纳小说创作的通俗意识［J］. 上海师范大学学报：哲学社会

科学版，2003（4）.

朱振武. 威廉·福克纳小说的建筑理念［J］. 四川外语学院学报，2005（3）.

朱振武. 夏娃的毁灭：福克纳小说创作的女性范式［J］. 外国文学研究，2003（4）.

朱振武. 心理美学视域下的福克纳小说创作［J］. 英美文学研究论丛，2004（00）.

朱振武. 在心理美学的平面上：威廉·福克纳小说创作论［M］. 上海：学林出版社，2004.

朱振武. 自卑情结：福克纳小说创作的重要动因［J］. 外国文学评论，2002（3）.

竹夕. 福克纳是如何"炼"成的？［J］. 外国文学评论，2005（2）.

祝平. 乔伊斯与福克纳"意识流"手法之比较［J］. 山东文学，2008（Z1）.

邹黎明. 人类灵魂永恒的守护者——试论福克纳前期作品中的道德拯救观［D］. 大连：辽宁师范大学，2001.

Aaron, Daniel. *The Unwritten War: American Writers and the Civil War* [M]. New York: Alfred. A. Knopf, 1973.

Abrams, M. H. *A Glossary of Literary Terms* [M]. Shanghai: Foreign Language Teaching and Research Press, 2004.

Ana, Douglass, Thomas A. Vogler. *Witness and Memory: The Discourse of Trauma* [M]. New York: Routledge, 2003.

Anderson, David. "Down Memory Lane: Nostalgia for the Old South in Post-Civil War Plantation Reminiscences" [J]. *Journal of Southern History*, 2005, 71 (1) : 105 – 136.

Andrews, J. Cutler. *The South Reports The Civil War*. New Jersey: Princeton University Press, 1970.

Andrews, Michael Lee. *Thomas Jefferson and the Endless Republic: Liberty,*

Nature and the Flight from Authority [D]. Tulane University, 2005.

Antze, Paul, Lambek, Michael. *Tense Past: Cultural Essays in Trauma and Memory [M]*. New York: Routledge, 1996.

Arnold, Goldman. *Twentieth Century Interpretations of* Absalom, Absalom! [M]. Englewood Cliffs: Prentice Hall, 1971.

Aronoff, Eric Paul Wallach. *Mapping the "Inland Empire": American Literature, Criticism, and the Problem of Culture, 1915 – 1941*. The State University of New Jersey, 2003.

Assmann, Jan. "Collective Memory and Cultural Identity" [J]. *New German Critique*, 1995, 65: 130 – 143.

Aswell, Edward C. "Introduction" to *You Can't Go Home Again* [M]. New York: Harper's Modern Classics, 1941.

Atkinson, Ted. *Faulkner and the Great Depression: Aesthetics, Ideology, and Cultural Politics* [M]. Athens and London: The University of Georgia Press, 2006.

Ayers, Edward L. *What Caused Civil War: Reflections on the South and Southern History* [M]. New York: Norton, 2005.

B. R. McElderry, Jr. *Thomas Wolfe* [M]. New York: Twayne Publishers, Inc., 1964.

Backman Melvin. *Faulkner: The Major Years* [M]. Bloomington: Indiana University Press, 1966.

Bailey, Thomas. *The American Spirit* [M]. Lexington: D. C. Heath and Company, 1978.

Bain, Joseph Grant. *Disturbing Signs: Southern Gothic Fiction from Poe to McCullers* [M]. University of Arkansas, 2010.

Baker, Lewis. *The Percy's of Mississippi, Politics and Literature in the New South* [M]. Baton Rouge: Louisiana State University Press, 1983.

Baker, S. Zebulon. "Tradition Against the Individual Talent: Thomas Wolfe and the Exclusionary Politics of New Critical Canon-Building" [J]. *Thomas Wolfe*

Review, 2002, 26(1 - 2): 52 - 67.

Bal, Mieke. *Narratology: Introduction to the Theory of Narrative* [M]. 2nd ed. Torohto: University of Toronto Press, 1997.

Barker, Francis, Peter Hulm. *Uses of History: Marxism, Postmodernism and the Renaissance* [M]. Bolton: Northern Phototypesetting Co. Ltd., 1991.

Bassett, John E. *Defining Southern Literature: Perspectives and Assessments, 1831 - 1952* [M]. Madison and Teaneck: Fairleigh Dickinson University Press, 1997.

Bassett, John E. *Vision and Revisions: Essays on Faulkner* [M]. West Cornwall, CT: Locust Hill, 1989.

Batty, Nancy E. "The Riddle of *Absalom, Absalom!*: Looking at the Wrong Blackbird?" [J] *Mississippi Quarterly*, 19944, 7(3): 461 - 488.

Bauer, Margaret Donovan. *William Faulkner's Legacy: "What Shadow, What Stain, What Mark"* [M]. Gainesville: University Press of Florida, 2005.

Beck, Warren. *Man in Motion: Faulkner's Trilogy* [M]. Madison: University of Wisconsin Press, 1961.

Bender, Eileen T. "Faulkner as Surrealist: The Persistence of Memory in *Light in August*" [J]. *Southern Literary Journal*, 1985, 18(1) : 3 - 12.

Benedict, Lois G. *Uncertain Men: Faulkner, Steinbeck and Modern Masculinities* [D]. Lehigh University, 2010.

Benson, Melanie R. *Disturbing Calculations: The Economics of Identity in Postcolonial Southern Literature, 1919 - 2002* [M]. Athens and London: The University of Georgia Press, 2008.

Benson, Melanie R. "'Disturbing the Calculation': The Narcissistic Arithmetic of Three Southern Writers" [J]. *The Mississippi Quarterly*, 2003, 56(4): 633 - 651.

Benson, Sean. "The Abrahamic Mythopoeia of Sutpen's Design: 'Notrespectability' in Search of a Dynasty" [J]. *Mississippi Quarterly*, 1997, 50: 451 - 464.

　　　　　　　　创伤、记忆和历史：美国南方创伤小说研究

Berger, James. "Unclaimed Experience: Trauma, Narrative, and History" [J].
Contemporary Literature, 1997, 38(3): 569 − 581.

Biles, Roger. *The South and the New Deal* [M]. Lexington: The University Press
of Kentucky, 1994.

Birch, David. *Language, Literature and Critical Practice: Ways of Analyzing Text*
[M]. New York: Routledge, 1989.

Bishop, Ferman. *Allen Tate* [M]. New York: Twayne Publishers, Inc. , 1967.

Bishop, John Peale. "The Sorrows of Thomas Wolfe" [J]. *Kenyon Review* 1939,
(1). 7 − 17.

Blair, William. *Cities of the Dead: Contesting the Memory of the Civil War in the
South, 1865 − 1914* [M]. Chapel Hill: University of North Carolina
Press, 2004.

Bleikasten, Andre. *Faulkner's As I Lay Dying* [M]. trans. , Roger Little. New
York: Indiana University Press, 1973.

Bleikasten, Andre. *The Ink of Melancholy: Faulkner's Novels from* The Sound and
the Fury to Light in August [M]. Bloomington: Indiana University
Press, 1990.

Bleikasten, Andre. *William Faulkner's* The Sound and the Fury: *A Critical
Casebook.* New York and London: Garland Publishing, Inc. , 1982.

Blight, David W. *Race and Reunion: The Civil War in American Memory* [M].
Cambridge, MA: Belknap, 2001.

Bloom, Harold. *Modern Critical Interpretations: Robert Penn Warren's* All the
King's Men [M]. New York: Chelsea House PubLishers, 1987.

Bloom, Harold. *Modern Critical Views: Robert Penn Warren* [M]. New York and
New Haven: Chelsea House Publishers, 1986.

Bloom, Harold. *Modern Critical Views: Thomas Wolfe* [M]. New York and New
Haven: Chelsea House Publishers, 1987.

Bloom, Harold. *William Faulkner's* Absalom, Absalom! [M]. New York: Chelsea
House Publishers, 1987.

Bloom, Harold. *William Faulkner's* The Sound and the Fury [M]. New York: Chelsea House Publishers, 1988.

Blotner, Joseph. *Faulkner: A Biography*[M]. New York: Random House, 1974.

Blotner, Joseph. *Robert Penn Warren: A Biography* [M]. New York: Random House, 1997.

Bohner, Charles H. *Robert Penn Warren*[M]. New York: Twayne Publishers, Inc., 1964.

Bohner, Charles. "Chapter 4: The Past and Its Burden"[M] // *Robert Penn Warren*, Rev. ed., Charles Bohner. Boston: Twayne Publishers, 1981.

Bollinger, Laurel. "That Triumvirate Mother-Woman": Narrative Authority and Interdividuality in *Absalom, Absalom!*" [J]. *LIT: Literature Interpretation Theory*, 1998,9(3): 197−213.

Boone, Joseph Allen. *Libidinal Currents: Sexuality and the Shaping of Modernism* [M]. Chicago: University of Chicago Press, 1997.

Bouson, J. Brooks. *Quiet As It's Kept: Shame, Trauma, and Race in the Novels of Toni Morrison* [M]. New York: SUNY Press, 2000.

Bradbury, John M. *Renaissance in the South: A Critical History of the Literature 1920−1960* [M]. Chapel Hill: The University of North Carolina Press, 1963.

Bradford, M. E. *Remembering Who We Are: Observations of a Southern Conservative* [M]. Athens: The University of Georgia Press, 1985.

Bradley, Patricia L. *Robert Penn Warren's Circus Aesthetic and the Southern Renaissance*[M]. Knoxville: University of Tennessee Press, 2004.

Brodsky, Claudia. "The Working of Narrative in *Absalom, Absalom!*: A Textual Analysis"[J]. *American Studies*, 1978,23(2): 240−259.

Brooker, Peter, Peter Widdowson. *A Practical Reader in Contemporary Literary Theory* [M]. Hemel Hempstead: Prentice Hall, 1996.

Brooks, Cleanth, Robert Penn Warren*Modern Rhetoric* [M]. New York: Harcourt, Brace, 1949.

Brooks, Cleanth. *The Language of the American South* [M]. Athens: The

University of Georgia Press, 1985.

Brooks, Cleanth. *William Faulkner: The Yoknapatawpha Country* [M]. New Haven: Yale University Press, 1963.

Brooks, Cleanth. *William Faulkner: The Yoknapatawpha Country* [M]. Baton Rouge: Louisiana State University Press, 1963.

Brooks, Cleanth. "The Past Alive in the Present" [M] // *American Letters and the Historical Consciousness: Essays in Honor of Lewis P. Simpson.* eds. , Gerald Kennedy and Daniel Mark Fogel. Baton Rouge: Louisiana State University Press, 1987: 216 – 225.

Brooks, Linda Marie. *Alternative Identities: The Self in Literature, History, Theory* [M]. New York: Garland Publishing, Inc. , 1995.

Brooks, Peter. *Reading for the Plot* [M]. Cambridge: Harvard University Press, 1992.

Brooks, Peter. " Incredulous Narration: *Absalom, Absalom!* " *Comparative Literature,* 1982, 34 (3): 247 – 268.

Broughton, Panthea Reid. *William Faulkner: The Abstract and the Actual* [M]. Baton Rouge: Louisiana State University Press, 1974.

Bruce, F. Kawin. *The Mind of the Novel: Reflexive Fiction and the Ineffable* [M]. New Jersey: Princeton University Press, 1982.

Brundage, W. Fitzhugh. *Where These Memories Grow: History, Memory, and Southern Identity* [M]. Chapel Hill: The University of North Carolina Press, 2000.

Bryant, J. A. , Jr. "Allen Tate: The Man of Letters in the Modern World" [J]. *The Sewanee Review,* 1978, 86: 274 – 285.

Bryer, Jackson R. *Sixteen Modern American Authors: A Survey of Research and Criticism* [M]. Dyrgam Duke University Press, 1974.

Burt, John. *Robert Penn Warren and American Idealism* [M]. New Haven: Yale University Press, 1988.

Burt, John. "After the Southern Renaissance" [M] // *The Cambridge History of*

American Literature (Volume VII: Prose Writing, 1940 – 1990). ed. , Sacvan Bercovitch. Cambridge: Cambridge University Press, 1999: 311 – 424.

Butery, Karen Ann, "From Conflict to Suicide: The Inner Turmoil Of Quentin Compson"[J]. *The American Journal of Psychoanalysis*, 1989: 211 – 224.

Cagle, Jeremy. "More than a Snapshot: Allen Tate's Ironic Historical Consciousness in *The Fathers*"[J]. *The Mississippi Quarterly*, 2005, 59(1 – 2): 207 – 231.

Carpenter, Lynette, "The Battle Within: The Beleaguered Consciousness in Allen Tate's *The Fathers*" [J]. *The Southern Literary Journal*, 1976, 8(2): 3 – 18.

Carpenter, Lynette. "The Battle Within: The Beleaguered Consciousness in Allen Tate's *The Father*" [J]. *Southern Literary Journal*, 1976, 8: 81 – 96.

Carroll, Rachel. "Foreign Bodies: History and Trauma in Flannery O'Connor's 'The Displaced Person' "[J]. *Textual Practice*, 2000, 14(1): 97 – 114.

Carruthers, Mary. *The Book of Memory: A Study of Memory in Medieval Culture* [M]. New York: Cambridge University Press, 1990.

Caruth, Cathy. *Trauma: Explorations in Memory* [M]. Baltimore: The Johns Hopkins University Press, 1995.

Caruth, Cathy. *Unclaimed Experience: Trauma, Narrative, and History* [M]. Baltimore, MD: Johns Hopkins University Press, 1996.

Cash, W. J. *The Mind of the South* [M]. New York: Vintage Books, 1941.

Capser, Leonard. *Time's Glory: Original Essays on Robert Penn Warrens* [M]. Conway: University of Central Arkansas Press, 1986.

Castille, Philip Dubuisson. "Spiritual and Sexual Healing in Robert Penn Warren's *All the King's Men*" [J]. *The Southern Literary Journal*, 1999, 31(2): 80 – 105.

Chambers, Robert H. *Twentieth Century Interpretations of* All The King's Men: *A Collection of Critical Essays* [M]. Englewood Cliffs: Prentice-Hall, Inc., 1977.

Chatman, Seymour. *Coming to Terms: The Rhetoric of Narrative in Fiction and Film* [M]. Ithaca: Cornell University Press, 1990.

Chatman, Seymour. *Story and Discourse: Narrative Structure in Fiction and Film* [M]. Ithaca: Cornell University Press, 1978.

Chesney, Duncan McColl. "Shakespeare, Faulkner, and the Expression of the Tragic"[J]. *College Literature*, 2009, 36(3), Summer: 137 - 145.

Claridge, Henry. *William Faulkner: Critical Assessments* [M]. Mountfield: Helm Information Ltd., 1999.

Clark, William Bedford. *The American Vision of Robert Penn Warren* [M]. Lexington: University Press of Kentucky, 1991.

Clarke, Deborah. *Robbing the Mother: Women in Faulkner* [M]. Jackson: University Press of Mississippi, 1994.

Clarke, John Henrik. *William Styron's Nat Turner, Ten Black Writers Respond* [M]. Boston: Massachusetts Review Incorporated, 1968.

Cobb, James C. *Mind and Identity in the Modern South: Redefining Southern Culture* [M]. Athens: The University of Georgia Press, 1999.

Cobb, James C. *The Most Southern Place on Faith* [M]. New York: Oxford University Press, 1992.

Cobb, James C., Michael V. Namorato. *The New Deal and the South* [M]. Jackson: University Press of Mississippi, 1984.

Coffee, Kevin Dale. *Searching for an Unforgotten Homeland: Conceptions of Regional Ontology in the Southern Literary Renascence, 1922 - 1941* [D]. Stanford University, 1997.

Conkin, Paul K. *The Southern Agrarians* [M]. Knoxville: The University of Tennessee Press, 1988.

Conn, Bryan. *Savage Paradox: Race and Affects in Modern American Fiction* [D]. The Johns Hopkins University, 2010.

Connelly, Thomas L., Walter B. Edgar. *A Southern Renaissance Man: Views of Robert Penn Warren* [M]. Baton Rouge and London: Louisiana State University Press, 1984.

Corby, Francis Michael. *Allen Tate: Gender, Race, and Uneasy Redemption* [D].

Mississippi State University, 2001.

Couch, William T. *Culture in the South* [M]. Chapel Hill: North Carolina University Press, 1934.

Cowan, Louise. *The Fugitive Group: A Literary History.* Baton Rouge: Louisiana State University Press, 1959.

Cowan, Michael H. *Twentieth Century Interpretations of* The Sound and the Fury: A Collection of Critical Essays [M]. Englewood Cliffs: Prentice-Hall, Inc., 1968.

Cowley, Malcolm. *The Portable Faulkner* [M]. 1946. Rev. and expanded ed., 1967. New York: Penguin, 1978.

Coy, Javier, Gresset Michel. *Faulkner and History* [M]. Salamanca: Ediciones Universidad De Salamanca, 1986.

Crane, John Kenny. *The Yoknaqpatawpha Chronicle of Gavin Stevens* [M]. Associated University Presses, Inc., 1988.

Creighton, Joanne V. *William Faulkner's Craft of Revision: The Snopes Trilogy, the Unvanquished and Go Down, Moses* [M]. Detroit: Wayne State University Press, 1977.

Cronin, Gloria L., Ben Siegel. *Conversations with Robert Penn Warren* [M]. Jackson: University Press of Mississippi, 2005.

Cullick, Jonathan S. "From ' Jack Burden' to ' I' : the Narrator's Transformation in ' All the King's Men' " [J]. *Studies in American Fiction* , 1997, 25(2): 197 – 212.

Cullick, Jonathan S. "' I Had a Design' : Sutpen as Narrator in *Absalom, Absalom!*" [J]. *Southern Literary Journal,* 1996, 28(2): 48 – 58.

Dasher, Thomas E. *William Faulkner's Characters* [M]. Library of Congress Cataloging in Publication Data, 1981.

David Hackett Fischer. *Albion's Seed: Four British Folkways in America* [M]. New York: Oxford University Press, 1989.

Davidson, Donald. "Southern Literature: A Partisan View" [M] // William T.

Couch, ed. *Culture in the South*. Chapel Hill: N. C., 1934.

Davis, Richard Beale. *Literature and Society in Early Virginia (1608 - 1840)*. Baton Rouge: Louisiana State University Press, 1973.

Davis, Thadious M. *Faulkner's "Negro": Art and the Southern Context* [M]. Baton Rouge: Louisiana State University Press, 1983.

Davis-McElligatt, Joanna Christine. "In the Same Boat Now": Peoples of the African Diaspora and / as Immigrants: The Politics of Race, Migration, and Nation in Twentieth-century American Literature [D]. The University of Iowa, 2010.

De Santis, Christopher C. "Pseudo-History Versus Social Critique: Faulkner's Reconstruction"[J]. *Southern Quarterly*, 2005, 43 (1): 9 - 27.

Dean, Eric T. Jr. *Shook over Hell: Post-Traumatic Stress, Vietnam and the Civil War*. Cambridge: Harvard University Press, 1997.

Debling, Heather. "You Survived to Bear Witness: Trauma, Testimony and the Burden of Witnessing in *Harry Potter and the Order of the Phoenix*" [J]. *The Washington and Jefferson College Review*, 2004 (54): 73 - 82.

Dobbs, Ricky Floyd. "Case Study In Social Neurosis; Quentin Compson and the Lost Cause" [J]. *Papers on Language & Literature*, 1997, 33(4): 366 - 377.

Donald, David Herbert. *Look Homeward: A Life of Thomas Wolfe*[M]. Boston: Little, Brown, 1987.

Donaldson, Susan V. "Introduction: Faulkner, Memory, History"[J]., *Faulkner Journal*, 2004, 20 (1/2): 3 - 19.

Donaldson, Susan V. "Subverting History: Women, Narrative, and Patriarchy in *Absalom, Absalom!*" [J]. *Southern Quarterly*, 1988, 26: 19 - 31.

Donnelly, Colleen E. "Compelled to Believe: Historiography and Truth in *Absalom, Absalom!*" [J]. *Style*, 1991(25): 104 - 122.

Donoghue, Denis. *The Sovereign Ghost: Studies in Imagination* [M]. Berkeley: University of California Press, 1976.

Doody, Terrence. *Confession and Community in the Novel* [M]. Baton Rouge:

Louisiana State University Press, 1980.

Dunick, Lisa Marie Schifano. *Selling Out: The American Literary Market Place and the Modernist Novel* [M]. Urbana-Champaign University of Illinois, 2010.

Dunne, Robert. "*Absalom, Absalom!* and the Ripple-Effect of the Past" [J]. *University of Mississippi Studies in English*, 1992 (10): 56 - 66.

East, Charles. *The New Writers of the South: A Fiction Anthology*. Athens: The University of Georgia Press, 1987.

Eaton, Clement. *The Growth of Southern Civilization, 1790 - 1860* [M]. New York: Clement Eaton, 1961.

Edenfield, Olivia Carr. "Endure and then Endure: Rosa Coldfield's Search for a Role in William Faulkner's *Absalom, Absalom!*" [J]. *The Southern Literary Journal*, 1999, 32(1): 57 - 71.

Ender, Evelyne. *Architexts of Memory: Literature Science, and Autobiography* [M]. The University of Michigan Press, 2005.

Entzminger, Betina. "Listen to Them Being Ghosts: Rosa's Words of Madness That Quentin Can't Hear"[J]. *College Literature*, 1998, 25(2): 108 - 121.

Epstein, William H. *Contesting the Subject* [M]. West Lafayette: Purdue University Press, 1991.

Erikson, Kai. "Notes on Trauma and Community"[J]. *American Imago*, 1991, 48 (4): 455 - 471.

Erll, Astrid, Ansgar Nunning. *Cultural Memory Studies: An International and Interdisciplinary Handbook* [M]. Berlin and New York: Walter de Gruyter GmbH & C. KG, 2010.

Ernest, John. "The Southern Past: A Clash of Race and Memory" [J]. *CLIO: A Journal of Literature, History, and the Philosophy of History*, 2006, 36(1): 144 - 151.

Ezell, John Samuel. *The South since 1865* [M]. New York: The Macmillan Company, 1963.

Farrell, James T. *H. L. Mencken, Prejudices: A Selection* [M]. New York:

Vintage, 1958.

Farrell, Kirby. *Post-Traumatic Culture: Inquiry and Interpretation in the Nineties* [M]. Baltimore, MD: Johns Hopkins University Press, 1998.

Faulkner, William. *Absalom, Absalom!* [M]. New York: Random House, 1936.

Faulkner, William. *As I Lay Dying* [M]. New York: Random House, 1930.

Faulkner, William. *Go Down, Moses* [M]. New York: Random House, 1942.

Faulkner, William. *Intruder in the Dust* [M]. New York: Random House, 1948.

Faulkner, William. *Light in August* [M]. New York: Random House, 1932.

Faulkner, William. *Satoris* [M]. New York: Random House, 1929.

Faulkner, William. *The Sound and the Fury* [M]. New York: Modern Library, 1929.

Faust, Drew Gilpin. *A Sacred Circle, The Dilemma of the Intellectual in the Old South, 1840 - 1860* [M]. Baltimore: The Johns Hopkins University Press, 1977.

Faust, Marjorie Ann Hollomon. *The Great Gatsby* and Its 1925 Contemporaries [D]. Georgia State University, 2008.

Felman, Shoshana, Dori Laub. *Testimony: Crises of Witnessing in Literature, Psychoanalysis, and History* [M]. New York: Routledge, 1992.

Fennell, Lee Anne. "Unquiet Ghosts: Memory and Determinism in Faulkner" [J]. *Southern Literary Journal*, 1999, 31(2): 35 - 47.

Ferriss, Lucy. "Sleeping with the Boss: Female Subjectivity in Robert Penn Warren's Fiction" [J]. *The Mississippi Quarterly*, 1994, 48(1): 147 - 155.

Field, Leslie A. *Thomas Wolfe: Three Decades of Criticism* [M]. London and New York: New York University Press, 1967.

Finnegan, Elizabeth Hope. "The Scar of Knowledge": Skepticism as Affliction in the 20th Century American South [D]. State University of New York at Buffalo, 2010.

Fischer, David Hackett. *Albion's Seed: Four British Folkways in America* [M]. New York: Oxford University Press, 1989.

Fleishman, Arrom. *The English Historical Novel: Walter Scott to Virginia Woolf* [M]. Baltimore: Johns Hopkins University Press, 1977.

Flores, Ralph. *The Rhetoric of Doubtful Authority: Deconstructive Readings of Self-Questioning Narratives, St. Augustine to Faulkner* [M]. Ithaca: Cornell University Press, 1984.

Floyd Watkins. 'The Body of This Death' in Robert Penn Warren's Later Poems" [J]. *Kenyon Review*, 1988, (10): 31 - 46.

Folks, Jeffrey J. *Southern Writers and the Machine: Faulkner to Percy* [M]. New York and San Francisco: Peter Lang, 1993.

Forter, Greg. "Freud, Faulkner, Caruth: Trauma and the Politics of Iiterary Form"[J]. *Narrative*, 2007, 15 (3): 259 - 281.

Fowler, Doreen, Abadie Ann J. *Faulkner and Race: Faulkner and Yoknapatawpha* [M]. Jackson: University Press of Mississippi, 1986.

Fowler Doreen, Abadie Ann J. *Faulkner and the Southern Renaissance: Faulkner and Yoknapatawpha* [M]. Jackson: University Press of Mississippi, 1982.

Fowler Doreen, Abadie Ann J. *Faulkner: The Return of the Repressed* [M]. Charlottesville: The University Press of Virginia, 1997.

Freeman, Mark. *Rewriting the Self: History, Memory, Narrative* [M]. London and New York: Routledge, 1993.

French, Warren. "Allen Tate: Overview" [M]. // *Twentieth-Century Romance & Historical Writers*. ed. Aruna Vasudevan. 3rd ed. *Twentieth-Century Writers Series*. New York: St. James Press, 1994.

Freud, Sigmund. *The Standard Edition of the Complete Psychological Works of Sigmund Freud* [M]. ed. and tran., James Strachey. London: Hogarth, 1953 - 1974.

Frye, Northrop. *Anatomy of Criticism* [M]. New Jersey: Princeton University Press, 1957.

Frye, Northrop. *The Harper Handbook to Literature* [M]. New York: Addison-Wesley Educational Publishers Inc., 1997.

Fury, Frank P. "Sports, Politics, & the Corruption of Power in Robert Penn Warren's *All the King's Men*"[J]. *Aethlon: The Journal of Sport Literature*, 2005, 22(2): 67 −81.

Gaha, Ula Gabrielle. The Futility of Conformity: The Danger of Gender Constructs in The Sound and the Fury [D]. University of South Carolina, 2010.

Gaines, Francis Pendleton. *The Southern Plantation: A Study in the Development and Accuracy of a Tradition* [M]. New York: Harpers, 1925.

Galanos, Iorgos. "The Metaphoricity of Memory in Faulkner's *As I Lay Dying*" [J]. *The Faulkner Journal*, 1990, 5(2): 3 −13.

Garfield, Deborah. "To Love as ' Fiery Ancients' Would: Eros, Narrative and Rosa Coldfield in *Absalom, Absalom!*"[J]. *Southern Literary Journal* , 1989, 22 (1): 61 −79.

Garland, William W. Bridging the Gap between the Reality and the Myth of the American South: Three Authors' Efforts to Recover the Religious South [D]. University of South Carolina, 2010.

Garnier, Caroline. Woman and Trauma in William Faulkner's Fictions [D]. Emory University, 2002.

Gaston, Paul M. *The New South Creed: A Study in Southern Mythmaking* [M]. New York: Baton Rouge, 1971.

Genette, Gerard. *Narrative Discourse: An Essay in Method* [M]. trans. , Jane E. Lewin. Cornell University Press, 1972.

Geoffroy, Alain. "Through Rosa's Looking Glass: Narcissism and Identification in Faulkner's *Absalom, Absalom!*" [J]. *Mississippi Quarterly*, 1991, 45: 313 −321.

Gerster, Patrick, Cords Nicholas. *Myth and Southern History* [M]. Urbana and Chicago: University of Illinois Press, 1989.

Gibaldi, Joseph. *MLA Handbook for Writers of Research Papers* [M]. 5th ed. Shanghai: Shanghai Foreign Language Education Press, 2004.

Godden, Richard. *Fictions of Labor: William Faulkner and the South's Long*

Revolution [M] . Cambridge (UK) : Cambridge University Press, 1997.

Godden, Richard. "*Absalom, Absalom!* Haiti and Labor History: Reading Unreadable Revolutions" [J] . *English Literary History,* 1994, 61: 685 - 720.

Goldfield, David. *Region Race and Cities: Interpreting the Urban South* [M] . Baton Rouge: Louisiana State University Press, 1997.

Grabes, Herbert. "Constructing a Usable Past: Literary History and Cultural Memory"[J] . *Real ,* 2005 (21) : 129 - 143.

Grannis, Kerry Searle. Secular spiritual quests in modern American novels, *1922—1960*[D] . The George Washington University, 2010.

Granofsky, Ronald. *The Trauma Novel: Contemporary Symbolic Depictions of Collective Disaster* [M] . New York: Lang, 1995.

Gray, Richard. *A Web of Words: The Great Dialogue of Southern Literature* [M] . Athens: The University of Georgia Press, 2007.

Gray, Richard. *Robert Penn Warren: A Collection of Critical Essays* [M] . New Jersey: Prentice-Hall, Inc., 1980.

Gray, Richard. *Southern Aberrations: Writers of the American South and the Problems of Regionalism* [M] . Baton Rouge: Louisiana State University Press, 2000.

Gray, Richard. *The Literature of Memory: Modern Writers of the American South* [M] . Baltimore: The Johns Hopkins University Press, 1977.

Gray, Richard. *Writing the South: Ideas of an American Region* [M] . Cambridge: Cambridge University Press, 1986.

Greenblatt, Stephen. *Renaissance Self-Fashioning: From More to Shakespeare* [M] . Chicago: The University of Chicago Press, 1980.

Gresser, Michel, Polk Noel. *Fascination: Faulkner's Fiction, 1919 - 1936.* Durham: Duke University Press, 1989.

Gresser, Michel, Polk Noel. *Intertextuality in Faulkner* [M] . Jackson: University Press of Mississippi, 1985.

Griffin, Larry J. , Don H. Doyle. *The South as an American Problem* [M] .

创伤、记忆和历史：美国南方创伤小说研究

Athens: The University of Georgia Press, 1995.

Griffiths, Jennifer. "Uncanny Spaces: Trauma, Cultural Memory, and the Female Body in Gayl Jones's *Corregidora* and Maxine Hong Kingston's *The Woman Warrior*" [J]. *Studies in the Novel*, 2006, 38(3): 353 - 370.

Grimshaw, James A. Jr. *Robert Penn Warren: A Descriptive Bibliography. 1922 - 1979*. Charlottesville: University Press of Virginia, 1981.

Grimshaw, James A. Jr. *Robert Penn Warren's* All the King's Men: *Three Stages of Versions* [M]. New York and new Haven: Chelsea House Publishers, 1987.

Grimshaw, James A. Jr. *Time's Glory: Original Essays on Robert Penn Warren*. Conway: University of Central Arkansas Press, 1986.

Grimshaw, James A. Jr. *Understanding Robert Penn Warren*. Columbia: The University of South Carolina Press, 2001.

Guerard, Albert J. *The Triumph of the Novel: Diekens, Dostoevsky, Faulkner* [M]. New York: Oxford University Press, 1976.

Gwin, Minrose C. *The Feminine and Faulkner: Reading (Beyond) Sexual Difference* [M]. Knoxville: University of Tennessee Press, 1990.

Gwin, Minrose. "Racial Wounding and the Aesthetics of the Middle Voice in *Absalom, Absalom!* and *Go Down, Moses*" [J]. *Faulkner Journal*, 2004 - 2005, (1 - 2): 21 - 33.

Gwynn, Frederick L., Blotner, Joseph L. *Faulkner in the University: Class Conferrences at the University of Virginia 1957 - 1958* [M]. Charlottesville: The University Press of Virginia, 1959.

Haddox, Thomas Fredrick. Quadroons, Queers, and Heroic Priests: Representations of Catholicism in Southern Literature [D]. Vanderbilt University, 2000.

Hakim, Andrew Mark. Fictions of Representation: Narrative and the Politics of Self-making in the Interwar American Novel [D]. University of Southern California, 2009.

Hale, Grace. *Making Whiteness: The Culture of Segregation in the South* [M].

New York: Pantheon, 1998.

Hall, B. B. , Wood C. T. *The South* [M]. New York: Simon & Schuster Inc. , 1995.

Hall, B. C. , Wood C. T. *The South* [M]. New York and London: Scribner, 1995.

Hamilton, Edith. *Mythology* [M]. New York: New American Library, 1969.

Hannon, Charles. *Faulkner and the Discourses of Culture* [M]. Baton Rouge: Louisiana State University Press, 2005.

Hartman, Geoffrey H. "Public Memory and Its Discontents" [M] // *The Uses of Literary History.* ed. , Marshall Brown. Durham, NC: Duke University Press, 1995: 73 – 91.

Harvard, William C., Walter Sullivan. *A Band of Prophets: The Vanderbilt Agrarians after Fifty Years* [M]. Baton Rouge: Louisiana University Press, 1982.

Hemphill, George. *Allen Tate* [M]. Minneapolis: University of Minnesota Press, 1964.

Hendricks, Randy J. "Warren's ' Wilderness' and the Defining ' if. ' (Special Issue: Robert Pennn Warren) " [J]. *The Mississippi Quarterly*, 1994, 48(1): 115 – 133.

Henke, Suzette A. *Shattered Subjects: Trauma and Testimony in Women's Life-Writing* [M]. New York: St. Martins Press, 2000.

Hepburn, Allan. "Lost Time: Trauma and Belatedness in Louis Begley's *The Man Who Was Late* " [J]. *Contemporary Literature*, 1998, 39(3): 380 – 404.

Herman, Judith. *Trauma and Recovery: The Aftermath of Violence—From Domestic Violence to Political Terror* [M]. New York: Basic Books, 1992.

Hindle, John. "The Poet as Novelist: Act of Darkness and *The Fathers*" [J]. *Mississippi Quarterly*, 1982, 35: 375 – 385.

Hinrichsen, Lisa. Moving Forward, Looking Past: Trauma, Fantasy and Misrecognition in Southern Literature *1930 – 2001* [D]. Boston

University, 2008.

Hirsch, Marianne. "Surviving Images: Holocaust Photographs and the Works of Postmemory" [J]. *Yale Journal of Criticism*, 2001, 14(1): 5 – 37.

Hobson, Fred. *Serpent in Eden: H. L. Mencken and the South* [M]. Chapel Hill: The University of North Carolina Press, 1974.

Hobson, Fred. *Tell About the South: The Southern Rage to Explain* [M]. Baton Rouge and London: Louisiana State University Press, 1983.

Hobson, Fred. *William Faulkner's* Absalom, Absalom! [M]. Oxford: Oxford University Press, 2003.

Hoffman, Frederick J., Olga Vickery. *William Faulkner: Three Decades of Criticism* [M]. East Lansing: Michigan State University Press, 1960.

Hofman, Frederick J. *The Art of Southern Fiction: A Study of Some Modern Novelists* [M]. London and Amsterdam: Southern Illinois University Press, 1967.

Holman, C. Hugh. *The Immoderate Past: The Southern Writer and History* [M]. Athens: The University of Georgia Press, 1977.

Holman, C. Hugh. *The Roots of Southern Writing: Essays on the Literature of the American South* [M]. Athens: University of Georgia Press, 1972.

Honnighausen, Lothar, Valeria Gennaro Lerda. *Rewriting the South: History and Fiction* [M]. Nadele: Gulde, Tubingen, 1993.

Horvitz, Deborah M. *Literary Trauma: Sadism, Memory, and Sexual Violence in American Women's Fiction* [M]. New York: State University of New York Press, 2000.

Howe, Irving. *William Faulkner: A Critical Study* [M]. 4th ed. Chicago: Ivan R. Dee, Inc., 1991.

Humphries, Jefferson, John Lowe. *The Future of Southern Letters* [M]. New York and Oxford: Oxford University Press, 1996.

Hunt, Celia, Fiona Sampson. *Writing: Self and Reflexivity* [M]. New York: Palgrave Macmillan, 2006.

Hutton, Patrick. *History as an Art of Memory* [M]. Hanover, N. H., 1993.

Hyde, Samuel C. Jr. *Plain Folk of the South Revisited* [M]. Baton Rouge: Louisiana State University Press, 1997.

Irwin, John T. *Doubling and Incest/Repetition and Revenge: A Speculative Reading of Faulkner* [M]. Baltimore: The Johns Hopkins University Press, 1975.

Ivic, Christopher, Williams, Grant. *Forgetting in Early Modern English Literature and Culture: Lethe's Legacies* [M]. New York: Routledge, 2004.

Jackson, Patrick Earl. Heroes with a Hundred Names: Mythology and Folklore in Robert Penn [D]. University of Oregon, 2007.

Jackson, Patrick Earl. This Side of Despair: Forms of Hopelessness in Modern Poetry [D]. University of Oregon, 2007.

Jancovich, Mark. *The Cultural Politics of the New Criticism* [M]. New York: Cambridge University Press, 1993.

Janoff-Bulman, Ronnie. *Shattered Assumptions: Towards a New Psychology of Trauma* [M]. New York: Free-Macmillan, 1992.

Jehlen, Myra. *Class and Character in Faulkner's South* [M]. Secaucus: Citadel Press, 1978.

Jenkins, Lee. *Faulkner and Black-White Relations* [M]. New York: Columbia University Press, 1981.

Jewett, Chad Martin. "The Most Horrific Tale": Violent Modernism and the Changing South in Faulkner's "Sanctuary" [D]. University of Massachusetts Boston, 2010.

Jones, Suzanne W., Sharon Monteith. *South to a New Place: Region, Literature, Culture* [M]. Baton Rouge: Louisiana State University Press, 2002.

Justus, James H. *The Achievement of Robert Penn Warren* [M]. Baton Rouge and London: Louisiana State University Press, 1981.

Justus, James H. "The Power of Filiation in *All the King's Men*" [M] // Thomas Daniel Young, ed. *Modern American Fiction: Form and Function.* Bator Rouge: Louisiana State University Press, 1989.

Kaplan, E. Ann. *Trauma Culture: The Politics of Terror and Loss in Media and Literature [M]*. New Brunswick, New Jersey and London: Rutgers University Press, 2005.

Karl, Frederick. *William Faulkner: American Writer* [M]. New York: Ballantine Books, 1989.

Kartiganer Donald M., Ann J. Abadie. *Faulkner and Gender: Faulkner and Yoknapatawpha* [M]. Jackson: University Press of Mississippi, 1996.

Kartiganer Donald M., Ann J. Abadie. *Faulkner and the Artist: Faulkner and Yoknapatawpha, 1993* [M]. Jackson: University Press of Mississippi, 1996.

Kartiganer Donald M., Ann J. Abadie. *Faulkner at 100: Retrospect and Prospect* [M]. Jackson University Press of Mississippi, 2000.

Kartiganer Donald M., Ann J. Abadie. *Faulkner in Cultural Context* [M]. University Press of Mississippi, 1997.

Kartiganer Donald M., Ann J. Abadie. *The Fragile Thread: The Meaning of Form in Faulkner's Novels* [M]. Boston: University of Massachusetts Press, 1979.

Kaufman, Eleanor. "Falling from the Sky: Trauma in Perec's *W* and Caruth's *Unclaimed Experience* [J]. *Diacritics*, 1998, 28(4):44 - 53.

Keener, Joseph B. *Shakespeare and Masculinity in Southern Fiction: Faulkner, Simms, Page, and Dixon* [M]. New York: Palgrave Macmillan, 2008.

Keer, Elizabeth M. *William Faulkner's Gothic Domain* [M]. La Jolla: National University Publications, 1979.

Kennedy, Richard S. *The Window of Memory: The Literary Career of Thomas Wolfe* [M]. Chapel Hill: The University of North Carolina Press, 1962.

Kerr, Lisa. "Lost Gods: Pan, Milton, and the Pastoral Tradition in Thomas Wolfe's *O Lost*"[J]. *Thomas Wolfe Review*, 2002, 26(1 - 2): 77 - 89.

Kerschen, Paul Robert. *The Modernist Novel Speaks its Mind* [D]. Berle; eu: University op California, 2010.

Kincy, Mary Elise. *"Something Alive Yet not": Southern Literature, the South, and the Abject* [D]. University of Arkansas, 2010.

King, Nicola. *Memory, Narrative, Identity: Remembering the Self* [M]. Edinburgh: Edinburgh University Press, 2000.

King, Richard H. *A Southern Renaissance* [M]. New York: Oxford University Press, 1980.

King, Richard. "Faulkner and Southern History"[J]. *Mississippi Quarterly*, 1993, 46: 485 – 493.

Kinney, Arthur F. *Critical Essays on William Faulkner: The Compson Family* [M]. Boston: G. K. Hall & Co., 1982.

Kolk Bessel A. Van der, Alexander McFarlane, Lars Weisaeth. *Traumatic Stress: The Effects of Overwhelming Experience on Mind, Body, and Society* [M]. New York: Guilford Press, 1996.

Kolk, Van der Bessel. "The Compulsion to Repeat the Trauma: Re-enactment, Revictimization, and Masochism" [J]. *Psychiatric Clinics of North America*, 1989, 12(2): 389 – 411.

Kolk, Van der, Bessel, Onno Van der Hart. "The Intrusive Past: The Flexibility of Memory and the Engraving of Trauma" [J]. *American Imago*, 1991, 48(4): 432 – 442.

Koppelman, Robert S. *Robert Penn Warren's Modernist Spirituality* [M]. Columbia and London: University of Missouri Press, 1995.

Koppelman, Robert. "' All the King's Men,' Spiritual Aesthetics, and the Reader" [J]. *The Mississippi Quarterly*, 1994, 48(1): 105 – 121.

Krause, David. "Reading Shreve's Letters and Faulkner's Absalom, Absalom!" [J]. *Studies in American Fiction*, 1983, 11: 153 – 169.

Kuyk, Dirk, Jr. *Sutpen's Design: Interpreting Faulkner's Absalom, Absalom!* [M]. Charlottesville: University Press of Virginia, 1990.

Labatt, Blair. *Faulkner the Storyteller* [M]. Tuscaloosa: University of Alabama Press, 2005.

Lacan, Jacques. *Ecrits: A Selection* [M]. trans. , Alan Sheridan. New York: Norton, 1977.

LaCapra, Dominick. *Writing History, Writing Trauma* [M]. Baltimore: Johns Hopkins University Press, 2001.

Lado, Barbara. *Resisting History: Gender, Modernity, and Authorship in William Faulkner, Zora Neale Hurston, and Eudora Welty* [M]. Baton Rouge: Louisiana State University Press, 2007.

Lake, Inez Hollander. "Thomas Wolfe and Marcel Proust: The Importance of Smell in *Look Homeward, Angel*"[J]. *Thomas Wolfe Review*, 2001, 25(1 - 2): 23 - 30.

Lands, N. Dale Goble and Paul Hirt. Northwest Peoples: Readings in Environmental History [M]. Seattle: University of Washington Press, 1999.

Lang, William. "From Where We Are Standing: The Sense of Place and Environmental History" [M] // *Northwest Lands, Northwest Peoples: Readings in Environmental History*. eds., Dale Goble and Paul Hirt. Seattle: University of Washington Press, 1999: 79 - 95.

Langdale, John J., III. Superfluous Southerners: Cultural Conservatism and the South, *1920 - 1990* [D]. University of Florida, 2006.

Langer, L. L. *Holocaust Testimonies: The Ruins of Memory* [M]. New Haven: Yale University Press, 1991.

Laplanche, Jean. *New Foundations for Psychoanalysis* [M]. trans., David Macey. Cambridge, Mass.: Blackwell, 1989.

Latham, Sean. "Jim Bond's America: Denaturalizing the Logic of Slavery in *Absalom, Absalom!*"[J]. *Mississippi Quarterly*, 1998, 51(3): 453 - 463.

Laub, Doriand Nanette C. Auerhahn. "Knowing and Not Knowing Massive Psychic Trauma: Forms of Traumatic Memory"[J]. *International Journal of Psychoanalysis*, 1993, 74(2): 287 - 302.

Law, Richard. "'Active Faith' and Ritual in *The Fathers*" [J]. *American Literature*, 1983, 55(3): 345 - 366.

Lazure, Erica Plouffe. "A Literary Motherhood: Rosa Coldfield's Design in *Absalom, Absalom!*" [J]. *The Mississippi Quarterly*, 2009, 62 (3 - 4): 470

-489.

Leiter, Andrew B. Literary Figurations of the "Black Beast" in the Harlem and Southern Renaissances [D]. The University of North Carolina at Chapel Hill, 2004.

Lesman, Robert St. Clair. Agendas of Translation: Wallace Stevens, T. S. Eliot and Allen Tate in "Origenes: Revista de arte y literatura" (1944 – 1956) [D]. The University of Texas at Austin, 2005.

Levins, Lynn Gartrell. *Faulkner's Heroic Design: The Yoknapatawpha Novels* [M]. Athens: The University of Georgia Press, 1976.

Leys, Ruth. *Trauma: A Genealogy* [M]. Chicago and London: The University of Chicago Press, 2000.

Lindenberger, Herbert. *The History in Literature: On Value, Genre, Institutions* [M]. New York: Columbia University Press, 1990.

Lionel Trilling. "Allen Tate as Novelist" [J]. *Partisan Review*, 1938, (6): 112.

Lockyer, Judith. *Ordered by Words: Language and Narration in the Novels of William Faulkner* [M]. Carloondale: Southern Illinois University Press, 1991.

Longley, John Lewis Jr. *Robert Penn Warren: A Collection of Critical Essays* [M]. New York: New York University Press, 1965.

Lorch, Thomas M. "Thomas Sutpen and the Female Principle" [M]. *Mississippi Quarterly*, 1967, 20: 38 – 42.

Lowe, John. "The Unvanquished: Faulker's Nietzschean Skirmish with the Civil War" [J]. *Mississippi Quarterly*, 1993, 46: 407 – 436.

Lumpkin, Martin. "Jack's Unconscious Burden: A Psychoanalytic Interpretation of *All the King's Men*" [M] // *To Love So Well the World: A Festschrift in Honor of Robert Penn Warren*. ed., Dennis L. Weeks. New York: Peter Lang, 1992: 197 – 209.

Lurie, Peter, "'Some Trashy Myth of Reality's Escape': Romance, History, and Film Viewing in *Absalom, Absalom!*" [J]. *American Literature*, 2001, 73(3): 563 – 597.

Lurie, Peter. *Vision's Immanence: Faulkner, Film, and the Popular Imagination* [M]. Baltimore: Johns Hopkins University Press, 2004.

Lutz, Tom. *Cosmopolitan Vistas: American Regionalism and Literary Value* [M]. New York: Cornell University Press, 2004.

Lytle, Andrew. *Bedford Forrest and His Critter Company* [M]. New York: McDowell and Obolensky, 1960.

MacKethan, Lucinda. "'Trying to Make Contact': 'Mortmain' as Pre-text for Robert Penn Warren's Portrait of a Father" [J]. *The Mississippi Quarterly*, 2004, 58: 373 – 389.

Madden, David. *The Legacy of Robert Penn Warren* [M]. Baton Rouge: Louisiana State University Press, 2000.

Madden, David. *Touching the Web of Southern Novelists* [M]. Knoxville: The University of Tennessee Press, 2006.

Malvasi, Mark G. *The Unregenerate South: The Agrarian Thought of John Crowe Ransom, Allen Tate, and Donald Davidson* [M]. Baton Rouge: Louisiana State University Press, 1997.

Mannix, Daniel P., Malcolm Cowley. *A History of the Atlantic Slave Trade: Black Cargoes* [M]. New York: The Viking Press, Inc., 1962.

Marshall Fallwell, Jr. *Allen Tate: A Bibliography* [M]. New York: Lewis, 1969.

Martin, Bretchen. "Vanquished by a Different Set of Rules: Labor vs. Leisure in William Faulkner's *Absalom, Absalom!*" [J]. *The Mississippi Quarterly*, 2008, 61(3): 409 – 421.

Martin, Wallace. *Recent Theories of Narrative* [M]. Ithaca: Cornell University Press, 1986.

Matthews, John T. *The Play of Faulkner's Language* [M]. Ithaca: Cornell University Press, 1982.

Matthews, John T. *William Faulkner: Seeing Through the South* [M]. Malden and Oxford: Blackwell Publishing, 2009.

Matthews, John T. "The Marriage of Speaking and Hearing in *Absalom,*

Absalom! ''[J] . *ELH* 47, 1980: 575 – 594.

Maxwell, Angela Christine. A Heritage of Inferiority: Public Criticism and the American South [D] . The University of Texas at Austin, 2008.

Mazur, Krystyna. *Poetry and Repetition: Walt Whitman, Wallace Stevens, John Ashbery* [M] . New York: Routledge, 2005.

McAlindon, Thomas. *Shakespeare's Tragic Cosmos* [M] . Cambridge: Cambridge University Press, 1991.

McDonald, Joyce. "Lacan's Mirror Stage as Symbolic Metaphor in *All the King's Men*"[J] . *Southern Quarterly* , 1996, 34: 73 – 79.

McElderry, B. R. Jr. *Thomas Wolfe* [M] . New York: Twayne Publishers, Inc. , 1964.

McHaney, Thomas L. *The Southern Renaissance* [M] . Farmington Hills: The Gale Group, 2001.

McPherson, Karen. "*Absalom, Absalom!:* Telling Scratches"[J] . *Modern Fiction Studies*, 1987, 33 (3): 434 – 445.

Meiners, R. K. *The Last Alternatives: A Study of the Works of Allen Tate* [M] . Denver: Alan Swallow, 1963.

Melvin, Backman. *Faulkner: The Major Years* [M] . Bloomington: Indiana University Press, 1966.

Meriwether, James, Michael Milgate. *Lion in the Garden* [M] . Lincoln: University of Nebraska Press, 1968.

Meriwether, James, Michael Milgate. *William Faulkner: Essays, Speeches, and Public Letters* [M] . New York: The Modern Library, 2004.

Messent, Peter. *New Readings of the American Novel* [M] . 城市 The University of Alabama Press, 1998.

Middleton, John. "Shreve McCannon and Sutpen's Legacy" [J] . *Southern Review*, 1974, 10: 115 – 124.

Middleton, Peter, Tim Woods. *Literatures of Memory: History, Time and Space in Postwar Writing* [M] . Manchester: Manchester University Press, 2000.

Miller, Brenda. Murky Impressions of Postmodernism: Eugene Gant and Shakespearean Intertext in Thomas Wolfe's Look Homeward, Angel and Of Time and the River [D]. University of North Texas, 2007.

Miller, Mark D. "Faith in Good Works: The Salvation of Robert Penn Warren" [J]. *The Mississippi Quarterly*, 1994, 48(1): 57 - 68.

Millichap, Joseph. *A Backward Glance: The Southern Renascence, the Autobiographical Epic, and the Classical Legacy* [M]. Knoxville: The University of Tennessee Press, 2009.

Minter, David L. *Faulkner's Questioning Narratives: Fiction of His Major Phase* [M]. Urbana: University of Illinois Press, 2001.

Minter, David L. *William Faulkner: His Life and His Work* [M]. Baltimore: The Johns Hopkins University Press, 1980.

Mitchell, Douglas L. *A Disturbing and Alien Memory: Southern Novelists Writing History* [M]. Baton Rouge: Louisiana State University Press, 2008.

Mitchell, Douglas Lee. "A Disturbing and Alien Memory": Historiography and the Southern Writer [D]. The University of North Carolina at Chapel Hill, 2001.

Mitchell, Ted. *Thomas Wolfe: An Illustrated Biography* [M]. New York: Pegasus Brooks, 2006.

Mizener, Arthur. "*The Fathers* and Realistic Fiction" [M]. *Accent: A Quarterly of New Literature*, 1947, (7): 101 - 109.

Moisy, Amélie. "Thomas Wolfe and the Family Romance". *Thomas Wolfe Review*, 2006, 3(1/2): 28 - 43.

Montgomery, Marion. *John Crowe Ransom and Allen Tate: At Odds about the Ends of History and the Mystery of Nature* [M]. Jefferson: McFarland & Co. , 2003.

Moore, L. Hugh Jr. *Robert Penn Warren and History*. The Hague, Netherlands: Mouton & Co. , 1970.

Moreland, Richard C. *A Companion to William Faulkner* [M]. Malden and Oxford: Blackwell Publishing, 2007.

Muhlenfeld, Elisabeth S. "Shadows with Substance and Ghosts Exhumed: The

Women in *Absalom, Absalom!* " [J]. *Mississippi Quarterly,* 1971, 25: 289 − 304.

Nadar, Kathleen Olympia. "Violence: Effects of Parent's Previous Trauma on Currently Traumatized Children " [M]. *// International Handbook of Multigenerational Legacies of Trauma.* ed. , Yael Danieli. New York: Plenum Press, 1998: 571 − 583.

Nakadate, Neil. *Robert Penn Warren: Critical Perspectives*[M]. Lexington: The University Press of Kentucky, 1981.

Nandita Batra Vartan P. Messier. *Narrating the Past: (Re) Construction Memory, (Re) Negotiating History* [M]. Newcastle: Cambridge Scholars Publishing, 2007.

Neisser, Ulric. *Memory Observed: Remembering in Natural Contexts* [M]. San Francisco: W. H. Freeman, 1982.

Newhouse, Wade. "Aghast and Uplifted": William Faulkner and the Absence of History [J]. *The Faulkner Journal,* 2005, 21(1 − 2): 145 − 156.

Newton, K. M. *Twentieth-Century Literary Theory: A Reader*[M]. Hampshire: The Macmillan Press Ltd. , 1988.

O'Brien, Michael. *Rethinking The South: Essays in Intellectual History* [M]. Baltimore: The Johns Hopkins University Press, 1988.

O'Brien, Michael. *The Idea of the American South 1920 − 1941*[M]. Baltimore: The Johns Hopkins University, 1979.

O'Dea, Richard J. " *The Fathers*: A Revaluation " [J]. *Twentieth Century Literature,* 1966, 12 : 3 − 10.

O'Dell, Darlene. *Sites of Southern Memory: The Autobiographies of Katharine Du Pre Lumplin, Lillian Smith, and Pauli Murray* [M]. Charlottesville: University Press of Virginia, 2001.

O'Dell, Darlene. *The Autobiographies of Sites of Southern Memory of Katharine Du Pre Lumpkin, Lillian Smith, and Pauli Murray* [M]. Charlottesville and London: University Press of Virginia, 2001.

O'Donnell, Patrick. "Sub Rosa: Voice, Body and History in *Absalom, Absalom!*" [J] . *College Literature*, 1989, 16 : 28 – 47.

O'Shea, Heather Eileen. *Suitable Poets in Brooks Brothers Suits: Allen Tate, the New Critics, and the American Poets Laureate* [M] . The University of New Mexico, 2002.

Otis, Laura. *Regaining Memory: History and the Body in the Late Nineteenth & Early Twentieth Centuries*[M] . 城市 The University of Nebraska Press, 1994.

Page, Sally R. *Faulkner's Women: Characterization and Meaning* [M] . Deland, FL: Everett/Edwards, 1972.

Parker, Robert Dale. *Absalom, Absalom: The Questionings of Fictions* [M] . Boston: Twayne Publishers, 1991.

Pascoe, Craig S. , Leathem, Karen Trahan, Ambrose, Andy. *The American South in the Twentieth Century* [M] . Athens: The University of Georgia Press, 2005.

Patricia, L. Bradley. *Robert Penn Warren's Circus Aesthetic and the Southern Renaissance* [M] . Knoxville: The University of Tennessee Press, 2004.

Payton, Lana G. "Out of the Strong Shall Come Forth Sweetness: Women in *All the King's Men*"[M] // *To Love So Well the World: A Festschrift in Honor of Robert Penn Warren*. ed. , Dennis Weeks. New York: Peter Lang, 1992: 78 – 92.

Perkins, Bethany. "*In a Roundabout Way*": *Evasive, Oblique and Indirect Discourse in Allen Tate* [D] . The University of North Carolina at Greensboro, 2007.

Perkins, James A. *The Cass Mastern Material: The Core of Robert Penn Warren's All the King's Men* [M] . Baton Rouge: Louisiana State University Press, 2005.

Perkins, James A. "Racism and the Personal Past in Robert Penn Warren"[J] . *The Mississippi Quarterly*, 1994, 48 (1): 73 – 90.

Peters, Erskine. *William Faulkner: The Yoknapatawpha World and Black Being* [M] . Darby: Norwood Editions, 1983.

Phillipson, John S. *Critical Essays on Thomas Wolfe* [M] . Boston: G. K.

Hall, 1985.

Pirie, Bruce. "The Grammar of the Abyss: A Reading of *The Fathers*" [J]. *The Southern Literary Journal*, 1984, 16(2): 81 – 101.

Polhemus, Robert M., Roger B. Henkle. *Critical Reconstructions: The Relationship of Fiction and Life* [M]. Stanford: Stanford University Press, 1994.

Polk, Noel. *Faulkner and Welty and the Southern Literary Tradition* [M]. Jackson: University Press of Mississippi, 2008.

Polk, Noel. New Essays on The Sound and the Fury [M]. New York: Cambridge University Press, 1993.

Porter, Laurin. *The Banished Prince: Time, Memory, and Ritual in the Late Plays of Eugene O'Neill* [M]. Ann Arbor: U. M. I Research Press, 1988.

Price, Steve. "Shreve's Bon in *Absalom, Absalom!*" [J]. *Mississippi Quarterly*, 1986, 39(3): 325 – 335.

Purdy, Rob Roy. *Fugitives Reunion: Conversations at Vanderbilt* [M]. Nashville: Vanderbilt University Press, 1959.

Putzel, Max. "What Is Gothic about *Absalom, Absalom!*" [J]. *Southern Literary Journal*, 1971, 4(1): 3 – 19.

Puxan, Marta. "Narrative Strategies on the Color Line: The Unreliable Narrator Shreve and Racial Ambiguity in Faulkner's *Absalom, Absalom!*" [J]. *The Mississippi Quarterly*, 2007, 60(3): 529 – 541.

Radstone, Susannah. *Memory and Methodology* [M]. Oxford: Berg, 2000.

Ragan, David Paul. *William Faulkner's* Absalom, Absalom! *A Critical Study* [M]. Ann Arbor: University Press of Michigan, 1987.

Railey, Kevin. *Natural Aristocracy: History, Ideology, and the Production of William Faulkner* [M]. Tuscaloosa and London: The University of Alabama Press, 1999.

Railton, Ben. "What Else Could a Southern Gentleman Do? Quentin Compson, Rhett Butler, and Miscegenation" [J]. *The Southern Literary Journal*, 2003, 35

(2): 41 – 59.

Ramachendra, B. *The American Fictional Hero* [M]. New Delh: Bahri Publications Privated Limited, 1979.

Ramadanovic, Petar. *Forgetting Futures: On Memory, Trauma, and Identity* [M]. Lanham: Lexington Books, 2001.

Ramos, Peter. "Beyond Silence and Realism: Trauma and the Function of Ghosts in *Absalom, Absalom!* and *Beloved*"[J]. *The Faulkner Journal*, 2008, 23(2): 47 – 55.

Rangarajan, Swarnalatha. "Through Imagination's Third Eye: The Creative Seer in Thomas Wolfe's Passage to England" [J]. *Thomas Wolfe Review*, 2001, 25(1 – 2): 3 – 11.

Redding, Arthur. "' Haints ': American Ghosts, Ethnic Memory, and Contemporary Fiction" [J]. *Mosaic: A Journal for the Interdisciplinary Study of Literature*, 2001, 34(4): 163 – 182.

Reed, Joseph W. Jr. *Faulkner's Narrative* [M]. New Haven and London: Yale University Press, 1973.

Rice, Anne P. Dangerous Memories: Lynching and the United States Literary Imagination [D]. City University of New York, 2005.

Ricoeur, Paul. *Memory, History and Forgetting* [M]. Chicago: University of Chicago Press, 2005.

Ricoeur, Paul. *Time and Narrative* [M]. trans. , Kathleen McLaughlin and David Pellauer. 3 vols. Chicago: University of Chicago Press, 1984.

Rimmon-Kenan, Shlomith. *Narrative Fiction: Contemporary Poetics* [M]. New York: Methuen Co., 1983.

Rinaldi, Nicholas M. "Game Imagery and Game-Consciousness in Faulkner's Fiction" [J]. *Twentieth Century Literature*, 1964, 10: 108 – 118.

Rio, David. "Two Worlds, One Story: The American South and Southern Europe in Robert Penn Warren's Fiction" [J]. *Studies in the Literary Imagination*, 2002, 35(1): 127 – 132.

Rio-Jelliffe, R. *Obscurity's Myriad Components: The Theory and Practice of William Faulkner* [M]. Lewisburg: Rosemont Publishing & Printing Co., 2001.

Rivers III, Jacob F. *Cultural Values in the Southern Sporting Narrative* [M]. Columbia: University of South Carolina Press, 2002.

Robert, Davis. *The Fictional Father: Lacanian Readings of the Text* [M]. Amherst: University of Massachusetts Press, 1981.

Roberts, Diane. *Faulkner and Southern Womanhood* [M]. Athens: University of Georgia Press, 1994.

Robinson, Forrest G. "A Combat with the Past: Robert Penn Warren on Race and Slavery" [J]. *American Literature*, 1995, 67 (3): 511 - 530.

Robinson, Owen. *Creating Yoknapatawpha: Readers and Writers in Faulkner's Fiction* [M]. New York and London: Rouledge, 2006.

Rollyson, Carl E. Jr. *Uses of the Past in the Novels of William Faulkner* [M]. Ann Arbor and Michigan: UMI Research Press, 1984.

Romine, Scott. *The Narrative Forms of Southern Community* [M]. Baton Rouge: Louisiana State University Press, 1999.

Root, Maria. "Reconstructing the Impact of Trauma on Personality" [M] // *Personality and Psychopathology: Feminist Reappraisals*. ed., Laura S. Brown and Mary Ballou. New York: Guilford Press, 1992: 229 - 266.

Ross, Stephen M., Polk, Noel. *Fiction's Inexhaustible Voice: Speech and Writing in Faulkner* [M]. Athens: University of Georgia Press, 1989.

Ross, Stephen M., Polk, Noel. *Reading Faulkner: The Sound and the Fury* [M]. Jackson: University Press of Mississippi, 1996.

Rossington, Michael, Anne Whitehead. *Theories of Memory: A Reader* [M]. Baltimore: The Johns Hopkins University Press, 2007.

Rubin Jr., Louis D. *The South: Modern Southern Literature in Its Cultural Setting* [M]. New York: Greenwood Press, 1961.

Rubin Jr., Louis D. *A Bibliographical Guide to the Study of Southern Literature* [M]. Baton Rouge: Louisiana University Press, 1968.

Rubin Jr. , Louis D. *A Gallery of Southerners* [M]. Baton Rouge: Louisiana State University Press, 1982.

Rubin Jr. , Louis D. *Southern Literary Studies, Parnassus on the Mississippi: The Southern Review and the Baton Rouge Literary Community 1935 - 1942*. Baton Rouge: Louisiana State University Press, 1984.

Rubin Jr. , Louis D. *Southern Literary Study: Problems and Possibilities* [M]. Chapel Hill: The University of North Carolina Press, 1975.

Rubin Jr. , Louis D. *Southern Renaisance: The Literature of the Modern South* [M]. The John Hopkins Press, 1953.

Rubin Jr. , Louis D. *The Edge of the Swamp: A Study in the Literature and Society of the Old South* [M]. Baton Rouge: Louisiana State University Press, 1989.

Rubin Jr. , Louis D. *The History of Southern Literature* [M]. Baton Rouge: Louisiana State University Press, 1985.

Rubin Jr. , Louis D. *The Wary Fugitives: Four Poets and the South* [M]. Baton Rouge: Louisiana State University Press, 1978.

Rubin Jr. , Louis D. *The Writer in the South: Studies in a Literary Community* [M]. Athens: University of Georgia Press, 1972.

Rubin, Gayle S. "Thinking Sex: Notes for a Radical Theory of the Politics of Sexuality"[M] //. *The Lesbian and Gay Studies Reader*. ed. , Henry Abelove, Michele Aina Barale, David Halpern. New York: Routledge, 1993: 3 - 44.

Rubin, Louis D. Jr. *Thomas Wolfe: A Collection of Critical Essays* [M]. Englewood Cliffs: Prentice-Hall, Inc. , 1973.

Rubin, Louis Jr. *The Faraway Country* [M]. Seattle: University of Washington Press, 1963.

Runyon, Randolph P. *The Taciturn Text: The Fiction of Robert Penn Warren* [M]. Columbus: Ohio State University Press, 1990.

Ruoff, James. "Humpty Dumpty and *All the King's Men:* A Note on Robert Penn Warrens Teleology" [J]. *Twentieth Century Literature*, 1957, 3: 128 - 134.

Ruppersburg, Hugh. *Voice and Eye in Faulkner's Fiction* [M]. Athens: University of Georgia Press, 1983.

Rushdy, Ashraf H. A. "'Relate Sexual to Historical': Race, Resistance, and Desire in Gayl Jones's *Corregidora*"[J]. *African American Review*, 2000, 34 (2): 273 – 297.

Ruzicka, William T. *Faulkner's Fictive Architecture: The Meaning of Place in the Yoknapatawpha Novels* [M]. Ann Arbor and London: U. M. I Research Press, 1987.

Ryan, Kiernan. *New Historicism and Cultural Materialism* [M]. New York: St. Martin's Press Inc., 1996.

Sachsman, David B. Rushing S. Kittrell, Roy Morris Jr. *Memory and Myth: The Civil War in Fiction and Film from* Uncle Tom's Cabin to Cold Mountain [M]. West Lafayette: Purdue University Press, 2007.

Sanders, Frederick, "Theme and Structure in *The Fathers*" [J]. *Arlington Quarterly*, 1967 – 1968, (1): 235 – 249.

Santner, Eric L. "History Beyond the Pleasure Principle: Some Thoughts on the Representation of Trauma"[M] // *Probing the Limits of Representation: Nazism and the "Final Solution"*. ed., Saul Friedlander. Cambridge, MA: Harvard University Press, 1992: 143 – 154.

Santner, Erie. *Stranded Objects: Mourning, Memory, and Film in Postwar Germany* [M]. Ithaca: Cornell University Press, 1990.

Schacter, Daniel. *Memory Distortion: How Minds, Brains, and Societies Reconstruct the Past* [M]. Cambridge, Mass.: Harvard University Press, 1995.

Schneidau, Herbert. *Waking Giants: The Presence of the Past in Modernism* [M]. New York: Oxford University Press, 1991.

Schoeck, R. J. "The Ordered Insight which is Earned" [J]. *Commonweal*, 1953, 58(8): 205 – 212.

Schoenberg, Estella. *Old Tales and Talking: Quentin Compson in William Faulkner's* Absalom, Absalom! *and Related Works* [M]. Jackson: University of Mississippi Press, 1977.

创伤、记忆和历史：美国南方创伤小说研究

Schreiber, Evelyn Jaffe. *Subversive Voices: Eroticizing the Other in William Faulkner and Toni Morrison* [M]. Knoxville: The University of Tennessee Press, 2001.

Schreiber, Evelyn Jaffe. "' Memory Believes before Knowing Remembers' : The Insistence of the Past and Lacan's Unconscious Desire in *Light in August*"[J]. *Faulkner Journal*, 2004, 20(1/2) : 71 – 84.

Schwarz, Benjamin. "Power in the Blood: Land, Memory and a Southern Family" [J]. *The Atlantic*, 1997, 280(6) : 128 – 141.

Seidel, Kathryn Lee. *The Southern Belle in the American Novel* [M]. Tampa: University of South Florida Press, 1985.

Sharpe, Peter. "Bonds That Shackle: Memory, Violence, and Freedom in *The Unvanquished*" [J]. *The Faulkner Journal*, 2004/2005, 20(1 – 2) : 85 – 110.

Shi, Jian. *The Observer and the Observed* [M]. Chengdu: Sichuan People's Publishing House, 2003.

Sichi, Edward Jr. "Faulkner's Joe Christmas: ' Memory Believes Before Knowing Remembers' "[J]. *Cithara*, 1979(8) : 73 – 75.

Simon, Bruce. "Traumatic Repetition: Gayl Jones's *Corregidora*" [M]. // *Race Consciousness: African-American Studies for the New Century* ed. , Judith Jackson, Jeffrey A. New york: New York University Press, 1997: 93 – 112.

Simpson, L. P. *The Dispossessed Garden* [M]. Athens: University of Georgia Press, 1975.

Simpson, L. P. *The Man of Letters in New England and the South* [M]. Baton Rouge: Louisiana State University Press, 1973.

Simpson, Lewis P. *The Brazen Face of History* [M]. Louisiana State University Press, 1980.

Simpson, Lewis P. *The Dispossessed Garden: Pastoral and History in Southern Literature* [M]. Athens: University of Georgia Press, 1975.

Simpson, Lewis P. *The Fable of the Southern Writer* [M]. Baton Rouge: Louisiana State University Press, 1994.

Simpson, Lewis P. *The Southern Review and Modern Literature, 1935 - 1985*[M]. Baton Rouge: Louisiana State University Press, 1988.

Singal, Daniel J. *William Faulkner: The Making of a Modernist* [M]. Chapel Hill: University of North Carolina Press, 1997.

Singal, Daniel Joseph. *The War Within: From Victorian to Modernist Thought in the South, 1919 - 1945* [M]. Chapel Hill: The University of North Carolina Press, 1982.

Singh, Amritjit, Skerrett, Joseph T. , Hogan, Robert E. *Memory and Cultural Politics: New Approaches to American Ethnic Literatures* [M]. Boston: Northeastern University Press, 1996.

Singh, Amritjit, Skerrett, Joseph T. , Hogan, Robert E. *Memory, Narrative, and Identity: New Essays in Ethnic American Literatures* [M]. Boston: Northeastern University Press, 1994.

Slatoff, Walter J. *Quest for Failure: A Study of William Faulkner* [M]. Westport, Conn. : Greenwood Press, 1972.

Smart, George K. *Religious Elements in Faulkner's Early Novels: A Selective Concordance* [M]. Oxford, Ohio University of Miami Press, 1965.

Smith, Mark M. *Debating Slavery: Economy and Society in the Antebellum American South*[M]. New York: Cambridge University Press, 1998.

Snipes, Katherine. *Robert Penn Warren* [M]. New York: Frederick Ungar Publishing Co. , Inc. , 1983.

Sowder, William J. *Existential-Phenomenological Reading on Faulkner* [M]. Conway, AF: University of Central Arkansas Press, 1991.

Spillers, Hortense J. "Topographical Topics: Faulknerian Space" [J]. *The Mississippi Quarterly*, 2004, 57(4) : 535 - 547.

Spivey, Ted R. *Revival: Southern Writers in the Modern City* [M]. Oxford: Oxford University Press, 1953.

Squires, Radcliffe. *Allen Tate and His Work: Critical Evaluations* [M]. Minneapolis: University of Minnesota Press, 1972.

Squires, Radcliffe. *Allen Tate: A Literary Biography* [M]. New York: Pegasus, 1971.

Stanchich, Maritza. "The Hidden Caribbean ' Other' in Faulkner's *Absalom, Absalom!:* An Ideological Ancestry of US Imperialism " [J]. *Mississippi Quarterly*, 1996, 49(3): 603 – 617.

Stewart, Victoria. *Narratives of Memory: British Writing of the 1940s* [M]. Basingstoke, Hampshire: Palgrave Macmillan, 2006.

Stranberg, Victor. "Robert Penn Warren and the Classical Tradition [M]. *The Mississippi Quarterly*, 1994, 48(1): 17 – 25.

Strawn, John R. "Lacy Buchan as the Voice of Allen Tate's Modernist Aesthetic in *The Fathers* "[J]. *The Southern Literary Journal*, 1993, 26(1): 64 – 78.

Street, Nathaniel B. *Self-creation, Community, and Autonomy: The Liberation of Richard Rorty's Philosophy of Self as Imagined by Absalom, Absalom!* [D]. University of South Carolina, 2010.

Sullivan, Erin. "Recovering the Past: Models of Time in Thomas Wolfe's *The Lost Boy* [J]. *Thomas Wolfe Review*, 2002, 26(1 – 2): 68 – 75.

Sullivan, Jr. , Garrett A. *Memory and Forgetting in English Renaissance Drama* [M]. Cambridge: Cambridge University Press, 2005.

Sullivan, Walter. "*The Fathers* and the Failures of Tradition" [J]. *Southern Review*, 1976, 12 : 763 – 778.

Sullivan, Walter. *Death by Melancholy: Essays on Modern Southern Fiction* [M]. Baton Rouge: Louisiana State University Press, 1972.

Sundquist, Eric J. *Faulkner: The House Divided* [M]. Baltimore: Johns Hopkins University Press, 1983.

Swartzlander, Susan. "' That Meager and Fragile Thread' : The Artist as Historian in *Absalom, Absalom!*"[J]. *Southern Studies*, 1986, 25: 111 – 119.

Swiggart, Peter. *The Art of Faulkner's Novels* [M]. Austin: University of Texas Press, 1970.

Tal, Kali. *Worlds of Hurt: Reading the Literatures of Trauma* [M]. Cambridge:

Cambridge University Press, 1996.

Tang, Amy Cynthia. *Rethinking Repetition: Race and the Contemporary Politics of Form* [D]. Stanford University, 2009.

Tate, Allen. *Collected Poems, 1919 - 1976*[M]. New York: Farrar Straus Giroux, 1977.

Tate, Allen . "Faulkner's Sanctuary and the Southern Myth". *Virginia Quarterly Review*, XLIV (1968), 418 - 430.

Tate, Allen. *Essays of Four Decades*. 1959 [M]. Chicago: The Swallow Press, 1968.

Tate, Allen. *Memoirs and Opinions: 1926 - 1974* [M]. Chicago: The Swallow Press, 1974.

Tate, Allen. *The Fathers* [M]. New York: Putnam's, 1938. Denver: Alan Swallow, 1960. Baton Rouge: Louisiana State University Press, 1977.

Taylor, Mark C. *Deconstruction in Context: Literature and Philosophy* [M]. Chicago: The University of Chicago Press, Ltd. , 1986.

Thody, Philip. *Twentieth-Century Literature: Critical Issues and Themes* [M]. Hampshire: Macmillan Press Ltd. , 1996.

Thomas, A. Bailey. *The American Spirit* [M]. Lexington: D. C. Heath and Company, 1978.

Thomas, Brook. *The New Historicism and Other Old-Fashioned Topics* [M]. Princeton: Princeton University Press, 1991.

Thompson, Elizabeth Rose. Saving the Southern Sister: Tracing the Survivor Narrative in Southern Women's Modern and Contemporary Novels and Plays [D]. The University of Memphis, 2010.

Todd, Janet. "The Veiled Woman in Freud's ' Das Unheimliche' " [J]. *Signs*, 1986, 11 : 519 - 528.

Toolan, Michael J. *Critical Discourse Analysis: Critical Concepts in Linguistics* [M]. New York: Routledge, 2002.

Toolan, Michael J. *Narrative: A Critical Linguistic Introduction* [M]. New York:

创伤、记忆和历史：美国南方创伤小说研究

Routledge, 1988.

Toolan, Michael J. *The Stylistics of Fiction: A Literary-linguistic Approach* [M].
New York: Routledge, 1990.

Towner, Theresa M. *Faulkner on the Color Line: The Later Novels* [M]. Jackson:
University Press of Mississippi, 2000.

Tracy, Susan. *In the Master's Eye: Representations of Women, Blacks, and Poor
Whites in Antebellum Southern Literature* [M]. Amherst: University of
Massachusetts Press, 1995.

Turner, Daniel Cross. *Sustaining Power: The Poetry of the Contemporary American
South* [D]. Vanderbilt University, 2003.

Twain, Mark. *Life on the Mississippi, in Mississippi Writings* [M]. ed. Guy
Cardwell. New York: Vintage, 1992.

Tylor, Peter. *A Summons to Memphis* [M]. New York: Alfred A. Knopf
Inc., 1987.

Underwood, Thomas A. *Allen Tate: Orphan of the South* [M]. Princeton:
Princeton University Press, 2000.

Urgo, Joseph R., Ann J. Abadie. *Faulkner and His Contemporaries* [M].
Jackson: University of Mississippi Press, 2004.

Van der Kolk, Bessel A., Alexander McFarlane, Lars Weisaeth. *Traumatic
Stress: The Effects of Overwhelming Experience on Mind, Body, and Society*
[M]. New York: Guilford Press, 1987.

Vance, Rupert. *Human Geography* [M]. Chapel Hill: University of North
Carolina Press, 1932.

Vandiver, Frank E. *The Idea of the South: Pursuit of a Central Theme* [M].
Chicago: University of Chicago Press, 1964.

Vaughn, Matthew R. "Other Souths": The Expression of Gay Identity in *Absalom,
Absalom!* [J]. The Mississippi Quarterly, 2007, 60(3): 519 - 530.

Vauthier, Simone. "The Case of the Vanishing Narratee: An Inquiry into *All the
King's Men*"[J]. *Southern Literary Journal*, 1974,6(2): 42 - 49.

Veeser, H. Aram. *The New Historicism* [M]. New York: Routledge, 1989.

Vernon, Burton Orville, Robert C. McMath, Jr. *Class, Conflict, and Consensus: Antebellum Southern Community Studies* [M]. Westport, CT: Greenwood, 1982.

Vickery, Olga W. "Faulkner and the Contours of Time" [J]. *Georgia Review*, 1958, 12: 192 – 201.

Vickery, Olga. *The Novels of William Faulkner: A Critical Interpretation* [M]. Baton Rouge: Louisiana State University Press, 1992.

Vickroy, Laurie. *Trauma and Survival in Contemporary Fiction* [M]. Charlottesville: University of Virginia Press, 2002.

Vinh, Alphonse. *Cleanth Brooks and Allen Tate: Collected Letters, 1933 – 1976* [M]. Columbia: University of Missouri Press, 1998.

Volpe, Edmond L. *A Reader's Guide to William Faulkner* [M]. New York: Syracuse University Press, 2003.

Wadlington, Warwick. *As I Lay Dying: Stories out of Stories* [M]. New York: Twayne Publishers, 1992.

Wadlington, Warwick. *Reading Faulknerian Tragedy* [M]. Ithaca: Cornell University Press, 1987.

Wagers, Kelley. "Seeing ' from the Far Side of the Hill' : Narrative, History, and understanding in Kindred and the Chaneysville Incident" [J]. *MELUS*, 2009, 34 (1): 23 – 39.

Walser, Richard. *The Enigma of Thomas Wolfe* [M]. Cambridge: Harvard University Press, 1953.

Walser, Richard. *Thomas Wolfe: An Introduction and Interpretation* [M]. New York and Chicago: Holt, Rinehart and Winston, Inc. , 1961.

Walter, Sullivan. *A Review for the Renasence: The State of Fiction in the Modern South* [M]. *Athens:* The University of Georgia Press, 1976.

Walter, Taylor. *Faulkner's Search for a South* [M]. Urbara: University of Illinois Press, 1983.

Warren, Marsha. "Time, Space, and Semiotic Discourse in the Feminization/ Disintegration of Quentin Compson"[J]. *The Faulkner Journal*, 1988, 4(1 − 2): 99 − 111.

Warren, Robert Penn. *A Collection of Critical Essays* [M]. ed., Richard Gray. New Jersey: Prentice-Hall, Inc., 1980.

Warren, Robert Penn. *A Place to Come To* [M]. New York: Random House, 1977.

Warren, Robert Penn. *All the King's Men* [M]. New York: Harcourt Brace, 1946, 1981, 2001.

Warren, Robert Penn. *Band of Angels* [M]. New York: Random House, 1955.

Warren, Robert Penn. *Flood: A Romance of Our Time* [M]. New York: Random House, 1964.

Warren, Robert Penn. *Jefferson Davis Get His Citizenship Back* [M]. Lexington: University Press of Kentucky, 1980.

Warren, Robert Penn. *John Brown: The Making of a Martyr* [M]. New York: Payson and Clarke, 1929.

Warren, Robert Penn. *Segregation: The Inner Conflict in the South* [M]. New York: Random House, 1956.

Warren, Robert Penn. *The Circus in the Attic and Other Stories* [M]. New York: Harcourt Brace, 1947.

Warren, Robert Penn. *The Legacy of the Civil War* [M]. New Haven: Yale University Press, 1983.

Warren, Robert Penn. *Who Speaks for the Negro?* [M]. New York: Random House, 1960.

Warren, Robert Penn. *Wilderness: A Tale of the Civil War* [M]. New York: Random House, 1961.

Warren, Robert Penn. "Introduction to the English edition of *All the King's Men*" [M]. Draft. The Beinecke Rare Book and Manuscript Library. New Haven: Yale University Library, 1974.

Warren, Robert Penn. "Notes"[M] // *Modern Poetry, America and Britain.* ed. Kimon Friar, John Brinnin. New York: Appleton Century Crofts, 1951.

Warren, Robert Penn. "Poetry and Patriotism." Louisiana Poetry Society Lecture [J]. *Robert Penn Warren Papers.* Margaret I. King Library, Lexington: University of Kentucky, 1942.

Wolfe, Thomas. *Look Homeward, Angel: A Story of the Buried Life*[M]. New York: Random House, 1929.

Warren, Robert Penn. "Terror"[M]. *Selected Poems: New and Old, 1923 - 1966.* New York: Random House, 1966.

Watkins, Floyd C. *In Time and Place: Some Origins of American Fiction* [M]. The University of Georgia Press, 1977.

Watkins, Floyd C. *The Death of Art, Black and White in the Recent Southern Novel* [M]. Athens: University of Georgia Press, 1970.

Watkins, Floyd C. *Thomas Wolfe's Characters: Portraits from Life* [J]. Norman: University of Oklahoma Press, 1958.

Watkins, Floyd C. "What Happens in *Absalom, Absalom!*" [J]. *Modern Fiction Studies,* 1967, 13 : 79 - 87.

Watkins, Floyd C., John T. Hiers, Mary Louise Weaks. *Talking with Robert Penn Warren* [M]. Athens: University of Georgia Press, 1990.

Watson, Jay. "And Now What's to Do: Faulkner, Reading, Praxis"[J]. *The Faulkner Journal,* 1998, 14(1): 67 - 74.

Webb, James W., Green A. Wigfall. *William Faulkner of Oxford*[M]. Baton Rouge: Louisiana State University Press, 1965.

Weeks, Dennis. *To Love So Well the World: A Festschrift in Honor of Robert Penn Warren* [M]. New York: Peter Lang, 1992.

Weinstein, Philip M. *Faulkner's Subject: A Cosmos No One Knows* [M]. New York: Cambridge University Press, 1992.

Weinstein, Philip M. *The Cambridge Companion to William Faulkner.* Cambridge: Cambridge University Press, 1995.

Wells, Dean Faulkner, Hunter Cole. *Mississippi Heroes*[M]. Jackson: University Press of Mississippi, 1980.

Wheelock, John Hall. *Editor to Author* [M]. New York: Charles Scribner's Sons, 1950.

William, Andrews L. *Literary Romanticism in America* [M]. Baton Rouge and London: Louisiana State University Press, 1981.

Williams, Linda and Victoria Banyard. *Trauma and Memory* [M]. Thousand Oaks: SAGE Press, 1999.

Williamson, Joel. *William Faulkner and Southern History* [M]. New York: Oxford University Press, 1993.

Williamson, Joel. "How Black Was Rhett Butler?" [M] // *The Evolution of Southern Culture*. ed. , Numan Bartley. Athens: University of Georgia Press, 1988: 87 – 107.

Winter, Jay. *Remembering War: The Great War between History and Memory in the 20th Century* [M]. New Haven: Yale University Press, 2006.

Wittenberg, Judith Bryant. *Faulkner: The Transfiguration of Biography* [M]. Lincoln: University of Nebraska Press, 1979.

Wolfe, Thomas. *Of Time and the River* [M]. New York: Charles Scribner's Sons, 1935.

Wolfe, Thomas. *The Story of a Novel* [M]. New York: Charles Scribner's Sons, 1936.

Wolfe, Thomas. *The Web and the Rock* [M]. New York: Harper, 1939.

Wolfe, Thomas. *You Can't Go Home Again* [M]. New York: Harper, 1940.

Wolfreys, Julian. *Dickens to Hardy 1837 – 1884: The Novel, the Past and Cultural Memory in the Nineteenth Century* [M]. New York: L Palgrave Macmillan, 2007.

Woodell, Harold. *All the King's Men: The Search for a Usable Past* [M]. New York: Twayne Publishers, 1993.

Wulfman, Clifford E. "Sighting/Siting/Citing the Scar: Trauma and Homecoming

in Faulkner's Soldiers' Pay" [J] . *Studies in American Fiction*, 2003, 31 (1):
29 - 41.

Wyatt-Brown, Bertram. Bertram. *Southern Honor: Ethics and Behavior in the Old South* [M] . New York: Oxford University Press, 1982.

Wyatt-Brown, Bertram. *Honor and Violence in the Old South* [M] . New York: Oxford University Press, 1986.

Yates, Frances. *The Art of Memory* [M] . London: Pimlico, 1999.

Young, Thomas Daniel, Elizabeth Sarcone. *The Lytle-Tate Letters: The Correspondence of Andrew Lytle and Allen Tate* [M] . Jackson: University of Mississippi Press, 1987.

Young, Thomas Daniel, John J. Hindle. *The Republic of Letters in America: The Correspondence of John Peale Bishop and Allen Tate* [M] . Lexington: The University Press of Kentucky, 1981.

Young, Thomas Daniel, John Tyree Fain. *The Literary Correspondence of Donald Davidson and Allen Tate* [M] . Athens: University of Georgia Press, 1974.

Young, Thomas Daniel. *Modern American Fiction: Form and Function* [M] . Baton Rouge and London: Louisiana State University Press, 1989.

Young, Thomas Daniel. *The Past in the Present: A Thematic Study of Modern Southern Fiction* [M] . Baton Rouge: Louisiana State University Press, 1981.

Young, Thomas Daniel. "Allen Tate's Double Focus: The Past in the Present" [J] . *Mississippi Quarterly*, 1977, 30 : 517 - 525.

Zink, Abbey. "Is Blood Thicker than Artistry? Nativist Modernism and Eugene Gant's Initiation into Blood Politics in *Look Homeward, Angel*" [J] . *Thomas Wolfe Review*, 2001, 25(1 - 2): 44 - 52.

后　记

2009 年秋天，我开始了在美国弗吉尼亚大学的访学生活。在那所南方总统杰斐逊亲自设计的学府，那个福克纳曾担任客座教授的地方，秋叶斑斓，每一所建筑上光影的变换似乎都在诉说着一段历史。我每天都待在学校的阿德曼图书馆，穿梭在一面又一面厚重的书墙间，仿佛时间可以压缩，我面对的就是一本本凝聚成书的记忆。记忆是一个古老的话题。作为知识的象征，希腊神话中的记忆女神谟涅摩绪涅，在传统中就被刻画成一位身披绿色常青柏的女子，一手拿着一本书，另一只手握着一支笔，和宙斯一起生育了主司诗歌、艺术和科学的缪斯女神们。记忆在柏拉图的眼中，代表着回忆（recollection），在亚里士多德看来，它是经验的建构。同时，记忆作为人脑的一种功能，帮助我们建构自我，帮助我们记住、遗忘和解释过去。记忆的艺术（art of memory）首先是回忆的艺术（art of recollection）。因为记忆的存储本质在于"heuristic"和"hermeneutic"。这两个词来源于希腊语，前者意思是"探索、找到"，而后者指的是"阐释"。我们的回忆正是基于这两项工作。

西塞罗认为，记忆是书写的孪生姐妹。面对一本本人类记忆的结晶，我所要做的工作就是释放那些记录成书的话语，探索并阐释南方人记忆中的过去。我对美国南方的研究大约也来自少年时期的记忆。迷恋于玛格丽特·米切尔《飘》之中南方骑士和木兰花美人的传奇，在研究生阶段，就很自然地选择了福克纳作为自己的研究对象。不过随着阅读的深入，福克纳带给我的，并非南方的庄园传奇和老南方神话，而是一幕幕惨痛的关于失落和毁灭的创伤记忆。以福克纳为中心，我阅读了其他一些同时代的南方作家作品，发现他们的共同点恰恰是这种历史创伤感和挫败感。也许当一种文明为另一种文明所摧毁时，留给人类的正是这种创伤的记忆。

上个世纪末开始的创伤记忆研究，为我所进行的南方小说研读提供了理论视角。创伤记忆的研究不仅仅探讨了两次世界大战、集中营、大屠杀等重大历史创伤事件带给人类的伤痛和记忆，而且结合历史研究和精神分析、社会研究等方法，观察创伤见证者如何解释创伤事件和自己的遭遇，考证创伤见证的真伪性，研究创伤应激障碍和创伤幸存的种种境况。而美国南方文艺复兴时期作家们的创作，从创伤记忆的存储出发，提供了颇为成熟和完整的创伤记忆的叙述。1929 年至 1946 年正是南方文艺复兴最为繁荣的时代，也是历史创伤记忆经历了三代传递，保存相对集中和完整的时代。本书所研究的几位南方作家，都属于南北内战幸存者的第三代。他们的叙事一方面来自先辈口口相传的记忆，另一方面来自对过去的重建。研究这段时期的作品，对于研究创伤的代与代之间的传递、创伤和身份塑造、创伤和文学写作之间的关系，都具有重要的实践意义。对于我自己而言，这项写作任务也是一项对过去几年学习工作的总结；写作的目标，也是完成一次对过去的追忆。

记忆构成了我们每个人生活的历史。中国古诗中，有一首李商隐的《锦瑟》颇能描绘记忆的怅惘："锦瑟无端五十弦，一弦一柱思华年。"过去的时光尽管充满人生可能有的欢乐和苦痛，但却往往能在追忆中展现生命华美壮丽的一面。而更幸运的是，一程走来，有无数的人陪伴同行，他们中有我尊敬的师长，也有我亲爱的家人和同事朋友们。回首写作这本书的六年光阴，我的心中对他们充满了感激和谢意。在这里，我首先要感谢我的博士生导师石坚教授。先生博览群书，学识不凡，有君子之范；对待学生总是悉心指导，不厌其烦。本书所选取的几本小说均是先生当年在美国求学期间研读的文本，先生除了赠阅大量文献资料之外，还不断帮助我理清思路，关心写作的进展。另外，先生师德高尚，为人谦和，心胸宽广，充满人格魅力，其言传身教不仅在学业上帮助我进步，也成为我人生的楷模。师母王晋英女士温柔贤惠，对我照顾有加，关心爱护如同家人。每每回想起老师和师母的恩情，心里总怀着温暖而感动。

我还要感谢袁德成教授、程锡麟教授和王晓路教授。袁德成教授是我硕士研究生导师。多年来，他总是支持关心我，指导我论文写作，提高我的文学鉴赏能力。袁老师为人低调幽默，文笔优美，回想起老师带领我们逍遥派之散步讨论活动，总是充满温馨。程锡麟教授是我衷心敬重的老师。程老师文学修养深厚，对待学生温和慈爱，先生的教学加深了我对文学的爱好和批评能力，而先生对我的帮助，常常让我内心铭感，言语一二之间无法表述！王晓路教授睿智幽默，学理通达，他的讲座往往激发起我对某个问题的思考，而先生对青年学者的关心和爱护，也常常让我感动。另外，我还要感谢朱徽教授、李毅教授、查日新教授、冯宪光教授、冯川教授，等等，在他们的课堂上，我受益匪浅。

感谢四川大学外国语学院的敖凡教授、段峰教授、任文教授、陈杰教授等领导们，他们的支持和爱护是这本书稿能得以完稿的保障；感谢四川大学外国语学院的所有同事们，难以忘怀在紧张的教学间隙大家相聚的欢笑；也在此对逝去的姜源教授和李兵教授寄予追思。本书从选题到写作都曾得到两位老师的帮助，姜老师临走前一周给我发的邮件尚在，李老师赠我的书也仍在书架上，但他们的离去却那么匆匆。每当想到他们，总是忍不住难过落泪。感谢香港大学美国研究中心，感谢程锡麟教授和Priscilla Roberts 教授的推荐，让我获得宝贵的访学机会，得以在香港大学图书馆收集到许多资料，并开始了论文的文献整理工作；感谢弗吉尼亚大学英语系，感谢我的导师迈克尔·李维森（Michael Levenson）教授的指导。在我回到国内后，李维森教授还不断通过邮件询问书稿撰写进展情况，并对我的英文摘要进行了细致的修改。我还要感谢我的同事和同学们，王安、刘丽华、孙薇、司文慧、郝桂莲、赵丽华、蒋红柳、王涛、方小莉，等等。感谢我的朋友张翎、柳洁、张宇行、肖茜、黄佳、陈璞、周茜等的关心和鼓励。灯下回首，一张张亲爱的笑脸，让这段求学写作之路的追忆充满了欢乐。

我还要深深感谢华中师范大学的聂珍钊教授、苏晖教授和邹建军教授。他们阅读了这本书的部分章节，提出了宝贵的指导意见，让我受益匪浅。感谢西南民族大学的李超教授和四川大学的原祖杰教授，他们对我的研究给予了热情的鼓励；也要感谢四川大学学报的庞博女士，她阅读了这本书的部分章节，并多次认真地和我进行了讨论。感谢清华大学的陈永国教授、上海外国语大学的虞建华教授、南京大学的朱刚教授、湖南师范大学的蒋洪新教授，他们在百忙之中评阅了我的书稿，做出了肯定的评价，并激励我在科研的道路上进一步创新和探索。

感谢四川大学出版社的张晶老师、敬铃凌老师和余芳老师为本书的编辑和出版所做的大量细致严谨的工作。也感谢《外国文学评论》《外国文学研究》《中山大学学报》《四川大学学报》

《四川师范大学学报》《西南民族大学学报》等杂志，本书的部分章节曾得到录用并发表。

最后，我要深深地感谢我的父亲王镜华先生和母亲王泽芳女士。父亲的坚毅和母亲的善良一直是我做人做事的准则。多年来父母默默的奉献，支撑着我不断追求进步。我还要感谢我的丈夫张劲松先生，长期以来他给予我无尽的关爱和照顾，而每当我因为写作进展不顺利而焦虑痛苦之时，他总是为我宽解，并以一个男子汉的肩膀，挑起了家庭的重担。我还要感谢我的女儿张喻雯，这几年她也从一个扎着两个小辫的小丫头，长成了一个小小姑娘；她天真可爱的笑脸，是我最大的骄傲和乐趣。我感谢我的亲人们，没有你们的理解和包容，我无法完成这项学术工作。

"当黎明到来，今晚也即将成为回忆。而新的一天，即将开始。"追忆只是和过去拉近了时间的距离，却永远无法回到彼时。六年的时光很快就要画上句号，但一切还远远没有结束。在研究的道路上，我还有很长一段路要行走，我感谢诸多这条路上的前辈，也感谢和我同行的人。对于本书中存在的不足之处，还希望各位专家不吝赐教，批评指正；而对于错误之处，我当然愿意承担全部的责任。

王　欣

2013 年 2 月